江苏省社会科学基金重大委托项目
“江苏文化精髓与精神标识研究”（24ZDW002）成果

江苏省社会科学基金重大委托项目
“江苏文脉工程精华编研究”（16WTD001）成果

江苏省“十四五”时期重点出版物出版专项规划项目

编 委 会

（按姓氏笔画排序）

顾　问：许　结　张伯伟　赵昌智
　　　　莫砺锋　曹　虹　程章灿

编　委：于　溯　冯　乾　刘　驰
　　　　刘雅萌　孙书磊　闵　丰
　　　　张宗友　苗怀明　赵　益
　　　　俞士玲　徐　涛　徐兴无
　　　　徐雁平　黄若舜　童　岭
　　　　曾学文

本卷编写人员

主　编：刘雅萌

评　注：胡锦豪　汪　鹏　吴健康
　　　　粮志艳　杨　曦

江蘇歷代文選

主编 徐兴无 曾学文

楼台园记卷

分卷主编 刘雅萌

广陵书社

图书在版编目（CIP）数据

江苏历代文选. 楼台园记卷 / 徐兴无, 曾学文主编 ; 刘雅萌分卷主编 ; 胡锦豪等评注. -- 扬州 : 广陵书社, 2025. 6. -- ISBN 978-7-5554-2225-9

Ⅰ. I218.53

中国国家版本馆CIP数据核字第20259FC587号

书　　名　江苏历代文选：楼台园记卷
主　　编　徐兴无　曾学文
分卷主编　刘雅萌
评　　注　胡锦豪　汪　鹏　吴健康　秾志艳　杨　曦
责任编辑　金　晶　黄　雪
出 版 人　刘　栋

出版发行　广陵书社
　　　　　扬州市四望亭路 2-4 号　　邮编　225001
　　　　　（0514）85228081（总编办）　　85228088（发行部）
　　　　　http://www.yzglpub.com　　E-mail:yzglss@163.com
印　　刷　江苏凤凰扬州鑫华印刷有限公司

开　　本　720 毫米 × 1020 毫米　1/16
印　　张　22.25
字　　数　360 千字
版　　次　2025 年 6 月第 1 版
印　　次　2025 年 6 月第 1 次印刷
标准书号　ISBN 978-7-5554-2225-9
定　　价　85.00 元

总　序

江苏有着悠久的历史和卓越的文化。江河湖海，皆是鱼米之乡；锦绣江南，誉为人间天堂。中国大运河发祥于此，沟通南北，连接中外，遂成华夏首出之地，递为东南都会中心。于是山川焕绮，性灵所钟。骚人咏歌，蔚为诗国。文章经世，俨然大邦。

江苏文脉开启于春秋时期。吴公子季札聘鲁观乐，叹为观止；言偃在孔子之侧，闻知大道。而江苏文学之兴则肇始于战国。《汉书·地理志》称吴、楚之地“文辞并发，故世传楚辞”。西汉吴、楚、淮南诸国，招纳词客；武、宣二帝，喜好文学，枚乘、枚皋、严忌、朱买臣、刘安、刘向等吴、楚之士皆长于辞赋，雅善议论。三国魏晋，吴有陆机、陆云兄弟，少有异才，文章冠世。东晋南朝，山水、玄言、声律之诗相继兴起；《文选》《诗品》《文心雕龙》等总集、论著并世而出；《抱朴子》《世说新语》《后汉书》等诸子、史传别开生面；文学与儒学、史学、玄学并列于国学，形成了江苏历史上第一个文学高峰时代。隋唐统一，扬州和江南成为诗家留连之地。孟浩然、李白、高适、杜甫、白居易、刘禹锡、杜牧、李商隐等大诗人于此或游或宦，留下千古佳句；而扬州诗人张若虚的《春江花月夜》，孤篇横绝，竟为大家。南唐君臣沉浸小令，吟风咏月，却感慨深沉。宋代文坛领袖欧阳修、王安石、苏轼、辛弃疾、陆游等在江苏皆有佳作，平山堂、半山园、放鹤亭、北固楼、瓜洲渡，风流宛在，脍炙人口。宋词境界开阔，范仲淹、秦观、叶梦得、范成大等江苏名家代不乏人，各领风骚。宋诗始开宗派，彭城陈师道被尊为江西诗派“三宗”之一；无锡尤袤、吴中范成大名列“中兴诗人”。明清两代，江苏经济发达，文教昌盛，城市文化与家族文化得到进一步发展，文学进入了第二个高峰时代。明代文坛如“前后七子”“唐宋派”，有徐祯卿、王世贞、唐顺之、归有光等江苏士人；明清易代，有顾炎武、归庄、吴嘉纪、吴伟业等抒发遗民情思；钱谦益、沈德潜、黄景仁、赵翼等诗作和诗论，均在清代诗坛独树一帜。阳羡词派、常州词派为清词大宗，或雄浑悲慨，或兴寄深闳。清代江苏骈文成就斐然，袁枚、汪中、洪亮吉等皆是大家；阳湖文派骈散结合，与安徽桐城古文分庭抗礼。江苏也是明清通俗小说、戏曲、说唱文学的沃土，冯梦龙《三言》、施耐庵《水浒传》、吴承恩《西游记》、梁辰鱼《浣纱记》、李玉《清忠谱》等，经典名著，层出不穷。江苏的女性作家众多，中国古代有著作可考的女作家中，江苏超过三分之一，尤以明清时期为盛，她们的创作为江苏古代文学增添了靓丽的风景。江苏的园林楼台，甲冠天下，吸引了历代名家争相书联题额，撰记作文，为江山增色，形成了情景交融的文学景观。

编纂地方文学文献，是江苏古代优秀学术传统。西汉目录学家、汉室宗亲、沛人刘向编纂的《楚辞》，上承《诗经》风雅篇什之意，下启中国地域文学编纂之绪。唐代丹阳人殷璠编选其当代诗集《荆扬挺秀集》和《丹阳集》，虽仅存书目或残篇，却是唐人编选唐代地方诗歌的开端。其中《丹阳集》选录开元天宝时代润州籍十八位诗人的作品，推崇建安风骨，展示了“时迁推变，俗异风革，信乎人文化成天下”的盛唐气象。宋代以后继有编纂，有北宋曾旼《润州类集》、马希孟《扬州集》，南宋郑虎臣《吴都文粹》等编。秦观曾经为《扬州集》作序，“推表废兴迁徙之迹”。明清两代是中国地方文学文献编纂的鼎盛时期，据《历代地方诗文总集汇编·前言》（国家图书馆出版社2016年版）统计，存世超过千种。在数量众多的江苏文学文献中，丹徒文士王豫编纂的《江苏诗征》一百八十三卷，收录清初至嘉庆间五千多位诗人的诗作，堪称中国古代部帙最大的以行政省命名的地方断代诗歌总集，表现出“江苏文教甲天下”的文化自信。这部巨帙的赞助者和审定者，清代大学者、仪征阮元又编有江苏扬州与南通州诗集《淮海英灵集》,又命阮亨与王豫编纂《续集》,皆是江苏地方文学文献的经典。

公元六世纪初,刘勰在南齐的都城建康完成了中国历史上第一部文学批评巨著《文心雕龙》。他在其中指出,文学的情思往往来自于自然和文化空间的启发,所谓"能洞监风骚之情者,抑亦江山之助乎";而文学的变革兴衰往往受制于世道和时代的演进,所谓"文变染乎世情,兴废系乎时序"。唯有在更为广阔悠久的文化空间和历史长河之中,文学作品才能超越个人的情感与生命,突破具体的语境,并在后世不断的阐释之中,获得愈加丰赡的意义。古代学人对地方文学文献的编纂,正是这种文化意识的体现。他们通过收集整理乡邦文献,传承文化记忆,梳理文化脉络,考察历史变迁,为我们留下了宝贵的文化遗产。

正是本着对江苏古代文学成就及其学术传统的敬意,进而对江苏古代文学和文化做出我们的当代诠释,我们编纂了这套《江苏历代文选》。从经、史、子、集、方志以及名人信札、家族文献、文物碑刻等文献资料中遴选历代反映江苏历史、书写江苏社会、描绘江苏风光、刻画江苏人物、体现江苏智慧的韵文和散文,其中既有江苏人的作品,又有关涉江苏的篇章,按照文体或内容编为十五卷,每卷一册,包括诗歌、词曲、辞赋骈文、戏曲、楹联、论说文、书信、史传、碑志、序跋、杂记小品、楼台园记、家训嘉言、笔记小说、女性诗文等。当然,本书并不是江苏历代文学的文献总集,而是一部面向大众的普及读物,对所选作品略作解题,简明注释,点评作品的内容与价值,以期通过江苏历代文学的选本,为读者提供一条浏览江苏文脉、了解中华文化的方便途径。

2016年,江苏省启动了"江苏文脉整理研究与传播工程",编纂包括书目、文献、精华、方志、史料、研究六编的《江苏文库》,系统梳理江苏文脉,彰显江苏对中国文化的历史贡献,总结江苏文化的发展规律,为江苏的文化创新提供学术资源,是江苏历史上规模最大的典籍整理与文化研究工程。南京大学文学院的古代文学和古典文献专业承担着《江苏文库》“文献编”与“精华编”的整理与研究工作,也是与广陵书社合作编纂这套书的主要团队。编纂工作得到江苏省社会科学基金重大委托项目“江苏文脉工程精华编研究”和“江苏文化精髓与精神标识研究”的支持。这套书的编纂,尝试以“文选”响应“文库”,为传播江苏文化,讲好江苏故事,增强文化自信做一点文化普及工作。

由于江苏文学源远流长,名家辈出,佳作如林,典籍浩繁,且文体众多,地域不均,各卷的选编标准和文字表达难以整齐划一,尽管我们努力精选,但一定会有遗珠之憾,学术错误亦在所难免,希望读者们批评指正,帮助我们修订完善。

徐兴无　曾学文

2025 年 3 月

前　言

“记”本为记录之用，记于经则与传、注等同体，记于史则有载记、奏记、书记等名。“记”真正成为一种独立的散文文体，则发端于六朝而繁盛于唐、宋。明代学者徐师曾《文体明辨序说》谓记体“《文选》不列其类，刘勰不著其说，则知汉魏以前作者尚少，其盛自唐代始也”。记体文涵盖范围广泛，行文以记叙为主，兼杂有议论、抒情，根据所记对象，又有记人、记事、记物、记景、记游等等之别。中唐之后，彰显文人意趣与审美的士大夫私家园林大兴，崇尚含蓄蕴藉、清淡闲适的士人，在山水与庙堂之间开辟了一方独属于自己的安身之所与心灵空间。以“记”体书写园林胜景、寄怀遣兴的文章大量出现，文以园名，园以文显，园记包括与之同类的楼记、堂记、阁记、台记、亭记等，得以成为唐宋后记体文创作的重要组成部分。

江苏山水形胜、人文荟萃、物阜民丰，自古即是中国古典楼台园林修造的胜地。从春秋时吴王兴造的长洲苑、姑苏台、馆娃宫，到唐宋后文人修建的沧浪亭、乐圃、弇山园、拙政园、网师园、曲园、个园、随园、瞻园、寄畅园、水绘园等一大批著名的园林，江苏地区的亭台楼阁、轩榭苑囿以其独特的建造风格、设计理念与审美境界，成为世界园林建造的经典与江苏重要的历史文化标识。而创作于其间的楼台园记，或描摹景致，或托寄性情，既再现了江苏各地楼台园林的艺术之境，又展示了书写者的铺陈状物、叙写抒怀之功，亦可谓历代园记创作的代表。其记文写作特征与价值大致有三：

其一，历史性。记以文字的方式留存了楼台园林的历史信息。各篇记文中详述的园址、园名、造园之旨、兴废沿革，乃至园内的亭廊花径、馆阁楼台、竹石草木的名称、方位、布置等等，都仿佛是历代楼台亭园的档案，成为后世考索故迹、追忆历史的重要参考，亦可作为后世兴园造景者学习效法的资料。

其二，思想性。记文在记景状物之余，亦寄托了作者对自然、历史、人生的思考。古人建造楼台园林往往有所托寄，此于园亭名中即可窥见一斑，而园记则为此托寄之情提供了更充分的表达空间。或托物言志，或借景抒情，园记亦成为了解创作者思想与心境的重要参照。《沧浪亭记》对自胜之道的思考，《乐圃记》对孔颜乐处的追摹，《放鹤亭记》见鹤飞西山而生放旷隐逸之情，《阅江楼记》则思山川形胜而起忧乐兴亡之叹。这些从楼台园林中感发出的对历史与人生的体察与深思，拓展了江苏园林的思想空间与艺术境界。

其三，文学性。记文结构精巧、文法生动，其中不乏唐宋后古文创作的名篇佳作。叙史处，严谨有法，有对实地的探察，又有对文献的钩稽，其中不乏考史之处。写景处，错落有致，一厅一堂、一山一池、一花一木，从容铺陈，摇曳生姿，令读者宛如同游。抒情处，深切著明，游赏之乐、宴饮之欢、故园之思、家国之情，皆诉诸笔底，至于心头。无论是对眼前实景的欣赏与感叹，还是对心中虚景的追忆与想象，记文以文学的笔法将楼台园林营造的现实之境转化为作者与读者心中的共通之情，深化了园林的情感世界与文化价值。

本卷选取自唐至清代所作楼台园记百余篇，涵盖历史上建造于苏州、扬州、南京、无锡、常州、淮安、徐州、镇江、泰州、连云港、盐城、南通等江苏各市县范围内的楼、台、亭、阁、堂、轩、园等。江苏文化多元，南北风土各具特色，楼台亭园的分布也并不平均。苏州、扬州、南京三地历史上建造园林数量最多，最能代表江南园林的艺术特征与成就，故三地保存下的楼台园记入选本书的篇目最多，占到全书篇幅的三分之二，其余各市虽数量不及，但亦不乏有特色的名胜古迹，如徐州的放鹤亭、黄楼，南通的水绘园，淮安的止园、曲江楼，盐城的俣园，连云港的半山园等等，均是其地历史与文化的重要见证与标识。本书尽量查考方志、别集等相关地方文献，选录其中有代表性的记文，尝试展现江苏楼台亭园建造之全貌。

这些古人所造的楼台亭园，有的至今保存完整，成为可供今人游览的重要历史景点，有的尚存遗迹供后人怀古幽思，有的则仅于史书中留存名字，原址早已湮没在历史的长河中。本卷并取存废，按其建筑所在市分类，不再细别区县，城市排名以选文多寡次第，每城内选文以作者时代先后为序，多选名家名篇，力求兼顾各地名胜。以记体文为主，而对于名楼名园无记但有铭并序存留者，亦择优入选，取其记录之意。本卷选文皆注明出处，原文已有点校本的，择善而从，摘自方志、别集而原文未有点校的，皆加入现代标点，以便读者阅读。文后分篇作注，于其辞采华茂、文义深远处加以赏析，以期展现出楼台亭园作为江苏重要的历史景观与文化载体所蕴含的意义。几位南京高校的青年教师与南京大学的博士生参与了本卷的编选与注析工作。陈植、张公弛先生选注《中国历代名园记选注》（安徽科学技术出版社 1983 年版），陈从周、蒋启霆先生选编《园综》（同济大学出版社 2011 年版）珠玉在前，是我们学习与工作过程中的重要参考。

兰亭已矣，梓泽丘墟。古人以砖石竹木搭建的现实空间，在一篇篇楼台园记中化作借由文字构建的心灵世界。即便时过境迁，沧海桑田，昔日匠心独运、精美绝伦的楼台亭园已不复存在，千百年后的读者依旧得以借助文字营造的图景走进古人的历史空间。江苏历代的楼台园林，时空跨越之广，数量之多，成就之高，令世人惊叹。我们真诚地期盼这卷小书能够提供一个了解江苏地区园林建造与文学书写的窗口，可以与读者一道，共同追寻属于江苏楼台园林的文化记忆。

刘雅萌

2025 年 3 月

目　录

苏　州

扬　州

南　京

无　锡

常　州

淮　安

徐　州

镇　江

泰　州

连云港

盐　城

南　通

苏　州

张伯玉

张伯玉(1003—1070),字公达,宋福建建安(今福建建瓯)人。仁宗天圣二年(1024)登进士第。庆历四年(1044),范仲淹以其敢言向朝廷举荐,得举贤良方正能直言极谏科。皇祐初官侍御史,其时陈执中为相,张伯玉直言"天下未治,未得真相故也",因此得罪陈执中而出知太平州,后又任严州副知州。治平年间,郑獬向宋英宗举荐张伯玉任知制诰,惜终未成,后官至司封郎中,神宗熙宁三年(1070)病卒,著有《蓬莱集》。

吴郡州学六经阁记〔1〕

六经阁,诸子百家皆在焉,不书,"尊经"也。吴郡州学,始由高平范公经缉之,〔2〕至今尚书富郎中,〔3〕十年更八政,学始大成;而成年六经阁又建。先时书籍草创,未暇完缉,〔4〕厨之后庑,泽地污晦,〔5〕日滋散脱,观者恻然,非古人藏象魏、拜六经之意。〔6〕至是,富公始与吴邑长洲二大夫,以学本之余钱,僦之市材,〔7〕直公堂之南,临泮池,层屋。起夏六月乙酉,止秋八月甲申,凡旬有七浃,〔8〕计庸千有二百。〔9〕作楹十有六,栋三架,霤八,桷三百八十有四,〔10〕二户六牖,梯衢、楶棁、〔11〕圬墁陶甓称是。〔12〕祈于久,故爽而不庳;〔13〕酌于道,故文而不华。经南向,史西向,子、集东向。标之以油素,揭之以油黄,〔14〕泽然区处,〔15〕如蛟龙之鳞丽,〔16〕如日月之在纪,不可得而乱矣。判天地之极,致皇王之高,道生人之纪律,举在是矣。古者圣人之设教也,知函夏之至广,〔17〕生齿之至众,不可以颐解耳授;〔18〕故教之有方,导之有原,乃本庠序之风,〔19〕师儒之说,始于邦,达于乡,至于室,莫不有学。烜之以文物,[20] 耸之以声明。[21] 先用警策其耳目,[22] 然后清发其灵腑,故其习之也易,其得之也深。其教不肃而成,不烦而治。驱元元之入善域,[23] 优而柔之,俾自得之。[24] 万世之后,尊三王四代法者,无他焉,教化之本末驯渐也。然则观是阁者,知六经之在,则知有圣人之道;知有圣人之道,则知有朝廷之化;知有朝廷之化,则向方之心,[25] 日懋一日。[26] 礼义之泽流于外,弦诵之声格于内。其为恶也无所从,其为善也有所归。虽不欲徙善远罪,纳诸大和不可。[27] 召康公之诗曰:"岂弟君子,来游来歌。"[28] 子思子之说云:"布在方册,人存则政举。"[29] 凡百君子,繇斯道,活斯民,畅皇极,[30] 序彝伦者,[31] 舍此而安适?得无尽心焉!诸儒谓伯玉尝从事此州,游学滋久,宜刊乐石,[32] 庶几永永无忽。[33]

【注释】

〔1〕选自吕祖谦编《宋文鉴》卷七十九。

〔2〕高平范公:即范文正公,范仲淹。高平,范姓的郡望。经缉:经手办成。

〔3〕尚书富郎中:即富弼,字彦国,官至同中书门下平章事,进封韩国公,卒谥文忠。

〔4〕完缉:完善充实。

〔5〕污晦:潮湿阴暗。

〔6〕象魏:原指宫廷前的建筑,用于悬示教令,这里当指律令。六经:儒家六部经典《易》《书》《诗》《礼》《乐》《春秋》,此处泛指儒家典籍。

〔7〕僦(jiù):人运送。

〔8〕浃(jiā):十天。

〔9〕庸:同"佣",雇佣劳役。

〔10〕桷(jué):方形的椽子。

〔11〕梯衝:梯子。衝,架在屋梁或门窗上的横木。楶棁(jié zhuō):柱头斗拱与梁上短柱。

〔12〕圩(wéi)墁(màn):泛指池壁和墙壁。陶甓(pì):陶砖。

〔13〕爽而不庳(bì):爽,明亮。庳,低矮。

〔14〕油素:光滑的白绢,多用于书画。油黄:黄颜色,此二句指对书籍做一些保护性装帧。

〔15〕泽然:松散的样子。

〔16〕鳞丽:鳞片相对。

〔17〕函夏:《汉书·扬雄传》:“以函夏之大汉兮,彼曾何足与比功?”后以函夏指全国。

〔18〕颐解:犹解颐,开颜欢笑。

〔19〕庠序:古代的地方学校,后亦泛指学校。

〔20〕烜(xuǎn):明亮,显著。

〔21〕耸之以声明:耸,振作。声明,名声。

〔22〕警策:比喻督教使之警戒振奋。

〔23〕元元:百姓,庶民。

〔24〕俾:使。

〔25〕向方:归向正道。

〔26〕懋(mào):努力,勤勉。

〔27〕大和:和谐的状态。

〔28〕召康公:即召公奭,周成王时任太保,常巡行乡邑,在棠树下决狱治政事。召公卒,民思其政,作《甘棠》以咏召公。岂弟(kǎi tì)君子,来游来歌:语出《诗经·大雅·卷阿》,《毛诗序》认为此是召公戒成王求贤用士之诗。岂弟,即恺悌,和气平易。此二句指和气平易的君子,到此游玩并咏歌。

〔29〕子思子:孔子的孙子。布在方册,人存则政举:见《礼记·中庸》:“哀公问政。子曰:‘文武之政,布在方策。其人存,则其政举;其人亡,则其政息。’”

〔30〕皇极:帝王统治天下的准则,即所谓大中至正之道。

〔31〕彝伦:常道,常理。

〔32〕乐石:原指可制作乐器的石料,后泛指碑石。

〔33〕忽:灭亡,湮没。

【评析】

宋朝建国之后,内忧外患逐渐增多,当时的士大夫们认为若要改变这种困境,就必须要兴办地方州学与县学,革新养士取士之法,本文所载的范仲淹、富弼对吴郡州学的经办就有这个背景在。六经阁即吴郡州学之藏书楼,相传开篇“六经阁,诸子百家皆在焉,不书,‘尊经’也”之语曾得古文大家曾巩惊佩(事见《容斋随笔》)。开篇定调之后,作者并不着墨于六经阁的形制与布局,而是先稍述其修成的历史,便笔锋一转阐述自己对兴办学校的认知:施政以教化为先,教化成则诸事不烦而治,教化的根本便是六经中蕴含的圣人之道,圣人之道则又赖朝廷兴办学校的政策得以转换为现实,修建六经阁与州学改变一方风俗使其合于礼义的意义也由此突显出来。李耆卿《文章精义》评:“张伯玉作《六经阁记》,谓‘六经阁者,诸子百家在焉,不书,尊经也’。亦是起句发意,但以下笔力差乏。”

苏舜钦

苏舜钦(1008—1048),字子美,宋梓州铜山(今四川中江)人。二十七岁中进士。庆历四年(1044),范仲淹、富弼、杜衍等人延揽人才,准备实行新法,举荐苏舜钦为集贤殿校理。苏舜钦倾向变法,受到保守派的打压,并被诬奏监守自盗,削职为民。庆历五年,苏舜钦举家至苏州,多次迁居之后,始购得郡学旁弃地,筑沧浪亭长期闲居,后复为湖州长史,不久即病逝。苏舜钦的作品比较关心政治和社会现实,其积极写作古文,反对骈文,是古文运动的早期推动者之一,与欧阳修、梅尧臣等人皆反对西昆体诗风。苏舜钦的诗与文章结集为《苏舜钦集》。

沧浪亭记〔1〕

予以罪废无所归,扁舟南游,旅于吴中,始僦舍以处,〔2〕时盛夏蒸燠,〔3〕土居皆褊狭,〔4〕不能出气,思得高爽虚辟之地,以舒所怀,不可得也。一日过郡学,〔5〕东顾草树郁然,崇阜广水,不类乎城中,并水得微径于杂花修竹之间,〔6〕东趋数百步,有弃地,纵广合五六十寻,三向皆水也,杠之南,〔7〕其地益阔,旁无民居,左右皆林木相亏蔽。访诸旧老,云钱氏有国,〔8〕近戚孙承祐之池馆也。〔9〕坳隆胜势,〔10〕遗意尚存,予爱而徘徊,遂以钱四万得之,构亭北碕,〔11〕号“沧浪”焉。前竹后水,水之阳,又竹无穷极,澄川翠干,光影会合于轩户之间,尤与风月为相宜。予时榜小舟,〔12〕幅巾以往,〔13〕至则洒然忘其归,箕而浩歌,踞而仰啸,野老不至,鱼鸟共乐,形骸既适则神不烦,〔14〕观听无邪则道以明,返思向之汩汩荣辱之场,〔15〕日与锱铢利害相磨戛,〔16〕隔此真趣,〔17〕不亦鄙哉!

噫！人固动物耳！情横于内而性伏，必外遇于物而后遣。[18]寓久则溺，以为当然，非胜是而易之，则悲而不开。[19]惟仕宦溺人为至深，古之才哲君子，有一失而至于死者多矣，是未知所以自胜之道。[20]予既废而获斯境，安于冲旷，[21]不与众驱，[22]因之复能见乎内外失得之原，沃然有得，[23]笑傲万古，尚未能忘其所寓目，用是以为胜焉！[24]

【注释】

〔1〕选自《苏舜钦集》卷十三。

〔2〕僦（jiù）舍：租房。

〔3〕蒸燠（yù）：天气闷热。

〔4〕土居：当地的房舍。

〔5〕郡学：苏州的官立学校。

〔6〕并（bàng）水：沿水而行。并，通“傍”，沿着。

〔7〕杠：独木桥。

〔8〕钱氏有国：五代十国时钱镠建立的吴越国。

〔9〕孙承祐：曾任吴越中吴军节度使，吴越王钱俶以其姐为妃。

〔10〕坳隆：坳，低池。隆，高阜。

〔11〕北碕（qí）：北面的曲岸。

〔12〕榜（bàng）：划船。

〔13〕幅巾：古代男子以一幅绢束发，称为幅巾。

〔14〕形骸：身体。

〔15〕汩汩：水急流貌，此处比喻人际关系往来。

〔16〕锱铢利害相磨戛：锱铢，比喻微小的数量。磨戛，摩擦撞击。此句指因很小的利害而相互算计。

〔17〕真趣：自然之趣。

〔18〕情横于内而性伏，必外遇于物而后遣：情欲充塞于心而天性被抑制，必须要在外物中得到寄托，才会感到舒畅。

〔19〕悲而不开：内心悲苦却无法排解。

〔20〕自胜之道：战胜自己的办法。

〔21〕冲旷：淡泊而旷达，不为功名利禄所累。

〔22〕不与众驱：不与众人在名利荣辱场中奔驰追逐。

〔23〕沃然：受启发而领悟貌。

〔24〕用是以为胜焉：以沧浪亭战胜仕宦的执念。

【评析】

《沧浪亭记》是苏舜钦遭受政治打击迁居苏州之后所作，亭名“沧浪”，取义于先秦民歌：“沧浪之水清兮，可以濯我缨；沧浪之水浊兮，可以濯我足。”文章先叙对一个高爽虚辟之地“思得”“不可得”而终于“得之”的过程，自然便引出与褊狭土居截然不同的沧浪亭。作者对寓居之地的寻求也是努力从情绪愤懑和抑郁中解脱出来的过程，在得到沧浪亭之后，其生活从政治荣辱转向草木亭居，从锱铢计较转向真趣自然，逐渐体会到淡泊而旷达的闲适。文章最后，作者从个人遭遇引出对人生处世问题的探讨，功名利禄“溺人为至深”，久而久之甚至会以为自然如此，只有战胜这种幻境并找到可替代之物方能解脱。而自己因为政治失意重新寻求寄予感情之物，最终借沧浪亭从仕宦的执念中解脱了出来。

朱长文

朱长文(1039—1098),字伯原,号乐圃,自号潜溪隐夫,宋吴县(今江苏苏州)人。嘉祐四年(1059)中进士,因年龄未到故未任职。次年,授许州司户参军,因从马上摔下受伤又未出仕。元祐元年(1086)被荐为苏州州学教授,八年召为太学博士,绍圣四年(1097)迁秘书省正字、枢密院编修,元符元年(1098)卒。家富藏书,精于校勘。著有《乐圃集》一百卷,南渡后毁于兵火,后其侄孙搜集其遗文为《吴郡乐圃朱先生馀稿》十卷,另存《乐圃馀稿》八卷及《吴郡图经续记》《墨池编》《琴史》。

乐圃记〔1〕

大丈夫用于世,则尧吾君,虞吾民,其膏泽流乎天下,及乎后裔,与夔、契并其名,〔2〕与周、召偶其功。〔3〕苟不用于世,则或渔、或筑、或农、或圃,劳乃形,逸乃心,友沮、溺,肩绮、季,追严、郑,蹑陶、白。〔4〕穷通虽殊,其乐一也。故不以轩冕肆其欲,〔5〕不以山林丧其节。孔子曰:“乐天知命,故不忧。”〔6〕又称颜子在陋巷,不改其乐,〔7〕可谓至德也已。余尝以“乐”名圃,其谓是乎?始钱氏时,广陵王元璙者,〔8〕实守姑苏,好治林圃,其诸子徇其所好,〔9〕各因隙地而营之,为台、为沼。今城中遗址,颇有存者,吾圃亦其一也。钱氏去国,圃为民居,更数姓矣。庆历中,余家祖母吴夫人始购得之。先大父与叔父或游焉,或学焉,每良辰美景,则奉板舆以观于此。〔10〕厥后稍广西壖,〔11〕以益其地,凡广轮逾三十亩。予尝请营之,以为先大父归老之地。熙宁之末,新筑外垣,尽覆之瓦。方将结宇,而亲年不待。既孤而归,于是遂卜居焉。月葺岁增,今更数载。虽敝屋无华，荒庭不甃，[12]而景趣质野，若在岩谷，此可尚也。圃中有堂三楹，堂旁有庑，[13]所以宅亲党也。堂之南又为堂三楹，命之曰邃经，所以讲论六艺也。[14]邃经之东又有米廪，[15]所以容岁储也。有鹤室，所以畜鹤也。有蒙斋，所以教童蒙也。邃经之西北隅有高冈，命之曰见山冈。冈上有琴台，琴台之西隅有咏斋，此予尝抚琴赋诗于此，所以名云。见山冈下有池，水入于坤(维)，[16]跨流为门，水由门萦纡曲引至于冈侧，东为溪，薄于巽隅，池中有亭曰墨池，余尝集百氏妙迹于此而展玩也。[17]池岸有亭曰笔溪，其清可以濯笔。溪旁有钓渚，其静可以垂纶也。钓渚与邃经堂相直焉。有三桥：度溪而南出者，谓之招隐；绝池至于墨池亭者，谓之幽兴；循冈北走，度水至于西圃者，谓之西涧。西圃有草堂，草堂之后有华严庵。草堂西南有土而高者，谓之西丘。其木则松、桧、梧、柏、黄杨、冬青、椅桐、柽柳之类。柯叶相蟠，[18]与风飘扬。高或参云，大或合抱。或直如绳，或曲如钩，或蔓如附，或偃如傲，或参如鼎足，或并如钗股，或圆如盖，或深如幄，或如蜕虬卧，或如惊蛇走，名不可以尽记，状不可以殚书也。[19]虽雪霜之所摧压，飙霆之所击撼，[20]槎牙摧折而气象未衰。[21]其花卉则春繁秋孤，冬晔夏倩。珍藤幽花，高下相映。兰菊猗猗，蒹葭苍苍。碧藓覆岸，慈筠列砌。[22]药录所收，雅记所名，[23]得之不为不多。桑柘可蚕，麻纻可缉。[24]时果分蹊，嘉蔬满畦。摽梅沉李，[25]剥瓜断壶。以娱宾友，以约亲属，此其所有也。

予于此圃，朝则诵羲文之《易》，孔氏之《春秋》，索《诗》《书》之精微，明《礼》《乐》之度数；夕则泛览群史，历观百氏，考古人是非，正前史得失。当其暇也，曳杖逍遥，陟高临深。飞翰不惊，[26]皓鹤前引。揭厉于浅流，踌躇于平皋。[27]种木灌园，寒耕暑耘。虽三事之位，[28]万钟之禄，不足以易吾乐也。然余观群动，无一物非空者，安用拘于此以自赘耶？异日，子春之疾瘳，[29]尚平之累遣，[30]将扁舟河海，浮游山岳，莫知其所终极。虽然，此圃者，吾先光禄之所遗，吾致力于此者久矣，岂能忘情哉！凡吾众弟，若子若孙，尚克守之，毋颓尔居，毋伐尔林，学于斯，食于斯，是亦足以为乐矣，予岂能独乐哉。昔戴颙寓居，鲁望归隐，〔31〕遗迹迄今犹存。千载之后，吴人犹当指此相告曰：“此朱氏之故圃也。”元丰三年十二月朔，吴郡朱伯原记。

【注释】

〔1〕选自《〈绍定〉吴郡志》卷十四《园亭》。

〔2〕夔：相传为舜时乐官。契：传说中商人的始祖。

〔3〕周、召：周公和召公，为周武王之弟。

〔4〕友沮、溺，肩绮、季，追严、郑，蹑（niè）陶、白：沮、溺，《论语·微子》中所载两名隐者。绮、季，《史记》载吕后从张良议请商山四皓辅佐惠帝，即绮里季、夏黄公、园公、甪里四人，此处似以绮、季为二人。严、郑，指后汉严君平、郑子真。陶、白，指晋陶渊明、唐白居易。蹑，追踪。

〔5〕轩冕：借指官位爵禄。

〔6〕乐天知命，故不忧：语出《易·系辞》：“乐天知命，故不忧；安土敦乎仁，故能爱。”

〔7〕在陋巷，不改其乐：语出《论语·雍也》：“子曰：‘贤哉，回也！一箪食，一瓢饮，在陋巷，人不堪其忧，回也不改其乐，贤哉，回也！’”

〔8〕元璙：吴越王钱镠第六子，为中吴军节度使，治苏州，创“南园”“东圃”等。

〔9〕徇：顺从，依从。

〔10〕板舆：古代一种用人抬的代步工具，多为老人乘坐。

〔11〕壖（ruán）：空地。

〔12〕荒庭不甃（zhòu）：荒芜的庭院缺少打理。

〔13〕庑：堂下周围的走廊、廊屋。

〔14〕六艺：儒家以《易》《书》《诗》《礼》《乐》《春秋》为“六经”，亦称“六艺”，《乐》久亡佚，汉武帝时立五经博士，已无《乐》。

〔15〕廪：粮仓。

〔16〕坤（维）：东北、东南、西南、西北等四隅称四维，坤维为西南方，下文巽（维）则指东南方。

〔17〕百氏妙迹：指古代书法家的墨迹。

〔18〕柯叶：枝叶。

〔19〕殚：尽。

〔20〕飙霆：狂风迅雷。

〔21〕槎（chá）牙：亦作“槎枒”，树木枝杈歧出貌。

〔22〕慈筠：即慈竹，丛生而根不外窜，阶下种之，不伤屋基。

〔23〕药录所收，雅记所名：药录，记植物药用功效之书。雅记，谓文人学士之著述。

〔24〕桑柘可蚕，麻纻可缉：桑柘，桑树和柘树。麻纻，大麻与苎麻，泛指麻，茎皮可供纺织用。

〔25〕摽梅：梅熟已落。

〔26〕飞翰：飞鸟。

〔27〕揭厉于浅流，踌躇于平皋：揭厉，《诗经》：“深则厉，浅则揭。”谓水深则沾衣，浅则举裳可涉，此处指涉水而举裳。踌躇，从容自得。

〔28〕三事：指三公，泛指高官厚禄。

〔29〕子春之疾瘳（chōu）：子春，曾子弟子，担任鲁之乐正，曾因脚伤，数月不出。

〔30〕尚平之累遣：尚平，指东汉尚长，字子平，为孩子操办婚事结束后，就不再理会家事。

〔31〕昔戴颙寓居，鲁望归隐：戴颙，字仲若，因病来吴地定居，吴地士人为其建房，种植树木，开涧引水。鲁望，陆龟蒙，字鲁望，去官归隐松江甫里。甫里在苏州东南十里，今名甪直。

【评析】

作者开篇虽区分“用于世”与“不用于世”，但其指出，只要乐天知命，则“穷通虽殊，其乐一也”，如是则名圃为“乐”之意便被自然带出。紧接着作者先对自家得园之历史作了一番回顾后，便转入对乐圃布局结构的叙述，从功能着眼分述不同地点与自己生活的关系，如“宅亲党”“讲论六艺”“容岁储”“畜鹤”“教童蒙”“抚琴赋诗”，展玩“百氏妙迹”，“濯笔”“垂纶”。在诸多景观中作者最费心思以及着墨最多处是其中的花草树木，由此亦可见作者心中的林园生活是以林木为主的。而作者在此园居是朝读六经涵养心性，晚读史子考订得失，闲暇时既有“曳杖逍遥，陟高临深”，也有“种木灌园，寒耕暑耘”的劳动。其在文章最后告诫子孙“毋颓尔居”，使千载之后犹有人知此是朱长文之乐圃，又可见作者对于名垂后世的念想。然而与朱氏之愿相违，乐圃在元代改属张适，明代改属申时行，清代改属蒋楫，晚清改属汪氏，现称环秀山庄，早已不复乐圃旧名。

杨维桢

杨维桢(1296—1370),字廉夫,号铁崖,别号铁笛道人、梅花道人,晚年自号抱遗老人、东维子,元末明初诸暨(今属浙江)人。杨维桢自幼聪颖,泰定四年(1327)中进士,后历任天台县尹、钱清场盐司令、建德路总管府推官、江西儒学提举等。元末避兵乱而隐居富春山、钱塘、松江等地,张士诚居浙西时屡召不赴,明太祖朱元璋曾召编修礼、乐、书志等,然其厌于为官,婉辞未往。其古乐府诗尤称名家,既婉丽动人,又雄迈自然,在当时有较大影响,时人称“铁崖体”,书法则以行草名世。著有《东维子文集》《铁崖古乐府》《丽则遗音》《复古诗集》等。

玉山佳处记[1]

昆隐君顾仲瑛氏,[2]其世家在昆之西,界溪之上,既与其仲为东西第,又稍为园池别墅,治屋庐其中,名其前之轩曰“桃源”,中之室曰“芝云”,东曰“可诗斋”,西曰“读书舍”,后之馆曰“碧梧翠竹”,亭曰“种玉”,合而称之,则曰“玉山佳处”也。予抵昆,仲瑛氏必从君子住之所,且求牓屋颜。[3]按,郡之昆山县华亭,陆氏祖所窆,[4]生机、云,[5]时人因以“玉出昆”而名山。昆邑山本号马鞍,出奇石似玉,烟雨晦明,时有佳气如蓝田焉。故人亦呼曰玉,又曰昆。而仲氏之居,去玉是舍远,奚以佳名哉?山之佳,在去山之外者得之,山中之人未知也。如唐之终南,隐者与司马道人指山之佳,身固在山数百里之外也。虽然,终南之嘉,终南之隐者未知也。借佳为捷仁之途,千古惭德,至于今山无能掩焉。若仲氏之有仕才而素无仕志,幸有先人世禄生产,[6]又幸遭逢盛时,得与名人韵士日相优游于山西之墅，以琴尊文赋为吾弗迁之乐，则玉山之佳，非仲瑛氏弗能领而有之。吁，与钟南隐者可以辨其佳之诬不诬矣。予尝论山不能重人，而人重之耳。望以剡子重，〔7〕荆以卞和重，〔8〕岘以平叔子重，〔9〕紫金以八公氏重，〔10〕他日昆之重，既以陆氏玉之重，又不以仲瑛氏乎？不然，山以玉名者众矣，若鄘、若灌、若龙城、若中巴、若滇也，雪水、上饶、山阴、星沙、横浦，皆未尝无玉之称也。求佳之赖人而重者如仲瑛氏，则玉之称山者贯亦土石之阜焉尔，〔11〕君子有何取乎哉？仲瑛谢曰："瑛何修而得比古哲人，窃勉焉，以无辱先生之云也。"遂录诸堂为志。书者，泗水杨某；篆者，〔12〕京兆杜本也。至正八年春正月既望之三日记。

【注释】

〔1〕选自《东维子文集》卷十八。

〔2〕顾仲瑛：即顾瑛（1310—1369），一名阿瑛，又名德辉，字仲瑛，元昆山（今属江苏）人，家业豪富，筑有玉山草堂。

〔3〕牓：牌匾，匾额。

〔4〕窆（biǎn）：埋葬。

〔5〕机、云：指陆机、陆云。

〔6〕世禄：古有世禄之制，贵族世代享有爵禄。此处借指先辈遗产。

〔7〕剡子：此指二十四孝之一"鹿乳奉亲"的故事。周人郯子父母年老患有眼疾，需要鹿乳医治，郯子就披鹿皮往深山鹿群中取鹿乳供养双亲，后人以孝称之。

〔8〕卞和：春秋时期楚国人，据《韩非子》载，卞和于楚山得一璞玉，后得楚文王识宝，琢成举世闻名的"和氏璧"。

〔9〕平叔子：指羊祜（221—278），字叔子，其镇守襄阳时，常与友人到岘山饮酒赋诗，颇感哀于江山依旧人事短暂。

〔10〕八公氏：西汉淮南王刘安有门客八人，即苏非、李尚、左吴、田由、雷被、毛被、伍被、晋昌，相传诸人在八公山学仙、炼丹。八公山，又名紫金山。

〔11〕阜：土山。

〔12〕篆：用篆体字书写铭刻。

【评析】

玉山佳处是元末昆山人顾瑛所建园林，是当时文人会聚、赋诗雅集的著名场所，《明史》评价“园池亭榭之盛，图史之富暨饩馆声伎，并冠绝一时”。至正八年（1348）杨维桢到来之前，玉山佳处有过一些雅集，似并不成气候，杨维桢到来之后，一变而为玉山文人集团的精神领袖，其友人和学生也不断参与进来，雅集知名度也迅速提升。而杨维桢此次在玉山草堂停留的几个月里，为玉山草堂撰写了一批相关文章，如《小桃源记》《书画舫记》等，《玉山佳处记》是其中一篇。本文中，杨维桢并未对园林作过多描述，而是更强调人与山之间的关系，即“山不能重人，而人重之耳”，山因人显，顾瑛有仕才而无仕志，隐居于此，为此山别增一些名气。元明易代之后，玉山佳处在兵乱战火中沦为废迹。

高巽志

高巽志(1342—1402),又名逊志,字士敏,明萧县(今属安徽)人,寓居嘉兴,后徙居吴门(今江苏苏州)。受业于贡师泰、周伯琦等,与当时名士张翥、危素、张以宁等游,善属文,被荐为鄮山书院山长。明太祖洪武初,被荐修《元史》,授翰林院编修,转秦府纪善,未过多久便告隐退。洪武十五年(1382)召为试吏部侍郎,旋罢官。惠帝建文初,征入翰林,迁太常少卿。燕王朱棣夺位后,弃官而去,遁迹雁荡山中。

耕渔轩记〔1〕

古者民有恒产,咸食其力而已。故农者服田而勤穑,〔2〕商者交易而懋迁,〔3〕工者利器而效役。虽劳而弗怠也,虽羡而弗辍也。〔4〕果怠而辍,何以独善其身哉。惟士则不然,学成于己,行孚于人,〔5〕其大而用天下,小而为天下用,无不可者。苟得其位,则天地日星之运行以之而有常,华岳河海之流峙以之而不匮,夷狄民物之生遂以之而得宜。其发于事业,可谓盛矣。故万钟之禄不足为其富,百里之封不足为其贵,而农工商贾之民不足以班之也。虽然,弗际可为之时,固不能行其道。弗得大有为之君,亦不能成其功。是以豪杰奇伟之士,有潜身于农者,寄迹于工商者,宁藏器而有待,殁世而不悔。〔6〕噫,岂特士之不幸哉。吴人徐君良辅,世家笠泽之陂,〔7〕慕学,无所不读。凡往古之成败污隆,〔8〕人物之是非得失,莫不周知而有要,愈叩而不穷。其为人平易以坦夷,〔9〕尊贤而好礼,弗矫激以干名,〔10〕弗□婾以趋利。予得而友之。一日造予曰:“不肖生居山泽,躬耕以具箪食,无所仰给于人。遭时乂宁,〔11〕野无螟螣之菑，[12]乡无枹鼓之警，[13]官无发召之役。获于田而观黍稷之敛穧，[14]缗于水而遂鳣鲔之涪湛。[15]而又暇日，挟册以学，思古人之微，以适其适。吾于是充然而有余，嚣然而自得，[16]怡然以尽夫修年，而无所觊觎矣。[17]因名居室曰‘耕渔’，所以寓吾志也。敢求文以为记。”予闻叹曰：“士之抱朴蕴贤，[18]固不欲自售于世，亦不可遗世而弗顾也。苟振耀一时，而事业不足以堪之，又不若独善而食其力也。以君之才而所志如此，抑岂有待而然与？”盖士必有待，然后能有所立，何独徐君也哉。是为记。至正二十一年夏五月，河南高巽志谨书。

【注释】

〔1〕选自徐达左辑录《金兰集》卷首。

〔2〕穑：耕耘收种。

〔3〕懋（mào）迁：贸易。

〔4〕辍：中途停止。

〔5〕孚：信用，诚信。

〔6〕殁（mò）世：终生。

〔7〕笠泽：松江。陂：旁边。

〔8〕污隆：升与降，常指世道的盛衰或政治的兴替。

〔9〕坦夷：坦率平易。

〔10〕矫激：奇异偏激，违逆常情。

〔11〕乂宁：安宁。

〔12〕螟螣（míng té）之菑（zāi）：螟螣，两种食苗的害虫。菑，同“灾”，灾害。

〔13〕枹鼓之警：枹鼓，鼓槌和鼓，指紧急事件。

〔14〕穧（jì）：收割。

〔15〕缗（mín）：钓取鱼类。鳣鲔（zhān wěi）：两种鱼类。涪湛：浮沉。

〔16〕嚣然：闲适貌。

〔17〕觊觎：非分的希望或企图。

〔18〕抱朴蕴贤：抱朴，持守本真，不为外物所诱惑。蕴贤，内心有贤德。

【评析】

耕渔轩为元末徐达左隐居处，与倪瓒清闷阁、顾德辉玉山佳处鼎足而三，一时名士多集于此，倪瓒作图，沙大用、徐理、朱逢吉、王宾作传，此篇即高巽志受徐达左之请所作之记。文章开篇并非直述耕渔轩之形制布局，而是以议论起首，将士与农、工、商三者作比，突出士“其大而用天下，小而为天下用，无不可者”的特点，然而士又有得位与逢时与否的区别，若得时与位则为可为之事，若不得位与时则潜身寄迹于农工商之间，这篇幅过半的议论并非游离于主题之外，而是恰好对应徐达左的身份，其为士，又是平易好礼之人，却躬耕垂钓寄情于山水之间，背后原因自然不难想见，前后联观可见作者对徐达左有璞玉之才却不逢时位的感叹，其间又或有自身感怀在焉。

徐有贞

徐有贞(1407—1472),初名珵,字元玉,号天全,明吴县(今江苏苏州)人。宣德八年(1433),明宣宗于便殿召试,其文为第一,即日便授翰林院编修,正统十四年(1449)土木堡之变,英宗为蒙古人所俘,徐有贞谏言力主南迁,因于谦、金英反对后不复言。天顺元年(1457),景帝患病,徐有贞与宦官曹吉祥、大将石亨合谋迎还英宗复辟,即日命兼翰林院学士,掌文渊阁事,次日加兵部尚书兼华盖殿大学士,其后徐氏得罪曹吉祥与石亨,被贬广东左参政,终谪金齿(今云南永昌)为民,后逢特赦还乡终老。其为官所作所为虽不足取,而学识文章则有过人之处,似不可以人废言。其弟子吴宽、外孙祝允明得其教诲,皆成一代书手。著有《武功集》。

先春堂记〔1〕

出吴门西南四十里外,有地据湖山之胜者,曰"光福里",里人徐氏世居焉。盖自宋季迄今,而诗书之泽不衰。洪武初,有曰良夫者,以文学典校事,与徐大章、杨廉夫、倪元镇、高士敏诸人相唱和,颉颃上下,〔2〕而其制行尤高,故当时江东儒者以良夫为称首。季清,其曾孙也,天资秀拔,警敏过人,年几五十而志益勤。思绍乃祖之风范,〔3〕闲构一宇,以为游息之所,命之曰"先春之堂"。余尝过之,季清请予登焉。坐而四望,左凤鸣之冈,右铜井之岭,邓尉之峰峙其上,〔4〕具区之流汇其下。扶疏之林,〔5〕葱蒨之圃,〔6〕棋布鳞次,〔7〕映带于前后。时方冬春之交,松筠橘柚之植,〔8〕青青郁郁,列玗琪而挺琅玕。〔9〕梅花万树,芬敷澜漫,爽鼻而娱目，使人心旷神怡，若轶埃壒而凌云霄，[10]出阴沍而熙青阳。视他所，殆别有一天地也。余顾谓季清曰："胜哉景也！此其所得先春者乎。然余闻之，地以人而胜，人以时而乐。是故山水虽佳，而居无能赏之人，过之而弗睨，[11]睨之而弗爱，则地固不得以自胜。人能赏矣，而生无可乐之时，饥寒之切身，忧患之萦心，则登山临水且悴然有恻怆之情，[12]抑乌得以自乐哉？今子之居，既据湖山之胜，而又生斯太平之时，承文儒之绪，田园足以自餋，[13]琴书足以自娱，有安闲之适，无忧虑之事。于是乎逍遥徜徉乎山水之间，以穷天下之乐事，其幸多矣。视彼叔世之民，[14]抢攘于风尘之际者，[15]讵非得春之先者乎？子其乘是而益进修焉，游乎道德之林，息乎礼义之圃，乐乎性命之大，而展其光风霁月之怀抱，[16]以探先春之意，不亦至乎。"季清曰："善。"遂书以记之。

【注释】

〔1〕选自《武功集》卷三。

〔2〕颉颃：谓不相上下，相抗衡。

〔3〕绍：承继。

〔4〕邓尉：山名。

〔5〕扶疏：枝叶繁茂貌。

〔6〕葱蒨（qiàn）：草木青翠茂盛貌。

〔7〕棋布：像棋子一样排列。鳞次：像鱼鳞那样排列。

〔8〕松筠：松树和竹子。橘柚：橘树和柚树。

〔9〕玗（yú）琪：玉名。琅玕（láng gān）：似珠玉的美石。

〔10〕若轶埃壒：轶，超绝。埃壒，尘土。

〔11〕睨：视。

〔12〕恻怆：哀伤。

〔13〕餋（juàn）：祭祀，泛指生活。

〔14〕叔世：犹末世，衰乱的时代。

〔15〕抢攘：纷乱貌。

〔16〕光风霁月：此处用以比喻人品高洁，胸襟开阔。

【评析】

明景泰年间，徐达左之曾孙徐季清在耕渔轩之左构筑先春堂，与高巽志受请于徐达左相类，徐有贞受请于徐季清而为先春堂作志。此文开篇先追溯徐氏先祖在此湖山胜处诗书传家的家族历史，并点出洪武初年"江东儒者以良夫为称首"，称赞其曾祖在地域学术群体中的重要地位。文章接着以"季清，其曾孙也"转入对先春堂的叙述，该堂地势与耕渔轩同，皆"左凤鸣之冈，右铜井之岭，邓尉之峰峙其上，具区之流汇其下"。然而"地以人而胜，人以时而乐"，景色与登山临水者的心态密切相关，如饥寒忧患者便易有凄怆之情，是以作者借此勉励徐季清生处太平之世，又有诗书传家之教，田园自养之得，应勤修道德、注重礼义，参详性命学说，走向儒家所言"内圣"的境界。

文徵明

文徵明(1470—1559),初名壁,后以字行,更字徵仲,号衡山居士,明长洲(今江苏苏州)人。明武宗正德末,以岁贡生赴吏部试,因巡抚李充嗣荐,授翰林院待诏,世宗即位后便辞官归里。其仕宦不达而以诗书画文闻名,传世之作尤多,在艺术史上颇有影响。其诗早年与徐祯卿并称,后以诗赋文章与祝允明、唐寅、徐祯卿合称“吴中四才子”。其为画则精擅山水,好淡雅平静之风,与沈周、唐寅、仇英合称“明四家”,是吴门画派的主要代表。文徵明更将自身诗文书画多方面的艺术修养用于设计园林,并为园作画、题诗、作记,拙政园的设计便有文徵明参与其中。其著有《甫田集》《文翰诏集》等。

王氏拙政园记〔1〕

槐雨先生王君敬止所居,〔2〕在郡城东北,〔3〕界娄、齐门之间。〔4〕居多隙地,〔5〕有积水亘其中,〔6〕稍加浚治,〔7〕环以林木。为重屋其阳,〔8〕曰梦隐楼。〔9〕为堂其阴,曰若墅堂。〔10〕堂之前为繁香坞,〔11〕其后为倚玉轩。〔12〕轩北直梦隐,〔13〕绝水为梁,〔14〕曰小飞虹。逾小飞虹而北,循水西行,岸多木芙蓉,曰芙蓉隈。〔15〕又西,中流为榭,〔16〕曰小沧浪亭。〔17〕亭之南,翳以修竹。〔18〕经竹而西,出于水澨,〔19〕有石可坐,可俯而濯,曰志清处。〔20〕至是,水折而北,滉瀁渺弥,〔21〕望若湖泊,夹岸皆佳木,其西多柳,曰柳隩。〔22〕东岸积土为台,曰意远台。〔23〕台之下,植石为矶,〔24〕可坐而渔,曰钓碧。〔25〕遵钓碧往北,地益迥,林木益深,水益清驶,〔26〕水尽,别疏小沼,植莲其中,曰水花池。池上美竹千挺,可以追凉,中为亭,曰净深。〔27〕循净深而东,柑橘数十本,亭曰待霜。〔28〕又东出梦隐楼之后，长松数植，风至泠然有声，[29]曰听松风处。自此绕出梦隐之前，古木疏篁，[30]可以憩息，曰怡颜处。[31]又前循水而东，果林弥望，[32]曰来禽囿。[33]囿缚尽四桧为幄，[34]曰得真亭。[35]亭之后为珍李坂，[36]其前为玫瑰柴，又前为蔷薇径。至是，水折而南，夹岸植桃，曰桃花沜。[37]沜之南，为湘筠坞。[38]又南，古槐一株，敷荫数弓，[39]曰槐幄。其下跨水为杠。[40]逾杠而东，篁竹阴翳，[41]榆槐蔽亏，[42]有亭翼然西临水上者，槐雨亭也。亭之后为尔耳轩，[43]左为芭蕉槛。[44]凡诸亭、槛、台、榭，皆因水为面势。自桃花沜而南，水流渐细，至是伏流而南，[45]逾百武，[46]出于别圃藂竹之间，是为竹涧。竹涧之东，江梅百株，花时香雪烂然，[47]望如瑶林玉树，[48]曰瑶圃。[49]圃中有亭，曰嘉实亭，泉曰玉泉。凡为堂一，楼一，为亭六，轩、槛、池、台、坞、涧之属二十有三，总三十有一，名曰拙政园。

王君之言曰："昔潘岳氏仕宦不达，[50]故筑室种树，灌园鬻蔬，曰'此亦拙者之为政也'。[51]余自筮仕抵今，[52]余四十年，同时之人，或起家至八坐，登三事，[53]而吾仅以一郡倅老退林下，[54]其为政殆有拙于岳者，园所以识也。"

虽然，君于岳则有间矣。君以进士高科，仕为名法从，直躬殉道，非久被斥。其后旋起旋废，迄摈不复，其为人岂龌龊自守、视时浮沉者哉？[55]岳虽漫为《闲居》之言，而谄事时人，[56]至于望尘雅拜，干没势权，终罹咎祸。[57]考其平生，盖终其身未尝暂去官守以即其闲居之乐也。岂惟岳哉！古之名贤胜士，固有有志于是，而际会功名，不能解脱，又或升沉迁徙，不获遂志如岳者，何限哉？而君甫及强仕即解官家处，所谓筑室种树，灌园鬻蔬，逍遥自得，享闲居之乐者，二十年于此矣。究其所得，虽古之高贤胜士，亦或有所不逮也，而何岳之足云？所为区区以岳自况，亦聊以宣其不达之志焉耳。而其志之所乐，固有在彼而不在此者。是故高官朊仕，[58]人所慕乐，而祸患攸伏，造物者每消息其中，[59]使君得志一时，而或横罹灾变，其视末杀斯世而优游余年，果孰多少哉？君子于此，必有所择矣。

徵明漫仕而归，虽踪迹不同于君，而潦倒末杀，略相曹耦，[60]顾不得一亩之宫以寄其栖逸之志，而独有羡于君，既取其园中景物悉为赋之，而复为之记。嘉靖十二年岁在癸巳五月既望。

【注释】

〔1〕选自《文徵明集》补辑卷二十。

〔2〕王君敬止：即王献臣，字敬止，号槐雨，明江苏吴县人。弘治六年(1493)举进士，擢御史，后为党争所累，贬广东驿丞。武宗时迁永嘉知县，后罢官归家。

〔3〕郡城：郡治所在地。

〔4〕界娄、齐门：界，地界，地方。娄门，吴县东门。齐门，吴县北门。

〔5〕隙地：空地，闲地。

〔6〕亘：横贯。

〔7〕浚治：疏浚治理。

〔8〕重屋其阳：重屋，高楼。阳，向阳的一面，指水池的北面。下文“为堂其阴”的“阴”指水池的南面。

〔9〕梦隐楼：王献臣曾游福建仙游县九鲤湖，梦“隐”字，楼由此得名。

〔10〕若墅堂：晚唐诗人皮日休赞其挚友陆龟蒙旧宅“鲁望(龟蒙字)所居，不出郛郭，旷若郊墅”。堂由此得名。

〔11〕繁香坞：金人孟宗献《苏门花坞》：“从君小筑繁香坞，不负长腰玉粒春。”坞由此得名。

〔12〕倚玉轩：因轩前的昆山石而得名。

〔13〕直：正对。

〔14〕绝水：跨水。

〔15〕隈(wēi)：山水弯曲处。

〔16〕中流：水中。

〔17〕小沧浪亭：园内有池水，中建一亭，形如苏舜钦“沧浪池”，故此榭袭名。

〔18〕翳：遮蔽。

〔19〕水澨(shì)：水滨。

〔20〕志清处:《文选》李善注引文“临深使人志清”,此处因此得名。

〔21〕滉(huàng)漾渺弥:滉漾,水面广阔貌。渺弥,旷远貌。

〔22〕隩(yù):水边深曲处。

〔23〕意远台:在小沧浪池上,缘《文选》李善注引文“登高使人意遐”得名。

〔24〕矶:水边突出的岩石。

〔25〕钓𥓂(gǒng):为钓鱼者在水中所立之石。

〔26〕清驶:水清流疾。

〔27〕净深:语出杜甫《野望》:“远水兼天净,孤城隐雾深。”

〔28〕待霜:语出韦应物《答郑骑曹青橘绝句》:“书后欲题三百颗,洞庭须待满林霜。”

〔29〕泠然:声音清越激扬貌。

〔30〕疏篁:稀疏的竹林。

〔31〕怡颜处:语出陶渊明《归去来兮辞》:“引壶觞以自酌,眄庭柯以怡颜。”

〔32〕弥望:满眼。

〔33〕来禽:又名沙果、林檎。

〔34〕囿缚尽四桧为幄:园内桧树,四棵一组捆绑在一起,形成帐篷的样子。幄,帐篷。

〔35〕得真亭:语出晋代左思《招隐》:“峭蒨青葱间,竹柏得其真。”

〔36〕坂:斜坡。

〔37〕泮(pàn):水边崖岸。

〔38〕湘筠:指湘竹。

〔39〕敷荫数弓:敷荫,布荫。弓,计量单位,原为与弓同距离的长度单位,后亦用作丈量亩地的单位,或以八尺为一弓,或以六尺为一弓。

〔40〕杠:小桥,独木桥。

〔41〕篁竹:竹林,竹丛。

〔42〕蔽亏:掩蔽。

〔43〕尔耳:《晋书·阮咸传》载阮咸答人“未能免俗,聊复尔耳”,意暂且如此。

〔44〕芭蕉槛:因傍植芭蕉而得名。槛,栏杆。

〔45〕伏流:水在地下流动。

〔46〕武:三尺,古以六尺为步,半步为武。

〔47〕香雪:白色的花。

〔48〕瑶林玉树：瑶林，仙境。玉树，仙树。

〔49〕瑶圃：产玉的园圃，指仙境。

〔50〕潘岳氏仕宦不达：潘岳，西晋文人，仕途不得意，晋惠帝时为赵王司马伦所杀。

〔51〕“筑室种树”三句：语出潘岳《闲居赋序》：“筑室种树，逍遥自得，池沼足以渔钓，舂税足以代耕；灌园鬻蔬，以供朝夕之膳；牧羊酤酪，以俟伏腊之费。‘孝乎唯孝，友乎兄弟。’此亦拙者之为政也。”鬻（yù），种，养也。

〔52〕筮仕：古人外出做官之前先占卦问吉凶，后称初次做官为“筮仕”。

〔53〕至八坐，登三事：旧时指中央政府的八种高级官员，历朝不一，多指称尚书之类的高官。三事，即三公。

〔54〕郡倅（cuì）：郡太守的副手。倅，副职。

〔55〕龌龊：气量局促，狭小。

〔56〕谄：奉承，献媚。

〔57〕罹：遭。

〔58〕膴（wǔ）仕：高官厚禄。

〔59〕消息：变化。

〔60〕曹耦：同“曹偶”，同类。

【评析】

王献臣与文徵明两家世代交好，王献臣被贬时文徵明皆有文字相赠，以宽慰其心，其子王锡麟之字（公振）亦由文徵明所取。王献臣正德四年（1509）辞官归吴后，两人交往更为密切，故之后拙政园修建时，文徵明便多预其事。嘉靖十二年（1533），文徵明更应王献臣之请，依文中所言“三十有一”之景绘图、作诗、作记，即《拙政园图》《拙政园记》《拙政园咏》，比较完整地勾画出整个园林的风格。《拙政园记》前半篇幅便是在述此三十一景，先以“居多隙地，有积水亘其中”突出积水弥漫，建园不易，然后便因地制宜，“凡诸亭、槛、台、榭，皆因水为面势”，形成以水为主体而辅以植栽的园林景观。在文章后半，文徵明由园内转向“园外”，以潘岳沉溺仕宦不能解脱，终遭祸患为反例，宽慰王献臣，其逍遥自得享闲居之乐，为古人所求而不得，且祸福相依，不必以仕宦不达为憾。

归有光

归有光(1507—1571),字熙甫,号震川,明吴郡(今江苏昆山)人。勤奋好学而科举却屡不如意,至嘉靖十九年(1540)方举应天乡试第二名,此后八次考进士都未被录取,于是迁居嘉定安亭江上讲学,人称震川先生。嘉靖四十四年(1565)以近六十岁高龄考上三甲进士,往长兴县当知县。归有光并不专攻宋元经注与研习八股,而是博览群书,故在散文创作上与一般举子不同,其叙述家人、朋友之间琐事的散文,感情尤为真挚。归有光上继唐宋八大家散文传统,下开方苞、姚鼐等桐城派散文之先河,行文朴素简洁,善于叙事,与王慎中、唐顺之、茅坤等被称为"唐宋派",反对当时文坛上"文必秦汉"的复古倾向,肯定唐宋古文运动的传统和成就。

沧浪亭记〔1〕

浮图文瑛,〔2〕居大云庵,环水,即苏子美沧浪亭之地也。〔3〕亟求余作《沧浪亭记》,曰:"昔子美之记,记亭之胜也,请子记吾所以为亭者。"

余曰:昔吴越有国时,〔4〕广陵王镇吴中,〔5〕治园于子城之西南,〔6〕其外戚孙承祐,亦治园于其偏。迨淮海纳土,〔7〕此园不废。苏子美始建沧浪亭,最后禅者居之,此沧浪亭为大云庵也。有庵以来二百年,文瑛寻古遗事,复子美之构于荒残灭没之余,此大云庵为沧浪亭也。夫古今之变,朝市改易。〔8〕尝登姑苏之台,望五湖之渺茫,〔9〕群山之苍翠,太伯、虞仲之所建,〔10〕阖闾、夫差之所争,〔11〕子胥、种、蠡之所经营,〔12〕今皆无有矣。庵与亭何为者哉?虽然,钱镠因乱攘窃,保有吴越,国富兵强,垂及四世。诸子姻戚，乘时奢僭，[13]宫馆苑囿，极一时之盛，而子美之亭，乃为释子所钦重如此。[14]可以见士之欲垂名于千载，不与澌然而俱尽者，[15]则有在矣。

文瑛读书喜诗，与吾徒游，呼之为沧浪僧云。

【注释】

〔1〕选自《震川先生集》卷十五。

〔2〕浮图：也作“浮屠”，梵语的音译，指佛或者佛塔，这里代指佛教徒。文瑛：僧人名号，其人不详。

〔3〕苏子美：即苏舜卿，字子美，北宋文学家。曾修沧浪亭，并作《沧浪亭记》。

〔4〕吴越有国：五代十国之一，唐末镇海节度使钱镠所建，都杭州，传四世，后降宋，共七十余年。

〔5〕广陵王：即钱元璙，吴越王钱镠的儿子。吴中：泛指今太湖流域一带。

〔6〕子城：大城所属的小城，这里指内城。

〔7〕迨淮海纳土：迨，等到。淮海纳土，指吴越国降宋，献出淮海一带的土地。

〔8〕朝市：朝廷和集市。

〔9〕五湖：泛指太湖一带所有湖泊。

〔10〕太伯、虞仲：周太王古公亶父的长子、次子，传说是吴国的开创者。

〔11〕阖闾（hé lǘ）、夫差：春秋时相继就任的两位吴王，夫差是阖闾之子。

〔12〕子胥：即伍子胥，春秋时人，曾辅佐吴王夫差伐越。种：即文种，春秋时越国大夫。蠡：即范蠡，春秋时越国大夫。二人辅佐勾践伐吴。

〔13〕僭（jiàn）：超越本分。

〔14〕释子：僧人。

〔15〕澌然：冰块融化的样子。

【评析】

沧浪亭为宋人苏舜钦所建，后来人们在其遗址上修建大云庵，明代文瑛和尚又在大云庵基址上重修沧浪亭，并嘱归有光记其重修沧浪亭之缘由。归有光既以“沧浪亭记”为题，无论是描绘园景还是抒发仕宦与闲居之别，皆有苏舜钦之文珠玉在前,极易陷入人云亦云之困境。故其以“所以为亭”四字为本,另辟蹊径,以古今对比贯通全文,先在吴越建国至明这一历史变迁中勾勒沧浪亭之兴废,进而上溯至春秋吴越,以朝代兴衰和人事变迁作比,反衬苏舜钦文章之不朽,又以吴越国公馆苑囿之盛沦为陈迹反衬沧浪亭的毁而复建,由是则沧浪亭留存至今,并非因为其建筑实体,而有一种文化传承的意味在焉,文末“士之欲垂名于千载,不与澌然而俱尽者,则有在矣”,正是此意。

王世贞

王世贞(1526—1590),字元美,号凤洲,又号弇州山人,明太仓(今属江苏)人。其父王忬为右佥都御史,后被严嵩陷害处死。世贞于嘉靖二十六年(1547)中进士,官至南京刑部尚书。作为复古派"后七子"的领袖,他在当时文坛"才最高,地望最显,声华意气笼盖海内"(《明史·王世贞传》)。他本极力主张"文必秦汉,诗必盛唐",但晚年观点有所转变。著有《弇州山人四部稿》《弇州山人续稿》《弇山堂别集》等。

弇山园记(节选)〔1〕

一

自大桥稍南皆阛阓,〔2〕可半里而杀,〔3〕其西忽得径,曰"铁猫弄",颇猥鄙。〔4〕循而西三百步许,弄穷。稍折而南,复西,不及弄之半,为隆福寺。其前有方池,延袤二十亩,〔5〕左右旧圃夹之,池渺渺受烟月,令人有苕、霅间想。〔6〕寺之右,即吾弇山园也,亦名弇州园。前横清溪甚狭,而夹岸皆植垂柳,荫枝樛互如一本。〔7〕溪南张氏腴田数亩,〔8〕至麦寒禾暖之日,黄云铺野,〔9〕时时作饼饵香,〔10〕令人有炊宜城饭想。园之西为宗氏墓,古松柏十余株。其又西则汉亭侯庙,〔11〕碧瓦雕甍,〔12〕峭崒云表。〔13〕此皆辅吾园之胜者也。

园之中,为山者三,为岭者一,为佛阁者二,为楼者五,为堂者三,为书室者四,为轩者一,为亭者十,为修廊者一,为桥之石者二、木者六,为石梁者五,为洞者、为滩若濑者各四,为流杯者二,〔14〕诸岩磴涧壑,〔15〕不可以指计,竹木卉草香药之类,不可以勾股计。〔16〕此吾园之有也。

园,亩七十而羸,[17]土石得十之四,水三之,室庐二之,竹树一之。此吾园之概也。

宜花,花高下点缀如错绣,游者过焉,芬色殢眼鼻而不忍去。[18]宜月,可泛可陟,[19]月所被,石若益而古,水若益而秀,恍然若憩广寒清虚府。[20]宜雪,登高而望,万堞千甍,[21]与园之峰树,高下凹凸皆瑶玉,目境为醒。宜雨,濛濛霏霏,浓淡深浅,各极其致。縠波自文,[22]鯈鱼飞跃。[23]宜风,碧篁白杨,[24]琮琤成韵,[25]使人忘倦。宜暑,灌木崇轩,[26]不见畏日,轻凉四袭,逗弗肯去。此吾园之胜也。

吾自纳郧节,[27]即栖托于此。晨起,承初阳,听醒鸟。晚宿,弄夕照,听倦鸟。或蹑短屐,[28]或呼小舠,[29]相知过从,不迓不送。[30]清酒时进,钓溪腴以佐之;[31]黄粱欲熟,摘野鲜以导之。平头小奴,[32]枕簟后随,[33]我醉欲眠,客可且去。[34]此吾居园之乐也。

守相达官,干旄过从,[35]势不可却,摄衣冠而从之,呵殿之声,[36]风景为杀。性畏烹宰,盘筵饾饤,[37]竟夕不休。此吾居园之苦也。

园所以名弇山,又曰弇州者何?始余诵《南华》而至所谓"大荒之西、弇州之北",[38]意慕之而了不知其处。及考《山海西经》,[39]有云"弇州之山,五彩之鸟仰天,名曰鸣鸟,爰有百乐歌舞之风。[40]有轩辕之园,南栖为吉,[41]不寿者乃八百岁",不觉爽然而神飞。仙仙傞傞,[42]旋起旋止,曰:吾何敢望是,姑以名吾园,名吾所撰集,以寄其思而已。乃不意从上真游,[43]屏家室,栖于一茅宇之下。偶展《穆天子传》,[44]得其事曰:"天子觞西王母于瑶池之上,天子遂驱升于弇山,乃纪其迹于弇山之石,而树之槐,眉曰'西王母之山'。"则是弇山者,帝妪之乐邦,[45]而群真之琬琰也。[46]景纯先生乃仅以为"弇兹,日入地"。[47]夫奄兹在鸟鼠西南三百六十里,[48]其中多砥砺,[49]固可刻,而去陇首不远。[50]二《传》皆先生笔,遂忘之耶?则不佞所名园与名所撰集者,虽瞿然愧,[51]亦窃幸其于古文暗合矣!

自余园之以巨丽闻，诸与园邻者，游以日数，他友生以旬数。而今计余迹，岁不能五六过，则余且去而为客，乃犹窃弇山之号，而又重之以记，得无尚有所系耶？夫志大乘者，[52]不贪帝释宫苑，[53]藉令从穆满后以登弇山之巅，[54]吾且一寓目而过之，而况区区数十亩宫也。且吾向者有百乐而不能胜一苦。而今者幸而并所谓苦与乐，而尽付之乌有之乡，我又何系也？夫山河大地，皆幻也。吾姑以幻语志吾幻而已！

【注释】

〔1〕选自《弇州山人续稿》卷五十九。

〔2〕阛阓（huán huì）：街市，街道。

〔3〕杀：止。

〔4〕猥鄙：低下鄙陋。

〔5〕延袤：长度和广度，引申指面积。

〔6〕苕（tiáo）、霅（zhà）：苕溪和霅溪，皆在浙江湖州。其城郊多水，风景清远，是唐人张志和的隐居之地。此处借指隐居之意。

〔7〕荫枝樛（jiū）互如一本：指枝叶绞结盘绕。本，根。

〔8〕腴田：肥沃的田地。

〔9〕黄云铺野：黄云，指成熟的麦子。此处形容其生长繁茂。

〔10〕饼饵香：形容麦子长得好，如能闻到其制成饼饵的香味。苏轼《南园》诗云："夏垄风来饼饵香。"

〔11〕汉亭侯庙：即关帝庙。

〔12〕雕甍：雕镂文采的殿亭屋脊。

〔13〕峭崒（qiú zú）：高峻的样子。

〔14〕流杯：指曲折平缓的水流。古人三月三日集会于环曲的水渠旁，在上流放置酒杯，顺流而下，停在谁的面前，谁即取饮，称为流杯或流觞。

〔15〕岩磴涧壑：险峻的山路，山涧沟谷。

〔16〕勾股：指长宽方幅。

〔17〕赢：余。

〔18〕芬色殢（tì）眼鼻而不忍去：指游人沉迷于花之香色而不愿离去。殢，沉

溺于。

〔19〕陟(zhì):登高。

〔20〕恍然若憩广寒清虚府:仿佛是在月宫殿中休息。广寒清虚府,指月宫。

〔21〕万堞(dié)千甍:堞,矮墙。甍,屋脊。

〔22〕縠(hú)波自文:形容水面微波荡漾的样子。

〔23〕鲦(tiáo)鱼:一种小鱼。

〔24〕碧篁:碧绿的竹子。

〔25〕琮琤:形容敲打玉石的声音,此处代指竹、杨枝叶相撞时发出的声响。

〔26〕崇轩:高高的轩榭。

〔27〕纳郧(yún)节:指从郧阳罢任。郧,今湖北郧阳。节,符节。古时派遣使者,给符节为凭,复命时缴回,称纳节。

〔28〕蹑短屐:蹑,踩。短屐,指轻便的鞋子。

〔29〕呼小舠(dāo):呼唤小船。

〔30〕迓(yà):迎接。

〔31〕溪腴:指鱼。

〔32〕平头小奴:或指垂发不戴巾的僮仆。平头,旧亦解为小帽。

〔33〕枕簟:枕头竹席。

〔34〕我醉欲眠,客可且去:化用陶渊明的典故,见《宋书·陶潜传》:“我醉欲眠,卿可去。”

〔35〕守相达官,干旄(máo)过从:指各种达官显贵前来游访。干旄,古代达官的一种仪仗。

〔36〕呵殿之声:古代官员出行,前后都有随从吆喝,在前称“呵”,在后称“殿”。

〔37〕盘筵饾饤(dòu dìng):饾饤,摆设多而杂的食品。此句形容筵席上果点繁多。

〔38〕《南华》:即《庄子》,道家称《南华真经》。

〔39〕《山海西经》:《山海经》中的《大荒西经》。

〔40〕爰有:这里有。

〔41〕南栖为吉:在南边居住可以获得吉祥。

〔42〕仙仙傞(suō)傞:仙仙,轻举貌。傞傞,飘舞貌。

〔43〕上真:神仙。

〔44〕《穆天子传》：晋代发现的先秦古书之一，作者不详。

〔45〕帝妪：指黄帝、西王母。

〔46〕群真之琬琰：真，仙人。琬琰，刻书的美石，即上引《穆天子传》。

〔47〕景纯先生：指晋代郭璞，曾为《穆天子传》作注。

〔48〕鸟鼠：山名。郭璞注《尔雅》云“今在陇西首阳县，有鸟鼠同穴山”。

〔49〕砥砺：磨石。精为砥，粗为砺。

〔50〕陇首：在今甘肃省。

〔51〕瞿然：惊慌的样子。

〔52〕志大乘者：佛法修行高深者，称大乘。

〔53〕帝释宫苑：佛经分众生所居的欲界为“六天”，主者为帝释天。

〔54〕穆满：周穆王名满，相传其曾遍游名山。

二

自隆福寺而西，小溪渺渺，垂柳交荫，而吾园实枕之，〔1〕扁其门曰弇州。〔2〕语具前《记》中。入门则皆织竹为高垣，傍蔓红白蔷薇、酴醿、月季、丁香之属。花时雕缋满眼，〔3〕左右丛发，不飔而馥，〔4〕取岑嘉州语，〔5〕名之曰惹香径。〔6〕径至西而既，〔7〕得平桥，曰知津，取弇山堂道也。高垣之左方，以步武计，〔8〕杂植榆、柳、枇杷数株，藩之以栖鹤。始有馈余此禽者，后先六头，每交吭群唳，〔9〕声彻云表。以鲜食裁之，〔10〕留其二，名之曰清音栅，静夜所时得也。右方除地为小圃，以甽计，〔11〕皆种柑橘，土不能如洞庭，名之曰楚颂，〔12〕取苏子瞻语也。〔13〕径之阳有墙隔之，中通一门，颜之曰小祇林。〔14〕始之辟是地也，中建一阁，以奉佛经耳，小祇林所由名也。既益之以道经，又辅之以岛榭台馆之属。余志日侈胜，日益廓，而去兹名远矣。颜之，志始也。〔15〕

入门而有亭翼然，〔16〕前列美竹，左右及后三方悉环之，数其名，将十种。〔17〕亭之饰皆碧，以承竹映，而名之曰此君，〔18〕取吾家子猷语也。〔19〕其左，竹中辟为路，客游至此，倦，少憩，所谓“夏不见畏日，轻凉四袭,逗不肯去”者,此亦其一也。转而为竹之背,一乔峰独立而俯其首若有听者,以与经阁相望也,名之曰点头石,[20]取生公传语也。[21]去峰之十武,得石桥,广而平,可布十席。向者往往于此候月,今以他胜处夺之,不能恒矣,名之曰梵生,[22]取释迦于忉利天说法还王舍语也。[23]盖至此而目境忽若辟者,高榆古松,与阁争丽,美荫不减竹中,而不为窈窕深黝,[24]友人文寿承过此而乐之,[25]古隶大书曰清凉界,甚怪伟,勒石立于桥之阳。右方循桥直上可数丈,得阁,其左右室藏佛、道经,扁其左曰法宝、右曰玄珠。畏客之余,辄闯入其中,以息躁汰浊而已,[26]不能遍翻阅也。启北窗,则中岛及西山,峦色峰势,森然竞出,飞舞拿攫,[27]远者穷目径,迩者扑眉睫。阁之下亦宽敞,四壁令尤老以水墨貌佛境宗风,[28]列榻其间,随意偃息。[29]轩后植数碧梧。自此而北,水隔之,路遂穷。阁之左,有隙地,与中岛对,踞水为华屋三楹,以俟游客,过者历历若镜中,花木禽鱼,自来亲人,名之曰会心处。[30]前植梨、栗、来禽数十本。[31]右则鹿室,以栖三鹿,与园丁共之。此吾园景之一也。

【注释】

〔1〕枕:临,靠近。

〔2〕扁其门:在门上题匾。

〔3〕雕缋(huì)满眼:看到的都是鲜艳的锦绣。后世亦多代指辞藻华丽。

〔4〕不飔(sī)而馥:无风而飘香。

〔5〕岑嘉州:即岑参,曾官嘉州刺史。

〔6〕惹香径:岑参《寄左省杜拾遗》诗云:“晓随天仗入,暮惹御香归。”

〔7〕既:尽。

〔8〕步武:步、武,皆长度单位。

〔9〕交吭群唳:形容众鸟群鸣。

〔10〕鲜食:缺少饲料。

〔11〕甽(quǎn):通“畎”,原指田地中间的沟,此处为面积单位。

〔12〕楚颂：苏轼《楚颂帖》云："阳羡在洞庭上，柑橘至易得。当买一小园，种柑橘三百本，屈原作《橘颂》，吾园若成，当作一亭，名之曰'楚颂'。"

〔13〕苏子瞻：即苏轼，字子瞻。

〔14〕祇（qí）林：即"祇园"，全称"祇树给孤独园"或"祇园精舍"，相传为释迦牟尼讲经处。

〔15〕颜之，志始也：指以"小祇园"称名，以记其建筑之初心。

〔16〕翼然：像鸟张开翅膀一样，用以形容亭台等建筑物高耸开张之状。

〔17〕将：大约。

〔18〕此君：《世说新语·任诞》云："王子猷尝暂寄人空宅住，便令种竹。或问：'暂住何烦尔？'王啸咏良久，直指竹曰：'何可一日无此君？'"

〔19〕吾家子猷：即王徽之，字子猷，王羲之子。因是同姓，故称"吾家"。

〔20〕点头石：晋高僧道生于苏州虎丘寺讲经，竖石如生徒，听经皆点头。

〔21〕生公：即道生。

〔22〕梵生：佛经原用梵文写成，故凡与佛教有关的事物，皆称梵。

〔23〕忉利天：欲界六天之一，释迦牟尼曾在此为母说法。

〔24〕窈窕深黝：形容幽深、幽静的美学风格。

〔25〕文寿承：即文彭，字寿承，文徵明之子。

〔26〕息躁汰浊：指平息内心烦躁，淘洗世俗污浊。

〔27〕飞舞拿攫（ná jué）：形容飞舞张扬之势。拿攫，搏斗。

〔28〕尤老：指尤求，字子求，由长洲移居太仓，工画山水人物。佛境宗风：指佛教之故事人物。

〔29〕偃息：睡卧止息。

〔30〕"花木禽鱼，自来亲人，名之曰会心处"三句：《世说新语·言语》："简文入华林园，顾谓左右曰：'会心处不必在远，翳然林水，便自有濠、濮间想也，觉鸟兽禽鱼自来亲人。'"

〔31〕来禽：果名，即沙果，也称花红、林檎、文林果。或谓此果味甘，果林能招众禽，故有此名。

八

山以水袭,大奇也;水得山,复大奇。吾园之始,一兰若傍耕地耳。[1]垒石筑舍,势无所资。土必凿,凿而洼则为池,山日以益崇,池日以洼且广,水之胜遂能与山抗。其源自知津桥南,有斗门,外与潮合而时闭之。稍北则为藏经阁,阁地若矩,[2]四方皆水,环若珪。[3]左方稍前,跨为石屋三间,以藏吾舟。其一舟具栏楯,[4]幂以青油,[5]可坐十客;其一狭不容席,呼酒网鲜而已。舟行阁前,平桥不可度,两岸皆松、竹、桃、梅、棠、桂,下多香草袭鼻。

直北可数丈,则为中弇之东泠桥。桥下两岸皆峭壁,犴牙坌出,[6]寿藤掩翳,[7]不恒见日。紫薇、迎香、含笑之类,时时与篙殢,[8]是曰"散花峡"。循而东,首睹所谓蟹螯峰者,决流杯水,观瀑布之胜,溅人面。稍循而东,傍娱晖滩,是泊之最胜处。更东,抵嘉树亭,折而北,至敛霏亭,沿振屧廊,泊文漪堂,于此唤酒炙,乃环小浮玉岛。小浮玉者,其高不盈尺,广十之,以水长落为大小,为其类吴兴碧浪之浮玉也,[9]故名。岛之南,则可循壶公楼摘红梅、碧桃花,西傍先月亭,沿土山而南,出月波桥,迴然别一天地矣。澄潭皎洁如镜,西、中两弇夹之,峰势或近或远,近者如媚,远者如盼。其中弇则梵音阁之辅,峰皆出西弇,则潜虬洞、西泠滩之景在股掌间。折而南,稍东,则为中弇之面山,稍西穿萃胜桥,则为西弇之面山,是皆弇之最胜处。一转楫则得之,名之曰"天镜潭",取青莲"月下飞天镜"语也。[10]其直南,入罨画溪,[11]抵知津桥,而水之事穷。

吾尝以春日泛舟,处处皆奇花卉,色芬殢目鼻,当欲谢时,寄命微飔,每过,酒杯衣裾皆满。花事稍阑,浓绿继美,往往停桡柳阴筱丛以取凉。[12]适黄鸟弄声,喈喈可爱。[13]薄暝,峰树皆作紫翠观。少选月出,忽尽变,而玉玲珑嵌空,掩映千态,倒影插波,下上竞色,所不受影者,如金在镕,万颖射目。[14]回桨弄篙,迸逸琐碎。惊鳞拨刺,[15]时跃入舟间。一奏声伎,棹歌发于水,则山为之答;鼓吹传于崦,[16]则水为之沸。圆魄之夕，[17]呜鸡自狎，毋论达丙而亡倦色，[18]即曙光隐约浮动，客犹不忍言去也。曰："吾不惮东曦，安能使东曦之为西魄也？"盖弇之奇，果在水，水之奇在月，故吾最后记水，以月之事终焉。

【注释】

〔1〕兰若：梵语"阿兰若"的略称。指寺院或空净闲静的地方。

〔2〕阁地若矩：指藏经阁地若方形。

〔3〕珪：古代帝王或诸侯在举行典礼时拿的一种玉器，上圆（或剑头形）下方。

〔4〕栏楯（shǔn）：栏杆。

〔5〕幂以青油：幂，盖东西用的巾。此两句讲大舟有栏杆油幕。

〔6〕犴（àn）牙坌（bèn）出：形容石壁犬牙错突。犴，产于中国北方的一种野狗，似狐而小，黑喙。

〔7〕寿藤掩翳：形容藤枝丛密遮蔽。寿藤，生长年岁长久之藤。

〔8〕殢（tì）：纠缠。

〔9〕吴兴碧浪之浮玉：指湖州碧浪湖之浮玉山。

〔10〕青莲"月下飞天镜"：典出李白《渡荆门送别》。李白，号青莲居士。

〔11〕罨（yǎn）画溪：在今浙江长兴县西，即长兴港自合溪至画溪的一段江道。

〔12〕桡（ráo）：船桨，舟楫。筱（xiǎo）：细竹。

〔13〕喈（jiē）喈：拟声词，此处指鸟鸣声。

〔14〕万颖射目：光芒万道，耀人眼目。颖，锥芒。

〔15〕惊鳞拨剌：鱼受惊而疾游。拨剌，鱼尾拨水声，喻鱼疾游。

〔16〕崦（yān）：泛指山。

〔17〕圆魄之夕：月圆之夜。

〔18〕毋论达丙而亡倦色：谓游人不但夜深不肯去，虽近天明，仍有余兴，略无疲倦之态。丙，即丙夜，三更。

【评析】

弇州山据传为神仙栖息之处，王世贞晚岁喜好释道，遂借其说，将太仓城中所建园墅命名为"弇山园"。此园规模颇大，所谓"为山者三，为岭者一，为佛阁者二，为楼者五，为堂者三，为书室者四，为轩者一，为亭者十，为修廊者一,为桥之石者二、木者六,为石梁者五,为洞者、为滩若濑者各四,为流杯者二,诸岩磴涧壑,不可以指计,竹木卉草香药之类,不可以勾股计”。至于园中景观,则可谓气象万千,宜花、宜月、宜雪、宜雨、宜风、宜暑,故深受当时士人及达官显贵喜爱。世贞为之题记,亦成八篇,在历代园记中也别具一格,可称名作。其所作诸篇,铺叙实景,将全园的景观及其意境情趣,娓娓道来,文笔清新细腻,使读者仿如身临其境。作者善于捕捉流动的风月景观在四时之间的变化,空间感极强,因此虽为园记,又如游记。首篇提纲挈领,列叙“吾园之有”“吾园之概”“吾园之胜”及“居园之乐”“居园之苦”等等。余下诸篇,又详尽描述了园中不同区域的空间场景,如东南部的小祇林、西南的弇山堂区等,王世贞对禅道的热衷,也由此可见一斑。第八篇特辟水路舟游收束,“弇之奇,果在水,水之奇在月”,其“最后记水,以月之事终焉”,可见八篇的先后次第经过作者悉心经营,并非信手为之。是以一代名园可存于纸上,文中有画,融情于景,诚可谓高手传神,妙笔生花。

陈继儒

陈继儒(1558—1639),字仲醇,号眉公,又号麋公。明松江府华亭县(今上海松江)人,少即颇有文名,为徐玠、王世贞赏识,诗文书画与董其昌齐名。万历六年(1578)补诸生,未久即绝意功名,隐居昆山。好交友而不拘身份,仕宦显贵、山野隐士,皆能与交。后筑室东佘山,杜门著述,有终焉之志。《明史》本传称其"工诗善文,短翰小词,皆极风致,兼能绘事。又博闻强识,经史诸子、术技稗官与二氏家言,靡不较核。或刺取琐言僻事,诠次成书,远近竞相购写"。著有《书画史》《妮古录》《晚香堂集》《白石樵真稿》《眉公十集》等。

许秘书园记[1]

士大夫志在五岳,非绊于婚嫁,[2]则窘于胜具胜情,[3]于是葺园城市,[4]以代卧游。然通人排闼,[5]酒人骂坐,喧笑呶詈,[6]莫可谁何,门不得坚扃,[7]主人翁不得高枕卧;欲舍而避之寂寞之滨,莫若乡居为甚适。吾友秘书许君玄祐,[8]所居为唐人陆龟蒙角里。[9]其地多农舍渔村,而饶于水,水又最胜,太公尝选地百亩,菟裘其前,[10]而后则樊潴水种鱼。[11]玄祐请甃石围之,[12]太公笑曰:"土狭则水宽,相去几何?"久之,手植柳皆婀娜纵横,[13]竹箭秀擢,[14]茭牙蒲戟,[15]与清霜白露相采采,[16]大有秋思。玄祐乃始筑"梅花墅"。窦墅而西,辇石为岛,[17]峰峦岩岫,攒立水中。过杞菊斋,盘磴上跻映阁,君家许玉斧迈,小字映也。[18]磴腋分道,水唇露数石骨,[19]如沉如浮,如断如续;蹑足蹇渡,深不及踝,浅可渐裳,而浣香洞门见焉,岭岈岩崿,[20]窍外疏明,水风射人,有霜雹虬龙潜伏之气。时飘花板冉冉从石隙流出,衣裾皆天香矣。洞穷,宛转得石梁,梁跨小池,又穿小西洞,洞枕招爽亭,憩坐久之。[21]径渐夷,[22]湖光渐劈,苔石累累,啮波吞浪,[23]曰锦淙滩。指顾隔水外,修廊曲折,宛然紫蜺素虹,渴而下饮。逶迤北行,有亭三角,曰在涧,所谓“秋敛半帘月,春余一面花”是也。由在涧缘阶而登,浓荫密篠,蒽蒨模糊中,[24]巧嵌转翠亭。下亭,投映阁下,东达双扉,向隔水望见修廊曲折,方自此始。余榜曰流影廊。窈窕朱栏,步步多异趣。碧落亭踞廊面西,[25]西山烟树,扑坠檐瓦几上。[26]子瞻与元章欲结杨、许碧落之游,杨为杨羲,许为许迈,亭义取此。碧落亭南曲数十武,雪一龛,以祀维摩居士。由维摩庵又四五十武,有渡月梁。梁有亭,亭可候月,空明潋滟,[27]縠纹轮漪,若数百斛碎珠,流走冰壶水晶盘,飞跃不定。渡梁,入得闲堂,闳爽弘敞,槛外石台,广可一亩余,虚白不受纤尘,清凉不受暑气;每有四方名胜客来集此堂,歌舞递进,觞咏间作,[28]酒香墨彩,淋漓跌宕于红绡锦瑟之傍,[29]鼓五挝,鸡三号;[30]主人不听客出,客亦不忍拂袖归也。堂之西北,结竟观居。前楹奉天竺古先生。循观临水,浮红渡。渡北楼阁,以藏秘书。更入为鹤籞、蝶寝,游客不得迹矣。[31]得闲堂之东流,小亭踞其侧,曰涤砚亭。亭逶迤而东,则湛华阁,摩干群木之表,[32]下瞰莲沼,沼长堤而垂杨、修竹、茭蒲、菱芡、芙蓉之属,至此益披纷辐辏。[33]堤之东南阴森处,小缚圂焦,[34]鸥鹭凫鹥,若作寓公于此中,[35]旅坐不肯去。此去桃霞莲露,缋绣绮错,[36]而一片澄泓萧瑟之景,独此写出江南秋,故曰滴秋庵者。王太史游香山,[37]欲与二三子作妄想,若斩荻芦陂隰,尽田荷花,[38]使十五小儿,锦衣画舸,唱采莲词,出没于青萍碧浪之间,可以终老。今玄祐不妄想而坐得之。又且登阁四眺,远望吴门,水如练,山如黛,风帆如飞鸟,市声簇簇如蜂屯蚁聚,而主人安然不出里门,部署山水,朝丝暮竹,有侍儿歌吹声,左弦右诵,有诸子读书声;饮一杯,拈一诗,舞一棹,[39]沿洄而巡之,上留云借月之章,批给月支花之券；袍笏以拜石丈，弦索以谢花神；此有子之白乐天，无谪贬之李赞皇，[40]而不写生绡，不立粉本之郭恕先、赵伯驹之图画也。[41]秘书未老，园日涉，石日黝，鱼鸟日聚，花木日烂熳，篇章词翰日异，而岁不同。余且仿角里先生藤轿豹席，[42]笔床茶灶，叩君之园而访焉，相与唱和如皮、陆故事，[43]玄祐能采杞菊以饱我否？

【注释】

〔1〕选自《晚香堂集》卷四。

〔2〕绊：牵制。

〔3〕胜具胜情：典出《世说新语·栖逸》："许掾好游山水，而体便登陟。时人云：'许非徒有胜情，实有济胜之具。'"

〔4〕葺园：修葺园林。

〔5〕排闼：推门而入。

〔6〕呶(náo)詈：喧闹詈骂。

〔7〕扃(jiōng)：关闭。

〔8〕许君玄祐：即许自昌，吴县(今苏州)人，明代著名的藏书家。

〔9〕陆龟蒙角(lù)里：陆龟蒙，晚唐长洲人，隐居甫里，自号甫里先生。

〔10〕菟(tù)裘：常用指告老归隐的居处。

〔11〕潴(zhū)水：蓄水。

〔12〕甃(zhòu)石圉之：甃石，垒石为壁。圉，以为边界。

〔13〕婀娜：轻盈柔美貌。

〔14〕秀擢：秀美挺拔。

〔15〕茭牙蒲戟：茭牙，新生的茭白。蒲戟，新生的蒲。

〔16〕采采：繁貌。

〔17〕辇：运送，此处当指积石为水中小岛。

〔18〕君家许玉斧迈，小字映也：许迈，东晋人，字叔玄，小名映，慕修道。其子许翙，字玉斧，得道登仙，事见《真诰》。此处是园主托古同姓名为阁题名。

〔19〕水唇：水岸边。

〔20〕岭(hán)岈岝(zuò)崿：岭岈，深邃空旷貌。岝崿，山势高峻貌。

〔21〕憩坐：休息坐下。

〔22〕夷：平坦。

〔23〕啮：侵蚀，冲刷。

〔24〕葱蒨：草木青翠茂盛貌。

〔25〕碧落：天空，此处指仙境。

〔26〕扑坠：倾覆。

〔27〕潋滟：水波荡漾貌。

〔28〕觞咏：饮酒赋诗。

〔29〕红绡锦瑟：此处喻指聚会场面。红绡，红色薄绸。锦瑟，一种乐器。

〔30〕鼓五挝（zhuā），鸡三号：击鼓五次，鸡叫三遍，意谓天明。

〔31〕不得迹：意谓不可到，不能随意出入。

〔32〕摩干：迫近。

〔33〕辐辏：集中，聚集。

〔34〕圈焦：似指藩篱围养。

〔35〕寓公：流寓他乡的士绅、官僚。

〔36〕绮错：如绮文之交错。

〔37〕王太史游香山：王衡（1561—1609），字辰玉，明苏州府太仓人，万历进士，授翰林院编修，奉使江南，请终此养老。有《香山记》一文。

〔38〕田：种植。

〔39〕舞一棹：借指划船。

〔40〕谪贬之李赞皇：李德裕（787—850），字文饶，赵郡赞皇人，因党争多次被排挤出京，最终被贬为崖州司户参军，逝于任上。

〔41〕不立粉本之郭恕先、赵伯驹之图画也：郭恕先，即郭忠恕（？—977），宋初洛阳人，曾官国子监主簿，工山水画。赵伯驹（1119—1185），宋宗室，字千里，擅画金碧山水，兼工人物、花鸟、竹石。

〔42〕角里：《史记》载吕后从张良议请商山四皓辅佐惠帝，即绮里季、夏黄公、东园公、角里先生四人。

〔43〕皮、陆故事：指皮日休和陆龟蒙，二人时相唱和，诗文齐名，人称“皮陆”。

【评析】

此文与钟惺《梅花墅记》相同，同为记许自昌梅花墅之作，然陈继儒与钟惺的谋篇布局与写作风格多有不同，文章以“士大夫志在五岳”起首，强调士行于世，若有山水之情多只能谋建园林以自娱，然而城市中的园林毕竟免不了俗世的觥筹交错，于是便自然引出城市园林不如乡郊园林之感，从而为许玄祐梅花墅的选址张本。梅花墅“其地多农舍渔村，而饶于水，水又最胜”，是以此文对水景着墨颇多，如描绘“映阁”“锦淙滩”文采斐然，不滞于物。陈继儒在行文中，常常穿插前人传说与故事，用典流畅又颇增文趣，末尾用白居易、赵伯驹等人为喻，既说许自昌的乡居之乐又道其品性修养，尔后反问“采杞菊以饱我否”则平增几分幽默。梅花墅设计布局颇有特色，惜乎此园命运多舛，许自昌殁后，其子经营不善，又遭逢明清易代，园林大部分被改为海藏庵，1849 年又逢甫里大水，梅花墅尽淹，终渐渐荒废。

钟　惺

钟惺(1574—1624),字伯敬,号退谷,别号退庵,又称止公居士、晚知居士,明湖广竟陵(今湖北天门)人。万历三十八年(1610)进士及第后,历官行人、工部主事、南京礼部仪制司主事、祠祭司郎中,天启元年(1621)迁福建提学佥事,丁父忧去职,又遭弹劾,后辞官归乡,闭户读书,晚年入寺院。钟惺与同里谭元春共选《唐诗归》和《古诗归》,名扬一时,形成"竟陵派",主张诗人抒写"性灵",倡导幽深孤峭的风格。其为文求新求奇,反对明中叶以后盛行文坛的拟古文风,提出"势有穷而必变"的变革主张。

梅花墅记〔1〕

出江行三吴,〔2〕不复知有江。入舟舍舟,其象大抵皆园也。乌乎园?〔3〕园于水。水之上下左右,高者为台,深者为室,虚者为亭,曲者为廊,横者为渡,竖者为石,动植者为花鸟,往来者为游人,无非园者,然则人何必各有其园也?身处园中,不知其为园,园之中各有园,而后知其为园,此人情也。予游三吴,无日不行园中,园中之园,未暇遍问也。于梁溪,则邹氏之"惠山"。〔4〕于姑苏,则徐氏之"拙政"、范氏之"天平"、赵氏之"寒山"。〔5〕所谓人各有其园者也。然不尽园于水,园于水而稍异于三吴之水者,则友许玄祐之"梅花墅"也。〔6〕

玄祐家甫里,〔7〕为唐陆龟蒙故居。〔8〕行吴淞江而后达其地。三吴之水,不知有江,江之名复见于此,是以其为水稍异。予以万历己未冬,与林茂之游此,许为记。诺诺至今,为天启辛酉。予目常有一梅花墅,而其中思理，往复曲折，或不尽忆。如画竹者，虽有成竹于胸中，不能枝枝节节而数之也。然予有《游梅花墅》诗，[9]读予诗，而梅花墅又在予目。

大要三吴之水，至甫里始畅。墅外数武，反不见水，水反在户以内。盖别为暗窦，[10]引水入园。开扉坦步，过杞菊斋，盘磴跻映阁。[11]映者，许玉斧小字也，取以名阁。登阁所见，不尽为水，然亭之所跨，廊之所往，桥之所踞，石所卧立，垂杨修竹之所冒荫，则皆水也。故予诗曰："闭门一寒流，举手成山水。"迹映阁所上磴回视，[12]峰峦岩岫，[13]皆墅西所辇致石也。[14]从阁上缀目新眺，[15]见廊周于水，墙周于廊，又若有阁亭亭处墙外者。林木荇藻，[16]竟川含绿，[17]染人衣裾，如可承揽，然不可得即至也。但觉钩连映带，隐露断续，不可思议。故予诗曰："动止入户分，倾返有妙理。"乃降自阁，足缩如循，[18]褰渡曾不渐裳，[19]则浣香洞门见焉。洞穷得石梁，梁跨小池。又穿小酉洞，憩招爽亭。苔石啮波，[20]曰锦淙滩。指修廊中，隔水外者，竹树表里之。流响交光，分风争日，往往可即，而仓卒莫定其处，姑以廊标之。予诗所谓"修廊界竹树，声光变远迩"者是也。折而北，有亭三角，曰在涧，涧气上流，作秋冬想，予欲易其名曰寒吹。由此行，峭蒨中忽著亭曰转翠。[21]寻梁契集，[22]映阁乃在下。见立石甚异，拜而赠之以名，曰灵举。向所见廊周于水者，方自此始，陈眉公榜曰流影廊。[23]沿缘朱栏，得碧落亭。南折数十武，为庵，奉维摩居士，[24]廊之半也。又四五十武，为漾月梁。梁有亭，可候月，风泽有渝，[25]鱼鸟空游，冲照鉴物。[26]渡梁，入得闲堂，堂在墅中最丽。槛外石台，可坐百人，留歌娱客之地也。堂西北，结竟观居，奉佛。自映阁至得闲堂，由幽邃得宏敞，[27]自堂至观，由宏敞得清寂，固其所也。观临水，接浮红渡，渡北为楼，以藏书。稍入，为鹤𫝨，[28]为蝶寝，君子攸宁，[29]非幕中人，或不得至矣。得闲堂之东流有亭曰涤研。始为门于墙如穴，以达墙外之阁。阁曰湛华，映阁之名故当映此，[30]正不必以玉斧为重。向所见亭亭不可得即至者是也。墙以内所历诸胜，自此而分，

若不得不暂委之。〔31〕

别开一境，升眺清远阁以外，林竹则烟霜助洁，花实则云霞乱彩，池沼则星月含清，严晨肃月，不辍暄妍。〔32〕予诗云：“从来看园居，秋冬难为美。能不废暄萋，春夏复何似。”虽复一时游览，四时之气，以心准目想备之，欲易其名曰“贞萋”。然其意渟泓明瑟，〔33〕得秋差多，故以滴秋庵终之，亦以秋该四序也。〔34〕

钟子曰：三吴之水皆为园，人习于城市村墟，忘其为园。玄祐之园皆水，人习于亭阁廊榭，忘其为水。水乎？园乎？难以告人。闲者静于观取，慧者灵于部署，达者精于承受，待其人而已。故予诗曰：“何以见君闲？一桥一亭里。闲亦有才识，位置非偶尔。”

【注释】

〔1〕选自《隐秀轩集》卷二十一。

〔2〕三吴：泛指江苏、浙江一带。

〔3〕乌乎：在哪里。

〔4〕梁溪：源出惠山，流入太湖，常用作无锡的别称。邹氏之“惠山”：邹迪光罢官后在惠山之麓构筑的园林。邹迪光，字彦吉，号愚谷，江苏无锡人。惠山，在无锡市西郊，又称九龙山。

〔5〕拙政：拙政园，明嘉靖年间王献臣所建。天平：天平山庄，在苏州城西三十里处天平山麓，为明万历年间范允临所筑。寒山：寒山别业，在今苏州城西天平山后之寒山，为明万历年间赵宧光所筑。

〔6〕许玄祐：即许自昌（1578—1623），玄祐乃其字，吴县人（今属苏州），明代著名的藏书家。

〔7〕甫里：镇名，即苏州角直镇。

〔8〕陆龟蒙：字鲁望，自号天随子、甫里先生、江湖散人，唐代姑苏（今苏州）人。

〔9〕《游梅花墅》诗：载于《隐秀轩集》：“闭门一寒流，举手成山水。动止入户分，倾返有妙理。修廊界竹树，声光变远迩。从来看园居，冬日难为美。能不废暄萋，春夏复何似？何以见君闲？一亭一桥里。闲亦有才识，位置非偶尔。”

〔10〕窦：孔穴。

〔11〕跻：登上。

〔12〕迹：沿着。

〔13〕岩岫（xiù）：峰峦山谷。

〔14〕所辇致石：用车拉来的石头。

〔15〕缀目：连着看。

〔16〕荇藻：水生植物。

〔17〕竟：满。

〔18〕足缩如循：典出《论语·乡党》：“足蹜蹜，如有循。”意指脚步细密，好像沿着线在前行。

〔19〕褰（qiān）：提起。渐裳：浸湿下衣。

〔20〕啮：侵蚀，冲刷。

〔21〕峭蒨（qiàn）：高耸挺立的样子。

〔22〕寻：沿着。

〔23〕陈眉公：即陈继儒。

〔24〕维摩居士：即维摩诘，与佛祖释迦牟尼同时，居家学道，号称维摩居士。居士，佛教用来称呼受过三皈（佛法僧）、五戒而在家学道的佛教徒。

〔25〕风泽有渝：风吹水面，微波荡漾。

〔26〕冲照鉴物：水清澈空明，如镜照物。

〔27〕幽邃：幽深，深邃。

〔28〕鹤籞（yù）：籞，原为苑囿的墙垣，此处用以指围起来养鹤的地方。

〔29〕君子攸宁：君子居住在此很是安宁自得，出自《诗经·小雅·斯干》。

〔30〕映此：相互映照衬托。

〔31〕委：搁置一旁。

〔32〕暄妍：天气和暖，景物明媚。

〔33〕渟泓：积水深貌。明瑟：莹静。

〔34〕该：包括。

【评析】

万历四十七年（1619）冬，作者从金陵乘船作吴越之游，至苏州时，友人许自昌自甫里往接,邀其与同行友人林古度往览自己所营之梅花墅。钟惺游后印象极深,随即写下《游梅花墅》一诗,两年后又补写此记。此篇游记写法颇为巧妙,开篇先写三吴之游的总体感受,将江南水乡视作是天然的园林,引出下文"园之中各有园",园中之园又因人情不同而各有差异,其友许自昌的梅花墅自然也因主人的性情,而与其他园林有别。至此,梅花墅方才进入读者视野。按照游记的一般写作格套,接下来便是对梅花墅景观布局的描摹,钟惺在此另出新意,以解释《游梅花墅》诗句为线索,用追忆的视角再现梅花墅中各处巧于构建的亭阁堂楼、山石廊桥,末尾又由园及人赞许自昌的静于观取,强调人的修养禀赋不同,所筑园林也会各具风貌,提出了自己对园林艺术风格的看法。

袁宏道

袁宏道(1568—1610),字中郎,一字六休,号石公,明湖广公安(今湖北公安)人。万历二十年(1592)进士,历任吴县知县、礼部主事、吏部验封司主事、稽勋郎中、国子博士等职。袁宏道主张“独抒性灵,不拘格套”,尤其反对前后“七子”刻意拟古、推崇“文必秦汉,诗必盛唐”的主张。其作品清新俊逸,趣味天成,在当时即颇有影响,与兄宗道(字伯修)、弟中道(字小修)并有才名,世称“公安三袁”。诗文有《锦帆集》《解脱集》《瓶花斋集》《潇碧堂集》等,后来集为《袁中郎集》(即《袁宏道集》)。

园亭纪略[1]

吴中园亭,旧日知名者,有钱氏南园,[2]苏子美沧浪亭,[3]朱长文乐圃,[4]范成大石湖旧隐,[5]今皆荒废。所谓崇冈清池,[6]幽峦翠筱者,[7]已为牧儿樵竖斩草拾砾之场矣。[8]近日城中,唯葑门内徐参议园最盛,[9]画壁攒青,[10]飞流界练,水行石中,人穿洞底,巧逾生成,幻若鬼工,千溪万壑,游者几迷出入,殆与王元美小祇园争胜,[11]祇园轩豁爽垲,[12]一花一石,俱有林下风味。徐园微伤巧丽耳。[13]王文恪园在阊、胥两门之间,[14]旁枕夏驾湖,水石亦美,稍有倾圮处,葺之则佳。[15]徐冏卿园在阊门外下塘,[16]宏丽轩举,前楼后厅,皆可醉客。石屏为周生时臣所堆,[17]高三丈,阔可二十丈,玲珑峭削,[18]如一幅山水横披画,了无断续痕迹,真妙手也。堂侧有土垄甚高,多古木,垄上太湖石一座,名瑞云峰,高三丈余,妍巧甲于江南。[19]相传为朱勔所凿,[20]才移舟中,石盘忽沉湖底，觅之不得，遂未果行。后为乌程董氏构去，载至中流，船亦覆没，董氏乃破赀募善没者取之，[21]须臾忽得其盘，石亦浮水而出，今遂为徐氏有。范长白又为余言，[22]此石每夜有光烛空，然则石亦神物矣哉！拙政园在齐门内，余未及观，陶周望甚称之。[23]乔木茂林，澄川翠干，周回里许，方诸名园，为最古矣。

万历二十四年丙申吴县作。

【注释】

〔1〕选自《袁中郎全集》卷八。

〔2〕钱氏南园：五代时吴越广陵王钱元璙所建。

〔3〕苏子美沧浪亭：北宋时苏舜钦被贬退隐苏州而造沧浪亭。

〔4〕朱长文乐圃：北宋朱长文于苏州所建，意取“乐天知命故不忧”。

〔5〕范成大石湖旧隐：南宋范成大隐居于苏州石湖，自称“石湖居士”。

〔6〕崇：高，高大。

〔7〕翠筱：绿色细竹。

〔8〕砾：小石，碎石。

〔9〕葑门：位于苏州城东，相门之南，初名封门，以封禺山得名，又以周围多水塘，盛产葑(茭白)，遂改为葑门，1950年左右拆除。徐参议园：徐廷祼，明嘉靖三十八年(1559)进士，其园在葑门天赐庄东。

〔10〕攒：簇集，聚集。

〔11〕王元美小祇园：王元美，即王世贞，字元美，号凤洲、弇州山人，明太仓(今属江苏)人，后七子之一，小祇园是其私家园林。

〔12〕轩豁：高大开阔。爽垲：高爽干燥。

〔13〕巧丽：精巧华丽。

〔14〕王文恪园在阊、胥两门：指王鏊(谥文恪)的怡老园，在苏州阊门和胥门之间。

〔15〕葺：修理、修建。

〔16〕徐冏卿园：明太仆寺少卿徐泰时所建，时称徐园或东园，清光绪时盛旭人加以扩建并改名留园。

〔17〕周生时臣：明万历年间工艺品制造的巧手，善于堆叠各式玲珑假山。

〔18〕峭削：陡峭如削。

〔19〕妍巧：慧巧，精巧。

〔20〕朱勔：似指北宋末年"六贼"之一，苏州人，结交蔡京、童贯，常搜罗江南奇珍运往东京，号"花石纲"。

〔21〕破赀：耗资，花钱。

〔22〕范长白：范允临，字长白，范仲淹十七代孙。

〔23〕陶周望：陶望龄，字周望，一生清真恬淡，以治学为乐。

【评析】

本文作于袁宏道任吴县县令时，名为"纪略"，即非专叙一园一亭，而是作提纲挈领式的总括。文章开篇作古今对比，旧日园林已为废墟，"今日"园林则各具特色，徐参议园"巧逾生成，幻若鬼工"，王世贞小祇园则颇具"林下风味"，王文恪园"水石亦美"，徐冏卿园又"宏丽轩举"，即使未及往观的拙政园亦据友人语记下"乔木茂林"的特征。除开古今对比，在同时同地之内，袁宏道亦将徐参议园与小祇园作比，并认为徐参议园稍伤巧丽，由此可见其园林设计观念。通观全文，袁宏道并不刻意叙述某园林的具体布局，而是侧重各自风神的描绘，在述及徐冏卿园林时，又对其中颇具特色的石屏多作了一些描写，使文章详略得当。

王心一

王心一(1572—1645),字纯甫,一作玄渚,号玄珠、半禅野叟,明吴县(今江苏苏州)人。万历四十一年(1613)进士。天启二年(1622)因弹劾帝之乳母客氏及权宦魏忠贤党羽,被降职。后复原官。天启六年(1626),又因保荐刘大受被削籍为民。崇祯元年(1628)重新起用。四年(1631),购得苏州拙政园东地筑“归田园居”。十七年(1644)“甲申之变”后,南明福王立,为刑部右侍郎,转工部右侍郎,弃官归隐。弘光元年(1645)南京失守后,郁愤而卒。后入祀吴郡五百名贤祠。著有《出山罪言》《风尘纪录》《兰雪堂集》《归田园诗集》等。

归田园居记〔1〕

余性有丘山之癖,每遇佳山水处,俯仰徘徊,辄不忍去,凝眸久之,觉心间指下,生气勃勃,因于绘事,亦稍知理会。辛未以先府君年高,〔2〕弃官归田。敝庐之后,有荒地十数余亩。偶地主求售,余勉力就焉。地可池,则池之;取土于池,积而成高,可山,则山之;池之上,山之间,可屋,则屋之。兆工于是岁之秋,落成于乙亥之冬,〔3〕友人文湛持为余额之,〔4〕曰“归田园居”。

门临委巷,不容旋马,编竹为扉,质任自然。入门不数武,有廊直启,为墙东一径,友人归文休额之也。〔5〕径尽,北折,为秫香楼,楼可四望,每当夏秋之交,家田种秫,皆在望中。自楼折南,皆池,池广四五亩,种有荷花,杂以荇藻,芬葩炀炀,翠带柅柅。〔6〕修廊蜿蜒,架沧浪而度,为芙蓉榭,为泛红轩。自泛红轩绕南而西,轩前有山,丛桂参差,友人蒋伯玉名之曰“小山之幽”。又西数武，有堂五楹，爽垲整洁，文湛持取李青莲“春风洒兰雪”之句，[7]额之曰兰雪堂。东西则树桂为屏，其后则有山如幅，纵横皆种梅花。梅之外有竹，竹邻僧庐，旦暮梵声从竹中来。其前则有池，其池取储光羲“池草涵青色”句，[8]曰涵青。诸山环拱，有拂地之垂杨，长大之芙蓉，杂以桃、李、牡丹、海棠、芍药，大半为予之手植。池南有峰特起，如云缀树杪，谓之缀云峰。池左两峰并峙，如掌、如帆，谓之联璧峰。峰之下有洞，曰小桃源，内有石床、石乳。南出洞口，为漱石亭，为桃花渡。其石之出没池面者，或锐如喙，[9]或凸如背。又折北，磴而上，为夹耳岗，为迎秀阁，为红梅坐，直接竹香廊，以至山余馆，渐逼余室。余性不耐烦，家居不免人事应酬，如若秦法，步游入洞，如渔郎入桃花源，见桑麻鸡犬，别成世界，[10]故以“小桃源”名之。洞之上，有啸月台、紫藤坞，可扪石而登也。洞之东，有池，曰清冷渊，池上有屋三楹，竹木蒙密，[11]友人陈古白额之曰“一丘一壑”。[12]自兰雪以东，此其最幽者。兰雪以西，石磴重叠，皆可布坐，梧桐参差，竹木交映，一径可通聚花桥。东折，诸峰攒翠，下临幽涧，颇有“茂林修竹，流觞曲水”之意。[13]自此渡试望桥，曲径数折，即得缀云峰，北望兰雪，又隔盈盈一水矣。山径逶迤，从高趋下，上接缀云，俯瞰涵青者，为连云渚。绝涧欲穷，得石如螺，因之而渡者，为螺背渡。又折而东，为听书台，以可听儿子辈读书声也。西折，为悬井岩，有洞幽邃，蹈水傍崖，北折而出，悬崖直削，盖如井然。再拾磴，造其顶，诸峰高下，或如霞举，或如舞鹤，各争雄长于缀云下者，余不能尽名之。又西，则为幽悦亭。亭之左，有石丈余，夭矫如龙，余自采之包山云。自此层磴而下，蹊涧相连，植有杨家果数树，是为杨梅隩。又北折，有屋半楹，四望皆竹，是谓竹邮。自竹邮又西折，从南为饲兰馆，庭有旧石数片，玉兰、海棠，高可蔽屋，颇堪幽坐。北折，则回廊曲而且幽。廊半有小径，斜通石塔岭。廊尽，由南折西，皆架山茶，有亭曰延绿。延绿之北，有石如玉，拱立檐际，谓之玉拱峰，每至春月，山茶如火，玉兰如雪，而老梅数十树，偃蹇屈曲，[14]独傲冰霜，如见高士之态焉。插篱成径，至梅亭、紫薇沼，亦园居之一幽胜也。北临漾藻池，遥望紫逻山，飞翠直来扑坐，夏月之荷，秋月之木芙蓉，如锦帐重叠，又一胜观。有桥横跨池面，为卧虹桥。桥之东，有石如云，向空而涌，为片云峰。桥尽有石可憩，为卧虹渚。转径而北，依山傍水，苍松杂卉，接叶连阴，为小剡溪，有石横亘如门，四山萃嵂，[15]停水一泓，有古杏覆其上，为杏花涧。渡涧盘旋而上，是为紫逻山，以言其石之色也。上有五峰，曰紫盖，曰明霞，曰赤笋，曰含华，曰半莲，又谓之五峰山。有亭曰放眼，西与南州之拙政园连林靡间，北则齐女门雉堞，半控中野，似辋川之孟城，东南一望，烟树弥漫，惟见隐隐浮图，插青汉间，近以林木蓊郁，[16]不可纵目。濮上叶润山额之，为流翠亭。自流翠而南，于石阿间得路东折，为拜石坡，水石俱备，梅杏交枝，左有花红果树，扶疏如盖。[17]有阁耸树杪间，曰资清。资清之下，三圆其户，是为串月矶，复设柴扉常扃之。[18]自拜石折北又西，则为紫逻之背，众峰叠涌，乱石嶙峋。环山有濠，从水中央结有草亭，架梁而登，可通濠北，有地皆种木奴，因号其亭曰奉橘，盖借王逸少《奉橘帖》名之也。[19]至此，则山尽水穷。东行长廊，为想香径，竹梅夹道，香韵悠然，沈启南有可竹之额，[20]尚恨无人以梅匹之。出想香，已在兰雪堂矣。

东南诸山采用者湖石，玲珑细润，白质藓苔，其法宜用巧，是赵松雪之宗派也。[21]西北诸山采用者尧峰，黄而带青，古而近顽，其法宜用拙，是黄子久之风轨也。[22]余以二家之意，位置其远近浅深，而属之善手陈似云，三年而工始竟。甲戌，[23]余复流连尘网，[24]庚辰归田，[25]又为修其颓坏，补其不足，今无间阴晴，散步畅怀，聊以自适其丘山之性而已。所谓"此子宜置丘壑中"，[26]余实不能辞避。

【注释】

〔1〕选自《民国吴县志》卷三十九。

〔2〕辛未：崇祯四年(1631)。先府君：对自己已故父亲的尊称。

〔3〕乙亥之冬：崇祯八年(1635)。

〔4〕文湛持：文震孟(1574—1636)，明苏州府长洲人，字文起，号湛持，天启二年(1622)殿试第一，后忤逆权臣，辞官归。

〔5〕归文休：归昌世(1573—1644)，明苏州府昆山人，字文休，归有光之孙，善画墨竹，精篆刻。

〔6〕芬葩炀炀，翠带柅(nǐ)柅：芬葩，香花。炀炀，火盛貌。翠带，草木。柅柅，草木茂盛貌。

〔7〕李青莲“春风洒兰雪”之句：语出李白《别鲁颂》。

〔8〕储光羲：唐润州延陵(今江苏丹阳)人，开元十四年(726)进士，后因仕途失意，隐居终南山，安史之乱曾受伪职，乱平后被系下狱，后贬岭南。此句语出其诗《同张侍御鼎和京兆萧兵曹华岁晚南园》。

〔9〕喙：鸟兽的嘴。

〔10〕别成世界：桃花源数句典出陶渊明《桃花源记》。

〔11〕蒙密：茂密。

〔12〕陈古白：陈元素，生卒年不详，明苏州府长洲人，字古白，早负才名，工诗文，擅山水画。

〔13〕茂林修竹，流觞曲水：典出王羲之《兰亭集序》。

〔14〕偃蹇：高耸貌。

〔15〕崒嵂：高峻貌。

〔16〕蓊郁：草木茂盛貌。

〔17〕扶疏：枝叶繁茂纷披貌。

〔18〕扃(jiōng)：关闭。

〔19〕王逸少《奉橘帖》：逸少，王羲之之字。此指王羲之《奉橘帖》，书“奉橘三百枚，霜未降，未可多得”。

〔20〕沈启南：沈周(1427—1509)，明长洲人，字启南，号石田，不应科举，隐居耕读，擅山水画。

〔21〕赵松雪：赵孟頫(1254—1322)，字子昂，号松雪道人，博学多才，开创元代新画风，山水、人物、花鸟无不擅长，以楷书、行书著称。

〔22〕黄子久：黄公望(1269—1354)，字子久，元江苏常熟人，曾任浙西宪司掾，

后隐居不仕，奉全真道。善画山水。

〔23〕甲戌：崇祯七年（1634）。

〔24〕尘网：人在世间受到种种束缚，如鱼在网，此指自己重新出仕。

〔25〕庚辰：崇祯十三年（1640）。

〔26〕此子宜置丘壑中：语出《世说新语·巧艺》。

【评析】

拙政园为明嘉靖年间王献臣所建，王氏殁后，拙政园被其子作赌资一夜之间输给阊门外下塘徐氏的徐少泉，之后又屡换其主，曾一分为三，园名各异，或为私园，或为官府，或为民居。崇祯四年（1631），拙政园东部园林部分由王心一购得，其时已破落近三十年，多为丘墟，故开篇"地可池，则池之；取土于池，积而成高，可山，则山之；池之上，山之间，可屋，则屋之"之语，看似在呼应文徵明《拙政园记》"居多隙地，有积水亘其中，稍加浚治，环以林木"语，但绝不能仅仅视为作者的修辞性表达，而实是有个中甘苦。在王心一的悉心经营下，东部园林得以全部重建，布局以平冈远山、竹坞曲水为主，辅以山池亭榭，与旧拙政园风格相类，保持了池广林茂的特点。然亦有不同之处，如文章末尾作者自道其请明末叠石名家陈似云以赵孟頫、黄公望之山水画为范本，分别用湖石、尧峰叠置而成的东南、西北诸山，显是"归园田居"独有的特色景观。

钱谦益

钱谦益(1582—1664),字受之,号牧斋,又号蒙叟、绛云老人、东涧遗老,常熟(今属江苏)人。出身名族,万历三十八年(1610)进士,选翰林院庶吉士,授编修,因父亲去世回乡守丧,后又卷入党争,十年后方才重返北京。天启三年(1623)出任少詹事兼侍读学士,时魏忠贤掌权,诬钱谦益为东林党魁,使其受弹劾而归乡。崇祯十七年(1644)李自成入北京,钱谦益在南明朝廷任吏部尚书,清顺治二年(1645)率百官降清,授礼部侍郎,当年六月称病南归。其心系反清复明,曾受牵连入狱,得柳如是营救获释。晚年钱氏藏书、著书自娱,病卒之后,柳如是亦自缢身亡。其学问渊博,与吴伟业、龚鼎孳并称“江左三大家”,曾编选《列朝诗集》,著有《杜诗笺注》《初学集》《有学集》《投笔集》《苦海集》等。

耦耕堂记〔1〕

万历丁巳之夏,〔2〕予有幽忧之疾,〔3〕负疴拂水山居。〔4〕孟阳从嘉定来,〔5〕流连旬月。山翠湿衣,泉流聒枕,相与顾而乐之,遂有栖隐之约。亡何,孟阳有长治之役,卒卒别去。〔6〕予遂羁绁世网,〔7〕跋前疐后,〔8〕为山中之逋客者,〔9〕十有余年矣。天启中,予遭钩党之祸,〔10〕除名南还,涂中为诗曰:“耦耕旧与高人约,带月相看并荷锄。”盖追思畴昔之约,〔11〕而悔其践之不蚤也。〔12〕世故推移,人事牵挽,〔13〕匹夫硁硁之节,〔14〕不能自固。咎誉错互,构扇旁午,〔15〕残生眇然,不绝如缕。然自此得以息机摧撞,〔16〕长为山中之人。而孟阳不我遐弃,惠顾宿诺,移家相就。予深幸夫迷途之未远,而隐居之不孤也,请于孟阳,以“耦耕”名其堂,孟阳笑而许之。

嗟夫！予与孟阳，遭逢圣世，为太平之幸人，其所为耦耕者，盖亦感闲居之多暇，喜一饱之有时，庶几息劳生而税尘鞅。〔17〕岂与夫沮、溺者流，〔18〕辍耕太息于蔡、叶之间，叹滔滔以没世，群鸟兽而不返者哉！余与孟阳之似沮、溺，其耦俱之迹而已，而其乐则固有过之者矣。然亦有不能无慨然者，予之得交于孟阳也，实以长蘅。〔19〕长蘅与予偕上公车，尝叹息谓予："吾两人才力识趣不同，其好友朋而嗜读书则一也。他日世事粗了，筑室山中，衣食并给，文史互贮，〔20〕招延通人高士，如孟阳辈流，仿佛渊明《南村》之诗，〔21〕相与咏歌皇虞，〔22〕读书终老，是不可以乐而忘死乎？"予曰："善哉！信若子之言，予愿为都养，〔23〕给扫除之役，请以斯言为息壤矣。"荏苒二十余年，长安邸舍酒阑灯灺之语，〔24〕犹历历在耳，而长蘅已不可作矣。人生岁月，真不可把玩。山林朋友之乐，造物不轻予人，殆有甚于荣名利禄也。予之得从孟阳于此堂也，可不谓厚幸哉！莆田宋比玉，〔25〕予三人之友也，为作八分书以扁于堂，〔26〕而予记其语于壁间。世之君子，过而揽焉，其亦有如予之慨然者乎？崇祯三年，钱谦益记。

【注释】

〔1〕选自《牧斋初学集》卷四十五。

〔2〕万历丁巳：万历四十五年(1617)。

〔3〕幽忧：忧劳过度。

〔4〕疴(kē)：疾病。

〔5〕孟阳：即程嘉燧(1565—1643)，字孟阳，号松圆，明安徽休宁人，徙居嘉定，万历举人。钱谦益罢官归家，筑耦耕堂，邀其前往读书论诗。

〔6〕卒卒：匆促急迫的样子。

〔7〕羁绁：束缚。

〔8〕跋前疐(zhì)后：喻进退两难。

〔9〕逋客：避世之人。

〔10〕钩党：相牵引为同党，此指其被魏忠贤指控为东林党魁。

〔11〕畴昔：往昔。

〔12〕蚤：通“早”。

〔13〕牵挽：牵拉，牵制。

〔14〕硁硁（kēng）：形容浅陋固执。

〔15〕构扇旁午：构扇，造谣煽动。旁午，纷繁。

〔16〕息机摧撞：息机，息灭机心。摧撞，停止莽撞的行动。二者皆指隐居。

〔17〕税：通“脱”，脱离。

〔18〕沮、溺：《论语·微子》中所载两位避世的隐者。

〔19〕长蘅：即李流芳（1575—1629），字茂宰，又字长蘅，号香海、慎娱居士。明苏州府嘉定（今属上海）人，两应会试不第，遂绝意进取。

〔20〕贮：交流藏书。

〔21〕南村：典出陶渊明《移居》其一：“昔欲居南村，非为卜其宅。闻多素心人，乐与数晨夕。”

〔22〕咏歌皇虞：典出陶渊明《赠羊长史》：“愚生三季后，慨然念黄虞。得知千载上，正赖古人书。”

〔23〕都养：居，供养。

〔24〕灯灺（xiè）：灯烛。灺，蜡烛的余烬。

〔25〕宋比玉：即宋珏（1576—1632），明福建莆田人，漫游吴越，客死吴地，工书画篆刻。

〔26〕八分书：书体名。隶书的一种。

【评析】

此篇《耦耕堂记》虽以堂名为题，然通篇却借耦耕堂怀念自己与友人程嘉燧的相知相交。程嘉燧早年至钱谦益所居之拂水山庄，两人共居月余，定下栖隐之约。后程嘉燧因家贫而四处漂泊，钱谦益也羁绁仕宦，忽忽十余年过去，两人之约方才得以实现。文中“予深幸夫迷途之未远，而隐居之不孤也，请于孟阳，以‘耦耕’名其堂”，不仅是交代堂名“耦耕”之意，也含有自己和友人约定终于得以实现的畅快。二人相与隐居之乐虽有过于古之沮、溺，但此种快乐背后却藏有令人慨然之事。自己与程嘉燧之交缘于李流芳，李、钱二人早年就已有约程嘉燧隐居读书终老的念想，然而等到钱氏隐居作此记的时候，友朋二人却已是一死一生，“山林朋友之乐，造物不轻予人，殆有甚于荣名利禄也”句，既是在感叹自己幸能与程嘉燧得圆早年之志，实则也是在怀念逝去的旧友李流芳。

朝阳榭记〔1〕

耦耕堂东南之茀地，〔2〕瓦砾丛积。登之有异焉，因而为台，状如敦丘。〔3〕起屋半间，以障风雨。于是崖之为拂水，〔4〕石之为三沓，峰之为石门、石城，合沓攒簇于寻丈之内。〔5〕灌木族丛，仰承厜㕒。〔6〕纷红骇绿，蔽亏变换。榭踞山之东，旦即见日，名之曰朝阳，取《尔雅·释山》之云也。梁简文帝《招真治碑》曰：〔7〕“高岩郁起，带青云而作峰；拂水县流，〔8〕洒天河而俱会。”又曰：“其峰则有石门、石城，虚峗自然，〔9〕神功挺起。”今斯榭之所直者，高岩县流，樵夫牧人皆能指示其处。至所谓石门、石城者，流俗皆莫知，漫举北山一二拳石以当之耳。予按《姑苏志》云：“过吴王庙五六里，有试剑石，又有三沓石，与石城、石门诸峰错峙。”乃知三沓石之东，试剑石下，石壁呀然中开，〔10〕俗谓之剑门，即石门也。石之西，其崖如防如削，巨石错列，如雉堞楼橹，〔11〕即石城也。简文云“虚峗挺起”，信不诬也。旧《志》称“二峰在顶山西北”，盖未可信。又云：“石城，吴王置美人处。”据《汉书》注及《郡国志》，即吴县之灵岩山，无容在虞山也。〔12〕予为记于壁间，庶游斯榭者，可以举目而得之，且使读者知古人模状山水，其言语简妙为不可及也。崇祯四年二月二十五日记。

【注释】

〔1〕选自《牧斋初学集》卷四十五。

〔2〕茀（fú）地：杂草丛生的空地。

〔3〕敦丘：一层之丘。

〔4〕厓：水边，指高岸。

〔5〕攒簇：簇聚，簇拥。

〔6〕厜㕒（zuī wéi）：山峰高峻。

〔7〕梁简文帝：萧纲（503—551），南朝梁皇帝，中大通三年（531）继昭明太子后立为皇太子，即位后于侯景之乱中被杀。

〔8〕县：通“悬”。

〔9〕虚峗（wéi）：高峻貌。

〔10〕呀然：张口貌，张开貌。

〔11〕雉堞（dié）楼橹：雉堞，泛指城墙。楼橹，古代军中用以瞭望、攻守的无顶盖的高台，建于地面或车、船之上。

〔12〕无容：不可能。

【评析】

崇祯四年（1631），钱谦益在耦耕堂东南起屋半间，以障风雨，名为朝阳榭。此篇虽为记体，然重心实在考辨相关史事典故，颇有以考据为文之风。如文中引《招真治碑》论及“石门”与“石城”，其先以“流俗皆莫知”表示此二峰的命名缘由与时人所知不同，引出读者疑问，后便征引《姑苏志》断案，证石门之名缘于试剑石下石壁呀然中开之形状，石城则是因高低不齐错列如城墙而得名。至此作者犹不满足，更进引旧《志》“石城，吴王置美人处”，据《汉书》颜师古注与《郡国志》等文献纠正《志》所言吴王置美人处在吴县之灵岩山而非自己所处之虞山。文章最后更是强调将此记于朝阳榭壁上，一方面是为了使游者知道考证本末，了解乡邦山川命名之由来，另一方面也是为使读者知道古人模状山水用词的简洁高妙。

施闰章

施闰章(1619—1683),字尚白,一字屺云,号愚山,晚号矩斋,后人称施侍读、施佛子,江南宣城(今属安徽)人,清初学者、文学家。清顺治六年(1649)进士及第,授刑部主事。顺治十三年(1656),出任山东学政,顺治十八年(1661),出任江西布政司参议,后裁缺归田。康熙十八年(1679),召试鸿博,御试授翰林侍讲,与修《明史》。康熙二十二年(1683),升转翰林院侍读,充太宗圣训纂修官。同年病卒。施闰章博览经史,工诗词古文,其古文学曾巩、欧阳修,意朴而气静;其诗尊崇李、杜,称为"尊唐派"领袖,以辞清句丽见长,号"宣城体",与高咏主持东南诗坛数十年。并与宋琬齐名,有"南施北宋"之誉。著有《双溪诗文集》《愚山诗文集》《学余堂文集》等。

春及轩记〔1〕

昆之人环玉峰而家者,园林亭榭皆胜。而叶子九来作轩于玉峰之南,〔2〕名之曰"春及"。来告我曰:"轩上为樾阁,下临官河。其东则良畴数亩,岁种秫,〔3〕酿以待客,客至往往醉。周回小溪,溪东为古寺,松桧攫拿,〔4〕皆数百年物。跨溪而入,石磴泠然;〔5〕登阁而望,山翠蓊然。轩正面田畴,菜甲稻花,〔6〕远风披拂,其乐不可胜穷也。轩之大概如此。予读书多暇,将课农人而老焉。"夫古兰亭、梓泽、兔苑、南皮之游,〔7〕皆处贵盛而怡情丘壑,流连台馆,取快一时而已。若夫子真之于谷口,〔8〕卢鸿乙之于嵩丘,〔9〕屡征不起,彼盖自专其乐也,叶子其亦将隐耶?去年夏秋间,以博学宏辞征,〔10〕有司敦迫切峻,单车诣阙,逾冬涉春,逡巡待明诏,乃南望叹曰："春已过半，逐逐无所底，[11]安能舍吾轩，芜吾田，而尘埃处乎？旦暮不归，吾病矣，君为我记，将归而刻之溪上。"

嗟夫！士大夫栖岩息涧，田畯为伍，[12]有耕斯获，有获斯饱；我无干人，人无我妒；无文字征逐之扰，横琴在膝，用述作为鼓吹，岂不畅然至足也哉！虽然，叶子方擅文辞，多游好，又有伯氏学士为显官于朝，吾虞叶子之归不果也。嘉其请，姑记以见志。"春及"云者，盖取靖节语也。[13]

【注释】

〔1〕选自《施愚山先生学余文集》卷十二。

〔2〕叶子九来：即叶奕苞，明末清初学者。

〔3〕秫：粟、粱之黏者。

〔4〕攫拿：张牙舞爪貌。

〔5〕石磴：石台阶。

〔6〕菜甲：菜初生的新芽。

〔7〕古兰亭、梓泽、兔苑、南皮：兰亭，晋时绍兴之亭，王羲之于此作《兰亭集序》。梓泽，即西晋石崇金谷园的别称。兔苑，即兔园，西汉梁孝王之园。南皮，汉末曹丕与朋友于此欢宴雅集。

〔8〕子真：即西汉郑朴，字子真，隐居于谷口。

〔9〕卢鸿乙：一作卢鸿一，唐人，隐居嵩山。

〔10〕博学宏辞：清康熙年间开博学宏词科，招揽天下儒士。

〔11〕逐逐无所底：逐逐，匆忙貌。底，致，达到。

〔12〕田畯（jùn）：即农民。

〔13〕"春及"云者，盖取靖节语也：取自陶渊明《归去来兮辞》："农人告余以春及，将有事于西畴。"

【评析】

昆山春及轩在半茧园内，为清代叶奕苞所建。施闰章应叶氏之邀，为春及轩作《记》，先言玉峰周边风景之盛，接以主人叶奕苞之描述，寥寥数语，夸赞春及轩以及周边环境之美,并表达叶氏终老园林之志。作者又以兰亭、梓泽等贵盛游宴之事与郑子真、卢鸿乙隐居之乐加以比较,再次强调叶氏在春及轩"自专其乐"归隐于此的志趣。然而,叶氏却被迫应博学宏词科之征,前往京城。田园生活简单淳朴,畅然自得,不必像在朝中一样争名夺利,尔虞我诈,叶氏自然有归乡之志,现实却恐难以让其得遂心愿。这种隐居与出仕的两难选择,正是清初江南学者群体心态的真实写照。

汪　琬

汪琬(1624—1691),字苕文,小字液仙,号钝庵、玉遮山樵、尧峰、樵峰老钝、钝翁等,长洲(今江苏苏州)人。生于明天启四年(1624),十五岁为县学附生,参加复社。清顺治十二年(1655)中进士,历任户部主事、刑部郎中、北城兵马司指挥等职。康熙九年(1670)辞官归里,隐居尧峰山。康熙十八年(1679),召试博学鸿儒,授翰林院编修,与修《明史》,在馆六十余日,撰史稿一百七十五篇,逾年乞病归。康熙二十九年(1690)病卒,私谥文清。其发明经义,精研史学,倡言朴学,精于考据。诗以清丽为宗,古文辞尤有盛名,与侯方域、魏禧时称"国初三家"。著有《钝翁类稿》《尧峰文钞》等。

传是楼记〔1〕

昆山徐健庵先生筑楼于所居之后,〔2〕凡七楹间。〔3〕命工斫木为橱,贮书若干万卷,区为经史子集四种:经则传注义疏之书附焉,史则日录、家乘、山经、野史之书附焉,子则附以卜筮、医药之书,集则附以乐府、诗余之书。〔4〕凡为橱者七十有二,部居类汇,各以其次,素标缃帙,〔5〕启钥灿然。于是先生召诸子登斯楼而诏之曰:"吾何以传女曹哉?吾徐先世故以清白起家,吾耳目濡染旧矣。盖尝慨夫为人之父祖者,每欲传其土田货财,而子孙未必能世富也;欲传其金玉珍玩、鼎彝尊斝之物,〔6〕而又未必能世宝也;欲传其园池台榭、舞歌舆马之具,而又未必能世享其娱乐也。吾方以此为鉴,然则吾何以传女曹哉?"因指书而欣然笑曰:"所传者惟是矣。"遂名其楼为"传是",而问记于琬。琬衰病不及为,则先生屡书督之，最后复于先生曰：

甚矣，书之多厄也。由汉氏以来，人主往往重官赏以购之，其下名公贵卿，又往往厚金帛以易之，或亲操翰墨，及分命笔吏以缮录之，然且裒聚未几而辄至于散佚，[7] 以是知藏书之难也。琬顾谓藏之之难不若守之之难，守之之难不若读之之难，尤不若躬体而心得之之难。是故藏而弗守，犹勿藏也；守而弗读，犹勿守也。夫既已读之矣，而或口与躬违，心与迹忤，采其华而忘其实，是则呻占记诵之学所为，[8] 哗众而窃名者也，与弗读奚以异哉！

古之善读书者，始乎博，终乎约。博之而非夸多斗靡也，[9] 约之而非保残安陋也。善读书者，根柢于性命而究极于事功。沿流以溯源，无不探也；明体以适用，无不达也。尊所闻，行所知，非善读书者而能如是乎？

今健庵先生既出其所得于书者，上为天子所器重，次为中朝士大夫之所矜式，[10] 藉是以润色大业，[11] 对扬休命有余矣。[12] 而又推之，以训敕其子姓，俾后先跻巍科，[13] 取膴仕，[14] 翕然有名于当世。[15] 琬然后喟焉太息，以为读书之益弘矣哉！循是道也，虽传诸子孙世世，何不可之有？若琬则无以与于此矣。居平质驽才下，患于有书而不能读；延及暮年，则又跧伏穷山僻壤之中，耳目固陋，旧学消亡，盖本不足以记斯楼。不得已勉承先生之命，姑为一言复之。先生亦恕其老悖否耶？

【注释】

〔1〕选自《尧峰文钞》卷二十三。

〔2〕徐健庵先生：即徐乾学（1631—1694），昆山人，清初大臣、学者、藏书家，康熙九年（1670）进士，官至内阁学士，刑部尚书，藏书甚富。

〔3〕七楹间：古人以楹柱计算房间数目。

〔4〕诗余：即词。

〔5〕缃帙：浅黄色书套。

〔6〕鼎彝尊斝（jiǎ）：指代青铜器。

〔7〕裒聚：搜集，聚集。

〔8〕呻占：吟咏，口头创作。

〔9〕斗靡：以其所有之多而进行攀比。

〔10〕矜式：敬重，以为法式。

〔11〕润色大业：点缀人主的功业。

〔12〕对扬休命：答谢君主的赐命。

〔13〕巍科：科举考试中较好的名次。

〔14〕膴（wǔ）仕：高官厚禄。

〔15〕翕然：为人一致称颂。

【评析】

徐乾学是清初知名的大藏书家。其藏书尽置于其书楼“传是楼”，所藏宋元珍本约四百余种，在清初藏书家中也属佼佼者。传是楼落成后，著名文人汪琬应徐乾学之请，为此楼撰记。本文虽以“传是楼记”为题，实际上却并不具体描绘传是楼的面貌，而是以记叙为引子，主旨落于议论。文首叙说主人藏书之富，引出主人徐乾学与诸人的对话，徐氏认为自己应该留给自己子孙的东西，并非世俗的“土田货财”“金玉珍玩”等物，而是这座书楼的藏书。建造这样一座藏量丰富的藏书楼，主人确实为之付出了巨大努力。然而汪琬为之作记，却不满足于此，而是以三个排比句展开进一步的论说：聚藏这些图书虽难，却不如守护它们难；守护图书虽难，更难的却是真正读书；然而读书如果只是记诵之学，却不能真正取其精华，将这些有形资产变成真正吸收的知识，那也谈不上是真正的读书。坐拥书楼，读书求知，依然不是最终的目的。对于儒者来说，通过博采约取地读书，彻底领悟道学性命之理，建立事功，才是扬名立身之道。原本徐乾学所说“传是”，不过是空泛的传书于子孙，希望其能够勿忘读书之业，经汪琬如此申发，则提高到以读书为手段，以知行合一为目的，其含义遂大为拓展。此文骈散结合，错落有致，而集合叙事、描写、议论为一体，更是显得极具变化，颇有文趣。

姜氏艺圃记[1]

艺圃者,前给事中莱阳姜贞毅先生之侨寓也。[2]吾吴郡治西北隅,固商贾阛阓之区,尘嚣湫隘,[3]居者苦之。而兹圃介其间,特以胜著。圃之中,为堂为轩者各三,为楼为阁者各二,为斋、为窝、为居、为廊、为山房、为池馆、村柴、亭台、略彴之属者,[4]又各居其一。予尝最其大凡,[5]则方广而漫者,莫如池;逦迤而深蔚者,莫如村;高明而敞达者,莫如山颠之台;曲折而工丽者,[6]莫如仲子肄业之馆若轩。[7]至于奇花珍卉,幽泉怪石,相与晻霭乎几席之下。[8]百岁之藤,千章之木,[9]干霄架壑;林栖之鸟,水宿之禽,朝吟夕哢,[10]相与错杂乎室庐之旁。或登于高而揽云物之美,或俯于深而窥浮泳之乐,来游者往往耳目疲乎应接,而手足倦乎扳历,[11]其胜诚不可以一二计。盖兹圃得名也久矣,圃之主人亦屡易。其始则有袁副使绳之,[12]以高蹈闻于前;[13]其次则有文文肃公父子,[14]以刚方义烈著于后。今贞毅先生复用先朝名谏官,优游卒岁乎此,而其两子则以读书好士、风流尔雅者绍其绪,[15]而光大之。马蹄车辙,日夜到门。高贤胜境,交相为重,何惑乎四方骚人墨士,乐于形诸咏歌,见诸图绘,讫二十余年而顾益盛欤?不然,吴中园居相望,大抵涂饰土木,以贮歌舞,而夸财力之有余,彼皆鹿鹿妄庸人之所尚耳,[16]行且荡为冷风,[17]化为蔓草矣,何足道哉!何足道哉!

【注释】

〔1〕选自《尧峰文钞》卷二十三。

〔2〕姜贞毅:即姜埰(1607—1673),山东莱阳人,崇祯四年(1631)进士,曾任礼科给事中,明亡后流寓苏州,死后友朋私谥为贞毅先生,著有《敬亭集》。

〔3〕湫隘(jiǎo ài):低下狭小。

〔4〕略彴(zhuó):小木桥。

〔5〕最其大凡:总结其大致情况。

〔6〕工丽：精致而华丽。

〔7〕仲子：次子。

〔8〕晻（yǎn）霭：阴翳，重叠。

〔9〕千章：千株大树。

〔10〕哢：鸟鸣声。

〔11〕扳历：攀援越过。

〔12〕袁副使绳之：即袁祖庚（1519—1590），字绳之，长洲（今江苏苏州）人，曾任浙江按察司副使，辞官归乡后，营建醉颖堂，即艺圃前身。

〔13〕高蹈：隐居。

〔14〕文文肃公：明代后期大臣文震孟，文徵明曾孙，天启年间进士，官至东阁大学士，死后南明朝廷追谥为“文肃”。文震孟购得此园，改名为药圃。

〔15〕绍其绪：继承其功业。

〔16〕鹿鹿：通碌碌，凡庸貌。

〔17〕行且：将要。

【评析】

艺圃所在之地，原为明代后期袁绳之的醉颖堂，其后归于文徵明孙文震孟，明清之际为姜埰所得，更名艺圃。姜埰之子姜实节邀汪琬为之作记。此文开头点明艺圃位于市井之地，却能独得胜景。其后以多个排比句大致描述艺圃之建筑，又继续铺排，对每类建筑的特色作一概说。虽然对于园中景致，不一一描述点评，而三言两语之间其风貌已呈现于目前。其后则历叙艺圃之沿革，由袁氏而文氏最终至姜氏。姜氏之园为人所追捧，姜氏之人则道德文章兼备，反观吴中名园虽多，却多为妄人之庸物，根本不足道。更与篇首姜氏园在闹市照应，则园之佳盛，在于其人之人品格调，又何必计较其所在之地呢？

姜宸英

姜宸英(1628—1699),字西溟,号湛园,又号苇间,明末清初文学家,书法家、史学家,浙江慈溪人,明末诸生。康熙十九年(1680),以布衣荐入明史馆任纂修官,又参与修《大清一统志》。在京因得罪大学士明珠受冷遇。康熙三十六年(1697),年70岁始成进士,以殿试第三名授翰林院编修。越两年,为顺天乡试副考官,因主考官舞弊,被连累下狱死。与朱彝尊、严绳孙并称“江南三布衣”。著有《湛园集》《苇间诗集》《海防总论》。

小有堂记〔1〕

有林蔚然,从数百武外望之,隐出于连甍比宇之间,〔2〕是为叶君九来半亩之园。先是,君曾祖孝廉经始于邑东南陬,〔3〕父工部葺而新之,〔4〕则园之修广几六十亩。工部晚年析园为三,以与君之兄弟,而君得东偏之半,于是小有之堂横踞两山间,反居园之中焉。自君之居处,益务修治,凡一椽一石,皆自经理,位置莫不有意。嘉卉林立,清泉绕除。〔5〕客之来是邑者,君未尝不设席。主人既与之游,而饮酒赋诗,莫不絷维信宿而后去。〔6〕盖园之至君,四世矣,其同时之废为榛莽,〔7〕或易为他氏者多矣。而是园者至今无坏益新,则以君之能无忘先人之业使然也。或谓君以彼其才,宜早自表暴,取世光宠,顾退而自安于丘壑,诚非所宜。予谓今之汲汲自励为当世资者,非必其天性皆汩没于富贵利欲者也,〔8〕盖亦有求为买山而隐而不得者,〔9〕而隐忍以就之。苏秦曰:“使吾有二顷田,安得佩六国相印乎?”由今观之,六国相印之与二顷田,所得孰多,况又有求而未必得者耶？叶君之贤，其知之审矣。且古之君子，虽其功成名立，巍巍然系天下之望，犹常以区区者与夫山林逸士争其所嗜好于一泉石之间，此其所寄托者甚深，未可以常情测也。

【注释】

〔1〕选自《〔同治〕苏州府志》卷四十七。

〔2〕甍：房屋。

〔3〕曾祖孝廉：叶奕苞之曾祖叶恭焕，藏书家，叶盛玄孙，嘉靖丙午举人。经始：开始经营。陬：角落。

〔4〕父工部：叶奕苞之父叶国华，曾任工部都水司主事。

〔5〕除：台阶。

〔6〕萦维：挽留。

〔7〕榛莽：草木丛生。

〔8〕汩没：沉溺。

〔9〕买山而隐：用《世说新语·排调》支遁与道潜典故："支道林因人就深公买印山，深公答曰：'未闻巢、由买山而隐。'"

【评析】

前《春及轩记》提及的半茧园，前身为明代叶盛玄孙叶恭焕所辟的春至圃。叶恭焕之孙叶国华又加以营建，改名为茧园。入清以后，叶国华将一园分割为三，次子叶奕苞得到东边部分，葺而新之，称为半茧园，春及轩在园内，小有堂亦然。全文重点不在于夸炫楼宇林泉之美，而是表彰主人叶奕苞的诸多美德，既能热诚待客，又能谨慎操持，保守祖业。而主人于浊世之中，能够不汲汲于富贵利禄，不为虚浮之物所蒙蔽，自安于丘壑之中，享受林泉之乐，可谓通达至极。

朱彝尊

朱彝尊(1629—1709),字锡鬯,号竹垞,晚号小长芦钓师,又号金风亭长,清秀水(今浙江嘉兴)人。早先家道中落,贫寒无以自给,生活极不安定,摒弃科举,奔波于谋生,兼肆力于古学。后在康熙十八年(1679)举博学鸿词科,除翰林院检讨,二十二年(1683),入直南书房。其诗与王士禛齐名,时称“南朱北王”;词风清丽,创“浙西词派”,与陈维崧并称“朱陈”;学术渊博,出入经史,精于考据,编书、著书多有足观者,如辑《经义考》《词综》,均流传于世,其晚年手定《曝书亭集》八十卷,收入一生作品,流传颇广。

秀野草堂记〔1〕

长洲顾侠君,〔2〕筑堂于宅之北,闾邱坊之南。〔3〕导以回廊,穿以径,垒石为山,望之平远也;捎沟为池,〔4〕即之蕴沦也。〔5〕登者免攀陟之劳,〔6〕居者无尘壒之患。〔7〕晓则竹鸡鸣焉,昼则佛桑放焉。〔8〕于是插架以储书,叉竿以立画,置酒以娱宾客,极朋友舅弟之乐。〔9〕暇取元一代之诗甄综之,〔10〕得百家焉,业布之通都矣。侠君乃梦有客愉愉,有客瞿瞿,〔11〕一一十十,容色则殊,或俯而拜,或立而盱。〔12〕觉而曰:“是其为元人之徒与?将林有遗材,而渊有遗珠与?”乃借钞于藏书者,复得百家焉,未已也。博观乎书画,旁搜乎碑碣,真文梵夹,〔13〕靡勿考稽,又不下百家,而元人之诗乃大备矣。

予留吴下,数过君之堂。侠君请于予作记。思夫园林丘壑之美,恒为有力者所占,通宾客者盖寡。所狎或匪其人。明童妙妓充于前,平头长鬣之奴奔走左右，[14]舞歌既阕，[15]荆棘生焉。惟学人才士著作之地，往往长留天壤间，若文选之楼，[16]尔雅之台是已。[17]吴多名园，然芜没者何限！而沧浪之亭，[18]乐圃之居，[19]玉山之堂，[20]耕渔之轩，[21]至今名存不废，则以当日有敬业乐群之助，[22]留题尚存也。侠君筑斯堂，嫽群雅，[23]将自元而宋而唐而南北朝而汉，悉取以论定焉。吾姑记于壁，用示海内之诵元诗者。

【注释】

〔1〕选自《曝书亭集》卷六十六。

〔2〕顾侠君：即顾嗣立，字侠君，康熙五十一年（1712）进士，选庶吉士，改中书，以疾归。

〔3〕闾邱坊：坊名，在苏州。东出皮市街，与史家巷相对；西出人民路，与阊村坊相对。

〔4〕捎：芟除，清理。

〔5〕蕴沦：小波浪。

〔6〕攀陟：攀登。

〔7〕尘壒：尘埃。

〔8〕佛桑：即扶桑，亦称朱槿，著名观赏植物。

〔9〕鼏弟：昆弟。

〔10〕甄：鉴别，选取。

〔11〕瞿瞿：勤谨貌。

〔12〕盱：张目，扬目而视。

〔13〕真文梵夹：此处指佛道经文、符箓等典籍。

〔14〕鬣（liè）：马颈上长毛，亦指髭须。长鬣即长须。

〔15〕阕（què）：乐终。

〔16〕文选之楼：文选楼，古迹名。一在湖北省襄阳市，南朝梁昭明太子萧统建，曾集文士在此辑《文选》。一在江苏省扬州市，隋曹宪故居，宪以《文选》教授生徒，其所居之巷号“文选巷”，楼因此得名。

〔17〕尔雅之台：在湖北省宜昌市，相传晋郭璞曾在此注释《尔雅》。

〔18〕沧浪之亭：北宋苏舜钦所建。

〔19〕乐圃之居：北宋朱长文所筑。

〔20〕玉山之堂：元顾瑛所筑。

〔21〕耕渔之轩：元徐达左所筑。

〔22〕敬业乐群：《礼记·学记》："一年视离经辨志，三年视敬业乐群。"即专心致志于学业，并乐与朋友切磋。

〔23〕嫴：通"揜（yān）"，揜群雅，语出司马相如《上林赋》。

【评析】

秀野草堂为顾嗣立所筑，四方名士常雅集觞咏于此，王原祁、禹之鼎绘有《秀野草堂图》，朱彝尊作记，即为是篇。朱彝尊并不着意刻画疏池叠石、环植花木之盛，而是更突出顾嗣立"插架以储书，叉竿以立画"的文化生活，尤其是编《元诗选》一事，不仅颇具声色地将其梦境婉婉叙来，还将顾嗣立为编书而借抄诸家藏书、用书画碑碣释道典籍辑佚的辛苦过程一一道出。文章限于篇幅，或为文气连续，未写出的是顾嗣立所编《元诗选》不下百卷，且均附作者小传与评语，明乎此，可知"元人之诗乃大备矣"一语殆非虚赞。朱氏由编书一事又引出一段史论，即身居高位者所筑之园林多为娱乐、推杯换盏之所，家道中衰或其身没后往往沦为废墟，而如沧浪亭、耕渔轩等因主人多是学人才士故名存不废，朱氏归结为"敬业乐群之助"，背后实则亦有儒家物因人显、立言不朽的观念在焉，所以朱彝尊在文章最后会强调"用示海内之诵元诗者"。

徐乾学

徐乾学(1631—1694),字原一、幼慧,号健庵、玉峰先生。清昆山(今属江苏)人,明末清初大儒顾炎武的外甥。康熙九年(1670)殿试一甲进士第三名,十九年(1680),为纳兰性德搜集唐、宋、元、明学者的解经之书,纂成《通志堂经解》一千八百六十卷。二十一年(1682),被任命为《明史》总裁官。二十五年(1686),任礼部侍郎,次年与权相纳兰明珠结怨,后利用门生郭琇弹劾明珠,使明珠罢相。二十七年(1688),因受贿、结党被弹劾,上疏请归,康熙准奏。徐乾学归家,与阎若璩、顾祖禹、胡渭和黄虞稷等人一起致力编修《大清一统志》。二十九至三十一年(1690—1692),因包庇子侄行贿等事被陆续弹劾,三十三年(1694)去世。徐氏编著颇丰,康熙朝钦定官书,多由其监修总裁,其又好藏书,名藏书处为“传是楼”。著有《憺园文集》《传是楼书目》《读礼通考》等。

依绿园记[1]

洞庭去吾昆,[2]不二百里而近,道书所称“洞天福地”也。[3]顾余碌碌宦途,[4]曾未一探灵异,窃叹湖上七十二峰,[5]邈若海外三山,[6]难以飞越,徒为神往。吴门缪双泉先生熟游于东、西两洞庭,[7]尝言山中多好事,竞选胜地为园亭,不减洛阳之盛,[8]而最称东山吴隐君“南村草堂”,[9]亦甚美隐君之才且贤,余闻而慕之久矣。

今年春,奉敕领纂修明史馆职,给假南旋,思屏绝世纷,精心殚力,成一代书;遂泛太湖,至东山开馆从事。于是得与隐君相识,以慰二十余年之企慕,而隐君又命二子颐、臧受业于余。暇日因过其所居南村草堂者,在武山之麓，高轩广庭，临池面山，俯仰之间，令人心目皆爽。堂之东南有双扉，映柳色而滨水者，[10]柳门也。其西修廊数折，有若方舟之浮于波面者，水香簃也。其南数武，度平桥，循山拾级而登，有亭翼然，参古桂、苍松而出者，飞霞也。有阁凭虚而俯绿野者，[11]欣稼也。阁之外，平畴千顷，[12]可以目耕，[13]南湖水光一片，与天无际；自西而北，层峦复岭，青紫万状，咸排闼而入几席。[14]自飞霞亭后小阜折而东下，迤逦平冈一带，[15]皆岁寒三友，而有石幢高峙其间。冈之南，辟地为圃，佳树成列，望之蔚然。又折而东北，敞小楼于万绿中者，曰"花鸟间"，上沙高士徐俟斋隶额，[16]壁镌董思翁书《归去来辞》。[17]倚楼北望，则锦鸠峰、濮公墩皆在檐庑间。[18]其前则桂花屏、芙蓉坡、鹤屿、藤桥相望焉。其鳞比而南者，[19]为凝雪楼，俯瞰平冈梅花，时在群玉山头。[20]迤北则回廊一曲，琅玕数十，[21]至芗畦小筑，[22]邃室六楹，[23]缥缃满架，[24]庭有奇石，如云涌状，上植盘柏一株，覆如青盖，[25]此隐君课子藏修处也。[26]自曲廊西转，竹屏湖石，缭以短垣，有斗室，为冬日藏兰之所。其中为花间石逸，[27]其后设庖厨，贮美酝佳茗，[28]以供宾客。此其大概也。园之广不逾数亩，而曲折高下，断续相间，令人领略无尽。观此而隐君之经济，[29]可见一斑矣。余因是益信双泉先生之言为不诬。园成于康熙癸丑，[30]云间张陶庵叠石，[31]乌目山人王石谷为之图，[32]吾乡叶九来先生诗以落之。[33]初名"芗畦小筑"，载《吴县志》，兹虞山陶子师进士节少陵诗句，[34]以"依绿"名之。余既乐与隐君父子交游，而又喜园之得佳名也，故援笔而为之记。隐君名时雅，字斌文，别号南村。

【注释】

〔1〕选自《民国吴县志》卷三十九。

〔2〕吾昆：距我们昆山。

〔3〕道书所称"洞天福地"：道书，道教的典籍。洞天福地，道士神仙所居的名山胜景，有十大洞天、三十六小洞天、七十二福地，合称"洞天福地"。

〔4〕碌碌宦途：忙碌于仕途。

〔5〕七十二峰：指太湖洞庭东、西两山诸峰和附近大小峰峦及岛屿，旧时号称七十二峰。

〔6〕海外三山：指古代传说中的三座仙山，蓬莱、方丈、瀛洲。典出《史记·秦始皇本纪》。

〔7〕吴门缪双泉先生：即清代学者缪彤，字歌起，康熙六年（1667）进士，殿试第一，著有《双泉堂集》。

〔8〕洛阳之盛：古都洛阳，隋、唐、北宋时都在洛阳大兴土木，修造宫室园林，苏辙曾称洛阳“园囿亭观之盛实甲天下”。

〔9〕吴隐君：指隐士吴时雅，字斌文，别号南村。

〔10〕滨水：靠近水边。

〔11〕凭虚：凌空。

〔12〕平畴：平坦的田野。

〔13〕目耕：原以农夫耕田比喻读书不辍，此指阁外田野一览无遗。

〔14〕排闼：推门。几席：古人倚靠、坐卧的器具。

〔15〕迤逦：延伸貌。

〔16〕徐俟斋：即清初隐士徐枋，字昭法，号俟斋，自号秦余山人，吴县上沙人。隶额：用隶书题写匾额。

〔17〕董思翁：即董其昌，字玄宰，号思白。

〔18〕檐庑：走廊，廊上有屋檐。

〔19〕鳞比：像鱼鳞般密密排列。

〔20〕群玉山头：传说中西王母居处。此处用以比喻山色犹如仙境。

〔21〕琅玕（láng gān）：似珠玉的美石。

〔22〕芗（xiāng）畦小筑：指谷香缭绕的乡间小筑。芗，谷类的香气。小筑，雅致的小建筑物。

〔23〕邃室：幽深之室。

〔24〕缥缃：指书卷。缥，淡青色的帛。缃，浅黄色的帛。古代常用以作书囊或书衣，因以指代书卷。

〔25〕青盖：青色的车盖。

〔26〕课子藏修处：教授孩子学习的地方。藏修，谓专心向学，使业不离身。

〔27〕石逸：石头消失，此处谓繁花遮住了石头。

〔28〕美酝佳茗：美酒好茶。

〔29〕经济：才干，才能。

〔30〕康熙癸丑：即康熙十二年（1673）。

〔31〕张陶庵：即当时叠石名家张涟之子张然，浙江嘉兴人，工诗画。

〔32〕王石谷：即清初画家王翚，字石谷，号乌目山人，晚年称清晖主人，江苏常熟人，与王时敏、王鉴、王原祁合称山水画家“四王”。

〔33〕叶九来：即清初文人叶奕苞，字九来，江苏昆山人，著有《金石录补》《金石小笺》。

〔34〕陶子师：即清初文人陶元淳，字子师，江苏常熟人，康熙进士。少陵诗句：指杜甫《陪郑广文游何将军山林十首》“名园依绿水，野竹上青霄”句。

【评析】

依绿园位于苏州武山山麓，为隐士吴时雅所筑。徐乾学此文并非直书依绿园或追溯园林历史，而是从自己对园主的闻名与见面开始道来。开篇先追忆自己从缪彤处得知吴时雅“才且贤”，慕名久矣。接着则将时间拉回当下，自己南归至太湖一带，欲“屏绝世纷”，完成《明史》修纂，而二十余年的慕名终于得以转为现实的“得与隐君相识”。徐乾学拜访吴时雅居处后，描绘了“南村草堂”的诸般景色，不仅有写内里池台园榭的景观布局，亦有对外面农田、平野、水光、山峦的描摹。在道出此面积不大却曲折高下、断续相间的园林布局后，徐乾学更以园论人，用园风推论园主之道德品性与经世才略，并回应文章开篇所说的缪彤赞誉。文章最后徐氏又补叙此园名之由来，本为“芗畦小筑”，后得陶元淳依杜甫诗“名园依绿水”赠名“依绿”。

宋　荦

宋荦(1634—1714),字牧仲,号漫堂,又号西陂,别署绵津山人、西陂放鸭翁等,河南商丘人,清代政治家、诗人。其父为国史院大学士宋权。宋荦顺治四年(1647)应诏以大臣子列侍卫。逾年考试,铨通判。康熙三年(1664)授黄州通判,以母忧去。康熙十六年(1677),授理藩院院判,迁刑部员外郎。二十年(1681),升刑部福建司郎中。二十二年(1683),升任直隶通永道佥事。二十六年(1687),升迁为山东按察使,再迁江苏布政使。二十七年(1688),巡抚江西。三十一年(1692),任江苏巡抚,赈荒抚饥,深得人心,朝廷誉为"清廉为天下巡抚第一"。康熙四十四年(1705),为吏部尚书。五十二年(1713)春,加太子少师。著有《漫堂说诗》《西陂类稿》等。

游姑苏台记[1]

予再莅吴将四载,[2]欲访姑苏台未果。[3]丙子五月廿四日,雨后,自胥江泛小舟出日晖桥,[4]观农夫插莳,[5]妇子满田塍,[6]泥滓被体,桔槔与歌声相答,[7]其劳苦殊甚。迤逦过横塘,群峰翠色欲滴。未至木渎二里许,[8]由别港过两小桥,遂抵台下。山高尚不敌虎丘,望之仅一荒阜耳。舍舟乘竹舆,[9]缘山麓而东,稍见村落,竹树森蔚,[10]稻畦相错如绣。山腰小赤壁,水石颇幽,仿佛虎丘剑池。[11]夹道稚松丛棘,薝蔔点缀其间如残雪,[12]香气扑鼻。时正午,赤日炎歊,[13]从者皆喘汗。予兴愈豪,褰衣贾勇如猿猱腾踏而上。[14]陟其巅,黄沙平衍,[15]南北十余丈,阔数尺,[16]相传即胥台故址也,颇讶不逮所闻。吾友汪钝翁《记》

称：[17]“方石中穿，传为吴王用以竿旌者。”[18]又“矮松寿藤，类一二百年物”。今皆无有。独见震泽掀天陷日，[19]七十二峰出没于晴云澙淼中。[20]环望穹隆、灵岩、高峰、尧峰诸山，[21]一一献奇于台之左右。而霸业销沉，美人黄土，欲问夫差之遗迹，而山中人无能言之者，不禁三叹。从山北下，抵留云庵。庵小，有泉石，僧贫而无世法，[22]酌泉烹茗以进。山中方采杨梅，买得一筐，众皆饱啖，[23]仍携其余返舟中。时已薄暮，饭罢，乘风容与而归。[24]侍行者，幼子筠、孙韦金、外孙侯晟。六日前，子至方应试北上，不得与同游。赋诗纪事，怅然者久之。

【注释】

〔1〕选自《西陂类稿》卷二十六。

〔2〕再莅吴将四载：康熙二十六年（1687）宋荦任江苏布政使，三十一年（1692）六月由江西巡抚调任江苏巡抚，官邸皆在苏州，故称“再莅吴”。此文作于康熙三十五年（1696）五月，距离始任江苏巡抚已四载。

〔3〕姑苏台：又名姑胥台、胥台，在姑苏山上，传闻始建于春秋吴王夫差时。

〔4〕胥江：在苏州胥门外。

〔5〕插莳：插秧种植。

〔6〕田塍（chéng）：田埂。

〔7〕桔槔（jié gāo）：古代一种汲水工具。

〔8〕木渎：镇名，在苏州古城西南。

〔9〕竹舆：竹轿。

〔10〕森蔚：繁茂。

〔11〕虎丘剑池：虎丘山在苏州古城西北，上有虎丘塔、剑池等古迹。

〔12〕薝（zhān）蔔：栀子花。

〔13〕炎歊（xiāo）：炎热。

〔14〕褰衣贾勇：撩起衣裳，鼓足勇气。

〔15〕平衍：平坦广阔。

〔16〕阔数尺：一本作“阔数丈”。

〔17〕汪钝翁《记》：汪琬，号钝翁，有《游姑苏台记》。

〔18〕竿旌：用作旗杆。

〔19〕震泽：即太湖。

〔20〕淼（xiào）森：湖水深远貌。

〔21〕穹隆、灵岩、高峰、尧峰：皆为苏州之名山。

〔22〕无世法：不以世俗礼法（招待客人）。

〔23〕啖：吃。

〔24〕容与：悠闲自得的样子。

【评析】

自康熙三十一年（1692）起，宋荦任江苏巡抚，驻苏州，久抱游历姑苏台之念，然公务繁忙，一直未能成行，直到康熙三十五年（1696）才得如愿，且作文记之。此文先叙途中所见景象，农人劳苦，而山水佳盛，寥寥数笔将苏州水城景致映于目前。既而记姑苏台荒凉破败之象，与前所见适成鲜明对比。湖山历千年而仍在，而史书所记当年霸王美人却是无从窥见，失望之情溢于言表，唯有叹息而已。随后叙其饮茶庵中，笔调轻松活泼，饶有闲情逸致。最末则补记同行人士，以“赋诗纪事，怅然者久之”回应所记不过一日游历，以时间为序展开，事情不过了了，却能写得一波三折，逸趣横生，可谓平中见奇，拙中见巧，故为有清一代名文。

何　焯

何焯(1661—1722),字润千,改字屺瞻,号义门,晚号茶仙,长洲(今苏州)人。康熙四十一年(1702),以才学召直南书房,赐为举人,次年赐为进士,改任翰林院庶吉士,仍直南书房,兼任武英殿纂修。次年因废太子胤礽案获罪下狱,未几得免,解除官职,仍于书局参校图书。治学严谨,长于考证、校书,工于书法,为"帖学四大家"之一,又精于茶艺。著有《义门读书记》《语古斋识小录》《道古录》等。

题潭上书屋[1]

石城峙前,[2]天平倚后,[3]平田缭左,溪流带右。其中老屋五楹,规制朴野,广庭盈亩,植以丛桂,名曰"潭上",志地也。皂荚庭,即书堂之后庭。鸡栖一树,[4]直拟清霄。[5]曲干横枝,连青接黛。每曦晨伏昼,不受日影。下有蔀屋,[6]偃憩者莫不忘返矣。曲盝阑,[7]由园门折而东,又折而北,又再折而东北,左并广池,右迫桂屏,接木连架,旁植木香、蔷薇诸卉,引蔓覆盖其上,花时追赏,烂然错绣。"坦坦猗"石梁,[8]在介白亭之前,[9]广八尺,长倍之,平坦可以置酒,追凉坐月,致为佳胜。介白亭,三面临水,轩爽绝伦,[10]左则修竹万竿,俨然屏障,前则海棠一本,映若疏帘,旁有古梅,蚴蟉屈曲,[11]最供抚玩。旧为隐士吴江徐白介白所筑,故表目焉。升月轩,临水面东,月从隔岸修篁间夤缘而上,[12]故以名轩。听雨楼,桐响松鸣,时时闻雨,霜枯木落,往往见山。帷林草堂三间,北望茶坞山,如对半壁。其前嘉木列侍,若帷若幕,中有古桐一株,横卧池上,霜皮香骨,尤为奇绝。庭后蔬莳药畦,夏花秋葩,未尝去目。[13]

暖翠浮岚阁，即帷林后之右偏，叠石为山，构楹为阁，四山嵂崒，[14]环列如屏嶂；烟云蓊郁，[15]晨夕万状，昔贤拄笏，[16]恐未尽斯致。冰荷壑，帷林之前广池，两岸梅木交映，水光沉碧，临流孤坐，寒沁心脾。桐桂山房，丛桂交其前，孤桐峙其后，焚香把卷，秋夏为佳。益者三友之蹊，[17]细筱蒙密，[18]桐桂交错，中有微行，沿流诘曲，[19]为损为益，求友者当自辨之。小波塘，介白亭后之方池，细浪文漪，涵清漾碧，游鳞翔羽，自相映带。擿篛冈，[20]枕池之东，土冈蜿蜒，其上修篁林立，扫箨劚萌，[21]颇供幽事。木芙蓉溆，[22]土冈之下，池岸连延，暑退凉生，芙蓉散开，折芳搴秀，[23]宛然图画。鱼幢，[24]池深广处，立石幢一，游鱼环绕，有邈然千里之意。蛰窝，狭室北向，窅如深冬，[25]庭有古梅，幽幽蛰龙，[26]君子居之，经学是攻。饭牛宫，东皋之涘，[27]翠羽黄云，三时弥望，[28]草亭低覆，过者以为牛宫尔。[29]东沜桥，横跨流水，前后澄潭映空，月夜沦涟泛滟，[30]行其上者，如濯冰壶。[31]砚北村，修竹之内，茅舍数间，外接平畴，[32]居然村落，[33]一窗受明，墨香团几，[34]视友仁之在阛阓，[35]但有过之也。

【注释】

〔1〕选自《〔同治〕苏州府志》卷四十五。潬（tān）：同“滩”，水中沙堆。

〔2〕石城：苏州有灵岩山，别称为石城山。

〔3〕天平：亦为苏州山名，原名“茶坞山”。

〔4〕鸡栖：即皂荚树。

〔5〕掓（sǒng）：耸。

〔6〕蔀（bù）屋：草席盖顶之小屋。

〔7〕曲盏：弯曲之貌。

〔8〕猗：即徛，放置在水中用以过河的石头。

〔9〕介白亭：原主人徐白，字介白，今取其字为亭名。

〔10〕轩爽：轩敞高爽。

〔11〕蚴蟉（yòu liú）：树木盘曲纠结貌。

〔12〕禽缘：延绵。

〔13〕莳：栽种。畦：分畦种植。

〔14〕嵽嵲（dié niè）：高峻。

〔15〕蓊郁：草木茂盛貌。

〔16〕拄笏：典出《世说新语·简傲》王徽之"拄笏看山"故事，形容超然自得之态。

〔17〕益者三友：《论语·季氏》："友直、友谅、友多闻。"

〔18〕细筱蒙密：筱，竹子。蒙密，茂密。

〔19〕诘曲：屈曲。

〔20〕篛：竹之一种。

〔21〕箨（tuò）：竹笋皮。劚（zhú）：铲除。

〔22〕溆：水旁。

〔23〕搴：拔取，摘取。

〔24〕鱼幢：大石柱。

〔25〕窅（yǎo）：深远貌。

〔26〕幽幽蛰龙：典出《周易·系辞》："龙蛇之蛰。"君子有时蛰伏，以读书为事。

〔27〕东皋之涘：东岸的水边。

〔28〕三时：早、午、晚。

〔29〕牛宫：饲养牲畜之所。

〔30〕沦涟泛滟：水波闪耀。

〔31〕冰壶：喻指月光。

〔32〕平畴：平坦的田地。

〔33〕居然：安然。

〔34〕团：笼罩。

〔35〕友仁：元代人陆友，字友仁，号砚北生，主人与之同姓，故取"砚北"为名。阛阓：街市，市井。

【评析】

潭上书屋位于苏州灵岩山上，其原址本是明末徐白的园林，后来成为陆稹的别业。陆稹此园，通称为水木明瑟园。康熙四十三年（1704），朱彝尊作

《水木明瑟园赋》,著名画家王翚为此园绘图。而何焯为之作《记》,则称为潭上书屋。此园后来荒废,被毕沅所得。何焯此文先以寥寥数语描绘书屋的外部景象,前后皆山,左田右溪,书屋则于此山水佳处坐落。其后则以园内位置变换为次序,依次介绍书屋中各处建筑与地点,先点出其地之名,然后多以四字句层叠而出,具体描述其处景致,而于中带出其命名缘由。通篇多用四字句,读来明快晓畅,令人于游览园林盛景之间,有金石铿锵之感。

沈德潜

沈德潜(1673—1769),字确士,号归愚,长洲(今苏州)人。家贫好学,年二十二补诸生,承父业,授徒教馆。二十七岁师从叶燮,肆力于诗,先后组织有城南诗社和北郭诗社,诗坛前辈王士禛等人多所称许。其久困科场,乡试十七次皆未及第,乾隆元年(1736)应博学鸿词科又未第,四年方中进士,后改翰林院庶吉士,散馆授编修。十二年(1747),迁礼部右侍郎,入直上书房。在朝期间屡次和乾隆诗,深得帝心。乾隆十四年(1749)致仕,归居木渎山塘街。四十三年(1778),因徐述夔诗案被剖棺戮尸,追夺赠官,罢祠削谥。沈德潜论诗主“格调”,强调温柔敦厚的诗教精神,与王士禛“神韵”、袁枚“性灵”两派鼎足而三。编有《唐诗别裁》《古诗源》,著有《归愚诗钞》《沈归愚诗文全集》等。

复园记〔1〕

吴中娄、齐二门之间,〔2〕有名园焉。园以复名,蒋司马葺旧地为园而名之者也。〔3〕前此为拙政园,创于王侍御,归于陈相君,先后据于王、严二镇将。其地飞楼突厦,丽栋朱甍,〔4〕崇山广池,与夫靡颜盛鬋,〔5〕扬清讴,〔6〕拂妙舞,穷旭继夕,极一时声色嬉娱之乐。百余年来,废为秽区,〔7〕既已丛榛莽而穴狐兔矣。主人得其地而有之,谓荒宴可戒,〔8〕而名区不容弃捐也。

于是与客商略,〔9〕因阜垒山,因洼疏池,集宾有堂,眺远有楼,有阁读书,有斋燕寝,有馆有房,循行往还,登降上下。有廊、榭、亭、台、碕、沜、村、柴之属。〔10〕既已经营缔造,历有年所矣。戊午、庚申,〔11〕余两经其

地，谓是园告成，将丰而不侈，约而不陋。百里之内，可以接踵乐郊，〔12〕而郏莒学山茧园也。〔13〕

时予方之京师，未及俟其断手何日。日月既久，常往来于心。丁卯春，以乞假南归，复游林园，觉山增而高，水浚而深，峰岫互回，〔14〕云天倒映，堂宇不改，而轩邃高朗，若有加于前。境地依然，而屈盘合沓，疑新交于目。稀柯蔽日，〔15〕低枝写镜，岸欹怪状之石，砌列不名之花。主人举酒酌客，咏歌谈谐，萧然泊然。禽鱼翔游，物亦同趣，不离轩裳而共履闲旷之域，〔16〕不出城市而共获山林之性。回忆初游，心目倍适，屈指数之，盖园之成已四五年于兹矣。旧观仍复，即以复名其园。

予尝思古来名园，如辟疆，如金谷，如铜池，如华林，如奉诚、平泉、履道、独乐，〔17〕一切擅胜寰中者，时叠见咏歌，形诸记载。然既废以后，无人焉起而新之，求如宋玉故居，复归庾信者，〔18〕艺林流传，不可多见。今因拙政废园而复之，虽林庐息影，栖情颐神，视前人之竞豪侈、饰土木者，若各自乐其所乐，而不欲自标其名，恐使前此之殚心规画者，〔19〕因我而遽归乌有之乡也。其用心之厚，匪戋戋者所能共喻也已。〔20〕

且主人用心又不止此。主人高祖为兵宪雉园公，雉园文章风节，养晦树德，焯焯一时，〔21〕后之子孙，故当思贻前光而扬清芬者。主人承先人庇荫，本无藉于复业，而敛抑之怀，〔22〕常有事于复德。则夫奉世泽而继述之，味道风而涵泳之，以修身之不远，复进于中行之独，复无悔之，敦复有日，惓惓于寸衷，〔23〕而不能暂释者也。取以名园，其即谢康乐述祖德意乎？〔24〕主人名槃，字诵先，需次司马，今跧伏未出，〔25〕匪以人爵为贵者云。

【注释】

〔1〕选自《归愚文钞余集》卷四。

〔2〕娄、齐：吴县的东北门与北门。

〔3〕葺：修理、修建房屋。

〔4〕甍：屋脊，栋梁。

〔5〕靡颜盛鬋（jiǎn）：此代指美丽的女子。靡颜，美丽的容貌。盛鬋，美盛的鬓发。

〔6〕清讴：清亮的歌声。

〔7〕秽区：杂草丛生的地方。

〔8〕荒宴：沉溺于宴饮。

〔9〕商略：商讨。

〔10〕碕（qí）：曲折的河岸。泮（pàn）：水边，崖岸。

〔11〕戊午：乾隆三年（1738）。庚申：乾隆五年（1740）。

〔12〕乐郊：又称东园，王时敏筑于太仓东门外。

〔13〕郝莒：春秋时二小国名，此处似可理解为稍逊。学山：明张辅之子筑于太仓城内。茧园：叶国华修于昆山东城桥北。

〔14〕峰岫：峰峦。

〔15〕秾柯：花木繁盛浓密。

〔16〕轩裳：犹车服，借指官位爵禄。

〔17〕辟疆：晋顾辟疆的名园，唐时尚存，园址在今江苏吴县。金谷：晋石崇名园，园址在河南洛阳。华林：魏明帝起名芳林园，齐王芳改为华林，东晋于吴旧苑更筑立宫室，亦名"华林园"。奉诚：原为唐马燧旧宅，燧亡，其子以之献唐德宗，废为园。平泉：唐李德裕筑有别业平泉山居，遗址在今洛阳伊川县。履道：洛阳里巷名，白居易曾居于此。独乐：宋司马光园名，故址在河南洛阳市南郊。

〔18〕求如宋玉故居，复归庾信者：宋玉故宅在江陵（今湖北江陵），庾信八世祖滔随永嘉南渡，所居正是宋玉故宅。庾信《哀江南赋》追忆时便写到："诛茅宋玉之宅，穿径临江之府。"

〔19〕殚心：竭尽心力。

〔20〕戋（jiān）戋：浅狭。

〔21〕焯焯：显著，昭然。

〔22〕敛抑：抑制。

〔23〕惓惓：深切思念，念念不忘。

〔24〕谢康乐：即谢灵运，作《述祖德诗》二首，对谢安等人的勋业颇有赞述。

〔25〕跧伏：蜷伏。

【评析】

乾隆初年,拙政园中部归蒋棨所有,其对全园进行修葺,历时颇久,至乾隆八年(1743)方才竣工,因复拙政园旧观,故名“复园”。园成后,蒋棨常邀友朋往复园吟诗作画,名流觞咏,极一时之盛,其中袁枚与沈德潜最为知名,相传有诗曰:“白头尚书(沈德潜)访旧来,风流大令(袁枚)看花至。”袁枚曾赋《蒋诵先复园宴集图》诗,沈德潜与复园相关诗文作品中,此篇《复园记》便是代表。是文以“复”字起首,而蒋棨之复,要在“谓荒宴可戒,而名区不容弃捐也”。此颇有以古为鉴知兴衰之意,但此时还只是蒋棨自道其意,等到乾隆十二年(1747)沈德潜自京师南归时,“复”已经从观念上落实为实际的建筑,沈德潜见到后颇为赞叹,但其并不局限于称赞蒋棨对园林景观的“复”,而是更引古今名园兴替作比,寄望蒋棨能勤于修身,复先祖之德,扬先祖之清芬。

遂初园记〔1〕

容斋吴太守于木渎镇东,治园一区,园故废地,斸荒秽,〔2〕剃蒙翳,〔3〕因其突者垒之,洼者疏之,垒者为丘,为阜,为陂陀;〔4〕疏者为池,因池之曲折,界以为堤,跨以为桥,楼阁亭榭,台馆轩舫,连缀相望,垣墙缭如,〔5〕怪石嵚如,〔6〕古木槎枒,〔7〕篔筜萧疏,〔8〕嘉花名卉,四方珍异之产咸萃。园既成,名曰遂初,取孙兴公绰赋名以托意云。〔9〕

予尝与客往游,经邃室,〔10〕循修廊,西折而面南者,为拂尘书屋,深静闲敞,林阴如幄,于休坐宜。经桂丛北迤,有亭翼然,俯临清流,为掬月亭,〔11〕倒涵天空,影摇几席,于玩月宜。自亭而东,随堤南折,沿石齿,〔12〕度略彴,为“听雨篷”,宾朋既退,船窗四阖,风摇枝柯,飒飒疑雨,于夜卧宜。东望为鸥梦轩,主人息机,〔13〕物我偕适,于徙倚宜。〔14〕又东迤为凝远楼,登楼四望,娃宫西峙,五坞东环,天平北障,皋峰南揖,余若鬻若奔,〔15〕若倚若伏,苍烟晴翠,斗诡献异,胥入阑槛,〔16〕于眺览宜。楼之东为清旷亭,绮疏洞开,〔17〕招纳远风,于披襟宜。亭皋南折,回旋冈岭,拾磴级,[18]穿梅林,耸然而高者,为横秀阁,东北送目,平田万顷,纵横阡陌,绿浪黄云,夏秋盈望,于观稼宜。其他平室深窝,交窗复壁,敞者宜暑,奥者宜寒,[19]约略具备,此遂初园之胜概也。

夫园名“遂初”,慕兴公作赋之意而名也。然考《晋书》,兴公隐于会稽,放浪山水,作《遂初赋》以致意。后为散骑常侍,上书言事,桓温笑之曰:“何不寻君《遂初赋》?知人家国事邪!”是兴公先赋《遂初》而后历宦途者也。今太守两典剧郡,[20]民以宁壹。大吏方交荐之,而翻然归田,丘园偃息,斯真能遂其初服者,而岂若兴公之前后异趣,有言不复者与?抑太守于四时佳序,逍遥杖履,涵咏太平,胸怀所乐,若有一己独喻,而不必喻之人人者,是岂无得于中者而能然与?然则林园景物,亦寄焉而已。而人世之侈靡相高,[21]徒有羡于金谷铜池之华者为足陋也。承太守命作记。遂记之。

【注释】

〔1〕选自《归愚文钞余集》卷四。

〔2〕蠲(juān)荒秽:蠲,清除,疏通。荒秽,犹荒芜。

〔3〕刜(fú)蒙翳:刜,击,砍。蒙翳,遮蔽,覆盖。

〔4〕陂陀:台阶。

〔5〕缭如:缠绕貌。

〔6〕嵚(qīn)如:高而险峻貌。

〔7〕槎枿(zhà niè):砍而后生的枝条。

〔8〕筼(yún)筜:一种节长而竿高的竹子。

〔9〕孙兴公绰赋名:孙绰(314—371),太原中都(今山西平遥)人,字兴公,曾作《遂初赋》。

〔10〕邃室:密室。

〔11〕掬:抓取,取。

〔12〕石齿:齿状的石头。

〔13〕息机:息灭机心。

〔14〕徙倚：徘徊，逡巡。

〔15〕齾（yà）：缺齿，引申为残缺。

〔16〕胥：皆，都。

〔17〕绮疏：镂空的窗户。

〔18〕磴：石台阶。

〔19〕奥：深秘处。

〔20〕典：任职，掌管，主持。

〔21〕侈靡：奢侈浪费。

【评析】

遂初园在苏州城郊木渎镇东，清康熙、雍正年间，吴铨所筑，其归田后便长期在此读书生活，嘉树名卉，四方珍异，咸萃一园，内又有璜川书屋，藏书颇丰。沈德潜为此园作记，对遂初园经营始末与景观布局介绍颇多，然重点实在解"遂初"二字，遂初即遂其初愿，去官隐居。一般认为，遂初是指先入仕后隐居，所以孙绰《遂初赋》当作于其归隐之后。沈德潜在文中稍作考证，据《晋书》判断孙绰是"先赋《遂初》而后历宦途者也"。遂初园主人与孙绰不同，其两次出任郡守，治理民生得宜，后方归田隐居，是真正意义上的"遂初"。由是沈德潜感叹："斯真能遂其初服者，而岂若兴公之前后异趣，有言不复者与？"在这种今古历史人物的比照中，"今人"的德行便被更好地展现出来。

塔影园记〔1〕

探名山之胜者，必梯崎嵌嵚，〔2〕縋幽深，〔3〕嗜奇者快焉，而或病其劳，且不能经久。而结构林园休憩者，〔4〕平池小丘，鱼鸟翔游，一切巉岩秀削之状，〔5〕又不能游目而即得。惟因名山为名园，斯两者兼之。摩诘辋川庄，〔6〕因乎蓝田；白太傅草堂，〔7〕因乎庐山，其最著也。

赋琴主人为园于虎丘东南隅，〔8〕山之明丽秀错，园皆得而因之，名曰塔影，山巅浮图隐见林隙，〔9〕故名。园本程氏故居，几为废壤，主人有之，剃蒙翳、〔10〕蠲荒墟，〔11〕构新依故，崇卑决淤，〔12〕经营有年，断手伊始。〔13〕敞者堂皇，〔14〕俯者楼阁，缭者曲廊，静轩闲龛，〔15〕邃窝深房，峙乃亭台，环乃垣墙，向背适宜，燠寒协序。〔16〕隙地植梧、柳、榆、桧、桃、杏、来禽，芍药满畦，寒梅成林，藤萝交络，桂树丛阴、醃䕩蓊菊，〔17〕葱蒨深沉，〔18〕此南岸之胜概也。池北，通以虹桥，沿以莎堤，突以高冈。冈杂松杉、乌桕、银杏之属，石级萦绕，虎落连缀，洗钵有池，翻经有台，窈窱有敦，篠簩萧疏，〔19〕连绵鹤涧，第三泉注白莲池，〔20〕泻入涧中，乍舒乍咽，幽幽淙淙，〔21〕云垂烟接，最高处旧名，睇睩涵空，〔22〕浩然天成，匪由人工，此北岸之胜概也。园三面绕河，船自斟酌桥进，丛生茭荷，朋聚凫鸥，回塘纡余，〔23〕沓溆分流，山遥青而点黛，水绕白而曳练，〔24〕直溯长荡，疑闻棹歌，此园以外周遭之胜概也。

主人养闲园居，寤对名山，凡伯主鱼肠，〔25〕美人黄土，〔26〕高僧谈空，〔27〕道流轻羽，〔28〕凭吊前迹，如同晤语。而都人士之讨春寻秋、携琴挈侣者，亦若点缀以风华，掩映乎丘圃，则林居之逍遥，与探历之旷奥，一俯仰而交集吾所也。

又主人庋书数千卷，〔29〕兴到随手一编，有得于心，脱然蹄筌。〔30〕客至，或谈讨金石，〔31〕或娱情诵弦，此更有得于身心之乐，而岂徒获名山之助，相与濯缨而晞发，〔32〕颐性而忘年也与？昔顾高士苓居塔影园，〔33〕高士结志区外，洒心清川，所云畏荣好古者也。今异其地而同其名，殆有尚友前民之意焉。

主人名重光，字子宣，姓蒋氏。园成为乾隆某年月日。

【注释】

〔1〕选自《归愚文钞》卷九。

〔2〕嵌嵚（qiàn qīn）：险峻。

〔3〕絙（gēng）：粗绳索。

〔4〕结构：联结构架，以成屋舍。

〔5〕巉岩：险峻的山岩。

〔6〕摩诘辋川庄：即王维，字摩诘，于陕西蓝田筑辋川别墅。

〔7〕白太傅草堂：即白居易，曾官太子少傅，故称白太傅。曾于庐山筑屋，名曰“庐山草堂”。

〔8〕赋琴主人：即蒋重光（1708—1768），清江苏长洲（今江苏苏州）人，字子宣。屡试不第，中年杜门博收遗书，藏书处曰赋琴楼，因称赋琴主人。

〔9〕浮图：指佛塔。

〔10〕刜（fú）蒙翳：刜，击，砍。蒙翳，遮蔽，覆盖。

〔11〕蠲（juān）荒墟：蠲，清除，疏通。荒墟，荒芜废地。

〔12〕决淤：疏通水中沉淀的泥沙。

〔13〕断手：完毕，完成。

〔14〕堂皇：广大的殿堂。

〔15〕龛：泛指墙上小室。

〔16〕协序：调和而有规律。

〔17〕馣馤蓊葧（ān ài wěng bó）：馣馤，香气浓盛貌。蓊葧，草木勃盛貌。

〔18〕葱蒨：草木青翠茂盛貌。

〔19〕箖箊（lín yū）：竹名，叶薄而大。

〔20〕第三泉：陆羽品评天下水，以虎丘寺石泉水为第五，刘伯刍则以为第三。

〔21〕淙淙：流水声。

〔22〕睇眎（shì）：望。

〔23〕纡余：迂回曲折。

〔24〕曳练：铺开的白绢，常用以比喻白色的云气或江水。

〔25〕伯主鱼肠：当指吴王阖闾葬虎丘山下，以鱼肠剑殉葬事。

〔26〕美人黄土：当指唐妓真娘葬虎丘寺前事。

〔27〕高僧谈空：大意指高僧在此讲法，论佛教性空之说。

〔28〕道流轻羽：似指吕洞宾与陈抟二道士游虎丘事。

〔29〕庋书数千卷：蒋重光家富藏书，乾隆三十八年（1773）四库开馆，其子曾莹以秘书百种进奉。

〔30〕蹄筌：语本《庄子·外物》：“筌者所以在鱼，得鱼而忘筌；蹄者所以在兔，得兔而忘蹄；言者所以在意，得意而忘言。”蹄，兔罝；筌，鱼笱。后常以“蹄筌”指

达到某种目的的手段。

〔31〕金石：指古代镌刻文字、颂功纪事的钟鼎碑碣之属。

〔32〕濯缨：洗濯冠缨。语本《孟子·离娄上》："沧浪之水清兮，可以濯我缨。"后以"濯缨"比喻超脱世俗，操守高洁。晞发：晒发使干，常指高洁脱俗的行为。

〔33〕塔影园：明文徵明孙文肇祉筑别业于虎丘南岸，名"海涌山庄"。后凿池及泉，池成而虎丘寺塔影可见，因名塔影园。后顾苓得之，又构云阳草堂，其作有《塔影园记》。

【评析】

此塔影园地处虎丘东南隅，因在林隙可隐见山顶佛塔而得名，为蒋重光所葺，蒋氏师从沈德潜，故此记实是师为弟子所作。沈德潜以探名山之胜与结构林园休憩对比，认为两者各有优劣，前者容易遇见盛景而差在不能经久，后者方便休憩却不能游目即得山野盛景，蒋氏塔影园据名山而筑，实兼两者之长。及后沈德潜便依南岸、北岸、园外周遭为序分述园林盛景，再后便拟想园林主人逍遥林间、凭吊古迹的悠然自得的日常生活。文章若至此结束则未免陷入园林游记写作的一般格套：即描绘园林景观布局与主人生活之乐。是以沈德潜又将蒋重光好藏书、好编书以及与友人研讨金石之学等事娓娓道来，进而引出自己的观点，学问滋养对人身心之乐的影响远比名山名水来得更深，而蒋重光属于何种，读者观之自晓。

蒋恭棐

蒋恭棐(1690—1754),字维御,一字迪甫,长洲(今苏州)人。康熙六十年(1721)进士。改翰林院庶吉士,任编修。乾隆初任《大清会典》及五朝国史纂修官,随后退休,主讲扬州安定书院。工于诗文。藏书数千卷,皆手评数过,著有《西原草堂集》。

逸园记〔1〕

逸园在吴县潭西,〔2〕太湖滨,孝子程介庵先生庐墓处也。〔3〕康熙四十五年丙戌,孝子卜葬赠儒林郎懿孝先生于西碛山之南麓,〔4〕筑室墓旁,庐墓。〔5〕四十八年己丑,何义门先生榜曰"九峰草庐"。〔6〕五十三年甲午,邵北崖先生题"逸园"二字于壁。〔7〕

园广五十亩,临湖,四面皆树梅,不下数万本,前植修竹数百竿,檀栾夹池水。〔8〕过饮鹤涧,古梅数本,皆叉牙入画。〔9〕历广庭,拾级而登,为九峰草庐,义门先生题额云"其前远近高下为峰有九",故名。庭前丘壑隽异,花木秀野,庭后牡丹一二十株,旁构小阁,良常王虚舟先生颜曰"花上",〔10〕后为寒香堂,秀水朱竹垞先生题额。〔11〕堂西偏之室,曰养真居,孝子庐墓时栖止之所。草庐之东,为心远亭,山阴戴南枝高士所书。〔12〕亭北崖壁峭拔,有室三楹,曰钓雪槎。栏槛其旁,以为坐立之倚。佳花美木,列于西檐之外,下则凿石为涧,水声潺潺,左山右林,交映可爱。槎之东,银杏一本,大可三四围,相传为宋、元间物。稍东有廊,曰清阴接步。又东为清晖阁,虞山王艮斋先生题额。〔13〕蟠螭、石壁界其前,铜井、弹山迤逦其左。〔14〕凭阑东望,高耸一峰,端正特立,尤为峭崒。〔15〕其下梅林，周广数十里，琴川钱东涧先生《游西碛》诗云“不知何处香，但见四山白”，[16]最善名状。草庐之西，曰梅花深处，引泉为池，曰涤山潭。潭上有亭，曰澡渌，石梁跨其上，曰盘倚。之北，过芍药圃，竹篱短垣，石径幽邃，则白沙翠竹山房也。旁有斗室，曰宜奥。每春秋佳日，主人鸣琴竹中，清风自生，翠烟自留，曲有奥趣。后为山之幽，古桂丛生，幽荫蓊蔚，是为园之北。其由竹篱石径折而西，飞桥梯架岩壑，下通人行，为迪山，今名涤山。由西碛逶迤成陇，高二十余丈，周百余亩，其中平坦处，石台方广丈余。登其巅，则莫厘、缥缈诸峰，隐隐在目，白浮长空，近列几案间。东则丹崖翠巘，云窗雾阁，层见叠出，西则黏天浴日，不见其际，风帆沙鸟，烟云出没，如在白银世界中，为逸园最胜处。

【注释】

〔1〕选自《〔同治〕苏州府志》卷四十五。

〔2〕潭西：吴县光福（今属苏州吴中）有潭山，西临太湖。以潭山为界，东为潭东，西为潭西。

〔3〕程介庵：即程文焕，字豫章，号介庵。文焕之父大儒殁后，文焕墓旁为庐，为父守丧三十年。

〔4〕懿孝先生：即程文焕之父程大儒，谥懿孝。

〔5〕庐墓：服丧期间，于墓旁作庐，以示哀情。

〔6〕何义门：即何焯，号义门，长洲（今苏州）人，清代知名学者。

〔7〕邵北崖：即邵泰，字北崖，康熙六十年（1721）进士。

〔8〕檀栾：秀美，多借指竹子。

〔9〕叉牙：参差。

〔10〕良常王虚舟先生：即王澍，号虚舟，金坛人。良常为金坛之别称。

〔11〕秀水朱竹垞先生：即朱彝尊，浙江秀水（今嘉兴）人，号竹垞，清代学者，词人。

〔12〕山阴戴南枝高士：即戴易，字南枝，浙江山阳（今绍兴）人，能作径丈八分书。

〔13〕虞山王艮斋先生：即王峻，雍正二年(1724)进士，工于书法。虞山为常熟别称。

〔14〕蟠螭、石壁、铜井、弹山：皆山名。

〔15〕峭崒：高峻。

〔16〕琴川钱东涧先生：即钱谦益，号东涧老人。琴川为常熟别称。

【评析】

康熙四十五年(1706)，程文焕于太湖畔设庐墓，为父守孝，增筑为九峰草庐，后改名为逸园，蒋恭棐为之作《逸园记》。此园后来归扬州江氏，改名西碛山庄，袁枚为之作《西碛山庄记》。未久，废为官园。此文先以时间为序，记录逸园由来，其后则转为游人视角，由前至后，依次记录九峰草庐、寒香堂、养真居、心远亭、钓雪槎、清阴接步、清晖阁、梅花深处、涤山潭，随其妙笔至处，逸园盛景嘉物，一一浮现，如在目前。最末则结以登临涤山，由此观览，群山叠嶂，烟水连天，园景之美达到极点，观园之兴致亦趋于高潮，全文于此戛然而止，留人遐想无限。

钱大昕

钱大昕(1728—1804),字晓徵,号竹汀、潜研老人等,江苏嘉定(今属上海)人,清代著名学者,史学家,文学家。乾隆十九年(1754)进士,历任翰林院编修、右春坊右赞善、詹事府少詹事、广东学政等职。晚年辞官回乡,先后出任江宁钟山、太仓娄东、苏州紫阳等书院院长。治学宗主汉学,长于考据,集吴皖二派之长,于史学、经学、小学、历算及金石学等学术领域,均有建树和创见。著有《十驾斋养新录》《廿二史考异》《三史拾遗》《潜研堂文集》等。

网师园记〔1〕

古人为园以树果,为圃以种菜。〔2〕《诗》三百篇,言园者曰"有桃""有棘""有树檀",〔3〕非以侈游观之美也。汉魏而下,西园冠盖之游,〔4〕一时夸为盛事,而士大夫亦各有家园,罗致花石,以豪举相尚。至宋而洛阳名园之《记》,〔5〕传播艺林矣。然亭台树石之胜,必待名流宴赏、诗文唱酬以传,否则,辟疆驱客,〔6〕待资后人嗢噱而已。〔7〕

吴中为都会,城郭以内,宅第骈阗,〔8〕肩摩趾错,独东南隅负郭临流,树木丛蔚,颇有半村半郭之趣。带城桥之南,宋时为史氏万卷堂故址,〔9〕与南园、沧浪亭相望。有巷曰"网师"者,本名"王思",曩三十年前,宋光禄悫庭购其地,〔10〕治别业,为归老之计,因以"网师"自号,并颜其园,盖托于渔隐之义,亦取巷名音相似也。光禄既没,其园日就颓圮,乔木古石,大半损失,惟池水一泓,尚清澈无恙。瞿君远村偶过其地,〔11〕惧其鞠为茂草也,〔12〕为之太息。问旁舍者,知主人方求售,遂买而有之。因其规模,别为结构,叠石种木,布置得宜,增建亭宇,易旧为新。既落成,招余辈四五人谈宴,为竟日之集。

石径屈曲,似往而复,沧波渺然,一望无际。有堂曰梅花铁石,山房曰小山丛树轩。[13]有阁曰濯缨水阁,有燕居之室曰蹈和馆。有亭于水者曰月到风来。有亭于厓者曰云冈。有斜轩曰竹外一枝,有斋曰集虚。皆远村目营手画而名之者也。地只数亩,而有纡回不尽之致。居虽近廛,[14]而有云水相忘之乐。柳子厚所谓"奥如""旷如"者,[15]始兼得之矣。园固非昔,而犹存"网师"之名,不忘旧也。

予尝读《松陵集》,赋任氏园池云:[16]"池容澹而古,树意苍然僻""不知清景在,尽付任君宅"。辄欣然神往,今乃于斯园遇之。予虽无皮、陆之诗才,[17]而远村之胜情雅尚,视任晦实有过之,[18]爰记其事,以继"二游"之后,古今人何遽不相及也!

【注释】

〔1〕选自《〔同治〕苏州府志》卷四十六。

〔2〕古人为园以树果,为圃以种菜:见《说文解字》"园,所以树果也""种菜曰圃"。

〔3〕言园者曰"有桃""有棘""有树檀":"有桃""有棘"见于《诗经·魏风·园有桃》,"树檀"见于《诗经·小雅·鹤鸣》。

〔4〕西园:在邺城(今河北临漳),相传为汉末曹操所建。

〔5〕至宋而洛阳名园之《记》:宋李格非所作《洛阳名园记》。

〔6〕辟疆驱客:用《世说新语·简傲》王子敬访顾辟疆名园而被顾氏驱逐之典。

〔7〕嗢噱(wà jué):谈笑。

〔8〕骈阗:连属,聚会。

〔9〕史氏万卷堂:南宋史正志所营建之居所,在带城桥南。

〔10〕宋光禄悫庭:即宋鲁儒,字宗元,网师园最初之营造者。

〔11〕瞿君远村:即瞿兆骙(1741—1808),字乘六,号远村,先世为嘉定人,后迁入长洲,富商,不愿为官,以园居为乐。

〔12〕鞠：尽。

〔13〕小山丛树轩：据网师园匾额，当作小山丛桂轩。

〔14〕廛：市场。

〔15〕柳子厚所谓“奥如”“旷如”者：柳宗元《永州龙兴寺东丘记》：“游之适，大率有二：旷如也，奥如也，如斯而已。”

〔16〕《松陵集》：唐陆龟蒙之文集。

〔17〕皮、陆：唐代皮日休与陆龟蒙之合称。

〔18〕任晦：唐吴县人，居吴城中，得顾辟疆旧圃建园，人称“任晦园池”，与陆龟蒙、皮日休等人皆有交游。

【评析】

网师园在苏州葑门巷，原属清人宋宗元。宗元死后，家道败落，其子宋保邦将园转售他人。未久，归于富商瞿兆骙。瞿氏雅好园居，对旧园进行了全面改造增筑，几乎半易宋氏旧制，而仍其旧名，苏州人则称其为瞿园。乾隆六十年(1795)，钱大昕游宴于此，应邀为网师园作记。钱氏为清代著名史家，虽为文，亦颇具历史意识。此《记》引经典开篇，立意已高，而历序自古至今园林之变化。上古已有园林，然非为“游观”而设，汉魏以降，建造园林，邀人游观宴飨，逐渐成为时尚，到了宋代，更是有洛阳园林借着李格非《洛阳名园记》而得以名闻天下。作者笔锋一转，推出结论，园林虽美，却依然可能不为人知，欲要名声远扬，必须要有“名流宴赏、诗文唱酬”为之壮大声势才行。然后历叙网师园之来历，由宋之史氏万卷堂，到宋鲁儒之网师园，最终归于瞿兆骙之手。其后则寥寥数语概说园内风光，于“石径屈曲”与“沧波渺然”之间，有堂、阁、室、亭、斋、斜轩，备列其名而不多描写，留待读者自行想象。随后以二骈句总结全园格调，又以柳宗元之句证成之，园虽小而韵味十足，迂回不尽；地虽临近街市，却依然超然脱俗，有云水相忘之乐，展现网师园之高妙。文章最末，钱氏笔锋一转，引陆龟蒙诗句结之，唐有任晦之园，令人神往，今日瞿君之网师园，较之更胜一筹，抒发古人与今人游观乐趣相通之意。由首至尾，由记事至状物至抒情，文气一贯，至此而结。

褚廷璋

褚廷璋(？—1797),字左莪,号筠心,长洲(今苏州)人。清代学者、官员。乾隆二十八年(1763)进士,官至翰林院侍读学士,以事降主事,乞归。为沈德潜弟子,与曹仁虎等结社,以诗名。著有《西域图志》《西域同文志》《筠心书屋诗钞》等。

网师园记〔1〕

吾戚好瞿君远村,〔2〕得宋悫庭观察网师园遗址,〔3〕葺而新之,仍其故名,示不忘旧之意,于是叹远村之倜然远也。〔4〕凡人身之所涉,性之所好,每有寄托,必思自立名字,以垂于后,即园林何独不然?第考史册所载,苟非德业表炳,讴思不忘其丘壑闲居,〔5〕隐人逸士所适得著名奕世者,〔6〕往往难之,岂非有立名之心,而实不暨欤?〔7〕远村于斯园,增置亭台竹木之胜,已半易网师旧规,何难别署头衔?而必仍其旧者,将无念观察当时经营缔构于三十年前,良费一番心力,兹以存其名者存其人,即雪泥鸿爪之感,〔8〕于是乎寓焉。抑吾观远村平生,冲夷悟淡,〔9〕不涉时俗,与山水之缘相称,固所谓能暨其实者,而复不欲以气力掩抑前人,吾又以知远村之不没网师,而因以著传于后无疑也。余少通仕籍,〔10〕于斯园建置之始不及览观,迨乾隆丁未秋,〔11〕奉讳旋里,〔12〕观察久为古人,〔13〕园方旷如,拟暂僦居而未果。〔14〕今远村来此鼎新,〔15〕宜可补前游之缺,顾以腰脚为患,僻处下邑,与郡城稍隔,弗获随故乡亲友登临觞咏其间,其能无眷然于怀耶?至于园中高下位置,憩息凭眺,随处适宜,若梅花铁石山房、小山丛桂轩、竹外一枝轩、月到风来亭、濯缨水阁、蹈和馆、集虚斋、云冈诸胜，读钱少詹前辈记、王少寇同年诗，[16]已略悉梗概。他日者，得起衰扶杖，[17]叩访园扉，流连晨夕，尚当一一为远村赋之。

嘉庆元年岁在丙辰夏五月天中节后三日，赐进士出身、诰授资政大夫、文渊阁直阁事、日讲起居注官、翰林侍读学士、姻家弟褚廷璋拜手撰并书。

【注释】

〔1〕参考衣学领主编，王稼句编注《苏州历代园林文钞》，上海三联书店，2008年版。

〔2〕戚好：亲戚好友。

〔3〕宋悫庭：即宋鲁儒，字宗元，网师园最初营造者。

〔4〕倜然：高远貌。

〔5〕讴思：讴歌以表达思念之情。

〔6〕奕世：累世。

〔7〕暨：至。

〔8〕雪泥鸿爪：喻事过留痕。

〔9〕冲夷：冲和平易。

〔10〕通仕籍：被任用为官。

〔11〕乾隆丁未：乾隆五十二年（1787）。

〔12〕奉讳旋里：离别，归乡。

〔13〕久为古人：即去世之委婉语。

〔14〕僦居：租房居住。

〔15〕鼎新：更新。

〔16〕钱少詹前辈记：即上钱大昕《网师园记》。王少寇同年：即王昶，曾任刑部侍郎，习称少司寇，简称少寇。二人同年中进士，故称同年。

〔17〕起衰：即使病弱之人健壮起来。

【评析】

网师园始末已见上钱大昕《网师园记》。嘉庆元年（1796），褚廷璋应瞿兆骙之邀撰文。既承钱文之后，则不得不另辟蹊径。钱大昕《网师园记》重在夸赞园林之美，褚廷璋则将重心放在显扬网师园主人瞿兆骙的品性上。开篇即叙瞿氏虽新构园林，却感念宋氏当年营建园林所费心力，不易宋氏“网师”旧名，以此彰显瞿氏能够意存高远，不攘人善，并赞叹瞿氏必将“不没网师”，此园必将“著传于后”。应人之请为文，自然不免吹捧一番，然此文落脚于瞿氏尊古存旧，谦退之节，亦不为过谀。

王　昶

王昶(1725—1806),字德甫,号述庵,江苏青浦(今属上海)人。清代学者,文学家,金石学家。乾隆十九年(1754)进士,二十二年(1757),召试第一,入直军机处。历任内阁中书、鸿胪寺卿、大理寺卿、左副都御史,江西、直隶、陕西按察使,云南、江西布政使,官至刑部侍郎。乾隆五十九年(1794),以年迈为由辞官,主讲娄东书院和敷文书院。于经学、理学、声韵、训诂、金石、古文、诗词等皆有研究,尤嗜金石之学,收罗商周铜器及历代石刻拓本一千五百余种,编撰《金石萃编》一百六十卷,为金石集大成之书。又参与纂修《大清一统志》《通鉴辑览》《同文志》等书。编著有《春融堂集》《明词综》《国朝词综》《湖海诗传》等书。

渔隐小圃记〔1〕

枫桥之水,从梁溪来,〔2〕过桥分支西南流,别为西塘,又有桥,名“江村”,其南则袁子又恺渔隐小圃在焉。〔3〕圃之先,为王冈龄居,〔4〕名江村山斋。冈龄师沈文悫公,〔5〕工小诗,画仿文待诏,〔6〕往往招集胜流名士,作文字饮,〔7〕具见所刻《西塘酬唱集》中。又恺之兄,冈龄女夫也,故是圃归袁氏,又恺拓而新之。

入门,贞节堂三楹,后为竹柏楼,盖奉母韩太夫人,而竹柏所以况其节也。楼旁有洗研池,池水湛碧,芙蕖花时,〔8〕香满庭户。沿池遍植木芙蓉,有径达梦草轩。傍柳阴,驾横石,名“柳沚徛”。由徛而入,左为系舟,右为水木清华榭。再进,为五砚楼。又恺嗜藏书,兼嗜砚,获砚五,皆元、明间袁氏名人手泽,故以名楼。登楼,远山出没,平畴如方罫,〔9〕可供吟眺。楼东枫江草堂。南并草堂者，小山丛桂馆，前有小阜突起，建吟晖亭于上。亭下接稻香廊，廊尽，为银藤簃。西向最高者，为挹爽台。草堂之后，栽牡丹、芍药，名锦绣谷。东则汉学居，[10]又恺著书之地，又恺穷经必本注疏也。再后为红蕙山房，钮布衣匪石自洞庭山移红蕙树此，[11]故名。总十六景，而统谓之渔隐小圃，盖视冈龄在日，固已胜矣。

于是春秋佳日，吴中胜流名士，复命俦啸侣无虚日，[12]而远方贤士大夫过吴者，拿舟造访，[13]填咽于江村桥南北，[14]樽酒飞腾，诗卷参互，[15]非冈龄所能逮矣。忆庚午岁，[16]余从文悫公至此，迄今已五十年，《西塘酬唱》卷中，凡四十余人，无一存者，独余齿危发秃，乃得乞身投老，盘跚踯躅其间，以续文悫诸公之后。且见夫亭榭之更新，图书之美富，宾朋之戠盍，[17]将与“乐圃”“南园”并美，[18]既以志感，又窃自幸也。故因又恺之请记，而叙其大略如此。

【注释】

〔1〕选自《春融堂集》卷四十七。

〔2〕枫桥：在苏州之西，即《枫桥夜泊》之枫桥。梁溪：无锡之别称。

〔3〕袁子又恺：即袁廷梼，字寿阶，号又恺，清江苏吴县人，监生。

〔4〕王冈龄：即王廷魁，字冈龄，筑小停云馆，即渔隐小圃之前身。

〔5〕沈文悫公：即沈德潜，谥文悫。

〔6〕文待诏：即文徵明，曾任翰林院待诏，明代著名画家，书法家。

〔7〕文字饮：文人于宴席间把酒，赋诗论文，称为文字饮。

〔8〕芙蕖：即荷花。

〔9〕平畴如方罫（guǎi）：平地如整齐的方格。

〔10〕东则汉学居：清乾嘉时代，吴县学风推本惠栋，主张回归汉唐经注疏，反对宋学。

〔11〕钮布衣匪石：即钮树玉，字匪石，江苏吴县人。

〔12〕命俦啸侣：呼朋引伴。

〔13〕拿舟：撑船。

〔14〕填咽：堵塞。

〔15〕参互：错杂。

〔16〕庚午岁：即乾隆十五年(1750)。

〔17〕戠(zhí)盍：即盍簪，典出《易·豫》"勿疑，朋盍簪"，指朋友相聚。

〔18〕南园：即金谷园，在苏州西南，五代十国吴越广陵王钱元璙之子钱文恽所筑。入北宋，朱氏购得其旧址，朱长文改筑，更名为乐圃。

【评析】

渔隐小圃在苏州江村桥，原为王廷魁的"小停云馆"。王廷魁，字冈龄，酷爱明人文徵明画，故效仿文徵明"停云馆"之名，称其别业为"小停云馆"。后归监生袁廷梼所有，有所更新，改称渔隐小圃。乾隆十五年(1750)，王昶年方二十六岁，还在紫阳书院读书，尚未中举，曾跟从沈德潜造访王庭魁小停云馆。五十年后，王昶本人已届八十，再度造访，王庭魁斯人已逝，园林也已易主袁氏。王昶应年轻的新主人袁廷梼之请，为渔隐小圃撰记。首叙渔隐小圃原本始末，其次列叙园内十六景，随其笔锋，园内佳境一一呈现，然后描绘园内之盛况，既而感叹五十年前同行的朋辈皆已不在人世，今日早已园林易主，自己也耄耋之年，垂垂老矣，不免有物是人非之感。然而作者却依然能够保持乐观精神，能够得逢此盛景佳会，何其有幸。

张问陶

张问陶(1764—1814),字仲冶,一字柳门,号船山,清四川遂宁县人,清代诗人、书画家。乾隆五十五年(1790)进士,官至翰林院检讨、江南道监察御史。嘉庆十七年(1812)辞官,退居苏州虎丘。工诗画,与袁枚、赵翼合称清"性灵派三大家"。撰有《船山诗草》。

邓尉山庄记〔1〕

吴郡西南有村市,曰光福里,负山带湖,风土淳朴,吾友查澹余比部之邓尉山庄在焉。〔2〕庄本明初徐良夫之耕渔轩,〔3〕废圮已久,〔4〕比邻有林亭池馆,颇饶幽趣,君遂以厚值并得之。慨慕高踪,〔5〕重加葺治,梁栋之朽者剔之,垣墉之欹者扶之,〔6〕台榭之倾且颓者增筑之,厘为二十四景,〔7〕各被嘉名,可谓极园林韵事矣。予尝一再过之,而历览其胜,尤难在绿波环绕,峙崦岭若屏障于前,〔8〕妙景天成,非阛阓所恒有。〔9〕入门则丛木蓊郁,曲径逶迤,中有厅事五楹,〔10〕储藏古籍,几于充栋,曰思贻堂,七略四部,著录咸备,梁山舟学士为书扁,〔11〕不敢忘先泽也。堂后峰峦排列,奇诡不可状;别有英石一峰,崚嶒秀削,〔12〕潘榕皋丈题曰小绉云,〔13〕以君家伊璜先生曾有绉云石,〔14〕故"小"之也。群峰之北,巍然而高峙者,曰御书楼,中奉其先德声山宫詹侍直南斋时,〔15〕蒙赐御书唐诗巨册、御制《紫葡萄》诗大幅、御笔堂额楹联及字画、碑刻、砚墨各件,敬谨宝藏。又内府秘书五百卷,乃奉敕拟纂《韵府》样本时,特赐以资采辑者,此楼之所以名也。楼东多古树,因树为屋,曰静学斋,亦宫詹蒙圣祖谕,以"士人必先静学,方能如卿之品端行粹",世宗在藩邸,〔16〕为书斋额，宫詹感荷宠褒，谨识跋语，以传示后人。今君敬揭诸楣，纪温纶，[17]荣睿赏，亦以彰祖德也。西北有回廊盘互，[18]曰月廊，取杨诚斋“月到西廊第二间”诗意也。[19]循廊以达于斗室，[20]曰宝褉龛，曾摹隋开皇本《褉帖》嵌石于壁，[21]真海内《兰亭》之鼻祖，可宝也。后有隙地，可艺蔬果，曰蔬圃。面圃开轩，以仍夫甫之遗迹，[22]曰耕渔轩。轩外柳堤纡曲，有袅袅依人之态，曰杨柳湾。堤尽，则高阁凌虚而起，曰塔影岚光阁。塔在龟山之麓，七十二峰亦隐隐可望也。西有小楼相连属，曰澹虑簃，隐几看山，翛然物外，[23]韦左司所谓“青山澹吾虑”是也。[24]东为藏弆书画之所，曰读画庐，烟云供养，[25]消暑为宜。稍南有池水一泓，澄清如鉴，曰钓雪潭，倚槛观鱼，令人作濠濮间想。[26]潭上可憩息者，右曰银藤舫，檐际古藤纠结，绿阴如幄；左曰秋水夕阳吟榭，君惓念故交，托兴于伊人宛在，[27]以寄遐思。临水而南向者，曰金兰馆，良夫尝辑宾朋题咏为《金兰集》，故表目也。潭水折而北流，有石梁横卧其上，曰鹤步彴，石窄而长，仅容人趾也。彴东有亭，踞土阜之巅，曰石帆亭，邓尉西有石帆山，凭阑远眺，如对石壁也。亭旁有坦坡，蜿蜒而西，种梅数十本，曰索笑坡。坡上小筑三间，曰梅花屋，花时，君每拥炉读史于此。由坡而升，曰听钟台，遥听山寺钟声以自省也。自台而下，有茅茨焉，[28]四壁周遮，惟南荣辟窗户，[29]若燕齐间之营造者，曰无棣传经室。[30]君少长海丰，与诸兄弟授经之地即古无棣邑，今则棣华凋谢，追念钓游，故名其室以寄慨也。迤西为逃禅处，曰春浮精舍，君不佞佛而喜读梵筴书，[31]不交方外而时与寒石风公谈禅理，尝乞吾与庵无名异卉分植庭隅，谓《水经注》云“波罗奈国，维摩所处，有树名春浮”，即此也。南结槿篱为藩蔽，[32]修竹万竿，不露曦影，中藏清凉世界，曰竹居，凡户牖几案之属，皆竹为之，诚异境也。盖至是而庄中之胜概，如季札之观乐，[33]叹观止矣。噫！予与君订交三十年，离合靡常，而相契之深如一日。回忆初游辇下时，[34]落落无所遇，[35]惟君兄映山给谏馆予于赐砚堂，[36]邸第距君家不百步，过从甚密。迨予为给谏同馆后进，[37]嗣君又山铨部举京兆，[38]又出予门，由是视予益厚。然君夙擅经世才，而壮年乞养，[39]早谢荣名，久切渊明三径之思焉。[40]去岁，予自莱州引退来吴，君果已先予七载归老江南，卜宅于鲟溪、鸳湖两地，[41]而居吴之日为多，近且厌苦尘嚣，城居日少矣。是月也，予侍赵瓯北前辈入山探梅，[42]归未旬日，君又买棹，约同游，因得信宿山庄，从容谈艺，啸傲于湖山之表，息游于图史之林，日坐春风香雪中，[43]与君衔杯促膝，重话京华旧事，恍若前生。彼驰逐名场者，又乌知栖隐林泉之乐有如是耶？兹予侨寓山塘，[44]亦君以别墅相假，始得宁居，其风谊不可没也。爰详述山庄诸胜而并记之。嘉庆癸酉仲春月。

【注释】

〔1〕选自《〔同治〕苏州府志》卷四十五。

〔2〕比部：即刑部之别称。

〔3〕徐良夫：即徐达左，字良夫，元末明初学者，诗人，隐居于邓尉山，书斋称耕渔轩。

〔4〕废圮：废弃毁坏。

〔5〕慨慕：感叹仰慕。

〔6〕欹：歪斜。

〔7〕厘：定。

〔8〕峙崦岭：山名，在苏州，邻接邓尉山。

〔9〕阛阓：街市，市井。

〔10〕厅事：即厅堂。

〔11〕梁山舟学士为书扁：梁山舟学士，即梁同书，乾隆间为翰林侍读。扁，即匾。

〔12〕崚嶒：高耸突兀。

〔13〕潘榕皋：即潘奕隽，号榕皋，吴县人，乾隆三十四年（1769）进士。

〔14〕伊璜先生：即查继佐，字伊璜，明末清初著名学者，史学家。清初广东提督吴六奇赠此“绉云石”予查继佐。

〔15〕先德：对他人之父祖的称呼。声山宫詹：即查世倓曾祖父查升，号声山，

康熙时经荐入直南书房多年，累迁至少詹事，工于书法。南斋：即清宫南书房。

〔16〕世宗在藩邸：清圣祖康熙帝在位时，清世宗雍正帝为藩王，居于宅邸。

〔17〕温纶：皇帝诏令的敬称。

〔18〕盘互：盘结交互。

〔19〕杨诚斋：即南宋诗人杨万里，号诚斋。

〔20〕斗室：小屋。

〔21〕隋开皇本《禊帖》：《禊帖》即晋王羲之的《兰亭集序帖》。开皇本，隋开皇间有《兰亭集序》刻石，宋代有拓本传世。

〔22〕夫甫：指徐良夫。

〔23〕翛然：无拘无束貌。

〔24〕韦左司：即唐代诗人韦应物，曾官左司郎中，“青山澹吾虑”出自其诗《东郊》。

〔25〕烟云供养：以烟云等自然景物供养性情。

〔26〕濠濮间想：用《庄子》典故，庄子与惠施同游濠梁之上，又庄子垂钓濮水，后以“濠濮间想”谓逍遥闲居、清淡无为的思绪。

〔27〕伊人宛在：出自《诗经·秦风·蒹葭》：“所谓伊人，宛在水中央。”

〔28〕茅茨：茅屋。

〔29〕南荣：南檐。

〔30〕无棣：今山东无棣县，清代称海丰。

〔31〕梵筴书：佛书，以佛经多以贝叶写经得名。

〔32〕槿篱：木槿篱笆。

〔33〕季札之观乐：见《左传·襄公二十九年》，吴国公子季札聘于鲁国，品评音乐。

〔34〕辇下：皇帝车舆之下，代指京城。

〔35〕落落：孤高不遇。

〔36〕映山给谏：即查世倓长兄查莹，号映山，藏书家，官文渊阁校理，吏科给事中。给谏即给事中之别称。

〔37〕同馆：同在翰林院任职。

〔38〕铨部：即吏部。

〔39〕乞养：祈求辞职回乡供养父母。

〔40〕渊明三径之思：用陶渊明典故，喻指归隐田园之意。

〔41〕卜宅：占卜选择宅地。

〔42〕赵瓯北：即赵翼，号瓯北。

〔43〕香雪：邓尉山多梅，花时，满山盈谷，香气四溢，势若雪海。

〔44〕山塘：苏州地名。

【评析】

邓尉山庄为乾嘉时人查世倓的别墅。此庄所在之地，即元明之际徐达左的耕渔轩，一时名流云集，蔚为盛事。徐氏曾孙后来在轩旁营建先春堂。清嘉庆年间，耕渔轩归海宁查世倓，加以修葺，改称邓尉山庄。著名诗人张问陶自莱州知府辞官，移居苏州虎丘，应故交查世倓之邀，作《邓尉山庄记》。文章先记叙园林历代始末，次叙园内二十四景，原原本本，一一状之，而重点放在表彰查氏诗书守文之家上：思贻堂“七略四部，著录咸备”，御书楼供奉其祖查升得自康熙、雍正二帝的书册、墨宝，宝禊龛藏有开皇本《兰亭集序》拓本，梅花屋以读史，春浮精舍以读梵书、谈禅理。最末则追忆往事，怀想多年以来查世倓及其兄查莹对自己的各种提携照顾，感念主人情谊，并表彰主人寄情林泉、不慕荣利的品格。

沈钦韩

沈钦韩（1775—1831），字文起，号小宛，清吴县（今江苏苏州）人。嘉庆十二年（1807）举人，后屡试进士不第，道光二年（1822），始授安徽宁国训导，十年丁母忧归，十二年病卒。沈氏治学精训诂与校勘，且博通经史，尤擅《春秋》、三《礼》、《汉书》、《后汉书》之学。又兼工诗及古文辞，而尤嗜骈体。著有《汉书疏证》《春秋左氏传补注》《水经注疏证》《苏文忠诗注补正》《幼学堂集》等。

木渎桂隐园记〔1〕

木渎自唐以来，人物浩穰，〔2〕农贾凑集，〔3〕虽名曰镇，其实县也。一水自太湖胥口分流，东径镇二十里而入运河；一水自铜桥泛分流，东出镇之斜桥，而会胥口之水。夹两水有桥，曰虹桥。桥之南颜有园焉，垣衣映水，〔4〕披榛得路，入其门，望不数亩，而间架疏密，一一入画。有凉堂，可以企脚；〔5〕北窗有奥室，〔6〕可以围炉听雪；有山阁，掇烟云于帘幕；有水榭，招风月于坐卧。老树扶疏，浓阴覆庐，红莲茭蔛，〔7〕清袭衣裙，岂非仲长乐志之地，兴公遂初之干乎？〔8〕

先是，嘉定汪君某基是而卜筑焉，买石移花，经营数年，天殆啬其褫而使不奠于居也。〔9〕岁星几周，〔10〕虽池馆稍陊，〔11〕而豫于佳木，盖日长矣。钱君某偕瞿司马某过而乐之。钱君喜兰，购兰之品以十数，将买园移兰以娱老，未遂而没。其长子炎，亟成先志，遂易其券，乃揭榱楣之朽蠹，〔12〕与粉漆之剥落者，随其规缮完之。〔13〕畦菊数十百本，与亲串落之。

噫！一园也，汪君创之勤，而钱君慕之切，然皆斯须不少驻。[14]若李卫公、赵韩王沉胥于功名富贵，[15]虽有名园大宅，不能一日居也，固宜。若夫山人、处士，一意所至，造物亦有所靳，[16]甚于声名爵位者，何耶？逝者已矣，终能成其雅素，亦攸赖乎后嗣之贤欤？镇之上，户崇栋宇者，沈沈相望，[17]无足眺览，且见客则迎距，独钱子恺悌近人，[18]芒鞋竹杖，时得造请焉，他日一觞一咏，擅木渎之胜，惟此为宜，固可记也。

【注释】

〔1〕选自《幼学堂文稿》卷六。

〔2〕浩穰：众多，繁多。

〔3〕农贾：农民和商人。

〔4〕垣衣：墙上背荫处所生的苔藓植物，覆蔽如人之衣，故名。

〔5〕企脚：跷起脚。

〔6〕奥室：内室，深宅。

〔7〕莀蒚（ōu yù）：花开繁盛貌。

〔8〕仲长乐志：仲长统，字公理，东汉末思想家，著有《乐志论》，明其隐逸清静之志。兴公遂初：孙绰，字兴公，东晋文学家，著有《遂初赋》，表达其对归隐山林之向往。

〔9〕啬：贪求。褫（chǐ）：毁坏。奠：定。

〔10〕岁星：木星公转周期约十二年，中国古人用以纪年。

〔11〕陊（duò）：崩塌，破败。

〔12〕榱楯（cuī shǔn）：榱，屋椽。楯，泛指栏杆。

〔13〕规缮：规整修补。

〔14〕斯须：片刻。

〔15〕李卫公：指唐李德裕。赵韩王：宋赵普，卒谥忠献，追封为韩王。

〔16〕靳：吝惜，不肯给予。

〔17〕沈沈：形容宫室深邃貌。

〔18〕恺悌：和乐平易。

【评析】

此文与其他楼台园记开篇有所不同，并非追溯园林历史或讲述自己与园主、园林之关系，而是用简短数笔勾勒木渎的水文情况，并顺势带出桂隐园所处之地理位置，由是才进而铺叙描写园林的布局，此种写法或与沈钦韩精擅地理考证并将之运用到文章写作中有关。文章接着叙述桂隐园之历史，其本为明人李氏小隐园，后来嘉定王君买石移花经营有年，然王氏殁后，乏人料理又日渐荒芜，又有钱君得之欲经营以养老，也未遂而逝，直至钱君长子钱炎重构亭台楼榭方才算是将此园修葺成形。桂隐园经三任主人之手方可长居，沈钦韩对此颇多感触，甚至感叹道："逝者已矣，终能成其雅素，亦攸赖乎后嗣之贤欤？"此"后嗣之贤"显指恺悌近人之钱炎，自己与之觞咏而不与时俗同，不仅见园主之品性，实则亦是写自己之志趣。

吴嘉洤

吴嘉洤(1790—1865),字清如,又字澄之,号退斋,江苏吴县(今苏州)人。道光十八年(1838)进士,由内阁中书入直军机,升宗人府主事,官户部河南司员外郎。道光皇帝崩后,解任归乡,掌教平江书院。其词格律精严,与戈载、沈传桂等人并称“后吴中七子”。著有《仪宋堂诗文集》《珠尘集》《乘桴小草》等。

退园补记〔1〕

予自京师归,买屋于城东井仪坊巷,有水木明瑟之胜,〔2〕名之曰退园。无何,粤寇陷城,〔3〕遂舍之而去,未有记也。移家海外,赁庑湫隘,〔4〕辄思旧居,而为之志曰:

李太白有言:〔5〕“天地者,万物之逆旅。”人之所居,多或数十年,少或一二十年,尤逆旅中之逆旅也。况遭难以来,迁徙无定与,〔6〕则退园之不必有记也,亦固其所。然人情于服御饮食,〔7〕有不能适然忘者,况于栖息之所与?盖予之欲得园也久矣,尝谓人之一生,于天之风月,地之花木,无日而不在吾心也。而有时不能寓诸目者,境拘之也。今虽无园,而即向之娱吾目者,一举念而如在焉,盖能夺之于目,而不能夺之于心也。地不过数弓,〔8〕而有池方广百步。向南有室,曰微波。折而左,曰秋绿轩,远望丛桂数株,芬馥袭人。园之偏右,曰仪宋堂,盖取予古文学宋意也。园池之北,有室三楹,曰初日芙蓉馆,池中植荷,夏日风来,香远而清,凭栏眺望,红衣翠盖,亭亭绿波碧沼间,足以清暑;又有枫、杨二株,大可合抱。循榭右转,三分其室:左则家祠在焉,春秋享荐,〔9〕遐念祖泽;〔10〕

右为曲室，以时憩息，而吟咏其中；中室之庭，广可七八尺，筑台其上，植牡丹数本，花时张灯宴客于此，颜之曰“群玉山房”。堂之偏右，曰思树斋，夏日移榻于此，逭暑焉。〔11〕此园之大概也。

嗟乎！予宦游十余年，解组后得有此园，〔12〕不可谓非经营手葺而成者也。迄于今，乃委弃于赤眉、青犊之手，〔13〕可不为之痛惜与？今夫季伦之金谷，〔14〕赞皇之平泉，〔15〕裴晋公之午桥庄，〔16〕当时宾从之盛，觞咏之乐，载在书册，千百年后，犹神往其间焉，况退园之为予所居者与？又尝观洪稚存太史之于故居也，〔17〕亦时时凭吊，而作赋以述之，殆亦情之中于所习然与？予故于迁徙后，辄援笔而记之，亦痿人不忘起、盲人不忘视之意云尔。

同治元年十月，吴子记于崇邑之蜗寄庐。

【注释】

〔1〕选自《仪宋堂文集二集》卷二。

〔2〕明瑟：鲜明干净。

〔3〕粤寇：即太平天国，咸丰十年（1860）攻克苏州。

〔4〕赁庑湫隘：庑，房屋。湫隘，低下狭小。

〔5〕李太白有言：文见《春夜宴桃李园序》。

〔6〕与：在。

〔7〕服御：服饰车马器用之类。

〔8〕数弓：弓为量词，约当一步，清人以五尺为一弓。

〔9〕享荐：以贡品牺牲祭祀祖先。

〔10〕遐念：遥想。

〔11〕逭（huàn）暑：避暑。

〔12〕解组：辞官卸任。

〔13〕赤眉、青犊：西汉末的两支起义军，喻指太平天国。

〔14〕季伦之金谷：西晋石崇的金谷园。

〔15〕赞皇之平泉：唐代李德裕（赞皇人）的平泉山居。

〔16〕裴晋公之午桥庄：唐代宰相裴度，因功封晋国公，晚年退居洛阳，于午桥建别墅，啸咏其中。

〔17〕洪稚存：即洪亮吉，字稚存，清阳湖（今常州）人，著名学者。

【评析】

退园在苏州老城内仪坊巷，清咸丰年间，吴嘉洤自京师解任归乡以后，从原本苏州西麒麟巷的居所迁居于此。然而好景不长，太平军攻入苏州，吴嘉洤逃离苏州避祸。四海漂泊，不得宁居，故园之思益发强烈，乃有这篇《退园补记》之作。本篇以李白《春夜宴桃李园序》之语开篇，思及自己当下漂泊无定的境况，人生本即一场逆旅，当下四处辗转也实属自然。然而道理易晓，人却依然有其难以忘怀的羁绊。由是引出故园的清晰回忆，亭台草木，四时风景，在作者的笔下一一呈现。作者自我劝解，古来名园风景，都赖文人笔墨流传至今，洪亮吉也时常为自己的故园作赋，那么自己为退园作记，也是理所应当。本文较之其他园记，特殊之处即在于其作于园主人之手，故而极富真情实感，言及往日佳景与后来兵祸，向往与痛惜之情皆溢于言表，这是普通文人应邀之作所难以具备的。

退园续记〔1〕

予既为《退园补记》，存诸集中，以示毋忘旧居之意。因思所述者，皆经营位置之事，而未言朝夕游览之胜，与遇寇以后之事也。乃复记之曰：

始得园时，在咸丰辛亥之秋，〔2〕与吾妻居最后一廛，数日辄往园游眺。迨吾妻没，予即移居外寝，独处寥寂，恒日涉而盘桓焉。予以诗文为当世所知，四方宾客及吴中知名之士，往往过从无虚日，辄置酒其中，以相娱乐。当时以为境遇之适然，无足异也。迄今思之，如游十洲三岛，〔3〕可望而不可即矣。园中花木，四时备具。每至春日，则繁英璀璨，如入桃源，鼠姑数丛，〔4〕天香馥郁，若游《穆天子传》所谓“群玉之山”，〔5〕不知为尘世矣。入夏，则方池荷花，荡漾绿波翠盖间，红日朝霞，掩映可爱。

秋月皎洁时，丛桂著花，芬郁袭人。冬日将尽，腊雪飘漾，缟袂仙人，[6]若招我于罗浮山顶也。[7]佳客不来，时率小儿女，衣青红衣，穿径循桥，缘树折花，笑语彻于户外。间命庖人治酒肴，相与团坐泥饮，[8]其乐殆非世所恒有。曾几何时，而粤寇陷城，舍之而去，岂天之于人，亦有所顾惜而不容邪？

予生平好为古文，而于归震川先生之书嗜之尤笃。[9]先生在明时，文章为当世第一，虽以王弇州之重名，[10]先生尚斥之为妄庸子。然先生年逾六十，始获一第，[11]又不得在文学侍从之列，沉滞邑令者数年，及为太仆寺丞，而先生老矣。予文于先生无能为役，[12]而向往之诚，实有出于中心之悦服者，他日得附骥尾以传，[13]斯则予之至幸矣。先生所居项脊轩，[14]仅容一人坐，而志之若不忍舍去者。而予之园则大过之，其为贼所据，盖天也，而非人也。虽然，天道循环，有时而复。寇之所为，必为天之所深恶，其殄灭当在指顾间。[15]而予之园，或有时而仍为所居，亦事之不可知者也。然自避难以来，乡人来者，皆言园为所毁，门户一切，不可复辨。审是，则园虽广，转不如项脊轩之完好，岂天以予文远不逮先生，而所居过于先生，使之遭斯厄与？若然，则予当坦然处之，而不复有所致憾矣。

【注释】

〔1〕选自《仪宋堂文集二集》卷二。

〔2〕咸丰辛亥：咸丰元年（1851）。

〔3〕十洲三岛：喻指神仙所居。

〔4〕鼠姑：牡丹之别名。

〔5〕《穆天子传》：先秦古书，记周穆王周游天下之事。

〔6〕缟袂：白衣。

〔7〕罗浮山：在广东省，道教仙山。

〔8〕团坐：围坐。

〔9〕归震川：即归有光，号震川，明代中期著名唐宋派文学家。

〔10〕王弇州：即王世贞，号弇州山人，明代中期著名文学家，后七子之一。

〔11〕始获一第：归有光年六十始中进士。

〔12〕无能为役：谦辞，指自己才能不如对方，不足供对方驱使。

〔13〕附骥尾：依附先辈或者名人之后而成名。

〔14〕项脊轩：归有光之书斋，为之撰《项脊轩志》。

〔15〕指顾：一指一瞥之间，形容时间短暂迅速。

【评析】

吴嘉洤思念故园，于是作《退园补记》。文成，又觉《补记》偏重对园中厅堂台榭的介绍，缺少对园中四时风光的描写和遇难以后遭际的记录，故而又作《退园续记》加以补充。正文先记数事，皆以前后对比：先叙园居之日，与妻子游园之乐，然而未久妻子去世，只剩自己独居寂寥；再叙友朋酬唱之盛景，当时以为平常之事，然而好景不长；再状园中盛景，随四时变化，各有独特风致，与子孙辈盘桓园中，何其之乐，然而亦随太平军入城而一去不返。快乐短暂，倏忽即逝，只留下"可望而不可即"与"天之于人，亦有所顾惜而不容"的感叹。怅惘之时，只能将厄运诉诸于天，强调园之失去乃是天命，天道循环，终有否极泰来之日，自己有朝一日或许仍能回归故园。而听闻园林已经破败，作者只好以另一种思路排解：自己的文才远不如偶像归有光，自己的退园亦远不如归有光的项脊轩完好。作如此想，作者才能够安然接受自昔至今的种种遭遇。尽管遭逢苦难，却依然努力自我排解，自我安慰，时刻保持乐观，正是中国传统文人的独特品质。

冯桂芬

冯桂芬(1809—1874),字林一,号景亭,晚号邓尉山人,苏州府吴县(今苏州)人,清朝思想家、文学家。道光二十年(1840)中一甲第二名进士,授翰林院编修,道光二十四年(1844)充广西乡试正考官,二十五年教习庶吉士。咸丰三年(1853),奉旨在苏州组织团练,与太平军对抗,升右中坊右中允。咸丰十年(1860),太平军攻克苏州,冯桂芬逃往上海,继续参加组织由江浙官绅与英、法、美等国领事组成的全防局,1862 年以后参与李鸿章的湘军以协助镇压太平天国运动,以英美兵器经验自创淮军。晚年移居木渎后,在家开修志局,纂修成《苏州府志》153 卷,并先后在金陵、上海、苏州等书院讲学,从事著述。其提出"采西学""制洋器""筹国用""改科举"的新建议,主张"以中国之伦常名教为原本,辅以诸国富强之术",即"中体西用",为洋务运动的拥护者。著有《校邠庐抗议》《显志堂集》等。

耕渔轩记〔1〕

予既创立光福一仁堂,〔2〕购镇西徐氏屋十余椽,〔3〕偪隘不能容,〔4〕右偏有废地,〔5〕榛莽茅筏之所丛也,〔6〕将拓以广之。土人曰:数十年前,海盐查氏筑园于此。〔7〕一日,撤材辇石去,〔8〕嗣是无主者。地濒虎溪,空旷非所宜居。予以善堂无诲盗,法不听,遂牒县承赋,〔9〕芟其芜,涤其涂,既焚既酾,〔10〕豁然开朗,支八椽于中,启西北牖,则虎溪之波,千顷汇于其下。溪之四围,自虎山桥迤北,乌龙山、安山,达于铜坑铜井,层峦叠嶂,环拱于其外,尽揽一溪之胜。左右行数十武,即有移步换形之憾。天造地设,有如此者。

既落成，里中徐茂才同人谓余曰：[11]“此吾家良夫先生达左耕渔轩故址也。”爰考《金兰集》，[12]载高巽志《记》、杨基《说》，[13]皆不著地名。惟绎题轩诸诗，[14]如倪云林云“溪水东西合”，[15]姚广孝云“兹行凤山转，更入虎溪游”，[16]郑光祐云“开轩对流水”，[17]王隅云“五湖飞涛雪浪奔，高轩却立青山根。鱼龙出舞日色晚，四面绿窗相吐吞”。[18]余作尚多，皆与此地吻合，他处无称之者。茂才之言，信而有征矣。

耕渔轩在元、明间，与倪氏“清秘阁”，[19]顾氏“玉山佳处”鼎峙而三，[20]一时知名士杨铁崖、高季迪诸公，[21]往来觞咏其中，风流文采，腾耀江左。耕渔子名，[22]视诸公为亚，然董文骥《金兰集序》谓：[23]“铁崖诸人之立言，广孝之立功，不如良夫之立德。”徐柯亭云：[24]“诸公所为未尽合乎道，夫人则庶近道矣。”徐有贞《先春堂记》云：[25]“良夫与诸公相唱和，制行尤高，当时江东儒者以良夫为称首。”又有贞《耕渔子传》云：“良夫辟义塾，聚族人及乡之子弟教之。时吴之四境，为荆棘豺狼之聚，光福里隐为小邹鲁。[26]入明，屡荐不起，[27]司训建宁，[28]有晦翁讲道之风。”[29]诸家推崇无异词。所著《宗训》《祭仪》《孝经衍义》《颜曾思孟四子内外篇》等书，今皆佚，惟《四子书序》存，粹然程朱之言。其时此学中绝，乃能为之于举世不为之世，尤有大过人者。然则耕渔子固学道君子也，岂彼矜豪侠、骛声华者所可比哉？[30]是轩为流风余韵所存，乡闾后进宜何如高山景行之慕，乃于无心中得复旧迹，亦予之厚幸也。亟为之勒石是轩，[31]俾垂永久，庶几观感所及，有立懦廉顽之效焉。[32]

不佞退自循省，[33]遭际盛时，备员禁近，[34]所遇视耕渔子为优，乃一第卅年，毫末无所表见，[35]触忤权要，横被中伤，壮不如人，老矣何为？比者载辞征召，退拥皋比，[36]深惧德薄学浅，无足矜式闾里。闻耕渔子之风，一瓣心香，[37]将于是乎在。若仅侈湖山之美，纵登赏之快，不特耕渔子所不许，并背乎设立善堂之本意矣。轩成，而庚申之难作，[38]毁焉。

今复建,如其旧,始得记之。

【注释】

〔1〕选自《显志堂稿》卷三。

〔2〕光福一仁堂:咸丰六年(1856),在冯桂芬倡导之下于苏州光福建立的善堂。

〔3〕十余椽:十余间。

〔4〕偪隘:狭窄。

〔5〕右偏:右侧。

〔6〕榛莽茅筏:榛莽,草林丛生。茅筏,茅草草叶茂盛。

〔7〕海盐查氏筑园:即前张问陶《邓尉山庄记》所记查世倓之邓尉山庄。

〔8〕辇石:以车运走石头。

〔9〕牒县承赋:告知县衙,自己将承担费用。

〔10〕釃(shī):疏导。

〔11〕同人:志同道合的朋友。

〔12〕《金兰集》:徐良夫所编诗歌酬唱集。

〔13〕高巽志记、杨基说:即高巽志《耕渔轩记》和杨基《耕渔轩说》,二者皆为元末明初文人。

〔14〕绎:思考,解析。

〔15〕倪云林:即倪瓒,号云林子,江苏无锡人。元代著名画家。

〔16〕姚广孝:元末明初僧人,政治家,文学家。

〔17〕郑光祐:当作郑元祐,元代文学家,书法家。

〔18〕王隅:元代诗人。

〔19〕清秘阁:元代著名画家倪瓒所建立的藏书楼。

〔20〕玉山佳处:元代顾德辉所建别墅,多有文人雅集于此。

〔21〕杨铁崖:元代著名诗人杨维桢,号铁崖。高季迪:元末明初著名诗人高启,字季迪。

〔22〕耕渔子:即徐达左,字良夫,号耕渔子,吴县(今苏州)人。

〔23〕董文骥:明末清初诗人,书法家,江苏武进人。

〔24〕徐柯亭:清代书法家,江苏兴化人。

〔25〕徐有贞:明代中期名臣,江苏苏州人。

〔26〕小邹鲁：邹鲁为孔孟出生地，喻指儒学氛围浓厚。

〔27〕屡荐不起：屡次受到举荐，都拒绝接受征召。

〔28〕司训建宁：在建宁担任县学训导。

〔29〕晦翁：即朱熹，宋代著名理学家。

〔30〕骛声华：追求声誉荣耀。

〔31〕勒石：刻石。

〔32〕立懦廉顽：使怯懦者振作，使顽劣者收敛。

〔33〕循省：省察。

〔34〕备员禁近：在皇帝身边为官，冯桂芬曾任翰林院编修。

〔35〕表见：表现，展现。

〔36〕皋比：虎皮，此处代指学官讲席。

〔37〕心香：心中之虔诚。

〔38〕庚申之难：即太平天国军队攻入苏州，时在咸丰十年（1860），此役对苏州的文化造成了极大损害。

【评析】

冯氏耕渔轩，前身为元末明初徐达左的耕渔轩，清代查世倓在此宅基上筑邓尉山庄，见于前张问陶《邓尉山庄记》，后来也荒废。冯桂芬遂重建耕渔轩，然毁于太平天国战火，战事结束后再次重建，并撰作此文。此文分四个部分，首先是记录自己得到查氏土地并建房屋之始末。其次则是对徐达左耕渔轩的考证，这一部分在园记之中较为少见。再次则是因上文考证，引出徐达左其人其事并加以表彰，重建其耕渔轩，正是对"流风余韵"的存续，希望借此能让乡间后进有所景慕。最末部分则由徐达左联想到自己，勉励自己以前贤为榜样，有所作为。本篇文字虽以《耕渔轩记》为名，但重点不在描写，而是在于议论，由耕渔轩引出古人，借古喻今，激励今人。

俞 樾

俞樾(1821—1907),字荫甫,晚号曲园居士,浙江德清人,清代著名学者。道光三十年(1850)中进士,曾任翰林院编修。咸丰五年(1855)放任河南学政,后因“试题割裂经义”案被弹劾罢官,退居苏州,潜心治学,先后主讲紫阳书院、杭州诂经精舍。俞樾善诗词,工隶书,治学博采众长,于经学、史学、文学、方志等领域皆有建树,著有《群经平议》《诸子平议》《茶香室经说》《古书疑义举例》等。

半园记〔1〕

往岁,余卜宅于姑苏,得仓米巷老屋一区,议以千缗易之,〔2〕而稍修葺焉。后得地于马医巷,乃罢前议。未几,复经其地,则石工、木工咸集其门,筑之丁丁,声达于外。问之,则曰:“史方伯所为也。”〔3〕逾年,而方伯果来访余于曲园,〔4〕则伟堂史君也。其人和调而不缘,〔5〕豁盎而不苛,〔6〕与余一见,如旧相识。越日报谒,〔7〕登其堂,藻室华榱,绮疏青琐,〔8〕赫然改观。余乃叹曰:“地果以人美乎!”使曩者为余所得,〔9〕则因陋就简,不过环堵之室,〔10〕辟润湿,圉风寒,其能崇丽若斯哉?已而方伯索余书榜,曰半园草堂,余率然写付之,〔11〕亦不知所谓园者何如也。今年春,余往过之,方伯欣然曰:“吾园成矣,盍一游乎?”〔12〕乃与偕往。园在屋西,所谓半园草堂者,园中之主屋也。其屋南向,东北有小室,曰安乐窝。迤东,有屋三间,曰还读书斋。又以修廊亘之,中有小亭二,曰风廊、月榭。东南隅有室正方,前临荷池,后栽修竹,以竹与花皆有君子之称,因名之曰君子居。其西南隅,有屋如舟,颜曰“不系舟”。从其后绕出西廊，有楼屋三重，其下层颜以四字曰“且住为佳”。中曰待月楼，上曰四宜楼。凭栏而望，则阖庐城中，〔13〕万家灯火了然在目矣。斯园也，高高下下，备登临之胜；风亭月榭，极柽柏之华，〔14〕视吴下诸名园，无多让焉。余曰：“此即所谓半园者欤？”君曰：“然。”余曰：“园至此，叹观止矣，奚以‘半’名？”君曰：“不然，吾园固止一隅耳，其邻尚有隙地，或劝吾笼而有之。吾谓事必求全，无适而非苦境，〔15〕吾不为也。故以‘半’名吾园也。”余因喟然而叹曰：“美哉！君之名斯园乎，《老子》曰：‘知足不辱。’《礼记》曰：‘知不足，然后能自强。’〔16〕君之名园，具此二义矣。”君请其说，余曰：“以君之力，固足以笼有余地，乃甘守其半，不求其全，此君之知足也。然君之园，视吴下诸名园，固无愧矣，君乃以‘半’名之，曰‘吾园固止一隅耳’，此又君之知不足也。合知足、知不足两义，而君进乎道矣。”余于马医巷手治曲园，辄援《老子》“曲则全”之义以解嘲，闻君之言，不禁爽然自失也。

【注释】

〔1〕选自《春在堂全书》之《春在堂杂文》三编卷一。

〔2〕缗：一千文钱为一缗。

〔3〕史方伯：园主名史杰，清末大臣，曾任江苏布政使。

〔4〕曲园：即俞樾宅名，在马医巷。

〔5〕缘：阿顺。

〔6〕豁盎：明察。

〔7〕报谒：回访。

〔8〕绮疏青琐：窗户上装饰有空心花纹和青色连环花纹。

〔9〕曩：往日。

〔10〕环堵：房屋狭小。

〔11〕率然：轻快貌。

〔12〕盍：何不。

〔13〕阖庐城：苏州别称，传说苏州最早为春秋时代吴王阖庐所建。

〔14〕柽(chēng):柽柳。

〔15〕无适:无处。

〔16〕《礼记》曰:引《礼记·学记》之语。

【评析】

半园在苏州,其地古称仓米巷,清代咸丰、同治年间建成,园主为时任江苏布政使的史杰。苏州城中吉巷中亦有一半园,为安徽陆解眉所建,故时人称陆氏之园为北半园,称史氏之园为南半园。此园故址原为俞樾所得,然俞樾最终卜宅马医巷,营建曲园,故此处归于史氏。半园既成,嘱俞樾为文记之。此文首叙自己与半园的渊源以及后来归于史氏之经过,其后记应邀游园之所见,园中楼阁台榭,一一大致说明。最末则记自己与园主史杰的一段对话,史氏名之为半园,俞樾感叹之余,更为之引用《老子》《礼记》之语作一注脚。史氏原本用"半"名园,不过意在其园所占唯有一隅,以示谦退,俞樾则为之生出"知足""知不足"之二义,所赞美者则不限于园景,更在于其人。发挥人言,俞氏可谓至矣。

曲园记〔1〕

曲园者,一曲而已,强被园名,聊以自娱者也。余故里无家,〔2〕久寓吴下,岁在己巳,〔3〕赁马医巷潘文恭旧第而居之。〔4〕至癸酉岁,〔5〕太夫人自闽北归,以所居隘,谋迁徙而无当意之屋。适巷之西头有潘氏废地求售,乃以钱易之,筑屋三十余楹。用卫公子荆法,〔6〕以一苟字为之,取《周易》"乐天知命"之义,颜其听事曰"乐知堂",属彭雪琴侍郎书而榜诸楣。〔7〕堂之西,为便坐,以待宾客,颜以曾文正所书"春在堂"三字,〔8〕别详《春在堂记》。春在堂后,尚有隙地,乃与内子偕往相度,〔9〕而成斯园。即于春在堂后连属为一小轩,北向,颜曰"认春",白香山诗云:〔10〕"认得春风先到处,西园南面水东头。"吾园在西,而兹轩适居南面,"认春"所以名也。认春轩之北,杂莳花木,屏以小山,山不甚高,且乏透瘦漏之妙,[11]然山径亦小有曲折。自其东南入山,由山洞西行,小折而南,即有梯级可登。登其巅,广一筵,[12]支砖作几,[13]置石其旁,可以小坐。自东北下山,遵山径北行,有回峰阁。度阁而下,复遵山径北行,又得山洞。出洞而东,花木翳然,竹篱间之。篱之内有小屋二,颜曰"艮宧"。[14]艮宧之西,修廊属焉,循之行,曲折而西,有屋南向,窗牖丽廔,[15]是曰达斋。曲园而有达斋,其诸曲而达者欤?由达斋循廊西行,折而南,得一亭,小池环之,周十有一丈,名其池曰曲池,名其亭曰曲水亭。由曲水亭循廊而南,至廊尽处,即春在堂之西偏矣。大都自南至北,修十三丈,而广止三丈;又自西至东,广六丈有奇,而修亦止三丈。其形曲,故名曲园。所谓达斋者,与认春轩南北相值。所谓曲水亭者,与回峰阁东西相值。艮宧则最居东北偶,故以艮名,艮,止也,园止此也。然艮宧南有小门,自吾内室往,可从此入,则又首艮宧,艮固成终成始也。嗟乎!世之所谓园者,高高下下,广袤数十亩,[16]以吾园方之,勺水耳,卷石耳。[17]惟余本窭人,[18]半生赁庑,兹园虽小,成之维艰。[19]《传》曰:"小人务其小者。"[20]取足自娱,大小固弗论也。其助我草堂之资者,李筱荃督部,恩竹樵方伯,英茂文、顾子山、陆存斋三观察,蒯子范太守,孙欢伯、吴焕卿两大令;其买石助成小山者,万小庭、吴又乐、潘芝岑三大令;赠花木者,冯竹儒观察,备书之,矢勿谖也。[21]

【注释】

〔1〕选自《春在堂全书》之《春在堂杂文》续编卷一。

〔2〕故里无家:俞樾为浙江德清人,寓居苏州。

〔3〕己巳:清同治八年(1869)。

〔4〕潘文恭:即潘世恩,苏州人,清代中后期名臣,谥号文恭。

〔5〕癸酉岁:清同治十二年(1873)。

〔6〕卫公子荆法:取自《论语·子路》:子谓卫公子荆善居屋:"始有,曰'苟合矣'。少有,曰'苟完矣'。富有,曰'苟美矣'。"

〔7〕彭雪琴：即彭玉麟，字雪琴，湘军名将，曾任兵部右侍郎。

〔8〕曾文正：即曾国藩，谥文正，晚清名臣。

〔9〕内子：对自己妻子的称呼。

〔10〕白香山：即白居易，唐代诗人，号香山。

〔11〕且乏透瘦漏之妙：古代评价湖石，以透、瘦、漏为标准。透即彼此相通，有路可行；瘦即壁立当空，孤峙无依；漏即石上有眼，四面玲珑。

〔12〕广一筵：宽约一筵之地，一筵为一丈。

〔13〕砖：砖瓦。

〔14〕艮宧（yí）：宧指房屋的东北角，艮卦方位亦在东北方。

〔15〕丽廔（lóu）：玲珑透明。

〔16〕广袤：东西曰广，南北曰袤。

〔17〕卷石：如拳头大的石头，比喻其小。

〔18〕窭（lóu）人：穷苦人。

〔19〕维艰：艰难。

〔20〕《传》：指《左传》襄公三十一年语。

〔21〕矢勿谖（xuān）也：誓不遗忘。谖，忘记。

【评析】

俞樾侨居苏州，于同治十二年（1873）于马医巷购得潘氏废地，光绪元年（1875）建成新宅，以其形曲，名之为曲园，并作文记之。此文先记自己购得宅基之经历，其次历叙园中诸屋命名与来历。明清人造园，营造固然煞费苦心，命名也是一桩大事。俞樾淹通四部，故其园命名以出入五经文史，或《周易》，或白乐天诗，或《尔雅》方位名称。文末俞樾感叹曲园不过“勺水”“卷石”，在规模上无法跟其他名园相提并论，然而对于自己这样的贫穷儒者来说，能够建成曲园就已经很艰难了。《左传》说小人务其小，本不是一句褒扬的话，俞樾却以此自我解嘲，小人小园，何其相配？半园为他人之园，《半园记》实为应酬之文。曲园却是自己半生所居，心血与感情所在，《曲园记》之真情实感，实非《半园记》所能及。

留园记[1]

出阊门三里而近，[2]有刘氏之寒碧庄焉。而问寒碧庄，无知者，问有刘园乎？则皆曰“有”。盖是园也，在嘉庆初为刘君蓉峰所有，[3]故即以其姓姓其园，而曰“刘园”也。咸丰中，余往游焉，见其泉石之胜，花木之美，亭榭之幽深，诚足为吴下名园之冠。及庚申、辛酉间，[4]大乱臶至，[5]吴下名园，半为墟莽，而阊门之外尤甚。曩之阛城溢郭、尘合而云连者，今则崩榛塞路，荒葛罥涂，[6]每一过之，故蹊新术，[7]辄不可辨，而所谓刘园者，则岿然独存。同治中，余又往游焉，其泉石之胜，花木之美，亭榭之幽深，盖犹未异于昔，而芜秽不治，无修葺之者，兔葵燕麦，摇荡于春风中，[8]殊令人有今昔之感。至光绪二年，为毗陵盛旭人观察所得，[9]乃始修之、平之、攘之、剔之，[10]嘉树荣而佳卉茁，奇石显而清流通。凉台燠馆、[11]风亭月榭，高高下下，迤逦相属。春秋佳日，观察与宾客觞咏其中，而都人士女，亦或掎裳连襼而往游焉。[12]于是出阊门者，又无不曰“刘园”“刘园”云。观察求余文为之记，余曰：“仍其旧名乎？抑肇锡以嘉名乎？”[13]观察曰：“否否！寒碧之名，至今未熟于人口，然则名之易而称之难也，吾不如从其所称而称之，人曰‘刘园’，吾则曰‘留园’，不易其音而易其字，即以其故名为吾之新名。昔袁子才得隋氏之园，[14]而名之曰‘随园’。吾得刘氏之园，而名之曰‘留园’。斯二者将无同。”余叹曰：“美哉斯名乎！称其实矣。夫大乱之后，兵火之余，高台倾而曲池平，不知凡几，而此园乃幸而无恙，岂非造物者留此名园以待贤主乎？是故泉石之胜，留以待君之登临也；花木之美，留以待君之攀玩也；亭榭之幽深，留以待君之游息也，其所留多矣，岂止如唐人诗所云‘但留风月伴烟萝’者乎？[15]自此以往，吾知留园之名长留天地间矣。”因为之记，俾后之志吴下名园者，有可考焉。

【注释】

〔1〕选自《春在堂全书》之《春在堂杂文》续编卷一。

〔2〕阊门：苏州古城之西门。

〔3〕刘君蓉峰：即刘恕，一名惺常，一作惺棠，字行之，号蓉峰，又号寒碧主人、花步散人，吴县人，清代著名书画家、藏书家，留园前身寒碧山庄的主人。

〔4〕庚申、辛酉：咸丰十年（1860）、十一年（1861），指太平军占领苏州。

〔5〕荐（jiàn）：再。

〔6〕崩榛塞路，荒葛罥（juàn）涂：破败的丛木充塞道路，荒芜的葛草缠绕在道路上。这两句是借用鲍照《芜城赋》之语。

〔7〕故蹊新术：旧有的小径和新修的道路。

〔8〕兔葵燕麦，摇荡于春风中：这两句是用刘禹锡《再游玄都观绝句》之语。

〔9〕盛旭人观察：观察，一作方伯。清人称地方大员为观察。盛康，号旭人，盛宣怀之父，曾任湖北布政使，故称观察。

〔10〕修之、平之、攘之、剔之：修剪，芟平，除去，挑选，用《诗经·皇矣》之语。

〔11〕燠馆：暖房。

〔12〕掎裳连襼（yì）：牵裙连袖。襼，衣袖。

〔13〕肇锡以嘉名：赐予好名字。

〔14〕袁子才：即袁枚，字子才，清代著名文学家，居于南京，其宅第名为随园。

〔15〕但留风月伴烟萝：唐人汪遵《金谷》之句。

【评析】

明代万历年间，太仆寺少卿徐泰时于苏州造园，名为东园。后辗转易手，清代乾隆年间，归于刘恕，加以改建，更名为寒碧山庄。同治年间，园归盛宣怀之父盛康，更名留园，嘱俞樾为文记之。俞樾为一代名儒，又有文名，故当时达官显贵嘱其为文者甚多，此亦应酬之作。此文开篇即点刘园之由来，而后详记由寒碧庄至刘园、留园之始末。其后则以几组骈句，描绘新园亭台楼阁、草木山石之美，最末则一如其《半园记》之写法，以作者与园主之对话作结。半园之“半”，意出园主，留园之“留”亦然，从人俗称，而易其字。作者亦锦上添花，加以发挥，阐发“留”之意蕴，一如其以“知足”“知不足”发挥“半园”之意。

钱　泳

钱泳(1759—1844),初名鹤,字立群,号台仙,又号梅溪,斋号履园、写经楼、二邕斋、樊古楼,江苏金匮(今无锡)人。能诗、工书。道光年间著名学者,于金石碑版之学造诣较深,擅长篆书,与当时知名书法家包世臣、成亲王永瑆等交游往来。著有《履园金石目》《履园丛话》等。

乐　圃〔1〕

毕秋帆尚书为陕西巡抚时,〔2〕尝买得宋朱伯原乐圃旧地,〔3〕引泉叠石,种竹栽花,拟为老年退息之所,余为辑《乐圃小志》二卷赠之。尚书殁后,家产入官,无托足之地,一家眷属尽住圃中,可慨也已。案,乐圃五代时为吾家广陵郡王金谷园遗址,〔4〕伯原增筑之。元时为张适所居,〔5〕明成化间又为杜东原所有。〔6〕申文定公致仕后,〔7〕又构得之,有赐闲堂、鉴曲亭、招隐榭诸胜。尝赋诗云:“栖迟旧业理荒芜,徙倚丛篁据槁梧。为圃自安吾计拙,归田早荷圣恩殊。山移小岛成愚谷,水引清流学鉴湖。敢向明时称逸老,北窗高枕一愁无。”又有《园居诗》云:“乐圃千年迹,萧斋五亩身。蓬蒿常谢客,花竹总宜人。清旷怀长统,风流属季真。临溪时独钓,吾自老丝纶。”其二云:“投老身犹健,探幽兴未阑。花神催烂漫,竹使报平安。茂树禽声合,高楼蝶梦残。不知人世上,何处有风湍。”呜呼!文定之与尚书,同是状元,同是一品官,何福命之不相及也。

【注释】

〔1〕选自钱泳《履园丛话》卷二十,下同。

〔2〕毕秋帆：即毕沅，字纕蘅，一字秋帆，自号灵岩山人，江苏镇洋（今苏州太仓）人。清乾隆二十五年（1760）状元，任翰林院修撰，擢按察使。历任陕西、河南、山东巡抚，湖广总督等。毕沅是乾隆时期的重臣兼学者。死后因贪污案发，全家被抄。

〔3〕朱伯原：即朱长文，字伯原，号乐圃，自号潜溪隐夫，人称乐圃先生，吴县（今苏州）人。

〔4〕广陵郡王：即五代时期吴越国王钱镠之子钱元璙，初名传璙，字德辉，封为广陵郡王，主政苏州数十年。

〔5〕张适：字子宜，长洲（今苏州）人，元末明初诗人，有《乐圃集》。

〔6〕杜东原：即杜琼，字用嘉，号鹿冠道人，吴县（今苏州）人，长于收藏、鉴赏，人称东原先生。

〔7〕申文定公：即申时行，字汝默，号瑶泉，晚年号休休居士，长洲（今苏州）人，明代嘉靖年间状元，后官至礼部尚书、吏部尚书，谥文定。

狮子林

狮子林在吴郡齐女门内潘树巷，[1] 今画禅寺法堂后墙外。[2] 元至正间，僧天如惟则延朱德润、赵善长、倪元镇、徐幼文共商迭成，[3] 而元镇为之图，取佛书狮子座而名之，近人误以为倪云林所筑，非也。明时尚属寺中，国初鞠为民居，荒废已久。乾隆廿七年，纯皇帝南巡，始开辟薙草，筑卫墙垣。其中有狮子峰、含晖峰、吐月峰、立雪堂、卧云室、问梅阁、指柏轩、玉鉴池、冰壶井、修竹谷、小飞虹、大石屋诸胜，湖石玲珑，洞壑宛转，上有合抱大松五株，又名五松园。后为黄小华殿撰府第，其北数百步有王氏之兰雪堂、蒋氏之拙政园，皆为郡中名胜。每当春二三月，桃花齐放，菜花又开，合城士女出游，宛如张择端《清明上河图》也。余二十许时，尝往游焉，作《狮林竹枝词》云："兰雪堂前青草蕃，蒋家三径亦荒园。寻春闻说狮林好，借问谁家黄状元。虬须园子倚门边，分得秋娘买粉钱。入门疑到天台路，且避前头两少年。""苍苔新雨滑弓鞋，斜倚阑干问小娃。曾记飞虹桥畔立，不知谁拾凤头钗。""一双绣袜污泥溅，日暮归来空自怜。不是贪游生小惯，明朝还上虎丘船。”

【注释】

〔1〕吴郡：谓苏州，又别称吴门。齐女门：又称“齐门”“望齐门”，在府城东北，春秋末期吴王阖闾为太子聘齐女为妃，齐女年少思乡，大哭不止而病，吴王乃为之起北门，名曰“望齐门”，令齐女往游。

〔2〕画禅寺：原名狮林寺，据传是元代天如禅师创建，乾隆皇帝下江南时改赐名。

〔3〕天如惟则：惟则禅师，号天如，庐陵（今江西吉安）人，俗姓谭，从元代著名高僧中峰禅师学法。朱德润：字顺孙，一字泽民，号抱阳山人，江苏昆山人，元代画家。赵善长：本名元，后改名原，字善长，山东人，寓居苏州。倪元镇：即倪瓒，字泰宇，别字元镇，号云林子、荆蛮民、幻霞子，江苏无锡人。徐幼文：即徐贲，字幼文，常州人，迁居苏州。后三人皆元末明初画家。

拙政园

拙政园在齐门内北街，明嘉靖中御史王献臣筑，〔1〕文待诏有记。〔2〕御史殁后，其子好摴蒱，〔3〕一夕失之，归于徐氏。国初为海宁陈相国之遴所得，〔4〕未几，以驻防兵圈封为将军府。园内有连理宝珠山茶一树，吴梅村祭酒有诗纪之。〔5〕迨撤去驻防，又改为兵备道行馆，既而为吴三桂婿王永康所居。三桂败事，乃籍入官。康熙十八年改苏松常道新署，旋复裁缺，散为民居，后归蒋太守棨，改名复园。春秋佳日，名流觞咏，有《复园嘉会图》。太守殁后，非复旧时景象。嘉庆中，为海昌查憺余孝廉所得，修葺年余，顿还旧观。今又归当湖吴菘圃相国家，为质库矣。〔6〕

【注释】

〔1〕王献臣：字敬止，一作敬之，号槐雨，吴县（今苏州）人。明弘治中，任御史。

〔2〕文待诏：即文徵明，曾官翰林院待诏。

〔3〕摴蒱（chū pú）：亦作“樗蒲”，古代一种博戏，类似于掷骰子。

〔4〕陈相国之遴：即陈之遴，字彦升，号素庵，浙江海宁人。崇祯十年（1637）赐进士，清代顺治朝官至弘文院大学士。

〔5〕吴梅村祭酒：即吴伟业，字骏公，号梅村，江苏太仓人，明末清初著名诗人，崇祯年间进士，清初任国子监祭酒。

〔6〕质库：当铺。

瞿 园

瞿园，即宋氏网师园故址，〔1〕嘉定瞿远村氏增筑之，其西数十步，即前大宗伯沈归愚先生旧宅也。〔2〕嘉庆戊寅四月，余尝同范芝岩、潘榕皋、吴槐江诸先生看园中芍药，〔3〕其花之盛，可与扬州尺五楼相埒。范有诗云：“看花车马声如沸，谁问尚书旧第来。”今又归天都吴氏矣。

【注释】

〔1〕宋氏网师园：网师园在苏州，本是南宋侍郎史正志的万卷堂，乾隆年间宋宗元购地建园。

〔2〕大宗伯沈归愚：即沈德潜，字确士，号归愚，江苏长洲（今苏州）人。曾官礼部侍郎，后告归。大宗伯为古代掌管礼仪祭祀之官。

〔3〕范芝岩：即范来宗，字翰尊，号芝岩，江苏吴县（今苏州）人，乾隆四十年（1775）进士，官翰林院编修。潘榕皋：即潘奕隽，字守愚，号榕皋，又号水云漫士，吴县（今苏州）人，清代学者、书画家。吴槐江：即吴熊光，字望昆，号槐江，江苏昭文（今常熟）人，清嘉庆时官至湖广总督、两广总督。

逸 园

逸园在吴县西脊山之麓，康熙中，孝子程文焕庐墓之所。右临太湖，左有茶山、石壁诸胜。每当梅花盛开，探幽寻诗者必到逸园，其主人程在山先生名钟，即孝子孙也。少工诗，同邑顾退山太史择为佳婿。太史之女曰蕴玉者，自号生香居士，亦能诗，与在山更唱迭和，较赵凡夫之与陆卿子殆有过之。在山尝有诗云：“空斋尽日无人到，惟有山妻问字来。”可想见其高致也。当时如沈归愚大宗伯、彭芝庭大司马、金安安廉访诸老，[1]入山探梅，辄留宿园中。余年十二三时，尝随先君子游逸园，并见先生及生香居士，其所居曰生香阁，阁下为在山小隐，琴尊横几，图籍满床，前有钓雪槎，其西曰九峰草庐、白沙翠竹山房、腾啸台，下临具区，波涛万顷，可望缥缈、莫厘诸峰，虽员峤、方壶，[2]不是过也。嗣生香没后，在山亦旋卒，一子尚幼，为地方官买得而造行宫，则向之亭台池馆，皆化而为方丈瀛洲矣。乾隆四十五年，高宗纯皇帝南巡，驻跸于此，有御制诗五古一首，其结句云：“园应归故主，吾弗更去矣。”回銮后，此园遂废，今隔四十年，已成瓦砾场，无有知其处者。

【注释】

〔1〕彭芝庭：即彭启丰，字翰文，号芝庭，江苏长洲（今苏州）人。乾隆年间官至兵部尚书，故称大司马。金安安：指金祖静，字会川，号定涛、安安，学者称安安先生，吴县（今苏州）人。官至贵州按察使（廉访为按察使的尊称）。

〔2〕员峤、方壶：指海上仙山，典出《列子》。

灵岩山馆

灵岩山馆在灵岩山之阳西施洞下，乾隆四十八九年间，毕秋帆先生所筑菟裘也。[1]营造之工，亭台之胜，凡四五载而始成。至五十四年三月，始将扁额悬挂其门，曰“灵岩山馆”，先生自书，下有一联云：“花草旧香溪，卜兆千年如待我；湖山新画障，卧游终古定何年。”二门曰钟秀灵峰，乃阿文成公书。[2]又一联云：“莲嶂千重，此日已成云出岫；松风十里，他年应待鹤归巢。”自此蟠曲而上，至御书楼，皆长松夹道，有一门甚宏敞，上题“丽烛层霄”四大字，是嵇文恭公书。[3]楼上有楠木橱一具，中奉御笔扁额福字及所赐书籍、字画、法帖诸件，楼下刻纪恩诗及谢表藁，凡八石。由楼后折而东，有九曲廊，过廊为张太夫人祠，由祠而上，有小亭曰澄怀观，道左有三楹曰“画船云壑”“三面石璧”“一削千仞”。其上即西施洞也。前有一池水，甚清冽，游鱼出没可数，其中一联云：“香水濯云根，奇石惯延采砚客；画廊垂月地，幽花曾照浣纱人。”池上有精舍曰“砚石山房”，则刘文清公书也。〔4〕其明年庚戌二月十四日，〔5〕余与张君止原尝邀王梦楼太守、潘榕皋农部暨其弟云浦参军及陆谨庭孝廉辈，〔6〕载酒携琴，信宿其中者三日，极文酒之欢。至嘉庆四年九月，忽有旨查抄，以营兆地例不入官，〔7〕此园尚无恙也。自是日渐颓圮，苍苔满径，至丙子年间，为虞山蒋相国孙继焕所得，〔8〕而先生自出镇陕西、河南、山东、两湖计二十余载，平泉草木，终未一见，可慨也。道光甲申八月，余偶过是园，回思庚戌之游，屈指已三十四年矣。为题四绝云：“卖去灵岩一角山，园门已付老僧关。林泉也自遭磨折，笑我重来鬓亦斑。”“忆昔春游花正红，曾随杖履殿诸公。坐中最羡三松树，依旧掀髯倚碧空（谓榕皋先生）。”“云壑巍然绝世奇，当年亭榭半参差。此中感慨谁能悉，试问墙间没字碑（旧时石刻俱已磨去）。”“眼前富贵总堪哀，世事无如酒一杯。却喜今朝风日好，山灵应为故人来。”

【注释】

〔1〕菟裘：本来是春秋时期鲁国地名，后借以称告老退休的处所。

〔2〕阿文成公：即阿桂，章佳氏，字广廷，号云崖，谥文成，世称阿文成公。满洲正蓝旗人，乾隆朝首席内阁大学士和首席军机大臣。

〔3〕嵇文恭公：即嵇璜，字尚佐，又字黼庭，晚号拙修，江苏无锡人。乾隆朝任工部尚书、协办大学士等职，谥号文恭。

〔4〕刘文清公：即刘墉，字崇如，号石庵，山东诸城人。官至吏部尚书、体仁阁大学士，加太子太保。谥号文清。

〔5〕庚戌：乾隆五十五年（1790）。

〔6〕王梦楼：即王文治，字禹卿，号梦楼，江苏丹徒人，清代书法家、诗人。

〔7〕营兆地：营葬坟墓之地。

〔8〕蒋相国：即蒋廷锡，字扬孙、酉君，号西谷、南沙、青桐居士，江苏常熟人，康熙年间授翰林院编修、侍读学士、内阁学士，画家。

【评析】

《履园丛话》是清代学者钱泳的一部笔记体著作。我国古代的笔记体著作自魏晋六朝肇始，经过唐宋元明清历代的发展，至清代臻乎全盛，举凡政治、经济、文化、生活等各色内容都可被用来写作。篇幅长短不拘，主要目的在于记载作者见闻，并非刻意进行文学写作。《履园丛话》便是清代笔记中较有价值的作品。本卷选取的《乐圃》《狮子林》《拙政园》《瞿园》《逸园》《灵岩山馆》皆为苏州园林中的代表之作，较能体现《履园丛话》园林写作特点。其文或言园林缘起沿革，或言园中亭苑景致，或言故友酬唱，亦载楹联题识，既展现出苏州园林的整体特点风貌，亦彰显出钱泳的叙事旨趣与文化修养。

扬　州

杨 夔

杨夔(生卒年不详),号弘农子,唐代文人,善诗文,与杜荀鹤、张乔、郑谷等人为友,有诗文酬答。唐昭宗时与段文圭、杜荀鹤等人同为宣州田頵上客,曾著《溺赋》劝诫田頵,但田頵不用而败亡。杨夔终身不仕,以处士终老,以诗文自娱,《新唐书·艺文志》载其集五卷、《冗书》十卷,《全唐诗》存诗十二首,《全唐文》收文二十二篇。

文选楼铭(并序)〔1〕

文选楼者,梁昭明太子选文之地。〔2〕时逾四代,〔3〕年将五百。清风懿号,蔼然不泯。况广陵乃隋室故郡,遗事斯存。求之于今,陈迹尽灭。斯犹巍巍,久而益新。其不由以学;而立道者,道则不朽,以文而经业者,业则不磨乎?弘农子经于是楼,〔4〕提笔路绝。且虑夫不文不典者肆而处,乃泣以铭云:

峨峨万宇,匪歌则舞。美哉此楼,独以文修。自由名贵,不以华致。虽超千古,靡有颠坠。孰堪其登,必精必诚。孰可以居,必贤必明。无聚优以为娱,〔5〕无习伎以称荣。吾恐其素德怀辱于冥冥。〔6〕

【注释】

〔1〕选自《全唐文》卷八百六十七。

〔2〕梁昭明太子:即萧统,字德施,梁武帝萧衍长子,他是学识渊博的学者,同时召集了当时大量有名的文士参与编纂《文选》。

〔3〕四代:指的是梁、陈、隋、唐。

〔4〕弘农子:杨夔自号。汉唐以来,杨氏多以弘农(今河南灵宝)作郡望。

〔5〕优：优伶，演戏的人。

〔6〕素德：清白的德行。

【评析】

铭本是中国古代铸刻于金石等器物上的文字，后成为一种带韵的文体，用于记功颂德，亦用于自警自勉，如东汉崔瑗《座右铭》、唐代陆龟蒙的《马当山铭》、刘禹锡的《陋室铭》等。本文是唐代杨夔为扬州的文选楼所作的铭文，赞颂了文选楼的文教之功，铭前有序，是记文之体。

文选楼是昭明太子为编纂《文选》而建，从昭明太子建楼至杨夔途经此处，过去了将近五百年，四个朝代先后兴替，在这漫长的岁月里，往来纷纭，而此楼却独巍然不泯，久而益新。杨夔不由得产生感慨，并将之归因于建楼缘由是弘扬文化、表彰大道，不同于那些为了歌舞享乐而修建的楼阁，故于冥冥中完好保存下来。这篇铭文篇幅不长，借古今盛衰这一常用的主题引申发挥，重点落在颂扬《文选》编纂的巨大功绩上，就中复寄寓了对“聚优”“习伎”等不良风尚的批评。昭明太子编纂《文选》在我国古代文化史上是一件值得称道的大事。《梁书·昭明太子传》记载当时盛况曰：“名才并集，文学之盛，晋、宋以来未之有也。”《文选》网罗先秦至梁代八九百年间各体诗文七百余篇，成为后人学写诗文的重要宝库，所以宋人陆游在《老学庵笔记》卷八中记载当时此书对科举考试的影响为：“《文选》烂，秀才半。”继杨夔之后，歌咏文选楼的作品还有清代焦廷琥的《文选楼赋》、袁枚《过文选楼吊昭明太子》等。

欧阳修

欧阳修(1007—1072),字永叔,号醉翁,晚年自号六一居士,谥号文忠,庐陵(今江西吉安)人。他二十四岁进士及第。宋仁宗庆历年间,他因参与范仲淹主持的新政而被贬滁州、扬州等地。年近五旬方被召回京师,晚年官至参知政事,致仕后定居颍州,直至病逝。欧阳修一生仕途坎坷,饱经宦海浮沉,然在文学创作上却卓有成绩,声望极高。为当时文坛领袖,“唐宋八大家”之一。

真州东园记〔1〕

真为州,〔2〕当东南之水会,故为江淮、两浙、荆湖发运使之治所。龙图阁直学士施君正臣、侍御史许君子春之为使也,〔3〕得监察御史里行马君仲涂为其判官。〔4〕三人者乐其相得之欢,而因其暇日,得州之监军废营以作东园,而日往游焉。

岁秋八月,子春以其职事走京师,图其所谓东园者来以示予曰:“园之广百亩,而流水横其前,清池浸其右,高台起其北。台,吾望以拂云之亭;池,吾俯以澄虚之阁;水,吾泛以画舫之舟。敞其中以为清宴之堂,辟其后以为射宾之圃。〔5〕芙蕖芰荷之的历,〔6〕幽兰白芷之芬芳,与夫佳花美木列植而交阴,此前日之苍烟白露而荆棘也。高甍巨桷,〔7〕水光日景动摇而下上,〔8〕其宽闲深靓,可以答远响而生清风,此前日之颓垣断堑而荒墟也。嘉时令节,〔9〕州人士女啸歌而管弦,此前日之晦冥风雨、鼪鼯鸟兽之嗥音也。〔10〕吾于是信有力焉。凡图之所载,盖其一二之略也。若乃升于高以望江山之远近,嬉于水而逐鱼鸟之浮沉,其物象意趣,登临之乐，览者各自得焉。凡工之所不能画者，吾亦不能言也，其为我书其大概焉。”又曰：“真，天下之冲也。[11]四方之宾客往来者，吾与之共乐于此，岂独私吾三人者哉？然而池台日益以新，草树日益以茂，四方之士无日而不来，而吾三人者有时而皆去也，岂不眷眷于是哉！不为之记，则后孰知其自吾三人者始也？”

予以谓三君子之材贤足以相济，而又协于其职，知所后先，使上下给足，而东南六路之人无辛苦愁怨之声。[12]然后休其余闲，又与四方之贤士大夫共乐于此。是皆可嘉也，乃为之书。庐陵欧阳修记。

【注释】

〔1〕选自《〔嘉庆〕重修扬州府志》卷三十二。

〔2〕真为州：真州，今江苏仪征。位于长江下游北岸，毗邻运河，故称作“东南水会”。北宋于此置发运使司，负责江南六路漕运事务。

〔3〕龙图阁：是北宋时期属于皇帝的档案库（图书馆），设置有龙图阁学士、龙图阁直学士等职官。

〔4〕判官：负责文书的官员。

〔5〕射宾：射礼，是一种围绕射箭展开的礼仪活动。

〔6〕芙蕖芰荷：两者皆为荷花的品种。的（dì）历：形容鲜洁明丽的样子。

〔7〕甍（méng）：屋脊、屋栋。桷（jué）：方形的屋椽。

〔8〕日景：“景”通“影”。

〔9〕令：美，善。

〔10〕鼪鼯（shēng wú）：鼪鼠与鼯鼠，小型的哺乳动物，形似松鼠。嗥：野兽的吼叫。

〔11〕冲：通行的大路，重要的地方。

〔12〕东南六路：指北宋时期的江南、淮南、荆湖、两浙等六路，为漕运重地。

【评析】

北宋皇祐年间，施昌言、许元任发运使，在真州将监军用废弃的营地重新兴建为东园，二人与判官马仲涂交好，经常在办公之暇同游东园。这年秋天，许元因为公事而离开真州前往京师开封，途经欧阳修当时任职所在地南京(今河南商丘)。欧阳修当时官为知应天府兼南京留守司事，许元便把东园画了图带来请欧阳修作文。此文便是以此事为背景展开写作。所以这篇看图作文，欧阳修并未真正身临其境，也没亲与其游，但依然写得真切动人、情韵悠悠，实是因为他选择避实就虚，有关纪实叙事的内容简要带过，而重点落在对园中景物的想象与细腻描绘。到结尾处则更以设想人去园废收束，表现出欧阳修作为一代文豪高妙的艺术手段。所以清人刘大櫆评曰："柳州记山水，从实处写景，欧公记园亭，从虚处生情。柳州山水，以幽冷奇峭胜；欧公园亭，以敷娱都雅胜。此篇铺叙今日为园之美，一一倒追未有之荒芜，更有情韵意态。"(《诸家评点古文辞类纂》评语卷五十四)过珙评曰："坡公《凌虚台记》由盛而逆料其衰，欧公《东园记》因兴而追忆其废，俯仰之间，同一感慨，而文字变化，意到景新，可谓奇纪。"(《古文评注》评语卷八)

王安石

王安石(1021—1086),字介甫,北宋抚州临川(今江西抚州)人,后被封为舒国公、荆国公,故亦被称作“王舒公”“王荆公”,晚年居江宁(今南京)半山园,故亦被称作“王半山”。早年在地方上做官,先后任扬州签判、鄞县知县、舒州通判,后来升任参知政事并拜相,熙宁年间主持变法运动,后因守旧派反对而遭罢相,遂隐居江宁。王安石在诗文上造诣极高,尤其是在散文上成就斐然,为“唐宋八大家”之一。

扬州新园亭记〔1〕

诸侯宫室台榭,〔2〕讲军实,〔3〕容俎豆,〔4〕各有制度。扬,古今大都,方伯所治处,〔5〕制度狭庳,〔6〕军实不讲,俎豆无以容,不以逼诸侯哉。宋公至自丞相府,化清事省,〔7〕喟然有意其图之也。今太常刁君实集其意,〔8〕会公去镇郓,〔9〕君即而考之,占府乾隅,〔10〕夷茀而基,〔11〕因城而垣,并垣而沟,周六百步,竹万个覆其上。故高亭在垣东南,循而西三十轨,〔12〕作堂曰爱思,道僚吏之不忘宋公也。堂南北乡,〔13〕袤八筵,广六筵。〔14〕直北为射埒,〔15〕列树八百本,〔16〕以翼其旁。宾至而享,〔17〕吏休而宴,于是乎在。又循而西十有二轨,作亭曰隶武,南北乡,袤四筵,广如之。埒如堂,列树以乡,岁时教士战射、坐作之法,于是乎在。始庆历二年十二月某日,凡若干日卒功云。

初,宋公之政,务不烦其民,是役也,力出于兵,材资于宫之饶,地瞰于公宫之隙,成公志也。噫!扬之物与监,东南所规仰,〔18〕天子宰相所垂意,而选继乎宜有若宋公者,丞乎宜有若刁君者。〔19〕金石可弊,此无废已。庆历三年四月某日，[20]临川王某记。

【注释】

〔1〕《临川先生文集》卷八十三。

〔2〕台榭：榭，建在高土台上的房子。

〔3〕军实：实，情实。

〔4〕俎豆：俎、豆为祭祀所用的礼器，俎用以盛放牛羊肉；豆形似高脚盘，汉代以后，豆替代“菽”，作为豆类植物的总称。

〔5〕方伯：原意是分封制下的一方诸侯之长，后来泛指某地地方长官。治处：地方官署所在之处，也称“治所”。

〔6〕狭庳（bì）：房屋低矮。

〔7〕化：教化，风俗习气。

〔8〕太常：主管祭祀与礼仪活动的官员。

〔9〕郓（yùn）：在今山东省。

〔10〕乾隅：在八卦的方位中，乾卦居西北角。

〔11〕夷：铲平。茀（fú）：杂草多。

〔12〕軏（yuè）：小车辕头上连接横木的构件，约长六尺六寸，此处取其长度作计数用。

〔13〕乡：通“向”。

〔14〕袤八筵、广六筵：袤指南北方向（或纵向）的距离，广是东西方向（或横向）的距离，二字相对而称，与今日所谓长方形的长、宽意思相同。筵：竹席，边长一丈，古人用筵席作为计量单位衡量堂屋的尺寸。

〔15〕埒（liè）：矮墙，也指马场、射场四周的土围墙。

〔16〕本：此处作量词使用。与棵、株意思等同。

〔17〕享：宴享，用食物招待客人。

〔18〕规仰：效法。规是圆规，引申为法则。

〔19〕丞：辅助，秦汉以后各级地方长官的副职。

〔20〕庆历三年：即1043年，是年王安石二十三岁，正从扬州溯江还乡临川。

【评析】

本文作于宋仁宗庆历三年(1043),详细记叙了扬州新园亭的体制与兴建始末。因事见人,流露出对主事者宋公、刁君为政有方、不劳民动众的风格的推崇。本文行文简明流畅却又法度森然。明代文学家茅坤在《唐宋八大家文钞》中评价此文曰:“简而有法,周而能解。”这也符合王安石短篇散文一贯的“不枝不蔓,简洁峻切,短小精悍”的风格特征(袁行霈主编《中国文学史》)。另外也重视实用功能,因此详细记述了修建过程、具体规格以及参与者,这并非为了抒情的艺术效果而采用的点缀修饰,而更接近如实记录,至于结尾处的议论更是简洁明快。这些都足以充分展现出王安石作为“唐宋八大家”的古文风格。

沈　括

沈括(1031—1095),字存中,号梦溪丈人,钱塘(今浙江杭州)人。宋仁宗嘉祐八年(1063)中进士,后来被推荐至京师昭文馆校勘馆中书籍。王安石变法期间,得到重用,熙宁五年(1072)兼任提举司天监,职掌天象观测、历书推算等,期间上《浑仪》《浮漏》《景表》三议。次年,受命前往两浙考察水利和差役法的施行情况。熙宁八年(1075),以翰林侍读学士身份出使契丹,交涉划界事宜,回国后升任翰林学士,权三司使。变法失败后,被贬谪外任为宣州、延州等地知州。沈括一生致志于科学研究,他的《梦溪笔谈》作为一部综合性的笔记体作品,记载了大量自然科学方面的内容,被李约瑟盛赞为"中国科学史的里程碑"。

扬州重修平山堂记〔1〕

扬州常节制淮南十一郡之地。自淮南之西,大江之东南,至五岭、蜀汉,十一路百州之迁徙,贸易之人往还,皆出其下,舟车南北,日夜灌输京师者,居天下十之七。虽选帅常用重人,而四方宾客之至者,语言面目不相谁何,终日环坐满堂,而太守应决一府之事自若,往往亦不暇尽举其职,不然,大败不可复支。虽力足以自信,始皆不敢迎,谓之可治,卒亦必出于甚劳,然后能善其职。故凡州之宴赏享劳,〔2〕太守之所游处起居,率皆有常处,不能以意有所拣择,以为宾客之欢。前守、今参政欧阳公为扬州,始为平山堂于北冈之上,时引客过之,皆天下豪俊有名之士。后之人乐慕而来者,不在于堂榭之间,而以其为欧阳公之所为也。由是平山之名盛闻天下。嘉祐八年,直史馆丹阳刁公自工部郎中领府事,〔3〕去欧阳公之时才十七年，而平山仅若有存者，皆朽烂剥漫，不可支撑。公至，逾年之后，悉撤而新之。凡工驵廪饩材藁之费调用若干，〔4〕皆公默计素定，一日指授其处。所以为堂之壮丽者，无一物不足。又封其庭中，以为行春之台。〔5〕昔之乐闻平山之名而来者，今又将登此以博望遐观，其清凉高爽，有不可以语传者也。扬为天下四方之冲，旦至乎此者，朝不知其往，朝至乎此者，夕不知其往。民视其上，若通道大途，相值偶语，〔6〕一不快其意，则远近搔括谤喧，〔7〕纷不可解。公于此时能使威令德泽洽于人心，政事大小无一物之失，而寄乐于山川草木虚闲旷快之地，人知得此足以为乐，而不知其致此之为难也。后人之登是堂，思公之所以乐，将有指碑以告者也。

【注释】

〔1〕选自《长兴集》卷二十一。

〔2〕享劳：用酒食慰劳，意同犒劳。

〔3〕丹阳刁公：即刁约，字景纯，江苏丹阳人。宋英宗治平中出知扬州。

〔4〕工驵（zǎng）廪饩（lǐn xì）材藁之费：驵，壮马。廪饩，由官府供给粮食。藁，同“稿”。

〔5〕行春之台：行春本是汉代郡守于每年春季的劝农班春的活动，以示鼓励农桑之意。到唐宋，州郡长官在行春的时候亦常游玩山水，并以诗歌唱和交游。

〔6〕相值：相遇。

〔7〕搔括谤喧：括，约束。搔，与括同义，此处意为聚集。喧，意为吵闹。

【评析】

扬州平山堂本是欧阳修在扬州任官时修建，欧阳修离开扬州后十几年间堂榭逐渐朽烂，及刁约来知扬州，重新修缮平山堂，令其恢复初建时的盛貌。本文记述重修平山堂的过程，先表扬州地理位置的优越，接着略写欧阳修最初修建平山堂之事，然后详细记载刁约重建的本末，文字朴实，下笔冷静客观，展现出北宋文坛古文运动所推崇的实用性的文章风格，同时也与沈括喜爱科学研究的性情契合。这种平实的文章风格,也是本文不同于王安石、欧阳修等宋人文章的显著特点。知州刁约后来又修建了九曲池新亭,同样请沈括作文记录。当此之时,沈括正在扬州任官司理参军,刁约是他的顶头上司,对沈括比较器重。

郑元勋

郑元勋(1598—1644),字超宗,江都(今扬州)人。崇祯十六年(1643)中进士,次年清军攻入北京,南明弘光朝廷的部将高杰欲入扬州,他自出家资招兵拒守,在此过程中因误会而被杀害,后来史可法上疏说明实情,方又追赠"兵部职方郎中"。

影园自记〔1〕

山水竹木之好,生而具之,不可强也。予生江北,不见卷石,〔2〕童子时,从画幅中见高山峻岭,不胜爱慕,以意识之,久而能画,画固无师承也。出郊,见林木鲜秀,辄留连不忍归,故读书多僦居荒寺。年十七,〔3〕方渡江,尽览金陵诸胜。又十年,览三吴诸胜过半,私心大慰,以为人生适意无逾于此。归以所得诸胜,形诸墨戏。壬申冬,董玄宰先生过邗,〔4〕予持诸画册请政。先生谬赏,以为予得山水骨性,不当以笔墨工拙论。余因请曰:"予年过三十,所遭不偶,〔5〕学殖荒落,卜得城南废圃,〔6〕将葺茆舍数椽,为养母读书终焉之计,间以徐闲临古人名迹,当卧游,可乎?"先生曰:"可。地有山乎?"曰:"无之,但前后夹水,隔水蜀冈蜿蜿起伏,〔7〕尽作山势,环四面,柳万屯,荷千余顷,萑苇生之,水清而多鱼,渔棹往来不绝。春夏之交,听鹂者往焉。以衔隋堤之尾,取道少纡,游人不恒过,得无哗。升高处望之,迷楼、平山皆在项臂,〔8〕江南诸山历历青来,地盖在柳影、水影、山影之间,无他胜,然亦吾邑之选矣。"先生曰:"是足娱慰。"因书"影园"二字为赠。甲戌放归,值内子之变,又目眚作楚,不能读,不能酒,百郁填膺,几无生趣。老母忧甚,令予强寻乐事,家兄弟亦怂恿葺此。盖得地七八年，即庀材七八年，积久而备，又胸有成竹，故八阅月而粗具。

外户东向临水，隔水南城，夹岸桃柳，延袤映带，春时舟行者呼为“小桃源”。入门，山径数折，松杉密布，高下垂荫，间以梅、杏、梨、栗。山穷，左荼蘼架，架外丛苇渔罟所聚；右小涧，隔涧疏竹百十竿，护以短篱，篱取古木槎牙为之，围墙甃以乱石，〔9〕石取色斑似虎皮者，俗呼“虎皮墙”。小门二，取古木根如虬蟠者为之。入古木门，高梧十余株，交柯夹径，负日俯仰，人行其中，衣面化绿。再入门，即榜“影园”二字。此书室耳，何云园？古称附庸之国为“影”，左右皆园，即附之得名，可矣。转入窄径，隔垣梅枝横出，不知何处。穿柳堤，其灌其栵，〔10〕皆历年久茗之华，盘盘而上，垂垂而下。柳尽，过小石桥，亦乱石所甃，虎卧其前，顽石横亘也。折而入草堂，家冢宰元岳先生题曰玉勾草堂，邑故有玉勾洞天，〔11〕或即其处。堂在水一方，四面池，池尽荷。堂宏敞而疏，得交远翠，楣楯皆异时制。背堂池，池外堤，堤高柳，柳外长河。河对岸亦高柳，阎氏园、冯氏园、员氏园皆在目。园啼颓而茂竹森，若为吾有。河之南、通津，津吏闸之；通古邗沟、隋堤、平山、迷楼、梅花岭、茱萸湾，皆无阻，所谓柳万屯，盖从此逮彼，连绵不绝也。鹂性近柳，柳多而鹂喜，歌声不绝，故听鹂者往焉。临流，别为小阁曰半浮，半浮水也，专以候鹂。或放小舟迓之，舟大如莲瓣，字曰泳庵，容一榻、一几、一茶炉，凡邗沟、隋堤、平山、迷楼诸胜，无不可乘兴而往。堂下旧有西府海棠二，高二丈，广十围，不知植何年，称江北仅有，今仅存一株，有鲁灵光之感。〔12〕绕池以黄石砌高下磴，或如台，如生水中，大者容十余人，小者四五人，人呼为“小千人坐”。趾水际者，尽芙蓉，土者，梅、玉兰、垂丝海棠、绯白桃；石隙种兰、蕙、虞美人、良姜、洛阳诸草花。渡池曲板桥，赤其栏，穿垂柳中，桥半蔽窥，半阁、小亭、水阁不得通，桥尽石刻“淡烟疏雨”四字，亦家冢宰题，酷肖坡公笔法。入门，曲廊左右二道，左入予读书处，室三楹，庭三楹，虽西向，梧柳障之，夏不畏日而延风。室分二，一南向，览其门不得，予避客其中。窗去地尺，燥而不湿。窗外方墀，置大石数块，树芭蕉三四本，莎罗树一株，来自西域，又秋海棠无数，布地皆鹅卵石。室内通外一窗作栀子花形。以密竹帘蔽之，人得见窗，不得门也。左一室东向，藏书室上，阁广与室称，能远望江南峰，收远近树色。流寇震邻，鹾使邓公乘城，谓阁高可瞰，惧为贼据。予闻之，一夜毁去。后遂裁为小阁一楹，人以为小更加韵。庭前选石之透、瘦、秀者，高下散布，不落常格而有画理。室隅作两岩，岩上多植桂，缭枝连卷，溪谷崭岩，似小山招隐处。〔13〕岩下牡丹、蜀府垂丝海棠、玉兰、黄白大红宝珠茶、磬口腊梅、千叶榴、青白紫薇、香橼，备四时之色，而以一大石作屏，石下古桧一，偃蹇盘躄，〔14〕拍肩一桧亦寿百年，然呼“小友”矣。石侧转入，启小扉，一亭临水，菰芦羃屏，〔15〕社友姜开先题以“莲芦中”。先是，鸿宝倪师题“漷翠亭”，〔16〕亦悬于此。秋，老芦花白如雪，雁鹜家焉，昼去夜来伴予读，无敢嚾呶。盛暑卧亭内，凉风四至，月出柳梢，如濯冰壶中。薄暮，望冈上落照，红沉沉入绿，绿加鲜好，行人映其中，与归鸦相乱。小阁楼虽在室内，室内不可登，登必迂道于外，别为一廊，在入门之右。廊凡二周，隙处，或斑竹、或蕉、或榆以荫之。然予坐内室，时欲一登，懒于步，旋改其道于内，由“淡烟疏雨”门内廊右入一复道，如亭形，即桥上蔽窥处，亦曰“亭”，拟名“湄荣”，临水、如眉临目，曰“湄”，接屋为阁，曰“荣”。窗二面，时启闭。亭后径二，一入六方窦，室三楹，庭三楹，曰一字斋，先师徐硕庵先生所赠，课儿读书处。庭颇敞，护以紫栏，华而不艳。阶下古松一、海榴一。台作半剑环，上下种牡丹、芍药，隔垣见石壁，二松亭亭天半。对六方窦为一大窦，窦外又曲廊丛篠，依依朱槛，廊俱疏通，时而密致，故为不测。留一小窦，窦中见丹桂，如在月轮中，此出园别径也。半阁在“湄荣”后，径之左，通疏廊。即阶而升，陈眉公先生曾赠“媚幽阁”三字，〔17〕取李太白“浩然媚幽独”之句，即悬此。阁三面水，一面石壁，壁立作千仞势，顶植剔牙松二，即“一字斋”前所见，雪覆而欹其一，欹益有势。壁下石涧，涧引池水入，畦畦有声。涧傍皆大石，怒立如斗。石隙俱五色梅，绕阁三面，至水而穷，不穷也。一石孤立水中，梅亦就之，即初入园隔垣所见处。阁后窗对草堂，人在草堂中，彼此望，望可呼与语，第不知径从何达。大抵地方广不过数亩，而无易尽之患。山径不上下穿而可坦步，皆若自然幽折，不见人工。一花一竹一石，皆适其宜。审度再三，不宜，虽美必弃。别有余地一片，去园十数武，花木豫蓄于此，以备简绌。荷池数亩，草亭峙其坻，可坐而督灌者。花开时，升园内石磴、石桥或半阁，皆可见之。渔人四五家错处，不知何福消受。诗人王先民结“宝蕊栖”为放生处，梵声时来。先民死，主祀其中，社友阎舍卿护之，至今放生如故。先民，吾生友也，今犹比邻，且死友矣。是役八月粗具，经年而竣，尽翻成格，庶几有朴野之致。又以吴友计无否善解人意，〔18〕意之所向，指挥匠石，百不一失，故无毁画之恨。先是，老母梦至一处，见造园，问：“谁氏者？”曰：“而仲子也。”时予犹童年。及是鸠工，老母至园劳诸役，恍如二十年前梦中，因述其语，知非偶然。予即不为此，不可得也。然则玄宰先生题以“影”者，安知非以梦幻示予，予亦恍然寻其谁昔之梦而已。夫世人争取其真而遗其幻，今以园与田宅较之，则园幻；以灌园与建功立名较之，则灌园幻；人即乐为园，亦务先其田宅、功名，未有田无尺寸、宅不加拓、功名无所建立而先有其园者。有之，是自薄其身而隳其志也。然有母不遑养，有书不遑读，有怡情适性之具不遑领，灌园累之乎？抑田宅、功名累之乎？我不敢知，虽然，亦各听于天而已。梦固示之，性复成之，即不以真让而以幻处，夫孰与我？崇祯丁丑清和月，邗上郑元勋自记。

【注释】

〔1〕选自《〔嘉庆〕重修扬州府志》卷三十一。

〔2〕卷石：亦作“拳石”，如拳之石，状其大小。或谓此卷石意指大山，语出《礼

记·中庸》:“今夫山,一拳石之多。”

〔3〕年十七:郑元勋生于万历二十六年(1598),十七岁应当在万历四十二年(1614)。

〔4〕董玄宰:即董其昌,字玄宰,松江人,官至南京礼部尚书,在书画上负有盛名。邗:春秋时扬州有邗沟,故别称邗江、邗上。

〔5〕不偶:不偶为奇,“数奇”意谓时运不利,指应试不中。

〔6〕城南废圃:《扬州画舫录》载影园在城南南湖中长屿上。

〔7〕蜀冈:位于扬州市西北部,西接仪征,东北抵茱萸湾,与南京隔江相对。

〔8〕迷楼:隋炀帝时在扬州所筑。平山:谓宋代欧阳修在扬州建造的平山堂。

〔9〕甃(zhòu):垒砌。

〔10〕其灌其栵:《诗经·皇矣》:“修之平之,其灌其栵。”意谓丛生的灌木与成行列的树。

〔11〕玉勾洞天:据《扬州府志》记载,蕃釐观后有玉勾井,有人入井,见一洞,题名“玉勾洞天”。

〔12〕鲁灵光:西汉时长安所建的宫殿经丧乱后毁坏甚多,唯景帝子恭王封于鲁地,宫殿名“灵光”,到东汉时灵光殿尚存,王延寿为之作《鲁灵光殿赋》,因而成为诗文中所习用的典故。

〔13〕似小山招隐处:西汉淮南王刘安曾聚集文士作辞赋,篇名有《招隐士》。

〔14〕偃蹇(yǎn jiǎn)盘躄(bì):偃蹇,高耸的样子。盘躄,盘虬曲折的样子。

〔15〕羃屴(lì):形容烟雾的样子。

〔16〕鸿宝倪师:即倪元璐,字汝玉,号鸿宝,上虞人,天启年间进士,李自成攻陷京师时自缢而死,谥号文正。

〔17〕陈眉公:即陈继儒,字仲醇,号眉公,华亭(今上海松江)人,隐居昆山专心著述及书画,为晚明著名的书画家、文学家。

〔18〕吴友计无否:即计成,字无否,吴江人,著名的园林设计师,影园即他的杰作,著有《园冶》,记述其造园理论与具体工艺。

【评析】

我国古典文学发展至晚明出现了小品文,这种文体体制上短小精练,体裁上亦是兼容并蓄,记、序、跋、传等都可以为其所用。内容也远离过去的庄重古板的高头讲章,而转向日常生活与人生况味的表达,代表的名家如公安派袁氏三兄弟、张岱等。郑元勋虽非此中名家,然而此文无疑也体现出这种时代风尚。先从修建影园的原委开篇,从自己幼时自学作画到与大画家董其昌的交游婉婉道来,虽然都属于琐碎的生活片段,却写得清韵悠长,继而转入描写影园的内部布局。在写景之余穿插园中人事,流露出对故人怀念之情。结尾“以灌园与建功立名”相比较,略发议论,表达自己淡泊名利的人生追求。此文融合叙事、写景、议论为一体。在直陈怡情适性之乐的背后蕴藏了怀人感旧的幽微的伤感之情。

钱谦益

作者简介见苏州卷。

竹溪草堂记[1]

去宝应百里而近，射阳湖之东，[2]“竹溪草堂”在焉，李子素臣所卜筑也。[3]滨湖之地，平田息壤，规方数千里，有潮汐以聚其气，[4]有沮洳以流其恶，[5]有稻蟹鱼菱以脂其膏。风回水袭，土沃民淳，堂之所宫宅也。堂枕箕山之隈，箕山，堕山也，蜿蜒奔属，下饮于湖。堂依山架构，房廊回复，亭池高下。山若委蛇盘折，以相映望。湖光山色，错互穿漏，窗棂几席，[6]依约浮动，灌木千章，榆柳杂荫，修竹万竿，烟啼露压，[7]此溪堂之所由名也。

李子薄游燕赵，凭吊陵市，毁车束马，结隐挫名。[8]览斯山也，陵阜延亘，[9]草木蒙笼，部娄隐蔽，[10]岂其上有许由冢乎？[11]临斯湖也，朝而浴日焉，夕而浴月焉，咸池、丹渊犹在吾池沼乎？[12]长竿切玉，明玕四照。抚母笋于龙材，[13]拂霜根之稚子，[14]将无湘泪犹斑，[15]而嶰管未艾乎？[16]佳日清阴，摊书雒诵，[17]天寒日暮，倚薄长吟。山阳之巨源，惭其把臂；[18]东海之巢父，终焉掉头。[19]斯所以风世五君，接响六逸者也。

嗟夫！此世中洞天福地，去人间不远，羽人之丘，君子之国，[20]亦犹是桑麻鸡犬之区也。往者舟车南北，渡长淮，浮甓湖，疏观其流泉夕阳，意必有神皋周原，[21]藏育其中，今果然矣。燕南陲，赵北际，中间如砺，可避世者，公孙瓒之五楼也。[22]仇池之穴，[23]潜通小有，氐羌之所窃据也。佛言世间深山旷野，圣道场地，世间粗人所不能见。安知洼下之壤，蛙黾之居，非造物所秘恤，以诏世之灵人开士耶？[24]一间茅屋，送老白云，吾将从李子授一廛为菟裘焉。[25]而先为之记，俾朱书刻之竹节。他日仗藜款门，[26]或如张廌逃匿竹中，[27]不我见也，则以此文为征。乙未嘉平月记。[28]

【注释】

〔1〕选自《牧斋有学集》卷二十六。

〔2〕射阳湖：因古射阳城得名，位于宝应县东北，是历史上苏北、苏中著名的大湖。

〔3〕李子素臣：即李藻先，为钱谦益故人李茂英之子。

〔4〕潮汐：海洋水面周期性的涨落。

〔5〕沮洳（rù）：低湿之地。

〔6〕窗棂（líng）：即窗格。

〔7〕烟啼露压：露珠滴落似雾里悲啼。

〔8〕挫名：隐姓埋名。

〔9〕延亘：绵延伸展。

〔10〕部娄：小山丘。

〔11〕许由：相传拒绝尧禅让的高士。

〔12〕咸池、丹渊：咸池，神话中谓日浴之处。丹渊，传说月出丹渊中。

〔13〕抚母笋于龙材：典出李贺《昌谷北园新笋》："箨落长竿削玉开，君看母笋是龙材。"龙材，指竹子。

〔14〕拂霜根之稚子：典出杜甫《绝句漫兴九首·其七》："笋根稚子无人见，沙上凫雏傍母眠。"稚子，竹笋。

〔15〕将无湘泪犹斑：将无，莫非。湘泪，指湘妃竹。

〔16〕嶰（xiè）管：相传黄帝使泠纶取嶰谷之竹以制乐器。嶰谷，昆仑山北谷名。

〔17〕雒诵：反复诵读。

〔18〕山阳之巨源，惭其把臂：山涛，字巨源，西晋人，好老、庄之学，与嵇康、阮籍

等交游，为“竹林七贤”之一。《世说新语·赏誉》：“谢公道豫章：‘若遇七贤，必自把臂入林。’”

〔19〕东海之巢父，终焉掉头：孔巢父，字弱翁，唐人，少与韩准、李白、裴政、张叔明、陶沔隐居徂徕山，时号“竹溪六逸”。终焉掉头指其谢病归隐江东事。杜甫有诗《送孔巢父谢病归游江东兼呈李白》。

〔20〕羽人之丘，君子之国：羽人之丘，即丹丘，相传有仙人居其上。君子之国，《山海经》所载一国，居民谦让，不好争斗。

〔21〕神皋周原：神皋，肥沃的土地。周原，广阔的原野。

〔22〕公孙瓒：字伯珪，东汉末辽西令支(今河北迁安)人。割据幽州，与袁绍连年混战，兵败自焚而死。《后汉书·公孙瓒传》：“瓒破禽刘虞，尽有幽州之地……乃盛修营垒，楼观数十，临易河，通辽海。”

〔23〕仇池：山名，在甘肃省成县西。此处似用杜甫《秦州杂诗之十四》：“万古仇池穴，潜通小有天。”

〔24〕灵人开士：灵人，神仙，亦指心眼灵活的人。开士，菩萨的异名，亦用称僧人。

〔25〕菟裘：地名，在今山东省泗水县，后常借指告老退隐的居处。

〔26〕款门：敲门。

〔27〕张廌：东晋河间乐成人，隐居不仕，征辟不应，一郡号为高士。家有苦竹数十顷，构屋竹中，王羲之闻而造访，避竹中不与相见。

〔28〕乙未嘉平月：乙未，顺治十二年(1655)。嘉平月，腊月的别称。

【评析】

竹溪草堂为李茂英之子李藻先所筑。李茂英与钱谦益同为万历三十八年(1610)进士，知交颇深，崇祯九年(1636)李茂英去世后，钱谦益便视李藻先如己子。钱谦益已为反清复明奔波许久，顺治十二年(1655)冬，为策应郑成功收复南都的战略构想，北上拜访时任漕运总督的蔡士英，后自淮甸返苏时特地来射阳湖畔与李藻先相见，为其母撰写墓志铭并作此记。此记开篇先写竹溪草堂地理环境之优美，兼道“竹溪”二字由来，其后便述李藻先“毁车束马，结隐挫名”的避世隐居生活，最后更说自己愿与其比邻隐居此处，并揶揄自己作此文为征以免其日后反悔不见。钱谦益曾为李藻先诗作序，由序可知其亦是有志复明者，此次相见或又有共勉之意在焉。李藻先后在顺治十四年(1657)为宝应县举人，陈寅恪《柳如是别传》以其变节或与侯朝宗同类，皆不得已而为之也。

方象瑛

方象瑛（1632—1702），字渭仁，号霞庄，浙江遂安（今浙江淳安）人，康熙六年（1667）中进士，官内阁中书，十八年，应试博学鸿词科，名列二等，授翰林编修，与修《明史》，历迁侍讲学士。著有《健松斋诗文集》《封长白山记》《松窗笔乘》。

重葺休园记〔1〕

休园在江都流水桥，前水部郎士介郑公之别业，〔2〕而其孙懋嘉孝廉读书处也。水部当明季时，与兄长吉、超宗、赞可三先生文章声气重于东南，各为园亭以奉母。长吉公有“五亩之宅二亩之间”及王氏园，〔3〕超宗公有影园，赞可公有嘉树园。士介公年最幼，闭户读书，独无所营。后以司空解组归，始买朱氏址以娱老，因名曰“休园”。子侍御晦中公继之，园乃益盛。两公相继殁，懋嘉孤幼，几为强有力所夺者数矣。懋嘉心伤之，英年攻苦，焚膏继晷，一出而捷北闱，始复前人之旧而增修之。

其中曰语石堂，曰漱芳轩，曰云山阁；其右曰蕊栖，曰花屿，其左有山，山腰有曲亭，颜曰“空翠山亭”。其后培植小山，丛桂森列，颜曰“金鹅书屋”。屋后修竹万竿，有轩曰琴啸。由琴啸而左，竹林长廊数十间，曲折环绕，曰卫书轩。轩傍有塘，塘植芙蕖数亩，开时，清香袭人衣袂，颜曰“含清别墅”。墅傍有台，名曰得月。居中则为墨池阁。阁前垒石为峰，下为池，架以石桥。峰之前后皆有亭榭，曰玉照，曰不波航，曰枕流，曰九英书坞，结构萧爽，极园林之胜。特以地经内室，游人多不得至。

余以一日之雅，登临而遍历焉。大约园之景，台沼而外，有古树，有修竹，有高柳长梧，而石山为最。石势突兀，起伏不一，约其大者有三峰焉。登其最高之颠望之，维扬两城，历历鳞次；江南诸山，缥缈烟雾间，余名之曰“第一峰”，不异登吴山，左江右湖，烟火万家也。园之时，宜春，宜秋，宜夏，而余以仲冬至，积雪满天，寒鸦叫树，时闻竹中鹤唳声，寂绝似非人境。余赋近体二章，并《留题三峰草堂》两截句，〔4〕懋嘉复请余为《记》。

夫江都繁丽之区，故多园亭。然自隋炀以来，所谓萤苑、迷楼、竹西歌吹，〔5〕固已不可踪迹矣。即如超宗先生影园称极盛，〔6〕当时黄牡丹盛开，集四方知名士，宴饮赋诗，汇成盈寸，缄封属虞山钱宗伯论次，〔7〕以南海黎美周为第一，〔8〕至酬以金卮，抑何盛也！转盼五十年间，园林易主，台榭荒芜，近且不知其处。而水部休园独岿然于兵戈患雄之余，岂非园之盛衰，固赖乎其人欤！懋嘉既登贤书，文名卓绝江左。槐厅、柏府，〔9〕直君家物耳，何足为懋嘉重？继自今益务栽培，使堂构之子孙，世世守之，永于不替。是则懋嘉缵承之大，而亦两公所阴持而默相之者也。如以耳目之玩、丹雘增饰为不坠先泽，〔10〕犹其小焉者已。余之语懋嘉者如此，遂书之以为记。

【注释】

〔1〕选自《〔嘉庆〕重修扬州府志》卷三十一。

〔2〕前水部郎士介郑公之别业：郑之彦有四子：长元嗣，字长吉；次元勋，字超宗；次元化，字赞可；次侠如，字士介。此处“水部”及后文的“司空”皆是工部在古代的代称。郑士介是崇祯十二年（1639）贡生，明末时为工部司务。侠如子为光，字晦中，顺治十六年（1659）中进士，官监察御史。康熙年间，侠如因子为光显贵而获赐翰林院庶吉士。为光子熙绩，字懋嘉，康熙十七年（1678）举人。作者方象瑛为懋嘉业师。郑熙绩工于填词，与吴绮、宗元鼎等酬唱交游，有《蕊栖词》。

〔3〕长吉公：即郑元嗣，《〔嘉庆〕重修扬州府志》卷三十：“五亩之宅二亩之间，王氏园，明翰林院待诏郑元嗣筑。今莫知其处。”李斗《扬州画舫录》卷八：“长吉构

有五亩之宅二亩之间及王氏园。”“五亩之宅二亩之间”应为此园题名。

〔4〕截句：即绝句诗，因是从律诗中间截断而得名。

〔5〕萤苑：在扬州西苑南三里。迷楼：在城西七里，二者是隋代宫苑。竹西歌吹：典出杜牧诗《题扬州禅智寺》：“谁知竹西路，歌吹是扬州。”用以形容扬州繁华，而历来认作故实。

〔6〕影园：为郑元勋在扬州所建的园林，《扬州画舫录》称为康熙年间扬州八大园林之一。

〔7〕虞山钱宗伯：即常熟钱谦益，官礼部尚书，故称宗伯。

〔8〕南海黎美周：名遂球，广东番禺人，是明清之际著名的节烈文人，岭南地区知名的书画家。崇祯十三年(1640)，他北上经过扬州，受邀雅集于影园，同众人赋诗咏黄牡丹，有七律十章，得第一名，郑元勋即赠黄金卮，卮上镌刻“黄牡丹状元”。

〔9〕槐厅：即唐朱学士院。柏府：即御史台。槐厅柏府谓高官显贵。

〔10〕丹雘(huò)：可供涂饰的红色颜料。

【评析】

休园的主人郑侠如是影园主人郑元勋的弟弟，郑氏兄弟在明末的江南地区负有文名，各自建园林以奉养母亲。两兄弟去世后，园林却被他人夺占，孙辈郑懋嘉对此伤怀悲愤于心，于是发愤苦读，“焚膏继晷，一出而捷北闱”，最终得以雪耻光复家业，遂重建休园。由此园林之盛衰作者联想到整个扬州自隋唐以来无数亭台楼阁迭兴迭毁的景况，而今有此休园岿然见存于兵戈患难之余，作者认为这是子孙辈能够缵承祖先德业的缘故，而世间的功名富贵与此相比较乃是不足道的“小焉者”。本篇虽然以记园林为题，重点却并不在介绍休园重建的具体过程或者内部布局，而将首尾大段篇幅都用来记叙与议论，从而表达对郑懋嘉克承遗德的赞许。这种重德行轻功名的认识体现了作者高尚的价值观，也是方象瑛作为史学学者为文的一贯旨趣与关注重心。

潘 耒

潘耒(1646—1708),原名栋吴,字次耕,又字稼堂,晚号止止居士,吴江(今江苏苏州)人。康熙十八年(1679)举博学鸿词科。官翰林院检讨,与修《明史》,辞归,家居二十余年。潘耒师从清初著名学者顾炎武,博通经史、音韵学,著有《类音》《遂初堂集》。

纵棹园记〔1〕

侍读乔君石林归白田,〔2〕得隙地于城之东北隅,治以为园。园内外皆水也。水之潴者,因以为陂;流者,因以为渠;平者为潭;曲者为涧;激而奔者为泉;渟而演迤者为塘、为沼。水中植莲藕十余亩,芙蓉、射干,罗生水畔。反土为山,山上下杂莳松、梧、柳、梅,多至二百余本,桂百本,桃李无数。

有堂临水,曰"竹深荷净之堂"。有亭在水心,曰"洗耳"。有阁覆水,曰"蒻淞"。有桥戴水,曰"津逮"。不叠石,不种鱼,不多架屋,凡雕组藻绘之习皆去之,全乎天真,返乎太朴,而临眺之美具焉。

君家去园不半里,每午餐罢,辄刺小舟来园中,巡行花果,课童子翦剔灌溉,瀹茗焚香,扪松抚鹤,婆娑久之而后去。有佳客至,则下榻焉,琴弈觞咏,陶然竟日。盖为园最难得者水,水不可以人力致,强而蓄焉,止则浊,漏则涸。兹地在城中,而有活水注之,湛然渊渟,大旱不枯,宜园之易以为胜,而至者乐而忘归也。往余在京师,见王公贵人治园馆,极其宏丽,怪石蟠松,皆珍禽异卉,可罗致,而独患无不竭之水。黑龙潭蹄涔一泓,〔3〕遂为名胜,岂知吾乡之水,在在皆濠濮哉!〔4〕然士大夫縻于好爵,家居之日少,往往不暇为园,或间归,乘兴经营,未落成而遽出,蹉跎不返,有终其身不复见者,则地虽胜而主人不能有也,亦足悲矣。今乔君为天子侍从,参预密勿,〔5〕徒以正直挺劲,不容于朝,乃得从容休暇,偃仰于此,〔6〕非斯人之不幸而君之幸欤?然使君未能与世淡忘,身在江湖,情驰魏阙,则虽景物当前,恒有邑邑不自得者。今观君恬然自足,萧然无闷,若将终身焉。盖君之身虽绌而言已行,泽被乎乡邦,声垂乎简册,不愧不怍,有异乎他人之去国者,兹其所以为乐也。余既信宿兹园,爱林水之幽胜,而嘉君之能乐其乐也,于是乎书。

【注释】

〔1〕本文选自《遂初堂集》卷十二。

〔2〕乔君石林归白田:乔莱(1642—1694),字子静,号石林,江苏宝应人。康熙六年(1667)中进士,举博学鸿词科,与修《明史》,官侍读学士,为人耿直,在朝政见与人不合,康熙二十七年(1688)还乡,建纵棹园。潘耒写有《翰林侍读乔君墓志铭》,收入《遂初堂集》。白田,宝应别称。

〔3〕黑龙潭:在北京陶然亭东北,是清代著名的游玩景点。蹄涔一泓:指马蹄状的积水,形容面积小。语出《淮南子》。

〔4〕濠濮:典出《庄子》。庄子与惠施曾在濠梁(濠水的桥上)观看水中鱼儿自由自在地游动;庄子又曾钓于濮水,拒绝楚王的聘请。故引申为逍遥可供闲游处。

〔5〕密勿:指机密或机要之职。

〔6〕偃仰于此:此句即指乔莱因为在朝与人政见相左而出京还乡。

【评析】

纵棹园是乔莱的别业,乔莱在京原本为高官,却因为骨鲠伉直而不容于朝,被迫回家,而他却丝毫不芥蒂于怀,反而趁此机会享受园林之乐。潘耒欣赏乔莱此种宠辱不惊的恬淡性情。此种恬淡的人生志趣实际上也是潘耒自己所秉持的,他在《鸿爪集自序》中写道:“余性不耐杂,一切喧嚣软美音声都不入耳,独喜听风泉松籁,此吾之耳与山水宜也。”潘耒观察体会真切深入,喜爱园中的林水幽静,一方面写园中景色的美妙,一方面又夹叙夹议地表彰了园林主人的高尚情操。此文的写景与记人虽分前后两部分,而实际上相辅相成。写景过程熟练运用排比的手法,譬如“水之潴者,因以为陂;流者,因以为渠;平者为潭;曲者为涧;激而奔者为泉”等,形成整饬流畅的行文风格。及下文记人则舒缓悠长,在统一之中体现出一定的变化。

全祖望

全祖望(1705—1755),字绍衣,号谢山,鄞县(今浙江宁波)人,清代著名学者、文学家,在史学、经学上均有杰出成就,是浙东学派的代表人物。乾隆元年(1736)考中进士,任翰林院庶吉士,才名较大。后来因为恃才傲物得罪了上司而被贬为知县。他一怒之下返回故乡,决计隐居田园终老,先后出任绍兴蕺山书院、广东端溪书院山长。全祖望一生以学者名世,著有《鲒埼亭集》《宋元学案》《经史问答》《续甬上耆旧诗》等。

平山堂记〔1〕

乾隆二年冬,予以大雪留滞扬州,同人约为平山堂之游。时方浚运河,小秦淮一带半为河水所注,〔2〕又益以雪,红桥左右园亭半入水中,枯木怪石,浮动水面。抵法海寺,舍舟径至堂下。予不过平山已六年,堂前万松皆成荫。徘徊第五泉上,旋酌酒堂东之平楼。松风吹雪,沁我心脾。因与坐客言斯堂古迹累迁,而志乘不详,明《陆俨山集》云:〔3〕"扬州平山胡安定祠,乃旧司徒庙改作,其东别作庙未成。"元李五峰《过平山堂故址》诗云:〔4〕"蜀山有堂今改作,骑马出门西北行。"自注:"今为司徒庙。"以两公之言合之,元已改平山堂为司徒庙,明又改司徒庙为安定祠,是今之安定祠,乃前此之平山堂。欧、刘所憩者,此也。〔5〕

吾闻扬州故城,跨蜀冈以连雷塘,则平山在城内。及柴周改作,〔6〕始为今城,但故城亦不能尽包蜀冈,故杨行密攻毕师铎,〔7〕并西山以逼城,西山即蜀冈也。陆孟俊攻韩令坤,〔8〕亦屯兵焉。胡身之曰:〔9〕"扬之东南北皆平地，惟蜀冈诸山，西接庐、滁，攻扬者，率循山而来，据高为垒以临之。”则故城特逾冈而已。及城既徙，则山竟在城外，故李丞相庭芝为阃使，〔10〕鉴前此有据堂瞰城以施攻具者，乃逾山为城以捍之，即今山后所称堡城者是也。史亦言李全之攻扬，〔11〕日坐堂上，俯临州治。以今之堂址、庙址、祠址按之，地势甚庳，安能远瞰，岂宋时山址尚高，其后岁久渐夷而渐下欤？或有鉴于兵祸，故夷而下之欤？否则别有飞楼之属欤？是皆未可知也。乃若司徒庙中，列祀五神，相传以为茅姓。考之南、北二史，王琳之死寿春，传首秣陵，茅智胜等五人实葬其首，〔12〕颇与庙神数合。但是时南朝之扬州在秣陵，北朝之扬州在寿春，皆非江都，抑亦讹而置之欤？或五人者，曾有宿留于此，而得祠欤？抑别有五神者欤？又皆未可知也。

堂上有楼，旧祀欧、刘诸公，今独不及刘，是所当增置者。酒罢，拟踏雪访山后城址，顾风色甚寒，山路又为雪阻，乃归。同人即令予诠次席间语为是堂记。嗟乎！春风几度，陈迹何常，予之叨叨，得毋为山灵所笑邪？

【注释】

〔1〕选自《鲒埼亭集》外编卷二十。

〔2〕小秦淮：指扬州小东门至东水关一带，是当时扬州最繁华的地带。

〔3〕《陆俨山集》：陆深是明代上海地区著名文学家、学者，著有《俨山集》。

〔4〕李五峰：即李孝光，字季禾，号五峰，元代中后期重要的文学家，诗与杨维桢齐名。

〔5〕欧、刘：欧阳修和刘敞。二人过从密切，于平山堂多有诗词唱和。欧阳修《朝中措·送刘仲原甫出守维扬》：“平山阑槛倚晴空，山色有无中。手种堂前垂柳，别来几度春风。　文章太守，挥毫万字，一饮千钟。行乐直须年少，尊前看取衰翁。”刘敞《游平山寄欧阳永叔内翰》：“芜城此地远人寰，尽借江南万叠山。水汽横浮飞鸟外，岚光平堕酒杯间。主人寄赏来何暮，游子销忧醉不还。无限秋风桂枝老，淮王仙去可能攀。”欧阳修不久便作出唱和诗《和刘原甫平山堂见寄》：“督府繁华久已阑，至今形胜可跻攀。山横天地苍茫外，花发池台草莽间。万井笙歌遗俗在，

一尊风月属君闲。遥知为我留真赏,恨不相逢暂解颜。”

〔6〕柴周:指五代十国时后周政权(951—960)。

〔7〕杨行密:五代十国时吴国政权奠基者,原名行愍,字化源,庐州合肥(今安徽长丰)人。唐末时曾受封为庐州刺史,后于纷乱动荡的局势中建立了杨吴政权。毕师铎:原为黄巢手下大将。唐代光启三年(887)四月,身为淮南都将的毕师铎发动兵变攻占扬州并囚禁淮南节度使高骈,杨行密奉命讨伐,大败毕师铎。

〔8〕陆孟俊:为五代十国里南唐将领,显德三年(956)四月率军进攻扬州。韩令坤:字德顺,后周至北宋初年著名将领。

〔9〕胡身之:名三省,字身之,浙江天台人,宋元之际史学家。撰有《资治通鉴注》。

〔10〕故李丞相庭芝为阃(kǔn)使:李庭芝,字祥甫,南宋名将,咸淳五年(1269)任两淮制置大使兼知扬州。阃使,指统兵在外的将帅。

〔11〕李全:金末地方武装头领。绍定三年(1230)十一月攻击扬州。

〔12〕茅智胜:南北朝时期仁人义士,与许、祝、蒋、吴四人义结金兰,后人为他们立庙祭祀。

【评析】

乾隆二年,全祖望由京城南归浙江,冬日,因为大雪滞留扬州,于是与几位朋友相约游览平山堂。六年前他已经来访过平山堂,这次与朋友在堂中设酒谈天,所谈的内容是平山堂自古以来的变迁。于是便有了这篇文章,故此文并不着意于写眼前景、记身边事,而是表现出显著的史学趣味。他不惮征引前人诗文、纵论历史故实,这也符合全祖望作为清初著名学者的学术取向,与一般的抒情散文不尽相同。所以对于结尾部分,清代的严修能评曰:“若此类语气,亦可谓之古文耶?”这已经反映出全祖望此文之不同于文学家抒情叙事之类的游记散文。譬如文中记叙司徒庙方位以及其中列祀五神二事,都颇具学术考据色彩。这都体现出作为学者与史学家的全祖望的书写惯习与审美旨趣。

袁 枚

袁枚(1716—1797),字子才,号简斋,又号随园老人,浙江钱塘(今杭州)人。乾隆四年(1739)进士,曾在溧水、江浦、沭阳、江宁等地做知县。乾隆十年(1745),在江宁筑随园,乾隆十七年(1752)因父丧去官,自此不再出仕。袁枚天资聪慧,七岁受《大学》《论语》,并学诗作文,十二三岁便中了秀才,当时被视为神童,此后诗文著述勤富,在世时便印行诗文集、尺牍以及各类著作二百余卷,文人墨客往来门下,称弟子者极多,为当时江南文坛领袖。著有《小仓山房诗文集》《随园诗话》等。

榆庄记〔1〕

凡园近城则嚣,远城则僻。离城五六里而遥,善居园者,必于是矣。扬州抚松主人有榆庄城外,游者约炊五斗黍许即诣其所。

乾隆庚子春,主人招余同往。门外白榆历历,始悟命名之意。堂三楹,榜署曰“城南别墅”。栽鼠姑花。〔2〕循堂而右,为无隐楼,再右为同春阁。楼下植桂,阁上望远,江南诸山,可坐而致也。东有薜荔觇髳,〔3〕号“翠微深处”。竹猗猗者,号此君轩。架石栈曲树纡回,以达于梅亭而远见耕氓者,一号寒手亭,一号小沧浪。其宎廇戌削,〔4〕窔宧蔽亏,〔5〕而宜于冬者,号云窝。为佩邪隥竘以通小池者,〔6〕号鱼乐国。此园中即景分名之大概也。

是日酒半巡,主人索余为记。余思扬州古称信土,〔7〕左思所谓“繁富夥够”处也。〔8〕又孔颖达云:〔9〕扬州人性轻扬,故曰扬州。因之,为园者,靡不百栱千栌以为胜,〔10〕抗虹翼绮以为华。〔11〕而且所与游者,非高轩引喤，[12]即豪士投茕，其为鱼鸟所嗤，业已久矣。独抚松主人道韵平淡，朴角不斫，素题不枅，[13]除一二幽人憩息外，虽显贵挟势以临之，卒色然而拒。守园如守身，有古人凿坏阖土之遗风。[14]园将隐，焉用文之哉？

然而，余羸老也，路隔一江，未卜何时再到。性又善忘，胜景过目，少纵即逝矣。画以珍之，不如记以存之。虽微主人诿诿，[15]亦必纂梗概，为卧游张本，而况二人之趣甚同、交甚狎耶？其时偕游者，一为孙君芝亭，一为汪君芝圃，皆余戚也。合牵连得书。

【注释】

〔1〕选自《小仓山房诗文集》卷二十九。

〔2〕鼠姑花：牡丹花。

〔3〕薜荔觋髳（bì lì míng máo）：薜荔亦名木莲。觋髳形容草木丛茸、朦胧不清。

〔4〕宋廇（máng liù）戌削：宋是房屋的大梁，廇是堂的中央。戌削本指衣服裁制合身，此处形容建筑结构紧密。

〔5〕窔宧（yào yí）蔽亏：窔是屋子的东南角，宧是东北角。蔽亏指遮蔽亏缺处。

〔6〕佤（kuā）邪：不正，歪斜。

〔7〕信土：《后汉书·张衡传》注引《河图》："天有九部八纪，地有九州八柱。东南神州曰晨土，正南印州曰深土，西南戎州曰滔土，正西弇州曰开土，正中冀州曰白土，西北柱州曰肥土，北方玄州曰成土，东北咸州曰隐土，正东扬州曰信土。"

〔8〕左思：西晋文学家。繁富夥够：语出晋左思《魏都赋》："繁富夥够，非可单究。"

〔9〕孔颖达：唐代经学家。

〔10〕百栱千栌：栱、栌皆是斗拱。

〔11〕抗虹翼绮：抗，举。翼，承接。绮，有花纹的丝织品。

〔12〕高轩引喤：高轩，高车。引喤，古代高官出行，仪仗队中前驱的吏卒一路喝道。

〔13〕朴角不斫（zhuó），素题不枅（jī）：朴，未加工的木板。斫，砍、削。题，物体的顶端。枅，柱上支撑大梁的方木。二句用以形容抚松主人淡泊自然，不事雕琢。

〔14〕凿坏阖土：谓隐居不仕。凿坏，亦作“凿坯”。出自《淮南子·齐俗训》。

〔15〕谞诿（zhuì wěi）：嘱托。

【评析】

本文为袁枚应抚松主人之邀游榆庄后，受主人之托而写的记文。文章详细介绍了榆庄所处位置、得名及庄内堂、阁、亭、轩、池及竹树等景，并表达对园林造景的朴角不斫与主人为人道韵平淡的风格的推崇。袁枚作文反对掉书袋，他在《复家实堂》中说：“征书数典，琐碎零星，误以注疏为古文，一弊也。”所以本文中虽然也引用过《张衡传》注与左思、孔颖达的文字，但都非连篇累牍地引述，而是点到为止，融入灵动自然的行文之中。

李　斗

李斗(1749—1817),字北有,号艾塘,排行第二,故又称作“李二”,江苏仪征人,乾隆年间为诸生,终生未仕进,博学工诗,于数学、音律、戏曲皆精通。性好游历,壮年时期曾三至粤西,七游闽浙,一往楚豫,两上京师,是清代中叶著名的笔记作家、诗人、戏曲家。乾隆中居扬州,遍游名胜,摭录遗闻,著成《扬州画舫录》。另有《永报堂诗集》《艾堂乐府》,传奇《岁星记》等。

《扬州画舫录》节选

东　园〔1〕

东园在重宁寺东。〔2〕先是郡中东园有二:天宁寺之东园,〔3〕即兰若,〔4〕系天宁寺下院分房;莲性寺之东园,〔5〕即贺园,皆非今江氏所构之东园也。江氏因修梅花书院,遂于重宁寺旁复梅花岭,高十余丈,名曰东园。建枋楔,〔6〕曰麟游凤舞园。门面南,高柳夹道,中建石桥,桥下有池,池中异鱼千尾。过桥建厅事五楹,赐名“熙春堂”及“春色芳菲入图画,化机活泼悟鸢鱼”一联。御制诗云:“重宁寺侧堂,诶荡霭韶光。〔7〕老柏蔚今色,时梅发古香。玲珑湖石径,淡沱绣漪塘。〔8〕适以熙春额,同民乐未央。”堂后广厦五楹,左有小室,四围凿曲尺池,池中置磁山,别青、碧、黄、绿四色。中构圆室,顶上悬镜,四面窗户洞开,水天一色,赐名“俯鉴室”及“水木自清华,方壶纳景;烟云共澄霁,圆镜涵虚”一联。御制诗云:“流水泌围阶,文鱼游可数。匡床近潜置,鉴影座中俯。开奁照须眉,觌面忘宾主。设云堪喻民,其情大可睹。”是室屋脊作卍字吉祥相。室外石笋迸起，溪泉横流，筑室四五折，逾折逾上，及出户外，乃知前历之石桥、熙春堂诸胜，尚在下一层。至此平台，规矩更整，登高眺远，举江外诸山及南城外帆樯来往，皆环绕其下。堂右厅事五楹，中开竹径，赐名"琅玕丛"。其后广厦十数间，为三卷厅，厅前有门，门外即文昌阁。

【注释】

〔1〕选自《扬州画舫录》卷四。

〔2〕重宁寺：在天宁寺北，乾隆四十八年(1783)，扬州盐商为迎接乾隆第六次南巡，以为其祝寿为名而建，乾隆赐名"万寿重宁寺"。

〔3〕天宁寺：原是东晋太傅谢安的别墅，太元十年(385)，谢安舍宅为寺，名"谢司空寺"，宋徽宗时赐名"天宁禅寺"。清乾隆年间，号称"江淮诸寺之冠"。

〔4〕兰若：为梵语"阿兰若"的省称，意指寺院。

〔5〕莲性寺：本名法海寺，始建于元代至元年间，康熙南巡时赐名莲性寺，寺中有一乾隆年间修建的砖石结构的白塔。

〔6〕枋楔：牌坊，古代为宣扬礼教、标榜功德、旌表贞节而修的建筑物。

〔7〕诶荡：形容不受约束的样子。

〔8〕淡沱：形容风光明净。

小洪园〔1〕

卷石洞天在城闉清梵之后，〔2〕即古郧园地。郧园以怪石老木为胜，今归洪氏。以旧制临水太湖石山，搜岩剔穴，为九狮形，置之水中。上点桥亭，题之曰卷石洞天，人呼之为小洪园。园自芍园便门过群玉山房长廊，入薜萝水榭。榭西循山路曲折入竹柏中，嵌黄石壁，高十余丈，中置屋数十间，斜折川风，碎摇溪月。东为契秋阁，西为委宛山房。房竟多竹，竹砌石岸，设小栏点太湖石，石隙老杏一株，横卧水上，夭矫屈曲，〔3〕莫可名状，人谓北郊杏树，惟法净寺方丈内一株与此一株为两绝。其右建修竹丛桂之堂，堂后红楼抱山，气极苍莽。其下临水小屋三楹，额曰丁溪，旁设水马头。其后土山逶迤，庭宇萧疏，剪毛栽树，人家渐幽，额曰射圃，阛后即门。

群玉山房联云："渔浦浪花摇素壁（司空曙）；玉峰晴色上朱栏（李群玉）。"过此，构廊与河蜿蜒入薜萝水榭。后壁万石嵌合，离奇夭矫，如乳如鼻，如腭如脐。石骨不见，尽衣萝薜。榭前三面临水，欹身可以汲流漱齿。联云："云生涧户衣裳润（白居易）；风带潮声枕簟凉（许浑）。"狮子九峰，中空外奇，玲珑磊块，手指攒撮，铁线疏剔，蜂房相比，蚁穴涌起，冻云合遝，波浪激冲；下木浅土，势若悬浮，横竖反侧，非人思议所及。树木森戟，既老且瘦。夕阳红半楼飞檐峻宇，斜出石隙。郊外假山，是为第一。

楼之佳者，以夕阳红半楼、夕阳双寺楼为最。桥之佳者，以九狮山石桥及春台旁砖桥、春流画舫中萧家桥、九峰园美人桥为最。低亚作梗，通水不通舟。

薜萝水榭之后，石路未平，或凸或凹，若踶若啮，蜿蜒隐见，绵亘数十丈。石路一折一层至四五折。而碧梧翠柳，水木明瑟，中构小庐，极幽邃窈窕之趣。颜曰"契秋阁"。联云："渚花张素锦（杜甫）；月桂朗冲襟（骆宾王）。"过此又折入廊，廊西又折；折渐多，廊渐宽，前三间，后三间，中作小巷通之，覆脊如工字。廊竟又折，非楼非阁，罗幔绮窗，小有位次。过此又折入廊中，翠阁红亭，隐跃栏槛。忽一折入东南阁子，躐步凌梯，数级而上，额曰"委宛山房"。联云："水石有余态（刘长卿）；凫鹥亦好音（张九龄）。"阁旁一折再折，清韵丁丁，自竹中来。而折愈深，室愈小，到处粗可起居，所如顺适。启窗视之，月延四面，风招八方，近郭溪山，空明一片。游其间者，如蚁穿九曲珠，又如琉璃屏风，曲曲引人入胜也。

【注释】

〔1〕选自《扬州画舫录》卷六。

〔2〕卷（quán）石：如拳大之石。城闉（yīn）：城内重门。亦泛指城郭。闉，古指瓮城的门。

〔3〕夭矫：屈曲的样子。

倚虹园[1]

园门在渡春桥东岸，门内为妙远堂，堂右为饯春堂，临水建饮虹阁，阁外方壶岛屿，[2]湿翠浮岚。堂后开竹径，水次设小马头，逶迤入涵碧楼。楼后宣石房，旁建层屋，赐名“致佳楼”。直南为桂花书屋，右有水厅面西，一片石壁，用水穿透，杳不可测。厅后牡丹最盛，由牡丹西入领芳轩，轩后筑歌台十余楹，台旁松柏杉槠，郁然浓阴。近水筑楼二十余楹，抱湾而转，其中筑修禊亭。外为临水大门，筑厅三楹，题曰虹桥修禊。[3]旁建碑亭，供奉御制诗二首。一云：“虹桥自属广陵事，园倚虹桥广问津。闹处笙歌宜远听，老人年纪爱亲询。柳托弱絮学垂手，梅展芳姿初试嚬。预借花朝为上巳，冶春惯是此都民。”一云：“情知石墅郡城西，逐舣兰舟步蘚堤。花木正佳二月景，人家疑住武陵溪。笙歌隔水翻闲闹，池馆藏葯致可题。片刻徘徊还进舫，蜀冈秀色重相徯。”

妙远堂，园中待游客地也。湖上每一园必作深堂，饬庖寝以供岁时宴游，如是堂之类。联云：“河边淑气迎芳草（祖逖）；城上春云覆苑墙（杜甫）。”堂右筑饯春堂，联云：“莺啼燕语芳菲节（毛熙震）；蝶影蜂声烂熳时（李建勋）。”旁通水阁十余间如曲尺，额曰“饮虹阁”，峭廊飞梁，朱桥粉郭，互相掩映，目不暇给。

涵碧楼前怪石突兀，古松盘曲如盖，穿石而过，有崖崚嶒秀拔，近若咫尺。其右密孔泉出，迸流直下，水声泠泠，入于湖中。有石门划裂，风大不可逼视，两壁摇动欲摧。崖树交抱，聚石为步，宽者可通舟。下多尺二绣尾鱼，崖上有一二钓人，终年于是为业。楼后灌阴郁莽，浓翠扑衣。其旁有小屋，屋中叠石于梁栋上，作钟乳垂状。其下巑岏崥嵻，[4]千叠万复，七八折趋至屋前深沼中。屋中置石几榻，盛夏坐之忘暑，严寒塞墐，几上加貂鼠彩绒，又可以围炉斗饮，真诡制也。

【注释】

〔1〕选自《扬州画舫录》卷十。

〔2〕方壶岛：传说中的海外神山。

〔3〕修禊：典出王羲之《兰亭序》，是古代的民俗，在水边举行祭祀仪式，用以消灾祈福。

〔4〕巑岏崥嵻(cuán wán bì dié)：形容山势峻峭。

冶　春〔1〕

冶春诗社在虹桥西岸。康熙间，虹桥茶肆名冶春社，孔东塘为之题榜。〔2〕旁为王山蔼别墅，厉樊榭有诗云：〔3〕"王家楼子不多宽，五月添衣怯晚寒。树底鸣蝉树头雨，酒人泥杀曲栏杆。"即此地也。后归田氏，并以冶春社围入园中，题其景曰冶春诗社。由辋川图画阁旁卷墙门入丛竹中，高树或仰或偃，怪石忽出忽没，构数十间小廊于山后，时见时隐。外构方亭，题曰怀仙馆。馆左小水口，引水注池中，上覆方版，入秋思山房。其旁构方楼，通阁道，为冶春楼。楼南有槐荫厅，楼北有桥西草堂，楼尾接香影楼。后山构山亭二：一曰欧谱，一曰云构。

怀仙馆八柱四荣，〔4〕重屋十脊，临水次。前荣对镇淮门市河，联云："白云明月偏相识(任华)；行酒赋诗乐未央(杜甫)。"

秋思山房在水树间，联云："天气涵竹气(张说)；山光满湖光(冯戴)。"忆余昔年夏间暑甚，同人出小东门，打桨而行，浊河浑流，狭束偪仄，挥汗如雨。迨出东水门，山气如墨，白鹭翻波。无何，风雨骤至，舣舟斗姥宫，〔5〕舟几覆。雨小，舟子沿岸牵至冶春楼，上岸入楼中，乃敞其室而听雨焉。园丁沽酒荐蔬，逾时箸落杯空。雨止，湖上浓阴，经雨如揩，竹湿烟浮，轻纱嫌薄。东望倚虹园一带，云归别峰，水抱斜城。北望江雨又动，寒色生于木末。因移入楼南临水方亭中待之，不觉秋思渐生也。

【注释】

〔1〕选自《扬州画舫录》卷十。

〔2〕孔东塘：即孔尚任，字聘之、季重，号东塘，自称云亭山人。山东曲阜人。

〔3〕厉樊榭：即厉鹗，字太鸿，号樊榭，浙江钱塘（今杭州）人。

〔4〕四荣：荣指屋顶的飞檐。

〔5〕斗姥宫：祭祀北斗七星之母斗姥的道教寺观。

净香园〔1〕

荷浦熏风在虹桥东岸，一名江园。乾隆二十七年，皇上赐名净香园。……园门在虹桥东，竹树夹道，竹中筑小屋，称为水亭，亭外清华堂、青琅玕馆，其外为浮梅屿，竹竟为春雨廊、杏花春雨之堂，堂后为习射圃，圃外为绿杨湾，水中建亭，额曰“春禊射圃”。前建敞厅五楹，上赐名怡性堂。堂左构子舍，仿泰西营造法，中筑翠玲珑馆，出为蓬壶影。其下即三卷厅，旁为江山四望楼。楼之尾接天光云影楼，楼后朱藤延曼，旁有秋晖书屋及涵虚阁诸胜。又有春波桥，桥外有来熏堂、浣香楼、海云龛、舣舟亭，桥里有珊瑚林、桃花馆，勺泉、依山二亭，由此入筿溪莎径，而至迎翠楼。

江园门与西园门衡宇相望，内开竹径，临水筑曲尺洞房，额曰“银塘春晓”。园丁于此为茶肆，呼曰江园水亭，其下多白鹅。

清华堂临水，荇藻生足下，联云：“芰荷叠映蔚（谢灵运）；水木湛清华（谢混）。”堂后筼筜数万，〔2〕摇曳檐际。左望一片修廊，天低树微，楼阁晻暖。堂后长廊逶迤，修竹映带。由廊下门入竹径，中藏矮屋，曰青琅玕馆。联云：“遥岑出寸碧（韩愈）；野竹上青霄（杜甫）。”是地有碑亭。

接青琅玕馆之尾，复构小廊十数楹，额曰“春雨廊”。廊竟，广筑杏花春雨之堂，联云：“明月夜舟渔父唱（孟宾于）；隔帘微雨杏花香（韩愈）。”今其堂已墟为射圃矣。

修廊之外,水中乱石漂泊,为浮梅屿,河至此分为二,杭大宗诗“才过虹桥路又叉”谓此。[3]屿上建碑亭,供奉石刻御赐扁“净香园”三字,及“雨过净猗竹;夏前香想莲”一联。是屿丹崖青壁,眠沙卧水,宛然小瞩。

廊下开门为水马头,额曰“绿杨湾”。联云:“金塘柳色前溪曲(温庭筠);玉洞桃花万树春(许浑)。”门外春禊亭在水中,有小桥与浮梅屿通。联云:“柳占三春色(温庭筠);荷香四座风(刘威)。”

绿杨湾门内建厅事,悬御扁“怡性堂”三字及“结念底须怀烂熳;洗心雅足契清凉”一联。栋宇轩豁,金铺玉锁,前厂后荫。右靠山用文楠雕密箐,上筑仙楼,陈设木榻,刻香檀为飞廉、花槛、瓦木阶砌之类。左靠山仿效西洋人制法,前设栏楯,构深屋,望之如数什百千层,一旋一折,目炫足惧,惟闻钟声,令人依声而转。盖室之中设自鸣钟,屋一折则钟一鸣,关捩与折相应,外画山河海屿,海洋道路。对面设影灯,用玻璃镜取屋内所画影,上开天窗盈尺,令天光云影相摩荡,兼以日月之光射之,晶耀绝伦。更点宣石如车箱侧立,由是左旋,入小廊,至翠玲珑馆,小池规月,矮竹引风,屋内结花篱,悉用赣州滩河小石子,甃地作连环方胜式。旁设书椟,计四,旁开椟门,至蓬壶影。联云:“碧瓦朱甍照城郭(杜甫);穿池叠石写蓬壶(韦元旦)。”

是地亦名西斋,本唐氏西庄之基,后归土人种菊,谓之唐村。村乃保障旧埂,俗曰唐家湖。江氏买唐村,掘地得宣石数万,石盖古西村假山之埋没土中者,江氏因堆成小山,构室于上,额曰“水佩风裳”。联云:“美花多映竹(杜甫);无处不生莲(杜荀鹤)。”是石为石工仇好石所作,[4]好石年二十有一,因点是石,得痨瘵而死。

怡性堂后竹柏丛生。取小径入圆门,门内危楼切云,名曰江山四望楼。联云:“山红涧碧纷烂熳(韩愈);竹轩兰砌共清虚(李咸用)。”

涵虚阁在江山四望楼之左,凡四间,后窗在绿杨湾之小廊内,游人多憩息于此。联云:“圆潭写溪月(孙逖);花岸上春潮(清江)。”

天光云影楼在江山四望楼之尾，曲尺相接，楼下不相通，而楼上相通。联云："檐横翠嶂秋光近（吴融）；波上长虹晚景摇（罗邺）。"

秋晖书屋在天光云影楼左一层，为江山四望楼后第一层，制如卧室，游人多憩息于此。联云："诗书敦夙好（陶潜）；山水有清音（左思）。"江园最胜在怡性堂后，曩尝作游记一首，因附录之。记云：

辛卯七月朔，越六日乙巳，客有邀余湖上者。酒一瓮、米五斗、铛三足、灯二十有六、挂棋一局、洞箫一品、篙二手，客与舟子二十有二人，共一舟，放乎中流。有倚槛而坐者，有俯视流水者，有茗战者，有对弈者，有从旁而谛视者，有怜其技之不工而为之指画者，有捻须而浩叹者，有讼成败于局外者，于是一局甫终一局又起，颠倒得失，转相战斗。有脱足者，有歌者、和者，有顾盼指点者，有隔座目语者，有隔舟相呼应者，纵横位次，席不暇暖。是时舟入绿杨湾，行且住，舍而具食。食讫，客病其嚣，戒奕，亦不游，共坐涵虚阁，各言故事。人心方静，词锋顿起，举唐宋小说志异诸书，尽入麈下。自庞眉秃发以至白皙年少，人如其言，而言如其事。又有寓意于神仙鬼怪之说，至于无可考证，耀采缤纷。或指其地神其说曰："某时某事，吾先人之所闻也；某乡某井，吾童子时所亲见也。"纂组异闻，网罗轶事，猥琐赘余，丝纷栉比，一经奇见而色飞，偶尔艳聆而绝倒，乃琐至颔曲谐谑，释梵巫咒，傩逐伶倡，如擎至宝，如读异书，不觉永日易尽。是时夕阳晚红，烟出景暮，遂饮阁中。酒三巡，或拇战，或独酌，或歌，或饭，听客之所为。酒酣耳热，箫声于于，牵牛相与，摇艇入烟波中。两岸秋花，衰红自矜，暮云断处，银河水浅。芳草为萤，的历照人，哀蝉恋树，咽夜互鸣。新月无力，易于沉水，夜静山空，扁舟容与。灯火灿烂，菱蔓不定，竹喧鸟散，曙色欲明。寺钟初动，舟中人皆有离别可怜之色。今夕何夕？盖古之所谓七夕也。归舟共卧于天光云影楼下。七夕既尽，八日复同登天光云影楼，不洗盥，不饮食，不笑语，仰首者辄负手，巡檐者半摇步，倚栏者皆支颐，注目者必息气，欠伸者余睡情，箕踞者多睥睨，各有潇洒出尘之想。

【注释】

〔1〕选自《扬州画舫录》卷十二，有删节。

〔2〕筼筜（yún dāng）：生长在水边的大竹子。

〔3〕杭大宗：即杭世骏，字大宗，浙江仁和（今杭州）人，雍正年间举人，乾隆时授编修。

〔4〕仇好石：扬州人，雍正至乾隆时期园林叠石名家。

趣　园〔1〕

四桥烟雨，一名黄园，黄氏别墅也。〔2〕上赐名“趣园”……黄氏兄弟好构名园，尝以千金购得秘书一卷，为造制宫室之法，故每一造作，虽淹博之才，亦不能考其所从出。是园接江园环翠楼，入锦镜阁，飞檐重屋，架夹河中。阁西为竹间水际下，阁东为回环林翠，其中有小山逶迤，筑丛桂亭。下为四照轩，上为金粟庵。入涟漪阁，循小廊，出为澄碧堂。左筑高楼，下开曲室，暗通光霁堂。堂右为面水层轩，轩后为歌台，轩旁筑曲室，为云锦淙，出为河边方塘，上赐名“半亩塘”，由竹中通楼下大门。

四桥烟雨，园之总名也。四桥：虹桥、长春桥、春波桥、莲花桥也。虹桥、长春、春波三桥，皆如常制，莲花桥上建五亭，下支四翼，每翼三门，合正门为十五门，《图志》谓四桥中有玉版，无虹桥。今按玉版乃长春岭旁小桥，不在四桥之内。

锦镜阁三间，跨园中夹河。三间之中一间置床四，其左一间置床三，又以左一间之下间置床三。楼梯即在左下一间，下边床侧，由床入梯上阁，右亦如之。惟中一间通水，其制仿《工程则例》暖阁做法，其妙在中一间通水也。集韩联云：“可居兼可过；非铸复非镕。”

阁之东岸上有圆门，颜曰“回环林翠”。中有小屋三楹，为园丁侯氏所居。屋外松楸苍郁，秋菊成畦，畦外种葵，编为疏篱。篱外一方野水，名侯家塘。

阁之西一间，开靠山门，联云："扁舟荡云锦；流水入楼台。"阁门外屿上构黄屋三楹，供奉御赐扁"趣园"石刻及"何曾日涉原成趣；恰直云开亦觉欣"一联。亭旁竹木蒙翳，怪石蹲踞。接水之末，增土为岭，岭腹构小屋三椽，颜曰"竹间水际"。联云："树影悠悠花悄悄(曹唐)；晴雨漠漠柳毵毵(韦庄)。"

阁之东一间，开靠山门，与西一间相对，门内种桂树，构工字厅，名四照轩。联云："九霄香透金茎露(于武林)；八月凉生玉宇秋(曹唐)。"轩前有丛桂亭，后嵌黄石壁，右由曲廊入方屋，额曰"金粟庵"，为朱老匏书。[3]是地桂花极盛，花时园丁结花市，每夜地上落子盈尺，以彩线穿成，谓之桂球；以子熬膏，味尖气恶，谓之桂油。夏初取蜂蜜，不露风雨，合煎十二时，火候细熟，食之清馥甘美，谓之桂膏；贮酒瓶中，待饭熟时稍蒸之，即神仙酒造法，谓之桂酒；夜深人定，溪水初沉，子落如茵，浮于水面，以竹筒吸取池底水，贮土缶中，谓之桂水。

涟漪阁在金粟庵北，联云："紫阁丹楼纷照耀(王勃)；修篁灌木势交加(方干)。"阁外石路渐低，小栏款款，绝无梯级之苦，此栏名"桃花浪"，亦名"浪里梅"，石路皆冰裂纹。堤岸上古树森如人立，树间构廊，春时沈钱谢絮，尘积茵覆，不事箕箒，随风而去。由是入面水层轩，轩居湖南，地与阶平，阶与水平。联云："春烟生古石(张说)；疏柳映新塘(储光羲)。"水局清旷，阔人襟怀，归舟争渡，小憩故溪，红灯照人，青衣行酒，琵琶碎雨，杂于橹声，连情发藻，促膝飞觞，亦湖中大聚会处也。

涟漪阁之北，厅事二：一曰澄碧，一曰光霁。平地用阁楼之制，由阁尾下靠山房一直十六间，左右皆用窗棂，下用文砖亚次。阁尾三级，下第一层三间，中设疏寮隔间，由两边门出；第二层三间，中设方门出；第三层五间，为澄碧堂。盖西洋人好碧，广州十三行有碧堂，其制皆以连房广厦，蔽日透月为工，是堂效其制，故名澄碧。联云：“湖光似镜云霞热（黄滔）；松气如秋枕簟凉（何元上）。”由澄碧出，第四层五间，为光霁堂。堂面西，堂下为水马头，与梅岭春深之水马头相对。

【注释】

〔1〕选自《扬州画舫录》卷十二，有删节。

〔2〕黄氏：谓盐商黄履暹，本安徽歙县人，侨居扬州，家中兄弟四人，黄履暹字仲升，号星宇，行二。

〔3〕朱老匏：即朱冕，字老匏，乾嘉时期扬州诗人，能诗文，善书画。

石壁流淙〔1〕

石壁流淙，一名徐工，徐氏别墅也。〔2〕乾隆乙酉赐名“水竹居”。……是园由西爽阁前池内夹河入小方壶，中筑厅事，额曰“花潭竹屿”。厅后为静香书屋，屋在两山间，梅花极多。过此上半山亭，山下牡丹成畦，围以矮垣，垣门临水，上雕文砖为如意，为是园之水马头，呼为如意门。门内构清妍室，室后壁中有瀑入内夹河。过天然桥，出湖口，壁中有观音洞，小廊嵌石隙，如草蛇云龙，忽现忽隐，莳玉居藏其中。壁将竟，至阆风堂。壁复起，折入丛碧山房，与霞外亭相上下，其下山路，尽为藤花占断矣。盖石壁之势，驰奔云矗，诡状变化，山榴海柏，以助其势，令游人攀跻弗知何从。如是里许，乃渐平易，因建碧云楼于壁之尽处，园内夹河亦于此出口。楼右筑小室四五间，赐名“静照轩”，轩后复构套房，诡制不可思拟，所谓水竹居也。园后土坡上为鬼神坛，坛左竹屋五六间自为院落，园中花匠居之。

自望春楼入夹河，上庋水阁，入水厅，碧绿四溢，潭深无底，菱芡郁兴，蹙水生花，无数水鸟踏浪而飞，层层成梯，令游其中者人面烟水不相隔也。厅西屿上筑屋两三间，名曰小方壶。

水廊西斜，蓼浦兰皋，接径而出，中有高屋数十间，题曰花潭竹屿。联云:“天上碧桃和露种(高蟾);门前荷叶与桥齐(张万顷)。”屋后危楼百尺,栏槛涂金碧,楹柱列锦绣,望之如天霞落地。右入浅岸,种老梅数百株,枝枝交让,尽成画格。中建静香书屋,汲水护苔,选树编篱,自成院落,如隔人境。联云:“飞塔云霄半(刘宪);书斋竹树中(李频)。”

静香书屋之左,土径如线,隐见草际。干松湿云,怪石路齿,建半山亭,以为游人憩息之所。

石壁流淙,以水石胜也。是园辇巧石、磊奇峰、潴泉水,飞出巅厓峻壁,而成碧淀红涔,此石壁流淙之胜也。先是土山蜿蜒,由半山亭曲径逶迤至此,忽森然突怒而出,平如刀削,峭如剑利,襞积缝纫。淙嵌洑岨,[3]如新篁出箨,匹练悬空,挂岸盘溪,披苔裂石,激射柔滑。令湖水全活,故名曰淙。淙者众水攒冲,鸣湍迭濑,喷若雷风,四面丛流也。

如意门中牡丹极高,花时可过墙而出,中筑清妍室。联云:“露气暗连青桂苑(李商隐);春风新长紫兰芽(白居易)。”室右环以流水,跨木为渡,名“天然桥”。桥取朽木,去霜皮,存铁干,使皮中不住聚脂,而郁跂顿挫。栏楯皆用附枝,委婉屈曲,偃蹇光泽,又一种木假诡制也。

天然桥西,汀草初丰,渚花乱作,大石屏立,疑无行路,度其下者,亦疑其必有殊胜。乃步浅岸,攀枯藤,寻绝径,猿鸟助忙,迎人来去,行人苦难,幽赏不倦。移时晃晃昱昱,[4]自乱石出,长廊靓深,不数十步,金碧相映,如寒星垂地。由廊得一石洞,深黑不见人,持烛而入,中有白衣观音像。游者至此,迥非世间烟霞矣。

【注释】

〔1〕选自《扬州画舫录》卷十四,有删节。

〔2〕徐氏:谓徐赞侯,原籍安徽歙县,侨居扬州,为盐商。有晴庄、墨耕学圃、交翠林等园林。徐氏喜与文人学者交游。

〔3〕淙嵌洑岨:语本唐徐彦伯《石淙》诗句:“淙嵌洑岨洊成湾。”岨,带土的石山。

〔4〕晃晃昱昱：明亮的样子。

筱　园〔1〕

筱园本小园，在廿四桥旁，康熙间土人种芍药处也。孙豹人有《小园芍药》诗云：〔2〕“几度江南劳客思，今年江北绕花行。便教风雨犹多态，花况好时天更晴。”园方四十亩，中垦十余亩为芍田，有草亭，花时卖茶为生计。田后栽梅树八九亩，其间烟树迷离，襟带保障湖，北挹蜀冈三峰，东接宝祐城，南望红桥。康熙丙申，翰林程梦星告归，〔3〕购为家园。于园外临湖浚芹田十数亩，尽植荷花，架水榭其上。隔岸邻田效之，亦植荷以相映。中筑厅事，取谢康乐“中为天地物，今成鄙夫有”句，名今有堂。种梅百本，构亭其中，取谢叠山“几生修得到梅花”句，名修到亭。凿池半规如初月，植芙蓉，畜水鸟，跨以略彴，激湖水灌之，四时不竭，名初月沜。今有堂南，筑土为坡，乱石间之，高出树杪，蹑小桥而升，名南坡。于竹中建阁，可眺可咏，名来雨阁，又筑平轩，取刘灵预《答竟陵王书》“畅余阴于山泽”语，名畅余轩。堂之北偏，杂植花药，缭以周垣，上覆古松数十株，名馆松庵。芍山旁筑红药栏，栏外一篱界之，外垦湖田百顷，遍植芙渠，朱华碧叶，水天相映，名曰藕糜。轩旁桂三十株，名曰桂坪。是时红桥至保障湖，绿杨两岸，芙渠十里，久之湖泥淤淀，荷田渐变而种芹。迨雍正壬子浚市河，翰林倡众捐金，益浚保障湖，以为市河之蓄泄，又种桃插柳于两堤之上，会构是园，更增藕塘莲界。于是昔之大小画舫至法海寺而止者，今则可以抵是园而止矣。是园向有竹畦，久而枯死，马秋玉以竹赠之，方士庶为绘《赠竹图》，因以“筱”名园。庚申冬，复于溪边构小亭，澄潭修鳞，可以垂钓，莲房芡实，可以乐饥。仿宋叶主簿杞漪南别墅之名，〔4〕名之曰小漪南。

【注释】

〔1〕本文选自《扬州画舫录》卷十五。

〔2〕孙豹人：即孙枝蔚，字豹人，陕西三原人，世为大商。起兵抵抗李自成，兵败，只身走江都，折节读书，有诗名。康熙中举博学鸿词，授中书舍人。

〔3〕程梦星：字午桥，号洴江，又号茗柯，安徽歙县人。迁居江都(今江苏扬州)。康熙五十一年(1712)进士，改庶吉士，授翰林院编修。

〔4〕宋叶主簿杞：即叶杞，字南有，京口(今江苏镇江)人，曾任镇江路丹徒县主簿，在松江鱼鳞泾上筑草堂，名为漪南别墅。诗文有时名。

【评析】

清代学者、戏剧作家李斗的《扬州画舫录》，是作者在扬州长期生活观察后留下的具有实录性质的著作，亦有学者指出此书可以作为扬州游览的城市指南。本书选录东园、小洪园、倚虹园、冶春、净香园、趣园、石壁流淙、筱园诸篇，皆可视作《扬州画舫录》记叙园林的佳作代表。《扬州画舫录》描绘园林时，注重园林内部的结构布局，采用移步换景的笔法，将园林中的廊、院、亭、阁、竹石草木一一道出，为读者营造出身临其境的效果。除了细致描绘园景之外，作者亦对园台、园址等问题作了初步的考证，颇有学术价值。譬如东园选址的变迁与今昔变化。扬州的东园不止一座，因此关于东园的数目与具体所指，历来有争论，是故开篇便交代几所东园各自的来历与所处位置，以达到显豁眉目的效果，作者笔下的东园不仅有当时名为“东园”者，更有过去名“东园”而后改建为别所者，因交织有今昔两条线索，确实容易令人混淆，单看他开篇的行文，便足以体会其中难解处。故此篇亦不同于一般的园林游记，实兼具一定的考据性质。作者特别注重记录园内楹联与匾额上的文字，展现了中国园林中重要的楹额文化。今因篇幅所限，只选录其中若干联语作为代表。

刘凤诰

刘凤诰(1761—1830),字丞牧,号金门,江西萍乡人。乾隆五十四年(1789)进士,授编修,历任侍读学士、实录馆副总裁、内阁学士兼礼部侍郎等职,还曾任提督广西、浙江学政。擅书法,工诗文。著有《存悔斋集》。

个园记〔1〕

广陵甲第园林之盛,久冠东南。士大夫席其先泽,家治一区。四时花木容与,〔2〕文宴周旋,〔3〕莫不取适于其中。仁宅礼门之道,何坦乎其无不自得也。

个园者,本寿芝园旧址,主人辟而新之。堂皇翼翼,曲廊邃宇,周以虚槛,敞以层楼,叠石为小山,通泉为平池,绿萝袅烟而依回,嘉树翳晴而蓊匌。〔4〕闿爽深靓,〔5〕各极其致。以其目营心构之所得,不出户而壶天自春,尘马皆息。于是娱情陔养,〔6〕授经庭过,暇肃宾客,幽赏与共,雍雍蔼蔼,善气积而和风迎焉。

主人性爱竹,盖以竹本固,君子见其本,则思树德之先沃其根;竹心虚,君子观其心,则思应用之务宏其量。至夫体直而节贞,则立身砥行之攸系者,实大且远,岂独冬青夏彩,玉润碧鲜,著斯州篠簜之美云尔哉!〔7〕主人爰称曰个园。

园之中珍卉丛生,随候异色。物象意趣,远胜于子山所云“欹侧八九丈,从斜数十步;榆柳两三行,梨桃百余树”者。主人好其所好,乐其所乐,出其才华以与时济,顺其燕息以获身润,厚其基福以逮室家,孙子之悠久咸宜,吾将为君咏乐彼之园矣。

嘉庆戊寅中秋刘凤诰记并书。

【注释】

〔1〕选自《存悔斋集》卷十一。

〔2〕容与:悠闲自得。

〔3〕文宴:指文人之间的宴饮聚会。

〔4〕蓊匌(wěng gé):形容烟气蓊蓊郁郁。

〔5〕閪爽深靓:形容开阔明朗。

〔6〕陔养:孝养父母。

〔7〕篠簜(xiǎo dàng):竹子,竹器。篠,细竹。簜,大竹。

【评析】

刘凤诰擅长诗歌与对联,文学才能突出,在此篇中表现得十分显著。作者几乎将所有笔墨都用在描写个园内部的景物上,写得栩栩如生,使读者如临其境,故此篇文章与其他借用园林的题目而记人叙事的文章不同,是一篇文学家的写景散文。作者并不铺排辞藻,而仅仅以白描的手法便将个园的面貌勾勒出来,表现出作者一流的写作才能。

钱　泳

作者简介见苏州卷。

康　山[1]

康山在扬州徐宁阙口两门之间，相传为明状元康对山读书处，[2]故名。余每至邗上，必偕友游康山，作半日清谈。其主人为江鹤亭，[3]名春，初为仪征诸生，能诗，工于制艺，当时与天台齐次风齐名，[4]风格高迈，一时名士皆从之游。余于嘉庆二年始到康山，鹤亭已没，见其子吉云。今阅三十年，复见其孙守斋矣。

【注释】

〔1〕选自《履园丛话》卷二十“园林”。下同。

〔2〕康对山：即康海，字德涵，号对山，陕西武功人，明代弘治十五年(1502)状元，以诗文名列复古派“前七子”之一。正德年间，康海对政治斗争失望，于是闲居扬州，放浪形骸、寄情山水，蓄优伶、聚女乐，宴饮宾客，后人多加效仿，因而成为一时胜迹，康山由此得名。

〔3〕江鹤亭：即江春，字颖长，号鹤亭，又号广达，原籍安徽歙县，以业盐定居扬州，曾任两淮盐业总商达四十年。他建造园林有康山草堂、秋声馆、净香园等，又组织有徽剧戏班“春台班”，于乾隆八十大寿进京贺寿。

〔4〕天台齐次风：即齐召南，字次风，号息园，浙江天台人。经术文章一时无两，尤精天文、律历、舆地之学，通习掌故，素称博洽。

双桐书屋

双桐书屋，即王氏旧园，关中张氏增筑之，在左卫街。园门北向，进门转右有竹径一条，由竹径而入，小亭翼然，亭中四望，则修桐百尺，清水一池，曲径长廊，奇花异卉，真城市中山林也。余于嘉庆初始至扬州，园主人张丈琴溪辄来相招，极一时文酒之乐，今垂三十余年，则亭台萧瑟，草木荒芜矣。岂园之兴废，亦有数欤？

片石山房

扬州新城花园巷又有片石山房者，二厅之后，湫以方池，池上有太湖石山子一座，高五六丈，甚奇峭，相传为石涛和尚手笔。〔1〕其地系吴氏旧宅，后为一媒婆所得，以开面馆，兼为卖戏之所，改造大厅房，仿佛京师前门外戏园式样，俗不可耐矣。

【注释】

〔1〕石涛和尚：清初著名画家。原姓朱，名若极，法名原济，别号大涤子、清湘老人、苦瓜和尚、瞎尊者等，广西桂林人。晚年来扬州，筑大涤草堂以居。

平山堂

扬州之平山堂，余于乾隆五十二年秋始到，其时九峰园、倚虹园、筱园、西园曲水、小金山、尺五楼诸处，自天宁门外起直到淮南第一观，楼台掩映，朱碧鲜新，宛入赵千里仙山楼阁中。今隔三十余年，几成瓦砾场，非复旧时光景矣。有人题壁云："楼台也似佳人老，剩粉残脂倍可怜。"余亦有句云："画舫录中人半死，倚虹园外柳如烟。"抚今追昔，恍如一梦。

九峰园

扬州九峰园，奇石玲珑，其最高者有九，故以名园，相传皆海岳庵旧物也。[1]高宗南巡见之，选二石入御苑，止存七峰，近又颓废，不过四五石而已。高东井有诗云：[2]“名园九个丈人尊，两叟苍颜独受恩。也似山王通籍去，竹林惟有五君存。”

【注释】

〔1〕海岳庵：是北宋书法家米芾在镇江的居所。

〔2〕高东井：即高文照，字润中，号东井，武康（今浙江德清）人。乾隆甲午（1774）举人。有《东井山人遗诗》。

锦春园

锦春园在瓜州城北，前临运河，余往来南北五十余年，必由是园经过。园甚宽广，中有一池，水甚清浅，皆种荷花，登楼一望，云树苍茫，帆樯满目，真绝景也。高宗纯皇帝六次南巡，俱驻跸于此。成亲王有诗云：[1]“锦春园里万花荣，媚景熙阳照眼明。百里蜀冈遥挹翠，一渠邗水近涵清。独怜废砌横今古，颇见幽篁记姓名。来日江船须早放，倚阑愁绝莫风生。”

【注释】

〔1〕成亲王：永瑆，字镜泉，号少厂，又号诒晋斋主人。乾隆皇帝第十一子，清代有名的书法家，与翁方纲、刘墉、铁保并称清中期四大家。

朴　园

朴园在仪征东南三十里，巴君朴园、宿崖昆仲以其墓旁余地，[1]添筑亭台，为一家子弟读书之所，凡费白金二十余万两，五年始成。园甚宽广，梅萼千株，幽花满砌。其牡丹厅最轩敞，吴山尊学士书楹帖一联云：[2]“花候过丁香，喜我至刚逢谷雨；仙根依丙舍，祝君家看到仍云。”有黄石山一座，可以望远，隔江诸山，历历可数，掩映于松楸野戍之间。而湖石数峰，洞壑宛转，较吴阊之狮子林尤有过之，实淮南第一名园也。道光癸未秋九月，余自邗上往游，与童君石林、张君石樵辈信宿其中，得十六景，有梅花岭、芳草垞、含晖洞、饮鹤涧、鱼乐溪、寻诗经、红药阑、菡萏轩、宛转桥、竹深处、识秋亭、积书岩、仙棋石、斜阳坂、望云峰、小渔梁诸名目，各系一诗，刻石园中。

【注释】

〔1〕巴君朴园、宿崖昆仲：即哥哥巴光诰、弟弟巴光奎兄弟二人。嘉庆、道光年间安徽籍盐商。巴光诰，字北野。巴光奎，字鲁封，号宿崖。

〔2〕山尊：即吴鼒，字及之，一字山尊，号抑庵，晚号达园锄菜叟，安徽全椒人。嘉庆四年（1799）进士，由翰林院编修至侍读学士。著有《吴学士集》《百萼红词》等。

【评析】

清人撰写的笔记是继承六朝、隋唐、宋元明以来的笔记体著作而来的，故清代笔记综括前代长处，又表现出自己的特色，清人笔记内容广泛，涵盖政治、经济、文化、日常生活等诸多内容，钱泳的《履园丛话》便是此种笔记里价值较高的一部。

钱氏生于乾隆年间，卒于道光朝，亲历了清朝由盛向衰的阶段，书中所记园林大多是作者亲身经过或游历的，记叙简要，并将自己的故事融入其中，且又亲见各家园林与世消息，亦从盛渐衰，故笔下常常寄寓感昔伤今的情感。

梁章钜

梁章钜(1775—1849),字闳中,又字茝林,晚年号退庵,祖籍福州府长乐县,清初迁居福州城中。乾隆五十九年(1794)中举,嘉庆七年(1802)进士,历任军机章京、礼部仪制司员外郎、湖北荆州知府、江苏按察使、江苏布政使、江苏巡抚兼署两江总督等职,官运亨通,颇有政绩。道光二十二年(1842)因病辞官去职,闲居家中,专心著述。著述宏富,多至七十余种,如《三国志旁证》《称谓录》《退庵随笔》《浪迹丛谈》《楹联丛话》等。

小玲珑山馆〔1〕

邗上旧迹,〔2〕以小玲珑山馆为最著,余曾两度往探其胜,寻所谓玲珑石者,皆所见不逮所闻。地先属马氏,今归黄氏,即黄右原家,〔3〕右原之兄绍原太守主之。余曾检扬州郡志及《画舫录》,皆不得其详,遂固向右原索颠末。〔4〕右原为录示梗概云:康熙、雍正间,扬城鹾商中有三通人,〔5〕皆有名园,其一在南河下,即康山,为江鹤亭方伯所居,其园最晚出,而最有名,乾隆间翠华临幸,〔6〕亲御丹毫,鹤亭身后,因欠帑,园入官。今仪征太傅领买官房,〔7〕即康山正宅,园在其侧,已荒废不可收拾,终年键户,为游踪所不到。盖康山以康对山来游得名。扬郡无石山,仅三土山,平山、浮山及康山是也。康山若再过数年,无人兴修,故迹必愈湮,恐无有能指其处者,而不知当日楼台金粉,箫管烟花。蒋心余先生常主其园中之秋声馆,所撰九种曲,〔8〕内《空谷香》《四弦秋》,皆朝拈斑管,夕登氍毹,一时觞宴之盛,与汪蛟门之百尺梧桐阁、〔9〕马半槎之小玲珑山馆，后先媲美，鼎峙而三。汪、马旧迹，皆在东关大街。汪、马、江三公皆鹾商，而汪、马二公又皆应词科。汪氏懋麟，江都人，由丁未进士授中书，以荐试康熙鸿博，为渔洋山人高足弟子。[10]园中有百尺梧桐、千年枸杞，今枸杞尚存，而老梧已萎，所茁孙枝，无复曩时亭苕百尺矣。此园屡易其主，现为运司房科孙姓所有。至小玲珑山馆，因吴门先有玲珑馆，[11]故此以小名。玲珑石即太湖石，不加追琢，备透、绉、瘦三字之奇。马氏两兄弟，兄名曰琯，字嶰谷，一字秋玉；弟名曰璐，字半槎，皆荐试乾隆鸿博科。开四库馆时，马氏藏书甲一郡，以献书多，遂拜《图书集成》之赐，此《丛书楼书目》所由作也，然丛书楼转不在园。园之胜处为街南书屋、觅句廊、透风透月两明轩、藤花庵诸题额。主其家者，为杭大宗、厉樊榭、全谢山、陈授衣、闵莲峰，[12]皆名下士，有《邗江雅集九日行庵文宴图》问世。辗转十数年，园归汪氏雪礓。[13]汪氏为康山门客，能诗善画，今园门石碣题"诗人旧径"者，犹雪礓笔也。园之玲珑石，高出檐表，邻人惑于形家言，嫌其与风水有碍，而惮鸿博名高，隐忍不敢较。鸿博既逝，园为他人所据，邻人得以伸其说，遂有瘗石之事。故汪氏初得此园，其石已无可踪迹，不得已以他石代之。后金棕亭国博过园中觞咏，询及老园丁，知石埋土中某处，其时雪礓声光藉甚，而邻人已非复当年倔强，遂决计诹吉，[14]集百余人起此石复立焉。惜石之孔窍为土所塞，搜剔不得法，石忽中断。今之玲珑石岿然而独存者，较旧时石质不过十之五耳。汪氏后人又不能守，归蒋氏，亦运司房科，又从而扩充之，朱栏碧甃，烂漫极矣，而转失其本色，且将马氏旧额悉易新名。今归黄氏，始渐复其旧云。

【注释】

〔1〕选自《浪迹丛谈》卷二。

〔2〕邗上：春秋时吴王夫差于扬州开邗沟，故扬州别称邗江、邗上。

〔3〕黄右原：即黄奭，字右原，江苏甘泉人，精通经史、小学、文献学。辑佚有《汉学堂丛书》。

〔4〕颠末：即始末。

〔5〕鹾（cuó）商：盐商。

〔6〕翠华临幸：指乾隆南巡时临幸过江鹤亭的园林。翠华是天子仪仗中以翠羽装饰的旗帜或车盖等，用以代称帝王。

〔7〕仪征太傅：即阮元，字伯元，号芸台，江苏仪征人。历官至总督，体仁阁大学士，加太傅衔，谥文达。

〔8〕蒋心余：即蒋士铨，字心余，一字苕生，号藏园，江西铅山人。清代著名戏曲家、诗人，与袁枚、赵翼并称“江右三大家”。

〔9〕汪蛟门：即汪懋麟，号蛟门，清代江都人。康熙六年（1667）进士，历任内阁中书、刑部主事，参与编修《明史》。阁名“百尺梧桐”，在扬州东关街。

〔10〕渔洋山人：即王士禛，字子真，一字贻上，号阮亭，又号渔洋山人，清代新城（今山东桓台）人，是清初文坛盟主，官至刑部尚书。

〔11〕因吴门先有玲珑馆：吴门是苏州的别称。苏州名园拙政园之中有“玲珑馆”。

〔12〕杭大宗：即杭世骏，字大宗，浙江仁和（今杭州）人，雍正年间举人，乾隆时授编修。厉樊榭：厉鹗，字太鸿，号樊榭，浙江钱塘（今杭州）人。康熙五十九年（1720）举人，乾隆年间应鸿博科，然而无意仕进，潜心于著述。全谢山：全祖望，字绍衣，号谢山，浙江鄞县（今宁波）人，乾隆元年（1736）进士，授翰林院庶吉士，后来隐居家乡，著述终老。陈授衣：陈章，字授衣，号绂斋，别号竹町居士，浙江钱塘（今杭州）人，年少家贫，后入唐绍祖湖州幕十年，后来长期寓居扬州，绝意仕进，以布衣终老，然喜好作诗，且驰名于大江南北，与杭世骏、厉鹗、全祖望等人交游往来，有《孟晋斋集》。闵莲峰：即闵华，字玉井，号廉风，一号莲峰，江苏江都人，著有《澄秋阁集》。

〔13〕汪氏雪礓：即汪淪，字中也，号雪礓，歙县人。师事厉鹗、陈撰。擅长鉴赏古画、金石、玉器等，与当时著名的金石学家黄易过从密切。

〔14〕诹吉：选择吉日。

【评析】

清代的扬州商业发达，盐业兴盛，同时也是文人学者流连云集之地。本篇以马氏兄弟的小玲珑山馆为中心，一面记述马氏兄弟曾经的荣宠富贵，一面描写了清代前期一些知名的文人墨客在此交游聚会的剪影，以小见大，侧面表现出扬州当时的文采风流与政治、经济繁盛的局面，而首尾又不忘用园子数次转手易主的事情予以点染。本文出自梁章钜的笔记著作《浪迹丛谈》，显得结构精巧，意味深长，这与一般的以记载掌故见闻的笔记并不尽同，除了史料价值以外，还具备文学价值。

南　京

宋　濂

宋濂(1310—1381),初名寿,字景濂,号潜溪,别号龙门子、玄真遁叟等,祖籍金华潜溪(今浙江义乌),后迁居金华浦江(今浙江浦江)。元末明初著名政治家、文学家、史学家、思想家,主持撰修《元史》,官至翰林学士承旨、知制诰。与高启、刘基并称为明初诗文三大家,又与章溢、刘基、叶琛并称为“浙东四先生”。被明太祖朱元璋誉为“开国文臣之首”,学者称其为太史公、宋龙门。著有《孝经新说》《周礼集说》《龙门子》《潜溪集》等。

阅江楼记〔1〕

金陵为帝王之州,〔2〕自六朝迄于南唐,类皆偏据一方,无以应山川之王气。逮我皇帝定鼎于兹,始足以当之。由是声教所暨,罔间朔南;〔3〕存神穆清,与天同体。〔4〕虽一豫一游,〔5〕亦可为天下后世法。

京城之西北有狮子山,〔6〕自卢龙蜿蜒而来。长江如虹贯,蟠绕其下。上以其地雄胜,诏建楼于巅,与民同游观之乐。遂锡嘉名,为“阅江”云。

登览之顷,万象森列,千载之秘,一旦轩露。〔7〕岂非天造地设,以俟大一统之君,而开千万世之伟观者欤?当风日清美,法驾幸临,〔8〕升其崇椒,〔9〕凭阑遥瞩,必悠然而动遐思。见江汉之朝宗,〔10〕诸侯之述职,城池之高深,关阨之严固,必曰:“此朕沐风栉雨、〔11〕战胜攻取之所致也。中夏之广,〔12〕益思有以保之。”见波涛之浩荡,风帆之上下,番舶接迹而来庭,蛮琛联肩而入贡,必曰:“此朕德绥威服,覃及外内之所及也。〔13〕四陲之远,益思所以柔之。〔14〕”见两岸之间、四郊之上,耕人有炙肤皲足之烦，[15] 农女有斮桑行馌之勤，[16] 必曰："此朕拔诸水火而登于衽席者也，[17] 万方之民，益思有以安之。"触类而思，不一而足。臣知斯楼之建，皇上所以发舒精神，因物兴感，无不寓其致治之思，奚此阅夫长江而已哉？彼临春、结绮非弗华矣，[18] 齐云、落星非不高矣，[19] 不过乐管弦之淫响，藏燕赵之艳姬，一旋踵间而感慨系之，臣不知其为何说也。虽然，长江发源岷山，委蛇七千余里而始入海，[20] 白涌碧翻，六朝之时往往倚之为天堑。今则南北一家，视为安流，无所事乎战争矣。然则，果谁之力欤？逢掖之士，[21] 有登斯楼而阅斯江者，当思帝德如天，荡荡难名，与神禹疏凿之功同一罔极。忠君报上之心，其有不油然而兴者耶？

臣不敏，奉旨撰记，故上推宵旰图治之切者，[22] 勒诸贞珉。[23] 他若留连光景之辞，皆略而不陈，惧亵也。[24]

【注释】

〔1〕选自《宋学士文集》之《銮坡后集》卷十。

〔2〕金陵：今南京。"金陵为帝王之州"语出南齐谢朓的《入朝曲》"江南佳丽地，金陵帝王州"。

〔3〕声教所暨(jì)，罔间朔南：声望教化所及之处，无论南北。暨，到达。朔，北方。语出《尚书·禹贡》："东渐于海，西被于流沙，朔南暨声教，讫于四海。"

〔4〕存神穆清，与天同体：存养精神太平清和，与天道合为一体。穆清：清平之气。

〔5〕一豫一游：谓巡游。《孟子·梁惠王》："夏谚曰：'吾王不游，吾何以休？吾王不豫，吾何以助？'"豫：义同"游"。《晏子春秋·内篇·问下》："故春省耕而补不足者谓之游，秋省实而助不给者谓之豫。"

〔6〕狮子山：晋时名卢龙山，明初改名为狮子山，在南京城西北。

〔7〕轩露：显露。

〔8〕法驾：皇帝的车驾。

〔9〕崇椒：高高的山顶。

〔10〕江汉之朝宗：《尚书·禹贡》："江汉朝宗于海。"

〔11〕沐风栉(zhì)雨：形容奔波的辛劳。

〔12〕中夏：指代全国。

〔13〕覃(tán)：延。

〔14〕柔：怀柔。

〔15〕皲(jūn)足：双脚被冻裂。

〔16〕行馌(yè)：为田里耕作的农夫送饭。

〔17〕衽(rèn)席：卧席。

〔18〕临春、结绮：南朝陈后主所建之阁。至德二年(584)，陈后主于光照殿前建临春、结绮、望仙三阁。自居临春阁，张贵妃居结绮阁，更有望春阁，用以居龚、孔二贵嫔。

〔19〕齐云、落星：楼阁名。齐云：唐曹恭王所建之楼，后又名飞云阁，故址在旧吴县子城上。落星：吴嘉禾元年(232)孙权所建，故址在江苏南京市东北。

〔20〕委蛇(wēi yí)：连绵曲折。

〔21〕逢掖(yè)：宽袖之衣，代指儒生、士人。

〔22〕宵旰(gàn)：指勤于政务，早起晚食。

〔23〕勒诸贞珉(mín)：勒，刻。贞珉，指碑石。

〔24〕亵：轻慢。

【评析】

洪武七年(1374)，明太祖朱元璋称帝后登临卢龙山，见山川形胜，下诏于狮子山修筑阅江楼，命文臣撰写《阅江楼记》，时以宋濂所作为最佳。其文辞典雅，借阅江楼之胜景，记叙了太祖功业与天朝气象，亦不乏劝勉君主励精图治的规箴之言。虽是应制之作，但全文由景及情，寓议论广记叙之中，既有对江山胜景的感叹，又有对兴亡盛衰之幽思，气势恢宏，文风雅健，是应制文中难得的佳作。

顾 璘

顾璘(1476—1545),字华玉,号东桥居士,世称东桥先生,长洲(今江苏苏州)人,寓居上元(今江苏南京)。明代政治家、文学家。顾璘少有才名,以诗著称于时,与刘元瑞、徐祯卿并称"江东三才",与陈沂、王韦、朱应登并称"金陵四大家",顾璘亦是弘治十才子之一。著有《浮湘集》《山中集》《息园诗文稿》等。又曾评点杨士弘《唐音》。

息园记〔1〕

东桥子筑园居室之后,〔2〕袤五十武,广半损之。中取纤径通步,余尽莳植,以延丛缛。修竹后挺,嘉木前列,周除芳卉美草,期四时可娱。子尝曰:叠山郁树,负物性而损天趣,故绝意不为。中亭曰爱日,本以奉先验封公日养天乎,今无及矣。虚窗净几,宜饮宜读。西有谋道斋三楹,置诸孙读书于中,佔毕可悦耳。〔3〕作"载酒亭",以待夫问奇来憩者。东有小轩,曰促膝,诸故人至,解带密坐,谈农圃医药之事,恒至移日。相向为缘率室,居则掩视纳息,〔4〕存吾元和;〔5〕起则观童子理图史之帙,〔6〕时寄雅抱。合而命之曰息园。其南乃有广圃,连数十余顷,颇杂池沼屋庐,其中达于清溪,非尽顾氏有。按《志》,当为谢尚、江总故宅,〔7〕今废为墟,而齐氏业之,阛阓间所绝无也。柽、榆、蒲苇,掩映森蔚,风静鸟鸣,音变巧慧,夏莺好飞移,往来择荫暂息,倏尔逝去;鹭散立青苍中,皎若积雪,时惊起翻回水上,久乃复下。居人多莳蔬、养鱼,杂治生业,或星散居,皆有径可往。吾园开户向之,笼取其胜,时与二三子曳履周游,无异深林穷谷之趣,此又乡邻所以息我者与?夫息之义,止也、生也。形贵止,神贵生。动而不止,形乃日败;静而不挠,神乃日生。一止一生,寿乃长久。然则息也者,宝形养神之道具是矣。造化遗我以年,先人遗我以地,邻里助我以胜,我顾纠缠外物,而不知形神之为贵,殆庄生所谓颠倒之民乎?〔8〕

【注释】

〔1〕选自《息园存稿》卷四。

〔2〕东桥子:即顾璘,字号东桥居士。

〔3〕佔毕:诵读。

〔4〕掩视纳息:谓闭目休息。纳,停。

〔5〕元和:犹元气。

〔6〕帙:书、画的封套,用布帛制成。

〔7〕谢尚:字仁祖,东晋陈郡阳夏(今河南太康)人。曾为豫州刺史,出镇寿春。江总:字总持,南朝陈济阳考城(今河南民权)人。为陈中书侍郎、尚书令。日与后主游宴后庭,作艳诗,被称为"狎客"。

〔8〕颠倒之民:取自《庄子·外篇》:"丧己于物,失性于俗者,谓之倒置之民。"意思是追逐外物、患得患失而丧失自我,同于世俗、人云亦云而失去本性,这就是本末颠倒、头朝下生活的人。

【评析】

息园,位于南京,园中有见远楼,亦广种修竹嘉木。载酒亭、促膝轩、缘率室,园内之亭台楼阁皆有雅意。不唯如此,园内还养鱼、莳蔬,杂治生业,一片生意盎然。《息园记》是顾璘介绍自己建造居住的息园的记景文,语言清新自然,风格清丽,在记景中杂以议论、抒情。作者首先较为详细地介绍了息园的景色,后生发议论感慨,抒发自己的感情主张和人生追求。《息园记》记景加议论、抒情的模式是典型的"记"的模式。

范景文

范景文(1587—1644),字梦章,号思仁,别号质公,河间府吴桥(今属河北)人。明朝末期政治家、文学家。万历四十一年(1613)进士,官至兵部尚书兼东阁大学士。为人忠义正直,文武兼备。崇祯十七年(1644)李自成入京,崇祯帝自缢后,范景文以身殉国。南明谥文贞,清赐谥文忠。著有《昭代武功编》《战守全书》《范文忠公文集》等。

衎园小记〔1〕

往时南国承平久,士大夫擢官入白门者,〔2〕目为仙吏。簿书有暇,辄命觞咏寄傲,或薙荒畦,〔3〕扩隙壤,遥睇云岚烟岫,〔4〕以资拄笏,〔5〕从壁上观蚁斗,自谓过之,不似车尘骡渤之为乐也。以是,六曹皆有园,以供游憩,正同苜蓿斋前,冷然相对,无穹峦惊峭朱栏碧巘之胜,取无事此静坐而已。余承乏留枢,适值寇氛遍躏楚、豫,奄及皖浦,岁一再至,羽书手口应不遑,尝操药椀坐武帐中,〔6〕简料兵食,〔7〕寝食时废,何暇栖迟萧散,往听鹂声?秋杪,〔8〕寇声少定,乃寻所谓司马署之别墅名"衎园"者重葺之。园去署之西北可里许,岁久而圮,中堂三楹,不庇风雨,乃诛茅剪棘,为一重新。撤后楼废材,改作小轩,并饰耳房,期可游可憩而止。余戎马劳劳,〔9〕病冗交困,落成后仅一止舍,〔10〕欲如昔贤日涉成趣,何可得也?因忆王元美作弇园,〔11〕名走天下,乃为此中少司马,宾从如云,不闻秣陵佳地,有所畚筑,为流寓奕啸处。无乃令谢墩、王巷笑人懒事事耶?〔12〕夫一丈之室,云谲霞变,隐几逍遥,〔13〕足揽尽三山二水云物,何必不如华林、濠濮间?〔14〕衎者,喜也,信也。《诗》曰"嘉宾式燕以衎”，[15]志信则喜起，志屈而信，则亦喜亦起，所志惟先忧后乐之事，所居无内宁外惧之忧，如此乎其喜且信也，衎莫过焉。何舒蔬圃，广汉北山，摩诘之辋川廿景，少陵之独树空庭，[16]他如喜雨、醉翁、雪堂、研山，[17]岂必尽崇构盛饰哉？余往昔家居为“且园”，石脚松根，草略布置，聊乐我云。频年留滞周南，饮冰餐檗，兹园正如三径旧识，[18]清俭素风，雅与野陛相宜，萍踪偶寄，援笔识之，亦昔人旅宿洒扫之意云尔。

【注释】

〔1〕选自《范文忠公文集》卷七。

〔2〕白门：南京的别名。

〔3〕薙（tì）：除草。

〔4〕云岚烟岫（xiù）：形容山峦之间云雾之气弥漫缭绕。语出宋代陆游《万卷楼记》：“烟岚云岫，洲渚林薄，更相映发，朝莫万态。”

〔5〕拄笏（hù）：形容在官而有闲情雅兴，亦为悠然自得的样子。

〔6〕椀（wǎn）：木碗。

〔7〕简料：选择。

〔8〕秋杪（miǎo）：秋末。杪，末端。

〔9〕劳劳：劳顿，辛苦。

〔10〕止舍：安顿休息。

〔11〕王元美：即王世贞，字元美，明代文学家、史学家。家居太仓，筑有弇山园。

〔12〕谢墩：即谢安墩，谢安与王羲之登临处，在今南京市城东隅蒋山半山上。王巷：即乌衣巷。东晋时王谢等望族居此。在今南京市秦淮河南。

〔13〕隐几：伏靠几案。隐：凭，靠。

〔14〕华林：指华林园，六朝时南京的皇家园林。三国吴时始建，宋元嘉时扩建，齐梁诸帝经常在此宴饮、讲论。濠濮：濠上和濮水。庄子与惠施尝游于濠梁之上，又曾垂钓濮水。《世说新语·言语》：“简文帝入华林园，顾谓左右曰：‘会心处不必在远。翳然林木，便自有濠濮间想也，觉鸟兽禽鱼，自来亲人。’”

〔15〕“嘉宾”句：语出《诗经·小雅·南有嘉鱼》。

〔16〕“何舒蔬圃”句：“何”疑为“仲”。仲舒，即董仲舒，他曾三年不窥园，是园

即蔬圃。广汉北山：西汉茂陵人袁广汉于北邙山下筑园，东西四里，南北五里。辋川：王维在陕西蓝田的别业，有二十景。独树空庭：指杜甫草堂。

〔17〕喜雨：喜雨亭，在陕西扶风，苏轼筑，并作《喜雨亭记》。醉翁：醉翁亭，在安徽滁州，欧阳修筑，作有《醉翁亭记》。雪堂：在湖北黄冈，苏轼居所，有《雪堂记》。研山：研山园，在江苏镇江，岳珂筑。

〔18〕三径：典出陶渊明《归去来兮辞》："三径就荒，松菊犹存。"

【评析】

《衎园小记》是明代范景文的一篇园记。范景文以节义称，黄宗羲在《海外恸哭记》称赞："公仪观甚伟，好自标致。…… 其为南大司马，颇留心于著述。…… 而公之虚怀下士，末世所仅见耳。"文章记录了重新整修衎园的经历，并介绍了衎园由来，衎园作为休憩闲趣之乐的场所，作者借此园记表达"所志惟先忧后乐之事，所居无内宁外惧之忧"的愿景。此篇园记引经据典却浑然天成，亦能用典以明隐逸山林之志。

袁 枚

作者简介见扬州卷。

随园记[1]

金陵自北门桥西行二里，得小仓山。山自清凉胚胎，[2]分两岭而下，尽桥而止。蜿蜒狭长，中有清池水田，俗号干河沿。河未干时，清凉山为南唐避暑所，盛可想也。凡称金陵之胜者，南曰雨花台，西南曰莫愁湖，北曰钟山，东曰冶城，东北曰孝陵，曰鸡鸣寺。登小仓山，诸景隆然上浮。凡江湖之大，云烟之变，非山之所有者，皆山之所有也。

康熙时，织造隋公当山之北巅，构堂皇，缭垣牖，树之萩千章，桂千畦，都人游者，翕然盛一时，号曰隋园，因其姓也。后三十年，余宰江宁，园倾且颓弛，[3]其室为酒肆，舆台嚾呶，[4]禽鸟厌之不肯妪伏，[5]百卉芜谢，春风不能花。余恻然而悲，问其值，曰三百金，购以月俸。茨墙剪阖，易檐改涂。随其高，为置江楼；随其下，为置溪亭；随其夹涧，为之桥；随其湍流，为之舟；随其地之隆中而欹侧也，为缀峰岫；随其蓊郁而旷也，为设宧窔。[6]或扶而起之，或挤而止之，皆随其丰杀繁瘠，就势取景，而莫之夭阏者，[7]故仍名曰随园，同其音，易其义。

落成叹曰：使吾官于此，则月一至焉；使吾居于此，则日日至焉。二者不可得兼，舍官而取园者也。遂乞病，率弟香亭、甥湄君移书史居随园。[8]闻之苏子曰：君子不必仕，不必不仕。[9]然则余之仕与不仕，与居兹园之久与不久，亦随之而已。夫两物之能相易者，其一物之足以胜之也。余竟以一官易此园,园之奇,可以见矣。

己巳三月记。

【注释】

〔1〕选自《小仓山房诗文集》。

〔2〕胚胎:比喻事物的开始或起源。

〔3〕颓弛:废置。

〔4〕舆台嚾呶(huān náo):舆台,泛指地位低贱的人。嚾呶,喧嚣吵闹。

〔5〕妪伏:指鸟类繁育后代。

〔6〕宧窔(yí yào):宧,室内的东北角。窔,室内的东南角。此处用以指代厨房、厕所等处所。

〔7〕夭阏(è):摧折,遏止。此处指没有改变原有的形势。阏:夭折。

〔8〕香亭:指袁枚之弟袁树,字豆村,号香亭。湄君:指袁枚外甥陆建,字湄君,号豫庭。

〔9〕"闻之苏子"句:苏子,指苏轼。苏轼《灵璧张氏园庭记》:"古之君子,不必仕,不必不仕,必仕则忘其身,必不仕则忘其君。"

【评析】

随园本是江宁织造曹寅的家族园林的一部分,后归江宁织造隋赫德,号为"隋园",及后又归袁枚所有。是文先叙小仓山附近的山川形迹之盛,突出随园选址的精妙,继而又叙康乾时候随园的兴衰旧事,并为自己购入随园、重新修葺张本。园林本名"隋",袁枚将其改成同音异义的"随"字,由"隋"至"随",充分表现了袁枚因地制宜、随物布局的园林规划观念,"随其高""随其下""随其夹涧""随其湍流"等,无不是这种理念的体现。"随"字实际也是袁枚自身的人格追求,古代的士人多在隐与仕之间徘徊,袁枚则认为仕与不仕随顺其自然即可,不必刻意寻求,最后强调"以一官易此园",正可考见其生活旨趣,当然,这也可能是文人故为狡黠之辞,推重随园的名声。

袁　起

袁起，生卒年不详，号竹畦，浙江钱塘(今杭州)人，清代著名文学家，袁枚的族孙。工于绘画，尤擅山水小景。著有《新安消夏草》《小蓬莱酬唱草》《游吴草》《牌舞灯词》。绘有《随园图》。

随园图说〔1〕

《随园图》成，友人互传观，曾游斯园者，探纸上之亭台，证鸿泥之往迹，不禁感慨系之。而未尝至园者，谓余曰："君因园亡作图，既跋厥由，更仿《辋川》，〔2〕标其名目，山楼水阁，固已详矣；至若经营之巧、景物之感，夺天工，乘地势，极人力，与夫一花一石，宜春宜冬，弃取因材，命名之义，览者终觉茫然，曷再缕析而分疏之，虽山重水复，难穷其妙，而升堂入室，了如指掌，庶免披图仍有迷津之憾耶?"乃复为《说》曰：

金陵北门桥迤西半里许，俗号"干河沿"，水未干时，为南唐赴清凉山避暑故道，其盛可想也。过红土桥，即随园。柴扉北向，入扉，缘短篱，穿修竹，行绿阴中，曲折通门。入大院，四桐隅立。面东屋三楹，管钥全园。屋西沿篱下坡，为入园径。屋右拾级登回廊，北入内室。顺廊而西，一阁，为登陟楼台胜境之始，内藏当代名贤投赠诗，谓之曰"诗世界"。由是北折入藤花廊，秋藤甚古，根居屋内，蟠旋出户而上高架，布阴满庭。循廊登小仓山房，陈方丈大镜三，晶莹澄澈，庭中花鸟树石，写影镜中，别有天地，诗云"望去空堂疑有路，照来如我竟无人"，咏此镜也。〔3〕东偏簃室，〔4〕以琉璃代纸窗，纳花月而拒风露，两壁置宣炉，冬爇炭，〔5〕温如春，不知霜雪为寒。檐外老桂，凉荫蔽日，能令三伏忘暑，颜之曰"夏凉冬燠所”。登唐梯，[6]上曰南楼，启窗见龙舟山、鸡鸣塔、台城、孝陵诸胜景。[7]山房前悬李阁学集句、沈补萝书楹帖，[8]曰：“此地有崇山峻岭，茂林修竹；是能读三坟五典，八索九丘。”绕大镜后，入北室，曰盘之中，谓盘旋如蜗牛中也。再北而之西，轩曰“古柏奇峰”，阶下缨络柏，高不盈五尺，虬曲心空，而皮仅存，苍藓如鳞，上生嫩条翠叶，袅袅迎风，傍一石，玲珑如静女垂鬟，盈盈相向。轩之西，曰金石藏，庋鸡碑、雀篆、钟鼎文字，及璜、琥、尊、罍焉。[9]再转而南，莳芍药满台，花影压栏，如堆锦绣，园丁锄地，得石刻隶书“环香处”三字，饶有古趣，遂为室额。西达小眠斋，丹桂绿蕉，清阴绕榻，华胥一枕，[10]远绝尘嚣。斋侧穿径桡南出，曰水精域，满窗嵌白玻璃，湛然空明，如游玉宇冰壶也。拓镜屏再南出，曰蔚蓝天，皆蓝玻璃，诗所谓“客来笑且惊，都成卢杞面”者，即此处。上登绿晓阁，朝阳初生，万绿齐晓，翠微白塔，聚景窗前。下梯东转，曰绿净轩，皆绿玻璃，掩映四山楼台竹树，秋水长天，一色晕碧。出轩北，至曲室，饰以五色玻璃，如云霞散绮，斑瞵炫目，[11]乃谓曰琉璃世界。毗连东轩，曰嵰山红雪，皆紫玻璃，廊外西府海棠二株，花时恍如天孙云锦，挂向窗前。自轩而北，为书仓，藏书万卷，手加丹黄。[12]出仓而东，仍至小仓山房。由庭东侧穿复道下，曰南台，高逾百尺，当园之中，俯临群境，延纳众景。台上银杏大四十余围。园中有银杏三，皆千余年物，而此树最高，翠干拂天，清阴匝地，筑室其下，取申屠蟠故事，[13]撰额曰“因树为屋”。自是东下坡入园，凡书室外，皆有回廊环抱。出小眠斋西行，长廊十丈，汇集同时名公、臣卿、骚人、女史、开士、羽客诗翰于此，[14]号曰诗城。去西数十弓，山椒构亭，曰香雪海，绕以梅花七百余株，疏影横坡，寒香成海，不啻罗浮、邓尉间也。[15]迨此而北麓之胜已毕。回向东，由“水精域”一带廊外，迤逦至“嵰山红雪”外下坡，达第三层阁，面南山如翠屏，乔木千章，琅玕万个，俯瞰山下游人，如行画中，乃以渊明句为额，曰“悠然见南山”。阁后下复道，南至第二层阁，曰需雅阁。西下回廊至小栖霞阁，东上坡达“诗世界”，下坡即南台。由台东出回廊，且折且下，玉兰、海榴，环列于右；万石鳞缀，杂植牡丹、兰、蕙、朱樱、红蕉，拱抱于左。廊腰构亭，曰群玉山头。下是随廊，再折再下而东，万柳阴中，深藏水榭，曰柳谷。后枕牡丹岩，前凭菡萏池，水面豁然而开，天宇朗照，螺峰扫黛，系柳垂金，浸影于鸭绿波中，时有鸳鸯翡翠，往来游戏，沉李浮瓜，最宜消夏，无复知有褦襶红尘者。[16]楹联云：“不作公卿，非无福命都缘懒；难成仙佛，为读诗书又恋花。”良有以也。西出回廊，修篁一林，隐石峰七，瘦削离奇，迎人而立，曰竹请客。南出圆篱门，登池心桥，亭曰双湖，两水如镜，左右夹亭，柳浪荷风，清心濯魄。下亭，垆土梵长堤，间植桃柳，蜿蜒仿西泠里、外湖，目之曰桃花堤。池水自西山来，下通北门桥，绕秦淮出西水关赴长江，长流不断。附堤建闸，使清波洄洑，[17]不放落红轻到尘市，曰回波闸。过闸不数武，双亭并峙，曰鸳鸯亭。登亭仰望对山楼台中人，恍若仙人凌空游戏于蓬莱阆苑焉。出亭而再之西，跨堤杠石桥，风清月朗，老鹤立桥上，昂颈长鸣，游鱼跳浪，跋刺相应，天机活泼，皆成诗境，名曰渡鹤桥。下桥顺堤南行，过吊桥，登南山，羊肠径曲，竹木交荫，中一笠红亭，曰山半亭，游览至此，宜小憩焉。亭西陟重冈，古柏六株，互蟠成偃盖，[18]因之缚茅，曰柏亭。出亭，度涛声翠影，崎岖而上，跻高峰，筑室于颠，曰山上草堂，翛然林木，有濠濮间趣。[19]其上曰天风阁，登阁四顾，则长干塔、雨花台、莫愁湖、冶城、钟阜，虎踞龙蟠，六朝胜景，星罗棋布于窗前。遥望三山、白鹭洲，江光帆影，映带斜阳，历历如绘。非山之所有者，皆山之所有也。至是则南山之迹已穷。

乃复转武下山，重过吊桥，向北，堤行至水西亭，夕照涂黄，波光泛碧，垂竿于万藕花中，香风熨袂，鸟语留人。出亭再北，渡平桥，穿丛林，磬折入石洞，曰神清之洞。穿洞东出，楸、桂回合，奠堂于中央，曰小栖霞，窅窔幽寂，可琴，可棋，可觞咏，可茗话。后临深潭，潜流湛爽，四时不涸，曰澄碧泉。上有五鬣松，夭矫拿空，乃六朝故物。沿潭怪石，如人，如兽，如卧，如立,峆岈万状。石隙杂莳兰、蕙、海棠、玉簪各卉,满山种木芙蓉,花放如锦屏风,号曰芙蓉屏。堂侧,登回廊,上达第二层阁。出堂绕篱东行,曰判花轩,日暖南夤,芦帘深护,为冬日藏花所。由轩过南台下,再缘竹篱,东上回廊,仍达群玉山头。廊尽,上山坡,而园中之景毕。园东南隅竹树中,露永庆寺浮屠,倚廊相对,每逢上灯,万盏琉璃装成一枝火树,恍在园中,为园亭罕有之景。西南百步外,柏翠松苍处,为先太史佳城,登楼在望,时时得除茂草,灌宰树,审谛其墓石。园外不筑墙垣,而从无穿窬之患。[20]就山起楼台,常易敧颓,附园有水田菜畦百亩,足供春秋祭扫及岁修洒潜之资。初宰江宁时,某茂才控僧毁其父棺,请临勘,茅庵数椽,寄棺垂卅余年,以凳朽而倾,问茂才:"胡久不葬?"泣曰:"固有志,而力不逮,诚死罪。"询之僧:"有隙地否?余助资,尔出力,今日吉,曷为瘗之如何?"皆泥首谢。乃召沙弥举锸下窆。寺甚隘,难久立,斜下有茶肆,颇幽静,姑小憩以待之,因知昔为织造隋公别墅,今荒思售;适邑人乞修县志,爰捐俸购为纂书局,继而自长安归,遂陈情奉太夫人来居之,享林泉之乐者五十余年,岂非教孝爱人之善报哉!

【注释】

〔1〕选自《随园图题辞》。

〔2〕《辋川》:《辋川图》,唐代诗人王维隐居辋川时所绘,描绘辋川别墅的亭台楼榭,原本已佚,今可见后世摹本。

〔3〕"诗云"句:取自袁枚诗《镜》。

〔4〕簃(yí)室:堂楼阁边的小屋。

〔5〕爇(ruò):烧。

〔6〕唐梯:高梯。

〔7〕龙舟山:覆舟山。鸡鸣塔:鸡鸣寺中塔。

〔8〕李阁学:即李因培,字其材,号鹤峰,清乾隆时期学者,曾任内阁学士、山东学政、江苏学政等职。沈补萝:即沈凤,字凡民,号补萝,工于书画、篆刻,随园楹帖多出其手。袁枚为其撰写墓志。

〔9〕庋（guǐ）：藏。鸡碑：朝鲜古碑。雀箓：道家符箓。钟鼎文字：古钟鼎器物中的铭文。璜、琥、尊、罍：古代玉器、酒器等名称。此处泛指古物珍玩。

〔10〕华胥一枕：《列子》记载黄帝梦游华胥氏之国，见清静天为自然之道。华胥一枕即指此清静怡然之梦。

〔11〕斑瞵（lín）：亦作班璘，指绚烂多彩。

〔12〕丹黄：即丹砂与雌黄。点校书籍用于书写与涂改文字。

〔13〕申屠蟠故事：申屠蟠，东汉人，博通五经，隐居不仕。《后汉书·申屠蟠传》载其："绝迹梁、砀之间，因树为屋，自同佣人。"

〔14〕开士：菩萨别称，此处指僧人。羽客：即道士。

〔15〕罗浮：指广东罗浮山。邓尉：指苏州邓尉山，二处皆以梅花出名。

〔16〕褦襶（nài dài）：遮阳的斗笠。

〔17〕洄洑（fú）：湍急回旋的水流。

〔18〕偃盖：指伞盖，此处形容枝叶相互掩映犹如伞盖。

〔19〕濠濮间趣：隐逸超脱的意趣，典出《庄子·秋水》。

〔20〕穿窬（yú）：指钻洞翻墙的偷窃。窬，门边的小洞。

【评析】

随园有图皆失，后园毁于太平天国，袁起"爰于客窗清暇，追忆园中泉石，绘成此图"，遂征题咏，辑为诗四卷、诗余一卷。卷前有曾国藩题"随园图"三字，次为袁起所绘《随园图》，再次为刘毓楠《随园图序》、许奉恩跋尾、刘传祺《随园图跋》、袁起《随园图自跋》《随园图说》。袁枚去世后，其孙袁祖志曾作《随园琐记》，列叙园中景致，追忆往事，可与本文并读。本文以"图说随园"，将随园中的景点一一道出，可谓移步而换景。随园依山而建，与水交辉，园中亭台楼阁，美不胜收，随园内有山、有河、有稻田，还有村庄、有庙庵、有石洞、有梅林、有竹林、有水闸。所谓"面南山如翠屏，乔木千章，琅玕万个，俯瞰山下，游人如行画中"。袁枚曾言："中有所谓大观园者，即余之随园也。"随袁起的《随园图说》而观随园，亦有游大观园之趣。

管　同

管同(1780—1831),字异之,江宁上元(今南京)人。道光五年(1825)中举,入安徽巡抚邓廷桢幕。少负经国之志,为学不守章句,从桐城姚鼐学古文,史称“鼐门下著籍者众,惟同传法最早”。著有《因寄轩文集》,殁后一年,邓廷桢为之付梓,光绪五年(1879)重镌,包括初集十卷,二集六卷,补遗一卷。另著有《七经纪闻》《皖水词存》等。

登扫叶楼记〔1〕

自予归江宁,爱其山川奇胜,间尝与客登石头,历钟阜,〔2〕泛舟于后湖,〔3〕南极芙蓉、天阙诸峰,〔4〕而北攀燕子矶,以俯观江流之猛壮。以为江宁奇胜,尽于是矣。或有邀予登览者,辄厌倦,思舍是而他游。

而四望有扫叶楼,〔5〕去吾家不一里,乃未始一至焉。辛酉秋,金坛王中子访予于家,语及,因相携以往。是楼起于岑山之巅,〔6〕土石秀洁,而旁多大树,山风西来,落木齐下,堆黄叠青,艳若绮绣。及其上登,则近接城市,远挹江岛,〔7〕烟村云舍,沙鸟风帆,幽旷瑰奇,毕呈于几席。虽乡之所谓奇胜,〔8〕何以加此?〔9〕

凡人之情,骛远而遗近。〔10〕盖远则其至必难,视之先重,虽无得而不暇知矣;近则其至必易,视之先轻,虽有得而亦不暇知矣。予之见,每自谓差远流俗,〔11〕顾不知奇境即在半里外,〔12〕至厌倦思欲远游,则其生平行事之类乎是者,可胜计哉!虽然,得王君而予不终误矣,此古人之所以贵益友与?

【注释】

〔1〕选自《因寄轩文初集》卷七。

〔2〕钟阜：即钟山，又名紫金山，在南京城东。

〔3〕后湖：即玄武湖，又名北湖，在南京城东北玄武门外。

〔4〕南极芙蓉、天阙诸峰：芙蓉即祖堂山主峰；天阙指牛首山（又名天阙山）主峰，皆在今南京江宁区境内。

〔5〕四望：扫叶楼所在山，旧名四望矶，逼近石头城。东晋时苏峻占据石头城作乱，温峤于此筑垒与其对抗，见《晋书·温峤传》。

〔6〕岑山：小山。

〔7〕挹（yì）：牵引，这里是连接的意思。

〔8〕乡：同“向”，先前。

〔9〕加：超过。

〔10〕骛：追逐。

〔11〕差：尚且。

〔12〕顾：反而，却。

【评析】

管同在《登扫叶楼记》开篇记叙自己在江宁游览过的名山胜景，这与一般游记写作先叙地理形胜或历史沿革的特点并无二致。但作者不落俗套，笔锋一转，先用“江宁奇胜尽于是矣”总陈对钟山、玄武湖等胜景的欣赏，又以“四望有扫叶楼，去吾家不一里，乃未始一至焉”引出此次游览的地点——扫叶楼，经过这种远与近、有名与无名的对比，无形中突出了扫叶楼不逊色于钟山诸景，乃至犹有过之的独特景观。此次登临，也改变了作者的一些固有观念，世人总是“骛远而遗近”，自己生平行事与此相似者不少，那和世俗观念相比又高出多少呢？文至最后，作者感谢友人相邀，使自己没有错过扫叶楼的景色，并以其为自己的益友。文章篇幅虽小，但为文有法，先写江宁胜景，转叙扫叶楼风物，后又抒发自己对人情世事的观感，末道友人厚谊，结构波折，允为佳作。

李宗羲

李宗羲(1818—1884),字雨亭,清四川开县人,道光进士。历任安徽黄山、婺源、太平知县。咸丰三年(1853)在曾国藩营中督运粮械,后任江西巡抚、两江总督。日本侵略台湾事件发生后,整军备战,督修沿江多处江防以固。曾奏请修圆明园,有政绩。

江宁布政使署重建记〔1〕

江宁布政使之署,在城南大功坊,前明大将军徐中山王之故邸也。堂宇阔深,园沼秀异,在省城推为甲第。咸丰三年,粤逆既陷金陵,〔2〕城中官寺无一存者。后十年为今上同治三年,官军既克金陵,于是两江总督大学士毅勇侯曾公由安庆移节而来,〔3〕宗羲实从。兵火之余,瓦砾遍地,官斯土者,率寓民居,其时兵事尚棘,馈饟方殷,〔4〕未遑言营缮也。四年秋,宗羲由两淮运使,迭蒙简命,〔5〕为藩江宁,时苏抚肃毅伯李公摄督篆,〔6〕常谓:布政司本元、明行省之旧,治官理财,为事尤繁,所关綦重,〔7〕而莅事无所,〔8〕假馆以居,非所以崇政体、系民望也。命宗羲以兵财之余,先葺治之。乃以六年正月赋功,〔9〕阅八月而毕役。〔10〕凡为大门五楹,为仪门五楹。仪门之内为大堂五楹,堂之左右以为客次;〔11〕又其左右,吏胥居焉。〔12〕又其内为二堂五楹,堂南西入为便坐,以待宾客;又西入为屋五楹者,凡五重,其最南亦为客坐,其后则治事之所,燕私之居也。而为楼五楹于堂之北,以奉王之栗主,用故事也。楼之东幕客居焉。储峙有库,架阁有房,寮吏各守其职,府吏咸有所栖,井灶庖湢,凡百具备。外设华表,周以缭墙,表里完固,观瞻肃然。盖虽壮伟之规,游眺之乐，未能复于旧时。而以莅官出政，行省之体，庶其称矣。

又一年，北方余寇悉平，东南无事，年丰民乐，庶绩有绪。宗羲乃于署之西偏瞻园故址，因其水石之旧，薙茀除秽，扶阤累倾，[13]临池为榭，冠阜以亭，匪以自娱，略存遗迹。

宗羲窃念寇乱以来，前后十余载，今虽以天子威灵，四方底定，[14]而流亡者无定居也，还归者或露处也。守官斯土，幸蒙国恩，顾得出据堂皇，入安深靓，夫岂无恧于心？[15]是以修葺之际，务求浑坚，禁绝雕饰。然而睹室居之潭广，则有念于风雨不庇之虞；计工用之浩繁，则有念于脂膏供亿之苦。至于登高明、远眺望，则尤悚然于民之情，或避远而无繇自达也。吏之治，或烦苛而不能尽平也，然则崇其体者，乌可不既其实；享其逸者，乌可不勉其劳也哉？是用备书为记，既以自警，亦谂来者。[16]同治八年仲春之月，川东李宗羲并书。

【注释】

〔1〕选自《瞻园志·艺文一》。

〔2〕“粤逆”句：此指太平军攻占南京。

〔3〕曾公：指曾国藩。移节：旧称大吏转任或改变驻地。

〔4〕餽餫(kuì xiǎng)：指运送粮饷。餫，同“饷”。

〔5〕简命：选派任命。

〔6〕“肃毅伯”句：肃毅伯即李鸿章。督篆：总督的大印，借指总督的官位。

〔7〕綦：极，很。

〔8〕莅事：处理事务。

〔9〕赋功：赋予功夫。谓开始营建。

〔10〕阅八月：经过八个月。

〔11〕次：住宿的地方。

〔12〕胥：皆，都。

〔13〕阤(zhì)：塌下，崩颓。

〔14〕底定：达到平定。

〔15〕恧(nǜ):惭愧。

〔16〕谂(shěn):劝告。

【评析】

瞻园本是前明大将军徐中山王的故邸,同治四年(1865),李宗羲为江宁布政使,重修瞻园。同治八年(1869)仲春,李宗羲作《江宁布政使署重建记》一文。梅启照任江宁布政使,继续瞻园同光朝修复第二期工程。光绪三十年(1904),瞻园第三次修缮,建有绿墅亭、迎翠榭,此二者今皆不存其迹。夏月,黄建笎撰《瞻园记》,此文可与《瞻园记》合看,能更好地了解瞻园的历史变迁。

黄建笎

黄建笎，生卒年不详，字花农、华农，大良（今广东顺德）人。监生，以捐纳出仕，任直隶通判，历任天津海关道台、德州粮台、湖南按察使、江宁布政使。工花卉。著有《寄榆庵画稿》《唱和诗》等。

瞻园记[1]

瞻园，为高宗纯皇帝南巡时，[2]赐藩署以名斋也。考园本前明中山王故邸，相传以石胜。有友松、倚云、倦人诸峰，盘石、伏虎、三猿诸洞，玲珑峭拔，曲邃盘纡。惜毁于兵燹。同治四年乙丑，南昌梅小岩制军承宣是邦，[3]重修治焉。石胜嶒嶙，回廊曲折，纵未能尽复旧观，而胜迹犹赖以存。光绪二十九年癸卯，余承乏斯篆，[4]公退余闲，[5]览园已就芜，盖距乙丑又岁四十年矣。今年春，爰捐赀略加修葺，[6]补栽修竹，复其亭曰"绿墅"；于西隅山坡辟一草榭，曰"迎翠"。深林峭石，四望宜人。观斯园之兴替，慨今昔之各殊，因记而刻诸石。光绪三十年岁次甲辰夏月，顺德黄建笎拜书。

【注释】

〔1〕选自《瞻园志·艺文一》。

〔2〕高宗：乾隆皇帝庙号。其谥号末字为"纯"，故又称纯皇帝。

〔3〕梅小岩制军：即梅启照，字小岩、筱岩，南昌人，晚清名臣。光绪七年（1881），任河东河道总督，故称制军。承宣：梅启照同治中任江宁（承宣）布政使，驻南京，故称"承宣是邦"。

〔4〕承乏：承继空缺的职位，多用作任官的谦辞。

〔5〕公退：公务完毕，离开官厅。

〔6〕捐赀：捐助财物。

【评析】

瞻园，号称金陵第一园，其名取“瞻望玉堂，如在天上”之意。清顺治二年（1645），改为江南行省左布政使署。乾隆二十二年（1757），乾隆帝巡视江南，驻跸此园，并御题“瞻园”匾额。文章可与袁枚诗《瞻园十咏》并读，《送托师健中丞重抚桂林》盛赞：“妙绝瞻园景，平章颇费心。”叶圣陶在《苏州园林》里有言：“务必使游览者无论站在哪个点上，眼前总是一幅完美的图画。”瞻园之景，能称得上此种美誉。

邓嘉缉

邓嘉缉(1845—1909),字熙之,江宁人,同治十二年(1873)贡生,文宗桐城派,诗境寒瘦,有《扁善斋文存》。

愚园记[1]

凤凰台西隙地数十亩,榛芜蔽塞,瓦砾纵横,兵燹以来,窅无人迹,旧为明中山徐王西园,煦斋太守乐其幽旷,[2]货而有之;又以市产与崇善堂易其余之闲地,因高就下,度地面势,有宫室台榭陂池之胜,[3]林泉花石鱼鸟之美,规模宏敞,郁为巨观,一时宴游,于是焉萃,[4]信乎人物之盛,甲于会城者矣。

门东向,临鸣羊街,后倚花盝冈,明之时有遯园,顾文庄之所筑也。[5]门以内,欂栌节棁,[6]髹漆雕绘,[7]南北相向,爽垲之屋数重,奉太夫人居养于内,且以安其家室焉。屋之西,别为园,主人名之曰"愚",石埭陈先生虎臣颜其额。

自是入园,绕廊,北绕而西,镵石曰"寄安",[8]主人自书之,嵌于壁。又逶迤西上,稍拓为槛,曰分荫轩,置几案数事,游客得以少憩。凿壁为门,阖之,以示境之不可穷。转而南下,至于无隐精舍,面南屋三楹,后为澡浴之室,庭中植桂四五株,杂艺鸡冠、老少年之属,馥烈从风,陆离渲雨,深秋送凉,香色四溢。庭左数十步,为春晖堂。其后莳鼠姑花数种,其前甃石为池,荇藻漾碧,水清见底。池侧有小阁,洼然居累石中。两旁皆假山,嶜岈嵚崎,[9]历落万状。阁左出,乃达于堂。循假山而西,磴道盘折，而跻于巅，孤亭耸峙，若飞鸟之将翔。以机引曲池水为瀑布，返泻于池，铮铮声若琴筑。其东仿倪高士狮子林，[10]叠石空洞，曲道宛转，忽升以高，忽降以下，径若咫尺，而不可以跨越，游者眙眩，[11]几迷出路。与西山相对峙，皆可以来会于堂下。斯堂轩豁洞敞，列屋延袤，为一园之胜，署曰“清远堂”，张子青中丞所书，[12]其楹帖则吾师全椒薛先生撰也。[13]壁间榜时人题咏皆满。入其右，为水石居，前临清塘，大可数亩，芙蕖作花，疏密间杂，红房坠粉，掩映翠盖。长夏南窗毕启，薰风徐来，荷香暗袭，时有潜鱼跃波，翠禽翔集，倚槛披襟，溽暑荡涤。塘泛瓜皮小艇，可容两三人弄棹于藕花深处，新月在天，水光上浮，丝管竞作，激越音流，栖禽惊飞，吱吱格格，与竹肉之声相和。堂之左，连闼洞房，为主人操琴之所，素心人来，[14]时作一弄。其上有阁，可以望假山，启后户，曲径如羊肠，缭以疏篱，竹树蒙密，中为竹坞，轩窗四辟，罥以碧纱，[15]绿阴昼静，当暑萧爽。循篱南行，至课耕草堂，不翦茨，不丹漆，规制俭朴，略如农家。旁列茅亭，引水蓄鹅鹜，正西面塘，溉水田亩许，种黑秬，[16]主人或亲挽桔槔学灌园，秋获足以供祭。就水南为榭，居草堂之北阴，是为秋水蒹葭之馆，水木明瑟，湛然清华。沿塘筑长堤，夹树桃、柳、芙蓉，杂花异卉，春秋佳日，灿若云锦。循堤而南不百步，有高阁窿然踞冈阜之上，梅花几三百本，枝干虬曲如铁，时有清鹤数声，起于梅崦之下。登阁而眺，东北诸山烟云出没，如接几席，因名阁曰延青。时见南邻茂树，拂郁云表，分荫轩所由名也。陂陀东下，度石桥，北与清远堂正对，为主人家祠，岁时聚子孙习礼其中，祭毕，阖其扉，游人希得窥焉。度祠垣得小丘，若峌若岊，[17]拾级百步许，有面东之屋数楹，编竹为藩篱，海棠八九株，花时嫣红欲滴，为春睡轩。后瞰果圃，多桃、李、梅、杏、枇杷，青黄累累，鲜美可摘。出篱门，值塘之东堤，堤旁临水之榭。署曰“柳岸波光”，杭包先生慎伯旧榜，[18]而于此地为特宜。隔岸望课耕草堂，风景似在村落间。又东一堂，扫而通之，[19]朱桥碧栏，横亘于上，泛艇之人，往来放歌于其下。度桥,弯环曲径,葡萄连架,覆蔓垂藤,绿荫蔽日。入西向一门,为楼三楹,与水石居相近,其中积轴万卷,庋置如屏,主人每吟啸于上,弄丹黄也。循楼而东,直达回廊,复与无隐精舍接矣。

凡斯园之中,各据胜概,而隐有内外之限。游兹园者,自回廊以西,至藏书楼为内园;自藏书楼以西,循长堤,东至竹坞为外园,必穷日而后登览始遍。竹坞东出,别有门可通往来,与主人相识者来游,或不见主人,纵观周历而去。主人奉板舆之暇,乐与宾客觞咏,以娱其天,熙熙焉不知老之将至也。主人负不羁才,伉爽多奇气,粤寇之乱,冒白刃出入贼中,谋恢复,事泄不果,跳身而免,虽穷厄困极,赖以振拔者甚众,苟遇于世,将有所以见于天下,岂其自放林泉、托于愚以终老耶?然其经营布置,又岂寻常所可及哉!吾观天下盛衰兴废之事相寻于无穷,而名之传要必以人为重。斯园于明为元勋别墅,其邻近若遯园、味斋、海石园,[20]当其盛时,林亭甲第蔚然相望,今皆消沉划灭,[21]而其名尚存,则斯园之必赖主人以传,又何疑焉。余第述其形势,列序其名,以谂游者。[22]且质之主人,以为何如?至其名愚之意,则他记言之甚辩,余不赘云。光绪四年十二月记,江宁邓嘉缉记。

【注释】

〔1〕选自《白下愚园集》卷一。

〔2〕煦斋:胡恩燮,字煦斋,江宁人,同治中任苏州知府。

〔3〕台榭:台和榭。亦泛指楼台等建筑物。陂池:池沼、池塘。

〔4〕于是焉萃:谓在这里荟萃。

〔5〕顾文庄:即顾起元(1565—1628),字太初,一作璘初、鄰初,明应天府江宁(今南京)人。官至吏部左侍郎。谥文庄。精金石之学,工书法。

〔6〕栌欂(lú bó):即欂栌,柱上承托栋梁的方形短木,斗拱。节棁(zhuō):节,屋柱上端顶住横梁的方木;棁,梁上的短柱。

〔7〕髹(xiū)漆雕绘:用漆涂物雕镂彩绘。

〔8〕镵（chán）：凿，雕刻。

〔9〕岭（hán）岈：山石险峻貌。嵌崎：险峻，不平。

〔10〕倪高士：即倪瓒，元无锡人。世为无锡富豪，尝以巨资广造园林。狮子林乃其中之一。

〔11〕眙（chì）：瞪眼看，惊视。

〔12〕张子青中丞：即张之万（1811—1897），字子青，清直隶南皮人。历河南、江苏巡抚，闽浙总督，光绪中官至东阁大学士。卒谥文达。中丞，明清时对巡抚的别称。

〔13〕全椒薛先生：即薛时雨，字慰农，安徽全椒人。咸丰三年（1853）进士，官杭州知府。

〔14〕素心人：心性纯洁、世情淡泊之人。语出陶渊明诗《移居（其一）》："闻多素心人，乐与数晨夕。"

〔15〕罥（juàn）：缠绕。

〔16〕黑秬（jù）：即黑黍。

〔17〕岯（pī）：山上更有一山重叠者名岯。岊（jié）：山之陬隅高处曰岊。又山曲曰岊。

〔18〕杬（mó）：同"模"，摹写。包先生慎伯：即包世臣，号慎伯，安徽泾县人，清代著名书法家、文学家。

〔19〕抇（hú）：裂。谓于堂墙开门也。

〔20〕味斋：亦称"卜园"，明卜太学建。在花盝冈，西枕上瓦岗寺。海石园：明张庄节建，以园中海石而得名。

〔21〕刬（chǎn）灭：废除，消灭。

〔22〕谂（shěn）：知悉。

【评析】

南京私家园林不多，江宁胡恩燮的私家园林愚园，又称胡家花园，为晚清南京著名园林，入民国后犹存，抗战时残毁。愚园作为清末民初南京最大的私家花园，拥有"金陵狮子林"之美誉。愚园历来文风鼎盛，园内曾举办过雅集百余场，名流雅士载酒来游，分题选胜，留下了数以千计的古、近体诗和百余副楹联、数十幅匾额；愚园第二任园主胡光国整理了数十万字刊成

《白下愚园集》《白下愚园续集》《愚园诗话》《愚园楹联》等重要文献，较为完整地保存了愚园记忆，也使愚园成为一座珍贵的文献宝库。此篇园记是邓嘉缉于光绪四年(1878)为愚园所作的记。文章铺陈愚园景致，从容而有韵致。亭阁曲径、四时之景，宛如目前，间叙游园之乐，宴饮之欢，动静生姿，最后因园之存废陡生兴亡之叹，颇曲终奏雅之义。

无　锡

独孤及

独孤及(725—777),字至之,洛阳人,唐代文学家,唐天宝十三年(754)举洞晓玄经科,授华阴尉。房琯许为非常之才,李华、苏源明许为词宗。安史之乱起,避难江南,辟江淮都统李峘府,掌书记。唐代宗召为左拾遗,改太常博士。迁礼部员外郎,历濠、舒二州刺史,以治课加检校司封郎中,赐金紫。徙常州刺史,谥号为宪。独孤及古文与萧颖士齐名,为古文运动先驱作家。著有《毗陵集》。

慧山寺新泉记〔1〕

此寺居吴西神山之足,山小多泉,其高可凭而上,山下灵池异花,载在方志。山上有真僧隐客遗事故迹,而披胜录异者,贱近不书。〔2〕无锡令敬澄,字深源,以割鸡之余,〔3〕考古案图,葺而筑之,乃饰乃圬。〔4〕有客竟陵陆羽,〔5〕多识名山大川之名,与此峰白云相与为宾主,乃稽厥创始之所以而志之。〔6〕谈者然后知此山之方广,胜掩他境。其泉伏涌潜洩,潗滀舍下,〔7〕无沚无窦,〔8〕蓄而不注。深源因地势以顺水性,始双垦袤丈之沼,〔9〕疏为悬流,使瀑布下钟,〔10〕甘溜湍激,〔11〕若醽醴乳,〔12〕喷发于禅床,周于僧房,灌注于德地,经营于法堂,潺潺有声,聆之耳清。濯其源,饮其泉,能使贪者让,躁者静,静者勤道,道者坚固,境净故也。夫物不自美,因人美之。泉出于山,发于自然,非夫人疏之凿之之功,则水之时用不广,亦犹无锡之政烦民贫,深源导之,则千室襦袴。〔13〕仁智之所及,功用之所格,〔14〕动若响答,〔15〕其揆一也。〔16〕予饮其泉而悦之,乃志美于石。

【注释】

〔1〕选自《全唐文》卷三百八十九。慧山：在无锡之西。

〔2〕贱近不书：轻视近代的事情，不予记录。

〔3〕割鸡：《论语·阳货》记载："子之武城，闻弦歌之声。夫子莞尔而笑曰：'割鸡焉用牛刀？'"后因以"割鸡"指县令之职。

〔4〕圬（wū）：涂抹墙壁。

〔5〕竟陵陆羽：字鸿渐，唐复州竟陵（今湖北天门）人。著有《茶经》，人称茶圣。

〔6〕稽厥：考察。

〔7〕潗湁（jí nì）：水波腾跃貌。

〔8〕无沚无窦：沚，水中的小片陆地。窦，孔洞。

〔9〕袤丈：纵长一丈。

〔10〕下钟：向下汇聚。

〔11〕甘溜：雨水。

〔12〕酾醴乳：酾，过滤；醴，甜酒。

〔13〕襦袴：短衣与裤，泛指衣服。

〔14〕所格：所至。

〔15〕响答：响应。

〔16〕揆：道理。

【评析】

无锡古有慧山寺，至唐代中叶时已经荒废，县令敬澄不仅重修慧山寺，而且对其进行开发，并嘱托独孤及作文记之。此文先叙山寺胜景往事，却罕人知晓，由此引出敬澄重修之功，而后此山此景才为人所知。接着转而描摹山泉之状，原本"无沚无窦，蓄而不注"的泉水，经敬澄改造，遂成为悬流瀑布。作者连用四个排比句，则泉水无处不在矣。泉水不仅能愉悦人目，而且能够洗涤人心，能够因其"境净"而增人德行。由此一转，仍归于主旨，赞美敬澄之功不仅在于开凿之功，而且在于造福当地，则功莫大焉。由景而人，一波三折，此文虽短，却回味深长。

王世贞

作者简介见苏州卷。

安氏西林记[1]

余与仲，[2]俱嗜名山水，而家东海泻卤地，[3]亡当者。家有园，颇见称说，游客亦以近廛市，[4]且不能得自然岩壑以为恨。而念数年前孝丰吴枢季尝为余言无锡安氏园之胜，[5]盖即今西林云。安氏为锡最甲族，[6]其居东离邑三十里而赢，邸里之雄沈，与畮井饶沃，[7]无论埒国封，[8]然不以豪故废林野之趣。

北之胶山二里而赢，[9]即山址，得园二，其上割山而半笼之，今太学懋卿盖时栖处。[10]其右方自懋卿之时栖处，而园益胜。破石根，[11]则神瀵涌；[12]疏磴道，[13]则幽穴显；斩恶木，则嘉楠出。列棘以为藩，藩严而中靓深；分流以自环，环多而相映络。[14]其台榭可以巧承态，其户牖可以奇取睨，[15]其泉可以酿，果茹蓏蔬可以羹，[16]鱼鳖虾蟹可以饫客。[17]而懋卿故有客癖，客之以文事名者，又雅慕懋卿，以故争麇集焉。[18]山人叶茂长甫，[19]客之雄也，今年自钱塘倦游还，访懋卿，倒屣揖之入，[20]载酒崇肴，或凭鹿车，或鼓渔舠，相与穷昼夜为娱乐。时秋气鲜霁，云初解驳，[21]山若迫而迩，水若媚而密，禽鱼若傲而尔汝我。懋卿之爱，托于酒而犹未已，则与茂长谋所以宠灵之。[22]盖厘而为景者三十又二。[23]景各有诗，茂长之为体九，而懋卿之为体仅一，顾其风调旨象，大约有足当者。

懋卿具其事，贻书友人王世贞，俾为记。世贞乃复约其所谓三十二景而得其尤胜者，诸台馆亭榭之类，凡丽于山事者五，[24]丽于水事者十四，兼所丽者三。曰兰岩者，胶之衡纵岩也，大国之香滋焉。曰风弦障者，高坪直上接于胶，下瞰诸水，长松冠之，风至则调调刁刁鸣，[25]故曰风弦也。曰遁谷者，降胶而凹却，入水深，佳处也。曰晨光坞者，胶之逶迤而左右抱林者也，以左小缺，得嵎夷候独早，[26]故曰晨光也。曰瀸瀸泉者，[27]穴于胶，最冽而分甘，[28]所谓可以酿者也，然于茗尤发香而益色，是山事也。

曰镜潭者，诸流之所汇也，其受瀸瀸，且既皎而澄，可以烛须眉，[29]故曰镜也。曰凫屿者，水中最大洲也，群凫鹥属玉而族焉。[30]曰上岛者，屿之右别岛也。曰中洲者，屿之辅洲也。曰萧阁者，于屿，长松匝之。[31]曰空香阁者，于岛，竹木丛之。曰景榭者，缘潭而立，得月则水中之楼阁皆可俯而有。曰一苇渡者，以渡凫屿名。曰夕霁亭者，以晞发于颓阳名。[32]曰素波亭者，渡口绾也。曰息矶者，可憩而息者也。曰醉石者，可藉而醉者也。是皆得之水，故曰水事也。

曰虚籁堂，以迟宾者也，[33]中空，于绪飔亡所不纳，[34]故名。曰椒庭者，广除也，可以眺山椒。曰爽台者，踞椒庭而耸，梧竹承之，是不尽丽于山水者也。然而山水之致袭焉，故曰兼所丽也。其曰西林，则以大士阁在焉，懋卿之所寓皈，以期异日与远公埒者也。[35]

凡山居者，恒恨于水；水居者，恒恨于山；山水居者，或狭且瘠，而不可以园。适于目者，不得志于足；适于足者，不得志于四体；适于四体者，不得志于口。是四者具矣，而多不得志于人与文。懋卿之西林，[illegible]得之哉！嗟乎！豪而为袁广汉、石季伦、司马文孝王，[36]末矣。以洛阳之履道里，[37]与李文叔记，[38]类极清旷，适尔雅鹍适之观，彼其于李文叔之洛阳名园前所云五者亡论，[39]第不再易世而辱于屠酤市贩之手，又久之，求其迹而不可得，岂非以其近廛，故豪者好之，狎而易为有；俗者嫉之，接而轻相躏耶！懋卿乃能斟远迩、剂喧僻，[40]而加力兹林，不侈不陋，人无所用其欲恶而伸其狂，吾因知兹林之长为安氏物哉！

吾于文，剧喜柳柳州《愚溪》《愚谷》《钴鉧潭》《潭西小丘》诸《记》，[41]于诗喜吾家右丞《辋川》诸绝，[42]梦寐之所注，像其胜，郁勃犹宿眉宇间。[43]弟仲近归自秦，叩所谓辋川者，云："仿佛有之，不甚可指辨。"而李颐使君前按柳，颇毁柳之溪谷潭丘，以为不能当其文。然则懋卿与茂长之诗行后世，其不以西林为辋川、愚溪者几希！游西林而得其实，其不以二子贤于右丞、柳州者几希！余窃欣有托焉，故合所得于枢季者，以附二子诗语而记之。

【注释】

〔1〕选自《弇州山人稿》卷六十。

〔2〕仲：指王世贞之弟王世懋。

〔3〕家东海泻卤地：王世贞为太仓人，太仓濒临东海，其地多泻卤地，即盐碱地。

〔4〕廛（chán）市：集市。

〔5〕孝丰吴枢季：即吴维京，字枢季，孝丰（今浙江安吉）人。历官知县，有政声。

〔6〕甲族：世家大族。

〔7〕邸里之雄沈，与畮（mǔ）井饶沃：住宅雄伟宏大，田地富饶肥沃。"畮"同"亩"。

〔8〕无论埒（liè）国封：岂止可与诸侯之封国相比。无论，意谓不止，有过之无不及。

〔9〕胶山：山名，位于今江苏无锡。

〔10〕太学懋卿：即安绍芳，字懋卿，明无锡人，诸生。著有《西林全集》。太学，即国子监生。

〔11〕石根：岩石的底部。

〔12〕神瀵（fèn）：泉水由岩石的缝隙喷出漫溢。

〔13〕磴（dèng）道：山路上的石台阶。

〔14〕"列棘以为藩"句：排列荆棘作为篱笆，篱笆紧密，故园中景物幽靓深远；周围流水环绕，水流多曲折而互相联络。

〔15〕取睨(nì):因为门窗设计精巧,故能够吸引人之目光。睨,斜着眼睛看。

〔16〕蓏(luǒ)蔬:草本植物的果实等各种蔬菜。

〔17〕饫(yù)客:使客人感到满足。

〔18〕麇(qún)集:聚集。

〔19〕叶茂长甫:叶之芳,字茂长,号大浮山人,无锡人。著有《雪樵集》。"甫"表示尊敬。

〔20〕倒屣(xǐ):急于出迎,把鞋倒穿。《三国志·魏书·王粲传》:"时邕才学显著,贵重朝廷,常车骑填巷,宾客盈坐。闻粲在门,倒屣迎之。"后因以形容热情迎客。

〔21〕解驳:离散间杂。这里用以形容天上纷乱的云朵。

〔22〕宠灵:使得到恩宠福泽。

〔23〕厘:整理,清理。

〔24〕丽:附着,依附。与……相关。"丽于水事者"即与水相关的景物。

〔25〕调调(tiáo diào)刁刁:动摇状。见《庄子·齐物论》。"调调"是树枝大动,"刁刁"是树叶微动。

〔26〕嵎(yú)夷:即旸谷,古人所称东方日出之处。

〔27〕瀸瀸(jiān):泉水时流时止的样子。

〔28〕洌而分甘:清洌而甘甜。

〔29〕烛须眉:水面清澈,像镜子一样可以照出人的须发眉毛。

〔30〕群凫鹥(yī)属玉而族:凫、鹥、属玉等水鸟成群而居。凫、鹥、属玉均为鸟名。

〔31〕匝:充满,遍布。

〔32〕晞发:晒发使干。颓阳:落日。

〔33〕迟宾:延请宾客。

〔34〕绪飔(sī):余风。

〔35〕与远公埒(liè):与东晋高僧慧远一样。埒,相比,等同。士绅沉湎富贵,后转而信奉佛道,在园林中修建大士阁是为了能够静修,希望和高僧一样。

〔36〕袁广汉、石季伦、司马文孝王:汉茂陵富民袁广汉,筑园北邙山下,后以罪诛,园没入官;晋石崇,字季伦,造园于洛阳金谷,后为孙秀所害;晋简文帝子会稽王司马道子,开东第,筑山穿池,功用巨万,后为桓玄所杀,谥文孝。以上三人平日生活虽极为豪侈,但最终结局都很悲惨。

〔37〕洛阳之履道里：洛阳里巷名，白居易在洛阳的居处即位于履道里。相关记载见于《池上篇序》。

〔38〕李文叔记：李格非，字文叔，北宋齐州章丘（今山东济南）人，李清照之父。撰有名篇《洛阳名园记》。

〔39〕彼其于李文叔之洛阳名园前所云五者亡论：一本作“彼其于前所云五者亡论”，应为正确版本。所谓“彼”指白居易在洛阳的宅院与李格非所记载的洛阳名园，“五者”指上文言及之目、足、口、四体、人与文。这五方面，白居易的宅院与李格非笔下的园林都很适宜。

〔40〕剂喧僻：安氏之西林既不在喧闹的集市，也不在偏僻的荒野，而是斟酌调剂集市与荒野，从而适得其宜。

〔41〕柳柳州：柳宗元曾官柳州刺史，故称“柳柳州”。

〔42〕吾家右丞《辋川》诸绝：王维在其辋川别业所作的绝句，以清新淡雅见长。王世贞与王维同姓，故称“吾家”。

〔43〕郁勃：回旋貌，形容思绪久久挥之不去。

【评析】

王世贞为江苏太仓人，安懋卿则为无锡的贵族子弟，他在无锡的胶山上开辟了私家园林，谓之西林。安氏对此园极为珍视，精心营构园内的布景，后来此园颇具规模，是其平日游憩与会客的场所。他将园内的景物厘为三十二种，并与友人叶茂长合作，为每种景物都配有诗歌。随后，安懋卿将这一风雅之事告知王世贞，希望王世贞能为其西林写一篇记文。

王世贞在记文中择取了三十二景中景色之尤好者，按照“丽于山事者”“丽于水事者”“兼所丽”者的标准将其分为三类，并一一解说，西林的景物在他笔下一一展开。但文章并不止于简单的铺陈，在介绍完园内景物后，王世贞又分析了西林的独特之处，认为其特点在于兼得众妙，同时合于中庸之旨，即位置上“斟远迩、剂喧僻”，建造得“不侈不陋”，这一方面符合士人的生活理想与审美原则，另一方面也能保证西林这一私家园林存之久远。这一番赞词想必颇合安绍芳之心意，足见王世贞行文与为人处世之老道。

与一般游记不同的是，王世贞写作此文时并未亲身游历过西林，此文乃根据吴维京向他的描述与安绍芳、叶之芳二人的诗而写成。故文中议论的成分相对偏多,而写景则近于各种景点的堆砌与罗列,故而缺乏现场感和灵动感,这是本文的小疵,值得留意。

文徵明

作者简介见苏州卷。

玉女潭山居记[1]

宜兴诸山,桐棺、离墨最巨。其次穿石山,峻巀不如二山,[2]而岩窦虚嶷,[3]湍濑联络,[4]窦窔瑰谲,[5]最为奇胜,而张公洞最有闻。玉女潭在张公洞西南,相去不三里而近,相传玉女尝修炼于此。唐以前名贤胜士,多此游览;而李幼卿、陆希声盖尝居之。[6]一时倡酬篇咏,流传至今,有以想见其盛也。自后湮塞不通,人鲜知者。溧阳史恭甫葬母山中,[7]土人有以其地售者,恭甫喜而得之。乃疏土出石,决浍导流,[8]刳辟斸刈,[9]尽发一山之胜。幽岩绝壑,灵湫邃谷,[10]悉为标表;而兹潭实首发之。

潭在山半深谷,中渟膏碧,[11]莹洁如玉。三面石壁,下插深渊,石梁亘其上,如楣而偃。草树蒙幂,[12]中深黑不可测。上有微窍,[13]日正中,流影穿漏,下射潭心,光景澄澈。俯挹之,心凝神释,寂然忘去。潭之滑有坻,[14]即坻为台,构重屋其上,曰玉光阁。阁成,而潭之胜益靓以显。潭石之巅有灵应亭,山中尝旱,祷于潭而雨,因为亭以识。潭四周无隙,水伏流而南,出岩石之下,汇为小池,玉洁不流,为亭其上,曰凝玉。凝玉之西,渊泓洄洑,[15]其流渐驶;别疏一渠,激其流北出,行乱石间。缘石旋转,可以流觞,曰流觞屿。凝玉之南,古榉一株,根柯郁蟠,[16]礧魂如石。[17]独孤及诗所谓“日日思琼树”者即此。其下湍濑潆洄,[18]与树映带，曰琼树湍，漱玉轩在焉。湍流西下，折旋而南属于湾；碕石累属，如龙马下饮，如砥柱中矗，水奔注激射如斗。再折而东，水益驶，石亦益奇，夭矫如虬蟠，[19]如鼍奋；[20]飞流喷薄，溅沫成轮，声震荡如行峡中，曰虬鼍峡。峡左石梁，曰沸玉桥。逾沸玉桥而北，地多美箭，[21]间以江梅，曰梅竹隩，琅玕所、听玉寮在焉。又北，偃沼如初月，曰生明池。绝沼为梁，曰隔凡桥。隔凡而上，则玉阳山房也。中为玉虚堂，周堂为八室，室三楹，依《易》卦为面势，[22]随方署名，曰纯阳，曰中阳，曰初阳，曰循阳，曰明阳，曰通阳，曰来阳，曰升阳。自升阳北出，地渐高且广，盖山之麓也。因山为台，垲爽层出，陟级而上，延阁若干楹，前轩施槛，可以肆目，[23]曰大观廊。廊之后为丹室，又后为云蓍台。台方三十尺有奇，始筑台而蓍生也。又其后为环玉冈。由环玉冈东下，出云蓍台之左，曰澄观楼。其前为上元祠。又前为东冈别馆，为护云庄，为仙寓。仙寓之南，为来仙桥。由环玉冈而西，转出玉潭之后，蘗祠奠焉，[24]曰玉清祠，祀玉女也。祠右隙地，白砾累累，散卧松竹间如羊，曰初平林。出初平林西行二百步，巨石盘踞，环匝如墉，[25]曰盘玉隈。自盘玉隈西上，绕出山椒，有亭直太湖之缥缈峰，曰缥缈亭。亭下怪石林立，鲸骞兽伏，[26]竞为奇状。嘉木出石罅，[27]一本七干，挺特修耸，与石争秀，曰琪树峡。琪树峡之西为集灵谷，又西为飞云洞。自此下上登顿，缘石径而行。径尽出于山脊，平壤空旷，甃以文石，[28]曰瑶台。负台为室，曰超然宇。宇后群石掀舞，如华叶骈植，[29]联延如睥睨，[30]曰芙蓉城。石之有奇者曰天成碑，曰雨霤，曰小苍弁，曰青骡岩，曰三珠洞，曰二姑，曰双仙，皆以状类名。而二姑、双仙之间，有期仙壑。由期仙壑东下二百步，为文殊峰，又东为普贤峰，观音岩在焉。山自环玉冈而下，左右盘互，蜿蜒不经，总若干亩。其中台榭楼阁、祠宇杠梁，凡三十有一。林壑岩窦，可名者二十有三，他细琐不暇纪者，不在也。以其地在玉女潭之阳，因名玉阳山，而标其前曰玉阳洞天。玉阳洞天之东，境之可纪者四，金晶岩最胜。岩去玉阳五百步，轩揭如垂石下焘,[31]巉颜如断腭,[32]深广十寻。其中石壁奇峭,水出壁下,平流两涯,交络如织。濒水石坻,可罗坐十客,水环之如玦。岩石晶莹,日射之,煦烁如金,故云金晶。金晶岩之东稍南,曰佛窟。窅陋邃深,[33]中空洞可居。别窦尤深,秉炬而入,诘屈不可穷。其北为回阳洞,玉潭之水至是回流而南,故曰回阳,青鸟矶在焉。其上有留仙桥。逾桥而东为钟窦,水激其中,声洪如镛也。[34]玉阳洞天之西,境之可纪者六,龙湫最胜。湫去玉阳数百步,在积石之下,而渊潜澄湛,[35]微类玉潭。悬艇而入,中空如室,石皆下垂,峆岈岝崿,[36]不可名状。其后石壁插水,壁尽处有穴,劣可容舟。欹仄以入,[37]中空如外室,而通明虚敞,石尤奇丽。缘石而上,得穴甚隘,偻而入,转出石室之下,中空如上室,石柱合抱,色正白如玉,曰玉阳洞,此龙湫尤异处。龙湫之西曰水犀洞,水足胜舟,而石壁幽峭,石上有穴通天,故曰水犀。其水潜行而南,出于南洞磐石之下,[38]石平衍可坐,水萦之如浮,曰浮磐。浮磐之南,为君阳洞。洞凡三穴,最后一穴稍深,曰白龙藏。三洞相属,石皆穿漏如蹄股交峙。[39]水泻其间,湍激若泷揭。[40]跣行,[41]可环游出入,彼此啸呼,与水声相杂,亦一奇也。水自凝玉而来,东南互流,至此凡百折;乍盛乍微,或浮或伏,而其源皆出于玉潭。石自玉潭而来,或隐或见,亦皆联绵相属。其间松桧楩楠,[42]幽兰灵卉,丛生蔓被,与水石相蔽亏。周游其中,若去尘寰,历异境,既违复合,若穷而通。绮错绣绾,[43]不出里道,而众景毕集。殆造物者效奇呈异,独媚于兹,以成一方之胜如此。

夫自清浊肇判,流峙攸分,[44]而是境已具。其前未暇论,考之唐贤篇咏,玉潭之外,他固未有闻也。由唐至今八百余年,始自恭甫发之。岂天秘绝景,必待其人之贤而胜者而授之耶?恭甫以粹美之质,具有用之才,不究于时,而肆情丘壑,搜奇抉异,发幽而通塞,俾伏者以显,郁者以申,而无有所蔽。夫其志,岂直山水之间而已哉!昔谢康乐伐山开径,以极游放,[45]柳子厚发永、柳诸山,[46]而著为文章,皆以高才弃斥,用摅其抑郁不平之气耳。[47]或谓恭甫类是,而实非也。恭甫恬静寡欲,与物无忤,而雅事养神。邂逅得此,用以自适,而经营位置,因见其才,初非若二公有意于其间也。虽然,二公在当时,或有异论,而风流文雅,千载之下,可能少其名乎?呜呼!地以人重,人亦以地而重。他时好奇之士游于斯,庶几有知恭甫者。

【注释】

〔1〕选自《文徵明集》卷十九。

〔2〕峻巀(jié):山高峻貌。

〔3〕虚嶷(nì):虚空高峻。

〔4〕湍濑:湍急的流水。

〔5〕窱窔(yào)瑰谲:窱窔,隐蔽深曲。瑰谲,奇伟怪异。

〔6〕李幼卿:唐陇西人,代宗大历间以右庶子领滁州刺史,有政绩,在琅琊山下凿石引泉。陆希声:唐吴县人,昭宗时拜户部侍郎,同中书门下平章事。

〔7〕史恭甫:史际,字恭甫,号玉阳,明溧阳人。官至太仆寺少卿。

〔8〕浍(kuài):田间水沟。

〔9〕刳(kū)辟蠲刈(juān yì):剖开,割除。

〔10〕灵湫(qiū)邃谷:水潭和深邃的山谷。

〔11〕中渟膏碧:潭水如油脂一样洁白、澄澈碧绿。

〔12〕蒙幂:覆盖,笼罩。

〔13〕微窍:小洞穴。

〔14〕漘(chún):水边。

〔15〕渊泓洄洑:渊泓,深水。洄洑,潭水盘旋的样子。

〔16〕郁蟠:曲折幽深貌。

〔17〕礧磈(léi kuǐ):高低不平的样子。

〔18〕潆洄:水回旋貌。

〔19〕虬蟠:如虬龙似的盘曲。

〔20〕鼍(tuó)奋:如鳄鱼奋力爬行。

〔21〕美箭:佳竹。

〔22〕面势：按照《周易》八卦给不同方位的八室命名。

〔23〕肆目：极目远望。

〔24〕藂（cóng）祠：荒野丛林中的神祠。

〔25〕环匝如墉：环匝，环绕一周。墉，垣墙。

〔26〕骞（qiān）：举头。

〔27〕石罅（xià）：石头的缝隙。

〔28〕甃（zhòu）：砌。

〔29〕骈：并列。

〔30〕睥睨（pì nì）：城墙上锯齿形的短墙。

〔31〕焘（dào）：覆盖。

〔32〕腭（è）：口腔的上壁。

〔33〕窅（yǎo）：窅，深远貌。

〔34〕镛：大钟。

〔35〕渊潜：潜伏于深渊之中。澄湛：纯净，清晰。

〔36〕崆岈：深邃空旷貌。岞崿：山势高峻貌。

〔37〕欹（qī）仄：倾斜。

〔38〕磐石：厚而大的石头。

〔39〕蹄股：兽足和兽腿。

〔40〕泷：形容水湍急。

〔41〕跣（xiǎn）：赤脚。

〔42〕松桧楩（pián）楠：四种常绿乔木。

〔43〕绮错绣缛：绮错，如绮纹之交错。绣缛，绘画和刺绣设色而五彩具备。

〔44〕流峙：流，水流。峙，高山。

〔45〕昔谢康乐伐山开径，以极游放：南朝宋诗人谢灵运，东晋时袭封康乐公，故称。他好游山水，常命僮仆凿山浚湖，伐木开径，以便游赏。

〔46〕柳子厚发永、柳诸山：唐代文学家柳宗元，字子厚，因参与王叔文集团革新，被贬谪为永州司马和柳州刺史，写了很多著名山水游记散文。

〔47〕摅（shū）：抒发。

【评析】

文徵明从地理位置环境起笔，点出玉女潭因“相传玉女尝修炼于此”而得名，接着又用寥寥数笔交代玉女潭的兴废变迁，唐以前文人骚客多有游览酬唱，及后则荒废冷落湮没无闻，直至史际于此“疏土出石，决浍导流，刳辟斸刈”，方使玉女潭重现昔日风采。在描述完地理环境和历史兴废后，文章便自然述及玉女潭风景本身，以玉女潭为中心，周遭的台榭楼阁、祠宇杠梁凡三十有一，林壑岩窦可名者二十有三，皆被作者由远及近、层层推进地一一道来，及后视域又稍作推移，分述玉阳洞天东西可记之景。在用大量篇幅铺排描绘山居美景后，作者又回写此处主人史际以呼应文章开头，并以谢灵运、柳宗元作比，认为此二人山水游记之作是为抒发内心抑郁不平之气，而史际极富才华却“恬静寡欲，与物无忤，而雅事养神”，经营此地也只为“用以自适”，此为史际与前二者截然不同处，不难看出，文徵明更为欣赏的是纵情山水怡然自得这一类的人。

王稚登

王稚登(1535—1612),字百谷,号半偈长者、青羊君、松坛道士等,生于江阴,后移居苏州,郡望太原。明朝后期文学家、书法家。王稚登曾拜名重当时的吴郡四才子之一的文徵明为师,入"吴门派"。文徵明逝后,王稚登振华后秀,重整旗鼓,主词翰之席三十余年。"公安派"首领之一的袁宏道认为他的诗文"上比摩诘(王维),下亦不失储(光羲)、刘(长卿)"。嘉靖年间,两度游学京师,客大学士袁炜家。万历十四年(1586),曾与王世贞、屠隆、汪道昆、汪道贯、汪道会等在杭州共举"南屏社"。万历二十二年(1594),与陆弼、魏学礼等受召修国史。著有《王百谷全集》《吴社编》等。

兰墅记〔1〕

阳羡故多兰,弥坂被谷皆兰也。然荫于阳羡而尤莫多于南岳。南岳者,渡西氿十里而远,孙吴以境内名山为五岳,故兹山比嵩岳山。

去南岳几二百武,曰下泠桥,石濑溅溅,〔2〕声中琴瑟,即余友吴君幼元所筑兰墅也。〔3〕

幼元始仕为京兆郎,壮岁解官归,其内家为杭中丞,居阳羡,故幼元游迹多在阳羡。见此丘幽然,美筱嘉木,蓊青峭蒨,〔4〕径深而纡,涧窅而曲,〔5〕意其中有异壤焉。〔6〕乃从山人券取之,〔7〕薙荆榛,〔8〕伐荒翳,除草莱,〔9〕平硗确,〔10〕营之累岁而成兹墅。

曲涧当门,曰净泠。净泠之前,有圃数弓,梅竹参半。跨涧而亭之,曰窥韵,客非韵士,请回驾矣。入门,为清音堂,堂疏旷可觞客,众山皆响，何必丝竹？左入为下池，梁其上，名“法苑”，重屋三楹，名“采秀”，可高视远览。板桥延之，渡上池，登啸阁，主人时时作苏门伎俩，〔11〕鸾音凤吹，啮然自天而下者乎！〔12〕阁之左，为秋水庵，漆园司马一编日陈案上，〔13〕宛然河伯海若相对也。〔14〕右循曲廊，登青莲阁，大士金身龛之翠壁，主人好饮米汁，〔15〕即长斋绣佛趺坐禅非此地不可。〔16〕其后青山环之，若倚若藉，古桂山茶，并胜国之产，下容数胡床，〔17〕花时载酒其下，色香可供眼鼻二观。

出墅左涉，过上泠桥，仅百武，水声自洗肠池、卓锡泉出，合流于此墅之傍，梅冈、竹丘、药畦、果园、茶坞、薤垅之属，〔18〕相错如绣。而兰独缤纷，每条风时至，香闻数里，《骚经》所云“九畹”者，〔19〕小之乎称兰哉！

地与南岳寺邻，寺故稠锡禅师道场，〔20〕今山中尚有稠锡木、卓锡、洗肠，皆遗迹也。盖西氿汪塘，而南岳领其胜；南岳岧峣，〔21〕而兹墅复领其胜。墅之胜隐于寒烟灌莽苍藤乱石之间，〔22〕蒙茸荟蔚，〔23〕人迹罕及，女萝山鬼之与居，〔24〕蛇虎麋兔之与穴，幼元一旦抉其幽闷，〔25〕发其潜匿，伏者露奇，藏者吐秀，重楼架复道悬磴，高牖凭星，长廊贮月，虽不事刻镂文画，而逶迤商窗寮，〔26〕秀野清旷，各极其致，非有胜情妙思，穷微洞玄，其经营位置，不能及此。石季伦之金谷新声，李赞皇之平泉花木，莫不殚智力，竭神巧，縻金钱，淹岁月而后成；顾不如幼元此墅不雕不斫，自然灵境之为饶也。

昔王氏有兰亭，今吴氏有兰墅，古今山川，何必相远，要在以人胜耳。余与幼元交善，岁以暮春之月，偕二三同志，笋舆蜡屐来游，〔27〕坐绿阴，听黄鸟，采新芬蕣，〔28〕弄潺湲，〔29〕一觞一咏，庶几永和之风。独愧不娴于辞，不能如右军之叙，支离檄檄，〔30〕甚无当也，将使后之揽者不能兴感，且揶揄之，〔31〕幼元亦奚赖于余言？

万历癸巳闰十一月廿五日记。太原王穉登。

此记作于万历癸巳，迄今岁壬寅，十易寒暑，兰墅且易主人。幼元既倦游，不能时过阳羡，遂归之吴君澈如。[32] 澈如风度情致不减幼元，兹墅虽易主不易姓，高台曲池皆无恙，惜余衰甚，若庾子山云：[33]“此树婆娑，生意尽矣。”不能为澈如复撰片语，仅重书旧记于此卷，恍似卢生枕中耳。[34] 是岁重阳前三日稚登纪事。

【注释】

〔1〕参考陈从周、蒋启霆选编，赵厚均校订、注释《园综》，同济大学出版社，2011年版。下同。

〔2〕石濑溅溅：石濑，水为石激形成的急流。溅溅，水疾流貌。

〔3〕吴君幼元：即吴履谦，字幼元，明武进人，吴仲之子。

〔4〕蓊青峭蒨：密集的青色，鲜明的深红色。

〔5〕窅：深远貌。

〔6〕意：怀疑。

〔7〕券取：借指购买。

〔8〕薙（tì）荆榛：除草。

〔9〕草莱：杂草。

〔10〕平硗（qiāo）确：治理坚硬瘠薄的土地。

〔11〕苏门伎俩：用《世说新语·栖逸》典故，意指啸咏。

〔12〕崵然：迅速的样子。

〔13〕漆园司马一编：即漆园吏，庄子曾为漆园吏，故用此为《庄子》之代称。

〔14〕河伯海若：《庄子·逍遥游》中的两个角色。

〔15〕米汁：即酒。

〔16〕趺坐：盘腿端坐。

〔17〕胡床：一种坐具，又称交床。

〔18〕薤垅：种植藠头的田埂。

〔19〕《骚经》所云“九畹”者：《离骚》：“予既滋兰之九畹兮。”

〔20〕稠锡禅师：唐代僧人，浙江桐庐人。天宝年间，卓锡于阳羡之南岳寺。

〔21〕苕峣：高陡貌。

〔22〕灌莽：丛生的草木。

〔23〕蒙茸荟蔚：草木葱郁茂盛状。

〔24〕女萝山鬼：山鬼即《楚辞·九歌》中的山神，女萝即其所佩戴的松萝。

〔25〕抉其幽閟：发露幽深。

〔26〕窅窱（yǎo tiǎo）：幽深貌。

〔27〕笋舆蜡屐：乘坐竹轿，穿着用蜡涂的木屐。

〔28〕荈（chuǎn）：茶的老叶，即粗茶。

〔29〕潺湲：流水。

〔30〕樕樕（sǒu sù）：比喻凡庸。樕，谓树木茂盛；樕，谓树木枯槁。

〔31〕揶揄：嘲笑。

〔32〕吴君澈如：即吴正志，字之矩，号澈如，明代后期宜兴人。

〔33〕庾子山：即南北朝文学家庾信，字子山。“此树婆娑”选自其《枯树赋》。

〔34〕卢生枕中：用唐传奇《枕中记》典故，卢生梦荣华富贵之事，醒来方觉一切皆为虚幻。

【评析】

王稚登应阳羡兰墅园主吴幼元之邀，为之作记。既记其园，先表其地。开篇数句皆言阳羡与南岳之景，而后引出阳羡南岳之兰墅。笔锋一转，乃记园主吴幼元营建兰墅之经历。随后则是本文的主体部分，作者对园中诸景进行一一表彰，园主醉心佛道，其造园意境，命名旨趣，作者皆原本道来。如“客非韵士，请回驾矣”“主人时时作苏门伎俩，鸾音凤吹，响然自天而下者乎”“花时载酒其下，色香可供眼鼻二观”等语，皆出于联想，而园主超然之姿亦清晰呈现于读者目前。随后对园之特色进行总说，兰墅所在本自榛莽之所，而园主却能“抉其幽閟，发其潜匿”，于不事雕琢中凭空造出一番世外天地。作者列举古之名园，皆苦废心力，转不如兰墅之依本自然，更胜一筹，唯有王氏兰亭能与之相提并论。作者以暮春友朋游赏之行作结全文，更是直接效法《兰亭集序》。佳园之中，流觞曲水，不亦快哉？作为一篇园记，本文行文天马行空，汪洋恣肆，于平常之处，横生许多意趣，实为难得的佳作。

兰墅后记

余昔为吴幼元记兰墅，岁在癸巳，逮今十四年，墅更属吴君之矩矣，又命余作记。夫其楼观池台之旷朗，房栊室宇之靓深，[1]花木泉石之布列，禅居客舍之参错，前记已悉云矣。君今所仍者，幼元旧贯，勿之有改也，记则何以？君曰："不然！为幼元记记建置，为余记记流传。兹墅之传所由来矣，其始为梁山人居，周都峰先生于此阐道德性命之奥，[2]海内籯粮蹑屩而受学者如云，[3]而家大人太仆公称入室弟子。[4]先生殇后，山人亦相继卒，墅之转徙，不知更几人而归幼元。幼元营菟裘，[5]不欲老，人争觊得之，皆莫得，而竟以归我。余与幼元，有内家之亲，且共有烟霞癖，[6]故幼元以墅来归，凡出幼元经画者，一草一木，无所损益，第葺其漂摇朽蠹而已。尝戏谓幼元：'若为我创，我为若守，虽易主，不易姓，废箸如我两人，墅可百世无患耳。'未几，家大人既于役四方，[7]余复以上书免官归里，时从文酒客游燕于此，咸谓此墅位置诚佳，独无一朝阳之居，微有不惬。乃即东隙隅地构厅事三楹，其南向又树藏书之屋，视昔规制稍备。俟有余力，尚欲建嵬阁瞰西溪之流，凿巨陂纳众壑之汇，[8]此余未毕之志，而亦幼元未竟之业也。"余闻君言，则大咤以为奇！盖梁山人栖遁，[9]不知其后当易主也；幼元经营，不知其复与人也；太仆公讲学于此，亦不知其终为我有也。他人有心不得，君以无心得之。君与幼元，其姓同，其心同，其风调又同，莫必非墅，莫必非主，何论此一吴、彼一吴哉？君今起家郎署，[10]出入禁闼，[11]将夙夜在公，以报主上隆遇，宁后栖迟丘壑乎？恐北山之移，[12]当在南岳，有如不忘猿鹤也者，勿俾车生耳哉，[13]斯则于兰墅无负矣。

万历丁未春王正月，太原王稚登记并书。

【注释】

〔1〕房栊：房屋。靓深：幽静深邃。

〔2〕周都峰：即周怡，字顺之，号都峰，宣州太平县（今安徽黄山市）人。明代理学家。

〔3〕籯粮蹑屩：携带粮食，穿着草鞋。

〔4〕家大人太仆公：吴正志之父吴达可，万历五年（1577）进士，曾任南京太仆卿、通政使。家大人，对自己父亲的称呼。

〔5〕营菟裘：营建归隐之所。

〔6〕烟霞癖：酷爱山水之癖。

〔7〕于役四方：因兵役、劳役或公务奔走在外。

〔8〕巨陂：大池塘。

〔9〕栖遁：隐居。

〔10〕起家：发迹。郎署：汉唐时宿卫侍从官之公署。明清称就曹为郎署。

〔11〕禁闼：宫廷。

〔12〕北山之移：指孔稚珪《北山移文》，其主题为讽刺假隐士。

〔13〕车生耳：车耳即车之屏障。为官愈大，所乘车之屏障愈高。

【评析】

吴幼元所营兰墅，十余年间即易主，归于同宗吴之矩，亦邀王稚登为之作记。前记描摹园景，已尽其题，更无剩义，此记则将重心放在了记叙兰墅流转始末上，正是“为幼元记记建置，为余记记流传”。其要一在存留往事，一在表彰新主人道德人品，赞美其保留吴幼元旧制，“一草一木，无所损益”，又能够有所拓展，弥补幼元所未及。文末则希望园主能够维持王事与园居的平衡，能够在为官之余，不忘兰墅之美、乡间隐居之乐，则可谓对兰墅最好的传承。前记潇洒，此记平实，以文采论，则前远胜于后，然园记本为应制之作，后记亦可为忠人之事矣。

寄畅园记

寄畅园者,梁溪秦中丞舜峰公别墅也,[1]在惠山之麓。[2]环惠山而园者,若棋布然,莫不以泉胜,得泉之多少,与取泉之工拙,园由此甲乙。[3]秦公之园,得泉多而取泉又工,故其胜遂出诸园上。园之旧名,曰凤谷行窝,盖创自其先端敏公,[4]一转而属方伯,[5]再转而属中丞公,皆端敏之裔也。中丞公既罢楚开府归,[6]日夕徜徉于此,经营位置,罗山谷于胸中,犹马新息聚米然,[7]而后畚锸斧斤、陶治丹垩之役毕举,[8]凡几易伏腊而后成。[9]

辟其户东向,署曰寄畅,用王内史诗,[10]园所由名云。折而北为扉,曰清响,孟襄阳诗:“竹露滴清响。”[11]扉之内皆筼筜也。下为大陂,可十亩。青雀之舳,蜻蛉之舸,[12]载酒捕鱼,往来柳烟桃雨间,烂若绣缋,故名锦汇漪,惠泉支流所注也。长廊映竹临池,逾数百武,曰清籞。籞尽处为梁,屋其上,中稍高,曰知鱼槛,漆园司马书中语。[13]循桥而西,复为廊,长倍清籞,古藤寿木荫之,云“郁盘”。[14]廊接书斋,斋所向清旷,白云青霭,乍隐乍出,斋故题“霞蔚”也。廊东向,得月最早,颜其中楹曰“先月榭”。其东南重屋三层,浮出林杪,[15]名凌虚阁。水瞰画桨,陆览彩舆,舞裙歌扇,娱耳骀目,无不尽纳槛中。阁之南,循墙行,入门,石梁跨涧而登,曰卧云堂,东山高枕,[16]苍生望为霖雨者乎?右通小楼,楼下池一泓,即惠山寺门阿耨水,其前古木森沉,登之可数寺中游人,曰邻梵。邻梵西北,长松峨峨,数树离立,箕踞室面之,王中允绝句诗也。[17]傍为含贞斋,阶下一松,亭亭孤映,既容贞白卧听,[18]又堪渊明独抚。松根片石玲珑,可当赞皇园中醒酒物,主人每来盘桓于此。出含贞,地坡陀,[19]垒石而上,为高栋,曰雀巢,亦王中允诗语。阁东有门入,曰栖玄堂。堂前层石为台,种牡丹数十本,花时,中丞公燕予于此,红紫烂然如金谷,何必锦绣步障哉![20]堂后石壁倚墙立,墙外即张祜题诗处,[21]茫然千古,沧耶！桑耶！漫不可考矣。出堂之东，地隆然如丘，可罗数十胡床，披云啸月，高视尘埃之外，曰爽台。台下泉由石隙泻沼中，声淙淙，中琴瑟，临以屋，曰小憩。拾级而上，亭翼然峭蒨青葱间者，为悬淙。引悬淙之流，甃为曲涧，茂林在上，清泉在下，奇峰秀石，含雾出云，于焉修禊，于焉浮杯，使兰亭不能独胜。曲涧水奔赴锦汇，曰飞泉，若峡春流，盘涡飞沫，而后汪然渟然矣。[22]西垒石为洞，水绕之，栽桃树十株，悠然有武陵间想。[23]飞泉之浒，曲梁卧波面，如蝾蜷雌霓，[24]以趋涵碧亭，亭在水中央也。涵碧之东，楼岿然隐清樾中，[25]曰环翠。登此则园之高台曲树，长廊复室，美石嘉树，径迷花、亭醉月者，靡不呈祥献秀，泄秘露奇，历历在掌，而园之胜毕矣。

大要兹园之胜，在背山临流，如仲长公理所云。[26]故其最在泉，其次石，次竹木花药果蔬，又次堂榭楼台池籞，而淙而涧，而水而汇，则得泉之多而工于为泉者耶？匪山，泉曷出乎？山乃兼之矣。夫园之丽兹山者，不知凡几家，历几世，更几姓。如昔平泉、金谷之比，不翅传舍逆旅若耳！[27]且也主人振缨驰毂，勤劳王事，终其身不一窥，按图问监奴："此某堂，此某亭，此某楼阁池台耶？青铺不圮，[28]朱扉不生苔，仓琅根无恙，[29]可下葳蕤之锁乎？[30]无使游者阑出入扑吾树头梨枣，[31]折砌上花，捕池中鲂鲤也！"更几十年然后归，归而龙钟以老，济胜无具，[32]不能出五步之内矣，此不邯郸华胥之梦且幻欤？[33]秦之先，自五先生迄今，[34]诗书轩冕相蝉联，[35]由端敏而方伯、而中丞，园之主虽三易矣，然不易秦也。秦不易，即主不易耳。中丞公为谗人所螫，[36]中岁解官，园成，日涉其中，婆娑泉石，啸傲烟霞，弃轩冕，卧松云，趣园丁报瓮，[37]童子治棋局酒枪而已，[38]其得于园者，不已侈乎？客乃谓："方今东师虽罢，[39]朝政如秋荼也者，[40]以中丞公之雄才大略，又富于春秋，不登三事九列，[41]徒令云卧一丘，疏泉艺石，消其胸中块磊，即县官奚赖焉？"余谢客曰："子言在用世，[42]非寄畅之者也，姑置勿论！"

己亥闰四月既望，[43]太原王穉登记并书。

【注释】

〔1〕秦中丞舜峰公：即秦燿，字道明，号舜峰，明无锡人。隆庆五年（1571）进士，曾任都察院右副都御史，巡抚湖广。明人称巡抚为中丞。

〔2〕惠山：在无锡锡山之西，旧名西神山。晋代高僧慧照居于此，遂称慧（惠）山。

〔3〕甲乙：分出优劣。

〔4〕端敏公：即秦金，字国声，号凤山，弘治六年（1493）进士。历官至南京礼部尚书、户部尚书，卒谥端敏。

〔5〕方伯：即秦梁，字子成，号虹洲，秦瀚之子，秦金族孙。嘉靖丁未（1547）进士，曾任江西布政使，故称方伯。

〔6〕楚开府：即任湖广巡抚。

〔7〕马新息聚米：东汉将军马援，封新息侯，其在征伐隗嚣时，于光武帝面前聚米为山谷，演示地理形势。

〔8〕畚锸：畚，畚箕，盛土器。锸，铁锹，掘土器。丹垩：粉刷墙壁。

〔9〕几易伏腊：历经数载。

〔10〕王内史诗：即王羲之，曾任会稽内史，故称王内史。其《答许掾》诗云："取欢仁智乐，寄畅山水阴。"寄畅园由此得名。

〔11〕孟襄阳诗：即孟浩然，襄阳人，故称孟襄阳。"竹露滴清响"出自其《夏日南亭怀辛大》。

〔12〕青雀之舳，蜻蛉之舸：青雀之舳，船首画有青雀，指华贵的游船，也称青雀舟、青雀舫。蜻蛉即蜻蜓，蜻蛉之舸是一种小船，也称蜻蜓舟。

〔13〕漆园司马书：即《庄子》。知鱼槛，即用《庄子·秋水》"子非鱼安知鱼之乐"的典故。

〔14〕郁盘：曲折幽深貌。

〔15〕林杪：树梢。

〔16〕东山高枕：用东晋谢安典故。谢安早年曾辞官隐居会稽东山，朝廷屡次征聘，方从东山复出，官至司徒。比喻安然隐居。

〔17〕王中允绝句诗：唐代诗人王维，曾任太子中允，其《与卢员外象过崔处士

兴宗林亭》云:“科头箕踞长松下。”

〔18〕贞白:即陶弘景,南北朝著名道教学者。

〔19〕坡陀:不平坦貌。

〔20〕步障:用以遮蔽风尘或视线的一种屏幕。

〔21〕张祜:中晚唐诗人。漫游惠山,有《题惠山寺》诗传世。

〔22〕汪然:水深广貌。渟然:停聚貌。

〔23〕武陵间想:用陶渊明《桃花源记》典故,所云桃花源在武陵。

〔24〕蜷蜷雌霓:盘曲的彩虹。

〔25〕樾:树荫。

〔26〕仲长公理:即东汉人仲长统,著有《昌言》。《后汉书》记载其对居所的要求:“使居有良田广宅,背山临流,沟池环匝,竹木周布,场圃筑前,果园树后。”

〔27〕不翅:通“不啻”。

〔28〕青铺:青色的铺首。

〔29〕仓琅根:门上之铺首与铜环,代指门。

〔30〕葳蕤:即锁名,典出《录异传·刘照》。

〔31〕阑出入:擅自出入。

〔32〕济胜:到达胜境。

〔33〕邯郸华胥:邯郸用唐传奇《枕中记》卢生邯郸一梦典故。华胥用《列子》典故,黄帝昼寝,梦游于华胥氏之国。

〔34〕五先生:无锡秦氏以秦观为始祖,又以秦朴、秦旭、秦霖、秦夔从祀,称五先生。

〔35〕诗书轩冕相蝉联:族中诗书精熟、高官贵爵之人连续不断。

〔36〕螫:诬陷。

〔37〕趣园丁报瓮:督促园丁抱着水瓮浇水。

〔38〕酒枪:温酒器。

〔39〕东师:即明神宗万历二十年(1592),日本丰臣秀吉入侵朝鲜,明朝应朝鲜之请,入朝与日本作战,万历二十六年(1598),丰臣秀吉死去,双方罢兵。

〔40〕秋荼:比喻政事繁多。

〔41〕三事九列:三公九卿。

〔42〕用世:出仕。

〔43〕既望：农历每月十六日。

【评析】

寄畅园原为嘉靖初年秦金所建，万历年间同宗秦燿加以修葺，更名“寄畅园”，嘱王稚登作记。本文开篇说明园之基本情况，园名、园主以及所处位置，而后以数语说明“得泉之多少，与取泉之工拙，园由此甲乙”的道理，表明寄畅园远超诸园的地位。次以简短数句，叙成园之经过。其后则以大段笔墨，一一描绘园中景致，而笔墨游走，写实之外，时时引出联想，如“青雀之舳，蜻蛉之舸，载酒捕鱼，往来柳烟桃雨间，烂若绣缋”之句，寥寥数语，已将锦汇漪前游赏之画面诗意地呈现出来。随作者笔锋所及，全园景致应接不暇，美轮美奂。作者带着读者游历一过，又进行理论上的总结，在他看来，园以泉胜，更照应开头之语。文之最末，由园而人。古之园林，虽然营造秀美，然而园主耽于世事，虽有佳园，无暇游观，而寄畅园主秦中丞却能得暇园居，自得其趣，不为俗务所扰，可谓至乐。在作者看来，园居之乐远胜庙堂之业，三公九卿何足道哉，既言用世，又何来寄畅？由写景而议论，文意至此尽矣。

邹迪光

邹迪光(1550—1626),字彦吉,号愚谷,无锡人,明万历二年(1574)进士,授工部主事,官湖广提学副使。万历十九年(1591)罢归,在无锡惠山下筑愚公谷隐居。工诗文,善画山水。著有《劝戒图说》《太上诸仙法语补集》。

愚公谷乘(节选)〔1〕

评吾园者曰:“亭榭最佳,树次之,山次之,水又次之。”噫!此不善窥园也。园林之胜,惟是山与水二物。亡论二者俱无,与有山无水,有水无山,不足称胜,即山旷率而不能收水之情,水径直而不能受山之趣,要无当于奇。虽有奇葩绣树、雕甍峻宇,何以称焉。吾园锡山、龙山纡回曲抱,绵密复袷,〔2〕而二泉之水从空酝酿,不知所自出。吾引而归之,为嶂障之,堰掩之,使之可停可走,可续可断,可巨可细,而惟吾之用。故亭榭有山,楼阁有山,便房曲屋有山,几席之下有山。而水为之灌漱,涧以泉,池以泉,沟浍以泉,即盆盎亦以泉,〔3〕而山为之砥柱。以九龙山为千百亿化身之山,以二泉水为千百亿化身之水,而皆听约束于吾园,斯所为胜耳。吾园内外,树多干霄合抱之木,〔4〕不必其枝琼干翠,与是吾家物,而取其虬盘凤翥,〔5〕家不自有,而为吾有之,如幕之垂,如褥之铺,斯亦所为胜耳。若以屋论,则木不楩梓,〔6〕石乏贞珉,〔7〕徒事区区丹雘,〔8〕嫫母而粉泽之,〔9〕人以为夷施,〔10〕而实嫫母也,何言最哉?夫山水成于天者也,屋宇成于人者也,树成于人而本于天者也。故穷极土木,富有力者能之,贫者不能也。余有天幸,得地于山水之间,而又得此乔柯而成其胜,[11]必以土木为奇,则束手矣。虽然,构造之事,不独以财,亦小以智。余虽无财,而稍具班、倕之智,[12]故能取佳山水剪裁而组织之,以窃附其智,不然者亦束手矣。是吾园本于天而成于人者也。夫本于造化,则亦当还之造化,为语子孙:吾当仿周颙、王珣故事,[13]身死之后,舍此园为佛刹,听其自兴自败,自增自减,自久自暂,以造化还夫造化。汝不得而有之,必欲得而有之,将决不能有,而为强有力者负之走矣。夫与其归强有力者,孰若还之造化也?

【注释】

〔1〕选自《锡山先哲丛刊》。

〔2〕复袷:复合,结合。

〔3〕盆盎:盎亦盆类容器。

〔4〕干霄:高入云霄。

〔5〕虬盘凤翥:盘曲的虬龙和飞翔的凤凰。

〔6〕梗梓:黄梗树与梓树,两种高大乔木。

〔7〕贞珉:石刻碑铭。

〔8〕丹雘:粉饰。

〔9〕嫫母:丑女。

〔10〕夷施:西施,指美女。

〔11〕乔柯:大木。

〔12〕班、倕:班即鲁班,倕亦传说中古之巧匠。

〔13〕周颙:南朝齐诗人、佛教学者,曾舍建康钟山宅第为寺,名曰草堂寺。王珣:东晋官员,王导之孙,东晋咸和二年(327),与弟王珉舍宅为虎丘寺。

【评析】

独孤及《慧山寺新泉记》中提到无锡惠山寺,至明代,慧山寺部分僧房被改建为园林。其左为秦金所得,改为凤谷行窝,即寄畅园前身,其右为乡绅冯夔所有,后辗转归于邹迪光,改名愚公谷,俗称为邹园。二园左右并峙,一时称为美谈。邹氏苦心营建愚公谷,园之规模风致皆佳,号称有六十景,当时名公巨卿、文人墨客往来络绎,风光无限。邹氏不仅用心于造园,更是自撰园记十一篇,称为《愚公谷乘》。文长难以尽选,故选其第十一篇作为代表。《愚公谷乘》前十篇皆具体夸炫其园景之佳,第十一篇则为总结,不仅总括其园林佳处,更阐发其园林思想。其批驳他人对自己"亭榭最佳"的评价,而主张园林之胜只在于山水二者,二者缺一不可。邹氏认为造园应依凭原有的山水,加以巧妙引导,从而使得园中亭榭楼阁等物与原有山水形成有机共生的关系。而园中树木不过稍稍利用原有条件,楼宇也不过简单装饰,不事奢华。自己造园,并不是"穷极土木",而是巧妙地借助了上天给予的条件,稍事剪裁之功,遂化为己用。明末士大夫群体中禅风甚炽,作者在文末流露出将园林舍为佛寺的想法。然而造化弄人,邹迪光死后,其子横死园中,愚公谷最终为人所分割,"灰非梦断,不可复即",引人无限唏嘘。

常　州

梁　肃

梁肃(753—793),字敬之,一字宽中,安定临泾(今甘肃泾川)人。刑部尚书梁毗五世孙,唐朝文学家,散文家。代表作有《过旧园赋》《常州刺史独孤及集后序》《周公瑾墓下诗序》《代太常答苏端驳杨绾谥议》等。所作《台州隋故智者大师修禅道场碑铭》,在佛教史上有重要影响。

李晋陵茅亭记〔1〕

赵郡李兖仲山,大历中由秘书郎为晋陵令,思所以退食修政,思所以端己崇俭,乃作茅亭于正寝之北偏,功甚易,制甚朴,大足以布函丈之席,税履而跻宾位者,〔2〕适容数人。则仲山约身临人,颛固简一之道可知矣。解龟后,〔3〕继其任凡六七人,每居于斯,必称作者之美。而仲山安贫养性,寓于旧邑者十有二年。方牧知之,又檄而摄焉。仲山清德之嗣,孝于家,勤于官。其摄也,念前之非久,政之未成也,乃必躬必亲,必诚必信,慎思不懈,而众务咸叙。有未及者,必访问咨度,择善而从之,则其治足征也。君子谓仲山居处恭,执事敬,出入一纪,〔4〕再临斯人,有以见位不苟进,仕不苟行,大来必复,将于是乎始矣。予曩睹亭之起,今又观进德之美,辄直笔志之,谓之《晋陵茅亭记》,时贞元元年夏五月记。

【注释】

〔1〕选自《常郡八邑艺文志》卷二上。

〔2〕税履(lǚ):犹息足。税,通“挩”“脱”。

〔3〕解龟：古代解下所佩带的龟印，辞官卸任。谢灵运《初去郡诗》："牵丝及元兴，解龟在景平。"也作"解绶""解任""解组"。

〔4〕一纪：十二年。

【评析】

梁肃平生好佛，为天台宗高僧湛然弟子。其文崇尚古雅，认为"道能兼气，气能兼词"。此篇亭记，虽为亭记，实则记人。作者叙事写人，善于细节描写，将李仲山勤勉清廉的形象刻画得栩栩如生。文章辞约意丰，构思巧妙。此篇亭记重在以亭记写人，亭之质朴端正，"端己崇俭，乃作茅亭于正寝之北偏，功甚易，制甚朴"，实则也是李仲山尚简端正的表现。亭因人名，人因亭显。

李幼孜

李幼孜(1514—1584),字元树,号义河,明湖广应城(今属湖北)人。嘉靖二十六年(1547)进士,历仕翰林院行人、淮安知府、常州知府、户部侍郎、大理寺卿等职,万历新政的重要参与者与支持者。

精微亭记[1]

嘉靖丙寅,予奉命来守毗陵,[2]郡故称文献,而士民敦庞雅丽,盖彬彬乎有古君子之风。予谓簿书狱讼,非所以称塞也。乃著之话,言形诸仪,则摅其平生一得之愚而不与俗同。诸生闻而见之,若有契焉。时时进问,而予不敢倦,为之期会于城南永庆寺。

明年丁卯为隆庆元年,来者愈众,则隘其宫为不足容也。寺之巽方有地,[3]横延突出,而临流逶迤,若天设以俟者。同寅某某、武进县令某某与从游士吴嵚等谋亭于上,名曰"精微",而请究其说。夫至高者,天之形也。下济者,天之道也。天之所以为天者,以道不以形,则善言天者,惟其下济焉尔已。气之行,行以下也,机之运,运以下也。凡所以为四时之行,百物之生者,非下无以见之一。或亢而不下,则生生色色,澌灭无存,而天之道息矣。嗟乎,吾人之生也,与天为一者也,则所以为道者,宁有二乎哉。上古圣人莫非此道,而心学之源,自尧舜始。其"人心惟危,道心惟微,惟精惟一,允执厥中",[4]此十六言者,发明天道,无余蕴矣。乃七十子殁而说者异焉,此予之所以不能无疑者也。窃谓危,高也,大也,拘于天至高之形也,非吾人本心之良也。微,小也,下也,得于天下济之道也，乃吾心率天之真也。惟其拘于形而非吾心之良也，故曰“人心”，犹曰危者人心也。惟其得于道而率天之真也，故曰“道心”。精者，已精而益求其精之谓，《中庸》末章自尚之心而极于笃恭之妙是也。一者言吾心之微一而已。中者，无过不及，所以为道者也。言人惟于微之一者，已精而益求其精，则事无过不及，而与道为一矣，故曰“允执厥中”者也。是故下济者，天之微也，行健不息者，天之精也。下济之外，无他者，天之一也。四时行，百物生，和气充满者，天之允执厥中也。吾心之微，天之下济也。已精而益求其精，天之行健也。一惟微而已者，天之一下济而已也。无过不及，天之四时，行百物，生和气，充满也。是故为纵、为肆、为矜、为伐、为怠、为荒、为傲、为侮、为夺、为谲、为妒、为不逊、为忿戾，凡一切放逸高大而务以胜人为心者，皆失其微之本体者也，皆人心也。为谦、为让、为恭、为俭、为抑、为畏、为约、为质、为朴、为退然、为呐然，凡一切收敛慎密，不敢有加于人而以下人为心者，皆率其本体之微也，皆道也。盖尝观之，兢兢业业，尧舜之所以精，此微也；克勤克俭，不矜不伐，禹之所以精，此微也。尧舜惟其身此精微也，故以之为授；舜禹，惟其身此精微也，故得而受之。自是而后，汤得之，为慄慄危惧；文王得之，为小心翼翼；武王得之，为敬胜之吉；周公得之，为《无逸》之陈；至孔子得之，多凶多惧之。戒，发其蕴于《周易》一书。而颜曾所以独得其传者，若无若虚而已，战战兢兢而已。乃子思之作《中庸》，则直指其说，始于戒慎恐惧，而极于无声无臭，至为明著矣。

呜呼，此精微之学，尧舜所以开其源，而后圣有作，所以谨遵而不失也。夫道出于天，而求道者外焉；学始诸尧舜，而为学者多异说。譬之舍户以为出入，弃衣食以求温饱，则亦何怪乎？道之不明，而所谓学术者，徒以纷口耳之赘也哉，则精微之学，信乎。予与诸公所当共勉焉者也。而愿以诏之后来，故以名亭也。亭既成，爰书以为记。亭之基若干丈，亭之后有楼，有堂，有翼室，亭之前有桥，有坊，有街，各有名，并其义助之费，及从游诸生姓名，悉书于碑阴。督工者，寺僧佛明也。

【注释】

〔1〕选自《钦定古今图书集成·经济汇编·考工典》卷一百八。

〔2〕毗陵：今江苏省常州市。

〔3〕巽（xùn）方：东南方。巽是八卦之一，代表风。在先天八卦中巽是西南方向，在后天八卦中巽是东南方向。

〔4〕人心惟危，道心惟微，惟精惟一，允执厥中：人心难测，道心难明，精诚恳切，秉中守正。语出《尚书·虞书·大禹谟》。

【评析】

李幼孜此篇亭记，重在对亭名“精微”的解读，文中借与同游者一起探究“精微”之意，引发对“精微”的解读。他指出：“盖尝观之，兢兢业业，尧舜之所以精，此微也；克勤克俭，不矜不伐，禹之所以精，此微也。”全篇亭记引经据典，解经论道，不同于一般的写景记人或叙事抒怀类记体文，此篇亭记熔经铸史，重在说理。

杨兆鲁

杨兆鲁，生卒年不详，字青岩，号泗生，武进（今江苏常州）人。顺治九年（1652）进士，官至福建延平道按察司副使。著有《遂初堂文集》。

近园记〔1〕

有客过近园，谓予曰："人生天地间，一身之外，非吾有也，皆可以远名之。何况游目托迹之所，草木禽鱼，至辽廓不亲切之物，与吾身何与？〔2〕而子谓之近，岂不谬哉！"予曰："不然。夫远近亦何尝之有？性情骛乎远，〔3〕则浮江河、涉五岳，且欲翱翔于凌虚之台，〔4〕驰骤于阆风之圃者有之。〔5〕予也，蒲柳也，鷦鹩也，一亩之宫，可以栖迟偃息，禽鱼草木，皆吾陶情适性之具，又何远之足云？"自抱疴归来，于注经堂后，买废地六七亩，经营相度，历五年于兹，近似乎园，故题曰"近园"。其中为堂，则西野草堂也，不过三楹，可以宴客。其南则见一亭，前垒石作假山；后作小台，植牡丹数本，窗棂轩敞，表里相望。折而西，则竹深处。由此而进，题曰"药栏乘兴"。左有天香阁，右有安乐窝。临池有得月轩，绿水沦涟，游鱼与波光上下，此予读书吟钓处也。又折而北，则秋水亭，回廊匝绕。又北，则鉴湖一曲，迤逦而东，过虚舟，入容膝居，渡小桥，到三梧亭。亭下有垂纶洞，石磴参差，古木蓊郁，亦城市山林小憩之所也。西南，则四松轩、欲语阁。留片地为菊圃。园中之木，高柳、疏榆、冬青、石楠、山之海榴、紫薇、翠柏、枣、柿、梨、栗、桃、李、桐、桂之本，高下数百株。其花，则蛱蝶、杜鹃、长春、芍药，四时开落，约数十种。虽不及东皋之别墅，鸣珂之盘涧，[6]亦庶几寄吾身于一壑之内，而吾意悠然矣。

壬子秋日，虞山王石谷为予写《近园图》，[7]因作记。

【注释】

〔1〕选自《遂初堂文集》卷四。

〔2〕与：帮助。

〔3〕骛：追求。

〔4〕凌虚之台：苏轼于陕西终南山筑凌虚台，并作《凌虚台记》。

〔5〕阆风之圃：传说昆仑山巅西王母居住的地方，后常用来泛指神仙居住的地方，有时也指帝王宫苑。

〔6〕东皋：即王绩（约586—644），字无功，号东皋子。唐绛州龙门（今山西河津）人。工诗文。隐居东皋，崇尚田园生活。鸣珂：据《新唐书·张嘉祐传》，嘉祐之兄嘉贞为相时，任右金吾卫将军。“昆弟每上朝，轩盖驺导盈闾巷，时号所居坊曰‘鸣珂里’。”后来用指贵人的居处。

〔7〕王石谷：即王翚（1632—1717），字石谷，号耕烟散人、乌目山人、清晖主人等，清江苏常熟人。擅画山水。

【评析】

近园，始建于清康熙六年（1667），历时五年完工，初名近园，同治初，杨兆鲁后人将其卖给刘翊震，并改名为“静园”，光绪初，又归恽氏所有，称恽家花园。《近园记》详述园内胜景，园内多禽鱼草木。园中之木，高柳、疏榆、冬青、石楠、山之海榴、紫薇、翠柏、枣、柿、梨、栗、桃、李、桐、桂之本，高下数百株；其花，则蛱蝶、杜鹃、长春、芍药，四时开落，约数十种。末以悠然意作结，记景与抒情融为一体。

李兆洛

李兆洛(1769—1841),字申耆,晚号养一老人,阳湖(今江苏常州)人。清代学者、文学家、藏书家。曾任安徽凤台知县,丁父忧,遂不复出仕。后主讲江阴暨阳书院达二十年,是阳湖派代表作家之一。著作有《养一斋文集》《骈体文钞》等。

陶氏复园记[1]

昔人谓洛阳园林,关天下盛衰,盖其关于一家者,可无论也。夫衣裳栝棬,[2]子孙犹固护之,况钓游所寄,封殖所加,律以世守之义,岂宜听其失坠者乎?吾乡明中叶以后,颇有园榭之盛,如吴氏之来鹤庄、蒹葭庄、青山庄。国初则杨氏之杨园,陈氏之陈园,类为裙屐所集。来鹤、蒹葭早废,杨园、陈园,予幼时尚得见之,亦且颓圮矣。惟青山庄归张氏,加缮治,称名胜,然不数年,荡为魁陵粪壤,[3]抑可感也。陶园,故唐氏园也,荆川先生尝读书其中,[4]无崇台邃馆,珍石奇卉,傍水因树,自成清华。其后数易主,而艾圃陶先生有之,[5]遂群称曰"陶园"云。艾圃先生没,子孙不能守,转售又易姓。道光九年,先生从曾孙霁堂乃赎复之,葺其荒圮,而更其名曰"复园"。《易》曰:"君子尚消息盈虚,天行也。"艾圃先生于未服官之日,[6]即居是园。宦游所至,惓惓注思。[7]及其归老,藉娱暮景。今霁堂则以投劾归来而复之,将以养闲林泉,久而不出。艾圃之距荆川,百四十余年,霁堂之距艾圃,亦百四十余年,往复之运,殆有默定焉者乎?蒹葭、来鹤诸园,湮没无迹,斯园特以荆川故留传至今,君子之泽也。吾乡自荆川先生以治经治史,发之于文章,实之于躬行,赫然为学者宗。迩来三百年矣,流风余韵,日益凌夷,[8]幸斯园之尚存,过陈渡者,冯吊遗迹,而追慕之,庶几有闻风而兴者焉。如艾圃先生之治行卓越,文章尔雅,真足以继荆川之躅者也。[9]然则艾圃先生之居是园也,复荆川之初也。霁堂之居是园也,复艾圃先生之初,即以复荆川之初也。此其消息之故,当必有扬芳蕤,振嘉实,日起有功,以绍前贤之坠绪者乎?[10]霁堂之志,于是乎在矣。而岂第以是为一家之盛衰也!

【注释】

〔1〕选自《养一斋文集》卷十。

〔2〕桮棬(bēi quān):亦作"杯棬"。一种未加装饰的木质酒器,此处喻为简朴。

〔3〕魁陵粪壤:魁陵,小土丘。粪壤,此处指污秽的土。

〔4〕荆川先生:即唐顺之(1507—1560),字应德,学者称荆川先生,明武进(今江苏常州)人。以诗文著称,为"唐宋派"代表人物。

〔5〕艾圃:即陶自悦,字心兑,号艾圃,清江苏武进人。康熙二十七年(1688)进士。八股文有时名,诗亦清越。

〔6〕服官:出仕做官。

〔7〕惓惓注思:念念不忘的样子。惓惓,深切难忘。

〔8〕凌夷:衰颓,走下坡路。

〔9〕躅(zhú):足迹。

〔10〕坠绪:即将断绝不传的学问。

【评析】

李兆洛精于考据、训诂、舆地之学,其论文反对独尊唐宋而不知两汉,主张兼取骈文和散文之长,故选辑《骈体文钞》以穷文体之流变,为阳湖派代表作家之一。他的《陶氏复园记》,文气流畅,语言流丽,句式骈散结合,熔经铸典,亦可见李兆洛的经学功底。

方履籛

方履籛(1790—1831),字彦闻,号术民,江苏常州府阳湖县人,寄籍顺天府大兴县。嘉庆二十三年(1818)举顺天乡试,官福建永定、闽县知县。学问赅博,工诗词及骈体文,酷嗜金石文字。著有《万善花室文稿》《河内县志》《伊阙石刻录》等。

春暮游陶园序〔1〕

晋陵多陂池竹木之胜,而西南之滨,尤饶逸致。碧流三尺,红芷百寻,郭穑接天,檐牙隐树,早畦未剪,菜香袭衣,远陇相环,麦秀成浪。时值春寒,芳桃满枝,忽闻鸟声,落蕊盈陌,十里五里,飞花有台,朝阳夕阳,游丝亘路。修叶栉比,中通广桥,循桥而行,乃得名迹,是曰"陶园",盖唐先生荆川读书之馆也。后归陶氏,遂以"陶"名。韦敻之宅,人识其故居;郑公之乡,名成于旧德。〔2〕虬壁当户,椒墀为径,〔3〕广不百步,邃止十丈。重篱拂云,皆成乔木;曲沼引岫,通于回溪;藤阴蟠空,全敝日月;苍筱鸣籁,杂以风雨。崇垤如掌,〔4〕分泰岱之一隅;礅石若拳,〔5〕郁蛟龙之万变。是则竟日而往,莫测其幽,极目而观,未究其胜者矣。余惟息居多暇,游襟思旷,良朋相携,好风与俱。骋足于芳浦,税驾乎兹园。〔6〕顾盼亭皋之外,偃泊虹霞之中,疏苔列裀,畹兰障袂,高论布响,泉嘶于山,狂歌乍兴,室忘其主,盖自若木之旭,迨乎玉绳之低。〔7〕渚禽求宿,宛娈群呼,潜鳞戢游,〔8〕晻映争彩。于是析畛旧辙,停策还途,惟舒啸之既穷,亦栖薄之所怅也。夫中山之赏,皆擅名流,南涧之情,犹多慷慨。琴樽落落,遐心何从,居诸攘攘,奇怀尽破。况以劳人之生,尤增他乡之恨。十日促膝，寡平原之欢；千里命驾，无当时之驿。[9] 朗月不来，孤烟长抱；斗酒今日，桃李留阴。望在南山之南，北山之北，飞步天末，言念君子。[10] 百年虽短，悲胡能已？若兹园者，亦农夫五亩之宫也，徒以积阜作势，因水为奇，遂使林壑增其异色，汀洲藉其余韵，凭眺者有古今之感，流连者有悲乐之殊。彼所远托，岂泛泛哉？吾人之览于此者，能无悟思乎？因各赋诗，而系之序。时则嘉庆十八年癸酉之三月也。同游者，为吴江吴育，武进李庆来，阳湖周仪暐、仪万、仪颢、管遹群，大兴方履篯，凡七人，诗若干首。

【注释】

〔1〕选自《万善花室文稿》卷三。

〔2〕"韦夐"诸句：韦夐(502—578)，字敬远，北周京兆杜陵人。性淡泊，无意仕进，十见征辟，皆不就，周明帝赐号"逍遥公"。晚年唯以习静为务。"所居之宅，枕带林泉，复对玩琴书，萧然自乐。"(《周书》卷三十一)郑公：郑玄(127—200)，字康成，东汉北海高密(今属山东)人。曾四处游学，归里后聚徒讲学，弟子众至数百千人。遍注群经，为汉代经学的集大成者。《后汉书·郑玄传》云："国相孔融深敬于玄，屣履造门。告高密县为玄特立一乡，曰：'公者仁德之正号，不必三事大夫也。今郑君乡宜曰郑公乡。'"

〔3〕椒墀：宫殿的台阶。

〔4〕垤(dié)：小土堆。

〔5〕磝(áo)石：小石。

〔6〕税驾：犹解驾、停车。谓休息。

〔7〕盖自若木之旭，迨乎玉绳之低：若木：古神话树名，传说太阳自其上而升。玉绳：星名。常泛指群星。迨：及。二句言从太阳升起至星星初上，谓自早至晚也。

〔8〕戢：收敛，停止。

〔9〕"十日促膝"句：《史记·范雎蔡泽列传》记载秦昭王与平原君赵胜书曰："寡人闻君之高义，愿与君为布衣之交。君幸过寡人，寡人愿与君为十日之饮。""千里命驾"句：《晋书·嵇康传》："东平吕安服康高致，每一相思，辄千里命驾，康友而善之。"南朝齐陆厥《奉答内兄希叔诗》其五云："平原十日饮，中散千里游。"

〔10〕言念：思念。言，无实义。

【评析】

方履篯博学于文，经史百家言皆好之，善为骈俪文，诗则规矩于唐宋，词则胎息于北宋，天文、地理、氏族、钱币、六书、九章之法，梵夹之典，无不综贯，尤好金石文字，所得有几万种。《春暮游陶园序》是一篇典型的园记文。文章前半主要记暮春时节游陶园所见之胜景，后半则由景及人，感慨抒情。全文情景交融，语言流畅，善于用典。

淮　　安

李时震

李时震，生卒年不详，约为顺治康熙年间人，字恂庵，山阳（江苏淮安）人。祖上居襄陵（今山西临汾），至其父李开先时迁居淮地，便定居于此。李时震顺治十一年（1654）乡试中举，又与其兄李时谦顺治十八年（1661）同科中进士。康熙十二年（1673），官中书舍人，两年后因父母年高，告归奉养，养亲事毕后再次入京任职。旋即请假告归，闭门教子，不复出仕。著有《去来吟》诗集。

且园记[1]

余自辛丑释褐，[2]考授中书舍人，癸丑补撰文。供职二载余，念先君子春秋高，比例呈请恭叩天恩终养。[3]于宅旁辟数楹，颜曰“且园”。“且”之云者，“聊且”云尔。中为“颐堂”，承欢朝夕，示颐养之意。先君子颇亦安之，或扶杖看花，或凭栏玩月，依依膝下，日听指使，不离左右。

堂以东又别构数椽，为“玉立山房”，临风倚榻，焚香读史于其中，人世纷华之念澹如也。[4]堂以南又建一亭，曰“桂白”，前植桂花数本，花放时香气袭人，盘桓久之，亦云适矣。亭旁有楼曰“养拙”，无非自写襟怀，生平不善用巧，亦无所施其巧，安我拙，所以葆我真也。亭以北有阁曰“云岫”，旷观人事变幻无常，如浮云之出岫，忽然而起，忽然而没，宁有定所耶？

壬戌冬，不幸先君子见背，[5]叹色笑之已渺，欲颐养而不能，一忆及此，泪辄涔涔下。迨服阕赴部验补，[6]需次无期，复乞假归来，惟闭门课子，一切户外事不与焉。非敢曰养高，不过自安其素而已。今须发俱白，精神亦少衰矣。后之子若孙苟能顾名思义，知所则效，庶几兢兢自守，[7]不失尺寸，以无坠家声，余实有厚望焉。是为记。

【注释】

〔1〕选自《淮安河下志》卷六。

〔2〕释褐：脱去平民衣服，常用于比喻始任官职。

〔3〕比例：比照事例、条例。

〔4〕澹如：恬淡貌。

〔5〕见背：谓父母或长辈去世。

〔6〕服阕：守丧期满除服。

〔7〕兢兢：小心谨慎貌。

【评析】

李时震以奉亲养老为由告归家乡，营造且园，侍奉其父，并非如一般文人那样，是为了宴会雅集而苦心经营园林。其述园林大致布局，多是自道命名之义，而非极力渲染园林盛景，如“玉立”取摒弃人世杂念之义，“云岫”化用陶渊明《归去来兮辞》“云无心以出岫”，表人事变幻无常之感。这种风格与一般园林记文的写作不尽相同，更侧重表露自身的志趣，其言行一致，后来虽短暂出仕，又旋即告归，闭门教子，不与外事，凡此皆可见李时震隐志坚决，并非故作清名之辈。

程晋芳

程晋芳(1718—1784),初名廷璜,字鱼门,号蕺园,淮安(今属江苏)人,祖居歙县(今属安徽),高祖程量人自歙迁入扬州,从事盐业,祖父程文阶由扬州迁居淮安。乾隆二十七年(1762),程晋芳在乾隆南巡时献赋,作《江汉朝宗赋》四章,赐举人,并授中书舍人。乾隆三十六年(1771)中进士,授翰林院编修。四库开馆后,程晋芳不仅参与纂修《四库全书》,并进献数百种书,且多被选为工作底本。晚年家境中落,乾隆三十九年(1774)淮安遭受水灾后,其藏书更是星散于民间,最终往西安投奔毕沅幕下,病死关中。著有《礼记集释》《蕺园诗集》《勉行堂文集》等。

重修勺湖草堂记〔1〕

吾淮旧城西北隅有勺湖,即《志》所谓放生池也,又曰郭家湖,或曰王家湖。宋明以来,古迹多在其地。国初鹤缑阮征君,尝与乡人马西樵、石紫岚、阎百诗诸先生觞咏于斯,〔2〕有倡和集。翰林裴园先生,〔3〕征君之孙也,尝即其地为草堂,讲课其中。先生学醇而行清,教于乡,人师之;修于家,人化之。既殁,人思慕之弗忘。乃即湖上因先生草堂故址增葺,以祀先生,俾后进士论文艺,如先生之旧。宣城袁蕙纕谷芳文以记焉,乾隆丁亥岁也。越八年,甲午秋八月,黄河决老坝口,灌淮城,草堂没于水,逾年水退。而坏廊破壁,树石无存,乡人过者,惟是叹息唏嘘莫置。盖自经河决后,淮之名区胜迹,若是者比比然矣。今年夏,山西荆公五峰来守是邦,〔4〕五峰为先生辛酉典试所录士,既莅任,拜先生神主于草堂,乃捐俸金,重葺书塾草堂,匝月而成,[5]焕然如旧观,植以花树,栏槛井井设位,率诸生释奠座前。自此吟讽之声,复琅然如昔。忆雍正己酉壬子间,先生与弟澄园太史,[6]连举于乡。成进士时,余受业师荆溪储敬舆先生与先生乡试同榜,先生昆季,间至余书舍中问讯储先生,余时年才十二三,侍储先生侧,见先生年近三十许,神采奕奕,言论风发,知为乡里伟人。迄余年既长,先生乞养归田,因得接谈论,自诗书外无杂言,然后知前辈好学之不可及也。先生殁且十余年,余与嗣君吾山前辈,[7]同宦于朝,各五六十岁人矣,每酒阑灯灺,[8]相与话言,念淮风质实而好文,与夫湖汀烟水之胜,如在目前。侧闻迩者修堤剔淤,将措淮民于百世之安,又得贤太守导而扬之,使日游于道德仁艺之域,诚可谓厚幸。异时与吾山昆仲,系艇菰芦中,[9]采蘋藻敬荐先生,[10]因与乡之人士研究文字,以追哲范而乐余年,是则余之愿也夫。

【注释】

〔1〕参考荀德麟、楚戈、周平选注《记淮古文选》,中共党史出版社,2003年版。

〔2〕"鹤缑阮征君"句:阮晋,字鹤缑,山阳人。马西樵,即马骏,字图求,号西樵。石紫岚,即石华峙,字紫岚,山阳人。阎百诗,即阎若璩,字百诗,号潜邱,山阳人。

〔3〕裴园先生:即阮学浩,字裴园,号缓堂,清山阳人,雍正八年(1730)进士。

〔4〕荆公五峰:即荆如棠,字荫南,号五峰,山西平陆县人。乾隆十三年(1748)进士。乾隆四十一年(1776)任淮安知府。

〔5〕匝月:满一个月。

〔6〕澄园太史:即阮学浚,字澄园,号江村,阮学浩之弟。

〔7〕吾山:即阮葵生,字宝诚,号吾山,阮学浩之子,著有《茶余客话》。

〔8〕酒阑灯灺:酒阑,谓酒筵将尽。灯灺,灯烛将熄。

〔9〕系艇菰芦:艇,轻便的小船。菰芦,指菰和芦苇,也用来借指隐者所居之处。

〔10〕蘋藻:蘋与藻,皆水草名,古人常采作祭祀用。

【评析】

宋明以来，淮安一带的古迹多在旧城西北处，即本文所言勺湖附近。历来学者文人也多在此雅集，如阎若璩、阮晋等人。阮晋之孙阮学浩曾在此搭建草庐讲课授学，乡人感念其德行，在阮学浩逝世后修葺草堂祭祀他。然而乾隆三十九年(1774)，黄河老坝门溢水，淮安三城及板闸、湖嘴一带皆被淹没，水深可达一丈多，淮城古迹大多毁于此次水灾，勺湖草堂自然也没能幸免。荆如棠任淮安知府时，因阮学浩是其座师，故捐金重修草堂，恢复旧观。程晋芳此记将勺湖草堂建毁重修的过程次序写出，并进而追忆阮学浩其人风神，以及自己与阮学浩之子阮葵生的相知相交，最后更表达了自己美好的期望："与乡之人士研究文字，以追哲范而乐余年"，即是以研究经史作为对阮学浩最好的怀念。

完颜麟庆

完颜麟庆(1791—1846),字伯余,别字振祥,号见亭,满洲镶黄旗人,嘉庆十四年(1809)进士,历任安徽徽州知府、河南按察使、贵州布政使,道光十三年(1833)擢为湖北巡抚,不久便授江南河道总督。其官江南河道总督十年间,束水攻沙,蓄清刷黄,修筑堤坝水闸。道光二十二年(1842)英国兵舰入江,受命筹置淮扬防务,保护运道,同年秋,因黄河自崔镇决口而被革职,后官四品京堂,卒于北京私邸半亩园。著有《黄运河口古今图说》《河工器具图说》《凝香室集》《鸿雪因缘图记》。

《鸿雪因缘图记》节选

西园赏雪[1]

乙未夏六月,黄、运并涨,奇险迭生,重漕阻渡。直至闰六月,始得放竣。七月,海啸为灾,黄河又涨,幸俱抢护无恙。九月奉旨:"麟庆现已服阕,着实授江南河道总督。钦此。"维时安澜已告,[2]河务稍暇,乃议整理清晏园。制仍旧贯,参用新图,集料鸠工,[3]以次修举。不月余而有亭屹然,有桥亘然,有廊翼然,有堂轩然。堂五楹,楹外石台广可一亩,面临大池,遮以亚栏,原额"衡鉴",余易以"澜恬风定之轩"。并题楹帖曰:"退食自公,最喜逢春暖秋清,水流花放;澄心相对,更静参鹿鸣鹤和,鱼跃鸢飞。"自是宾至而享,吏休而宴,胥于是乎在。暇日,偕眷属游息其中,种竹栽花,钓鱼饲鹤,邀清辉于明月,纳爽籁之和风,怡怡然实得天趣。一日,大雪,毰毸自舞,[4]圭璧相鲜。池水初冰,气尤腴润。[5]余围垆坐对课两儿背诵梅雪诸诗。内子率二女袭裘踏雪而来,并携壶榼瓶盎,[6]煮酒烹茶以为乐。次儿崇厚,团雪镂花。幼女佛保,年四岁(壬辰五月生),慧甚,索胭脂水染之,雅合《消寒图》意。寻惇甫叔祖(名英裕,官织造)自浙江来,季素弟(官宾州知州)自广西来,旧友蔡桂山(名天培,官同知)自广东来,携眷小驻,均以斯园为胜焉。

【注释】

〔1〕选自《鸿雪因缘图记》第二集。下同。

〔2〕安澜:使河流安稳不泛滥。

〔3〕鸠工:聚集工匠。

〔4〕毰毸(péi sāi):飞舞貌。

〔5〕腴润:丰美滋润。

〔6〕壶榼:泛指盛酒或茶水的容器。亦借指铺陈酒具饮酒。

荷亭纳凉

清晏园池中有亭,摄月最先。一桥蜿蜒于左,宛若渴蜺,故颜之曰"倚虹得月"。又大柳三十许株,清疏环水。满池植莲花,时令人作九品莲台想。因题楹帖,云:"四面绿阴春管领;一池红雨水文章。"每暑月,辄携诗书案牍坐其中,以息躁汏浊。[1]丙申夏,检查积案过多,乃立课,每日阅题稿二,自夏徂秋,计共题二百六十六件。冬季亦然。又因库册舛错不符,[2]奏明清查。……戊戌六月,余坐亭中,接准部复,顿觉俗尘一消。凭栏观水,微风鼓荡,泡起于下,累累若飞星相逐。小女佛保,拈花瓣投之,作蛱蝶舞,红翻绿绉。时长女妙莲保,仰承先志,编辑《正始续集》成,又得潘虚白伯母、翁绣君女史序二首,将以就正,携婢自桥上来,指点鹤鹿,妙参诗趣。事过思之,此境正不易得也。

【注释】

〔1〕汏浊:汏,引申为除去,此指除去浊气。

〔2〕舛错:错乱,不正常。

苣香写松

荷芳书院有黄山松四，传为乾隆时陈设盆景。高宗南巡，顾而笑曰："也算清奇古怪。"盖因苏州邓尉山香雪海司徒庙前汉柏四株，曾有此名。己亥夏，陈芝楣中丞（名銮，湖北，探花，戊辰同榜举人，时以苏抚署总督）过此，见松青翠如故，言："昔在百文敏公幕中，习闻此说，惜盛典内未载，会当补之。"又言："常熟胡教子苣香（名骏声）善写松，且工写照。"乃延苣香入幕，〔1〕恭绘先严慈喜容，追摹神似。嗣为余写登泰山观日出小照，嘱钱叔美（名杜，浙江，布衣，号松壶子）补图。阮芸台先生题曰"海岳云日"。〔2〕越岁庚子，苣香来访，余出陈朗斋（名鉴，江苏人）、汪惕斋（名圻，江苏人）所绘《鸿雪因缘第二图》相示，爰倩写照冠之，写松为殿。适戈顺卿明经（名载，江苏，贡生）题第一图词成，见此又喜曰："公真所谓泉壑夔、龙，衣冠巢、许也。"余逊谢笑曰："山水之好，出于性情，顾名胜不在山水，在于游山水之人，特游览以时，弗可常。今为是图，一披玩，而向所游者，咸在目前。则凡名胜山水之在天下者，固皆吾图中物也。矧古之君子，居则修职业，行则采风谣，〔3〕今以得之闻见者，笔之于书，又岂徒记缘而已哉。"佥曰："善。"

【注释】

〔1〕入幕：入为幕僚。

〔2〕阮芸台：即阮元，字伯元，号芸台、雷塘庵主、揅经老人，江苏仪征人。

〔3〕风谣：泛指反映风土民情的歌谣。

【评析】

完颜麟庆将自己宦游大江南北时的所见所闻记录成文字，又请当时著名画家汪英福、陈鉴、汪圻等人根据题目绘成游历图，最终刊刻为图文相副的《鸿雪因缘图记》一书，意取苏轼《和子由渑池怀旧》"人生到处知何似，应似飞鸿踏雪泥"。以上所选"西园赏雪""荷亭纳凉""苣香写松"三篇，侧重各有不同,如"西园赏雪"追忆自己在园林中的生活,园中的天地是其案牍劳神后的休憩之处,某大雪日与家人烹茶的天伦之乐,令人动容。"荷亭纳凉"同样先述自己办理公案,转又写自己夏日与家人亲戚赏荷纳凉之趣,可见此书虽以"记"称,实际也可视为作者生平纪实。因此郑振铎《中国古代木刻画史略》称该书:"以图来记叙自己生平,刻得很精彩,可考见当时的生活实况。《鸿雪因缘图记》凡三集,卷帙最为浩瀚。"

李元庚

李元庚(1802—1874),字星桥,一作莘樵、莘桥,捻军焚掠河下后,又取别字甦翁。李氏祖上本为苏州太湖人,经营商业,明嘉靖间迁居至淮安一地,并渐渐弃商从儒,自天启中七世祖李挺秀始至李元庚,皆为秀才。李元庚著有《望社姓氏考》《餐花吟馆诗集》《梓里待征录》《山阳枚里李元庚莘樵甫考录十二种》等。

山阳河下园亭记·自序[1]

戊午夏,余键户避暑,客有过余而问曰:"河下园亭之胜,子曾及见之乎?"余曰:"然。""子盍悉数之乎?"余曰:"诺,请以异日录别纸以质之。"客退,余于灯窗濡墨,[2]奋笔直书。有得之诗歌记载者,有得之先民指视者,有得之童时目击者,共六十余处,均在河下,而城乡不与焉。每一处系以跋语,详其颠末。[3]溯及国初诸老,结诗社,树文坛,极一时之盛。迨至风衣、莼江、滏亭诸先生出,[4]而大江南北,名流硕彦,趋之如骛,真可谓媲美前人矣。至于著书染翰,讲学会文,虽一椽半厦,亦足珍也,岂非地以人传也乎?至乾隆间,河下称极盛焉。嗣遭甲午之水,再值盐法改章,华堂大厦,荡然无存,已非复昔之河下矣。记之又乌能已乎!越月而稿成。持以示客,客曰:"子何记之详且尽,而又不命名,何意乎?"余曰:"河下之名,古无是称。兹欲以之名是《记》,恐不免为方家所笑;且不以之名是《记》,又恐久而以讹传讹。"客曰:"子不见夫古红桥下之石工乎?[5]又不见夫刘伶台下之河道乎?[6]其滨于河者,非河下乎?"余曰:"噫嘻!余恍然矣。考宋时,黄与淮未会,旧《志》云,运道由河口甘罗城,迤逦过清江浦,[7]至相家湾、柳浦湾,其势曲折甚湍急,此乃古淮水入海之故道,后为河所夺。宋淮南转运使乔公,规度形势,开故沙河以达末口。末口即今新城北水关石闸也。且河下东偏,有老堤头名,则其地之滨于河也明矣。河下之名其由此而昉乎?抑又闻之:南河下、北河下,扬城名也;运司河下、二桥河下,杭城名也。地以'河下'名者,正复不少。今以之名是《记》,加以'山阳',欲其知所别也。"客与余鼓掌大笑曰:"其然乎?其不然乎?"越二岁,河下又遭西捻之变,[8]焚掠房屋,十存二三,又非复向之河下矣。余自武林归,[9]与友人话及桑梓旧事,同里程君袖峰询《记》之所在。检而得之,亟示袖峰,并属其详考而正订之。他日当质之乡先生,以匡余不逮焉,是则余与袖峰所深望也夫。是为序。

咸丰十年岁次庚申四月,山阳李元庚序。

【注释】

〔1〕参考〔清〕李元庚著;李鸿年续,汪继先补,刘怀玉点校《山阳河下园亭记 续编 补编》,方志出版社,2006年版。下同。

〔2〕濡墨:蘸润墨汁,指用墨书写。

〔3〕颠末:本末,前后经过的情形。

〔4〕风衣、莼江、鲨亭:程嗣立,字风衣;程茂,字莼江,程嗣立之兄;程沆,字鲨亭,三人均出新安程氏,侨居淮扬。

〔5〕古红桥:即西义桥。

〔6〕刘伶台:台名,故址在今江苏淮安,相传为刘伶游宴之所。

〔7〕迤逦:曲折连绵貌。

〔8〕西捻:捻军为晚清时期活跃在长江以北的皖、苏、鲁、豫四省部分地区的反清农民势力,后分为东西二捻,西捻为左宗棠平定,东捻为李鸿章所灭。

〔9〕武林:旧时杭州的别称。

恢台园

夏肤公太史别业。太史名曰瑚，号涂山，崇祯辛未进士，第三人及第，授编修。奉命封江川王，丰采凝重，馈遗一无所受。[1]历官未几，移疾归。葺恢台园于湖滨。《县志·古迹》载："恢台园，明邑人编修夏曰瑚建，在北门外郭家墩。"又吴山夫先生玉搢《山阳志遗》载："恢台园，一名绕来园，在东湖滨。"陆醉书（吉）尝读书其中。有《记》云："'绕来'者，夏涂山先生恢台园之溪亭也。园中具花棚乱石，所植多高柳，沉绿如山。面城带水，水阔处可百丈，曰'郭家墩'。墩侧酒家妓阁相望。墩之南曰'萧田'，田有寺，寺有塔，丛树周匝，[2]小舫如织。时人园林数处，予业绕来，绕来溪亭是即为余家，余家何所？"

今园址为福建庵。太史《恢台园》诗云："傍水成幽筑，诛茅得草堂。[3]所期垂钓处，俨似浣花庄。杨柳月初上，薜萝风正凉。何能谢缨冕，[4]读《易》濯沧浪。"想见园中风景。庚居关家巷旧宅时，仓桥下童姓门前有旗杆一，里人云，是夏探花宅。并志之。

【注释】

〔1〕馈遗：馈赠，赠予。

〔2〕周匝：环绕。

〔3〕诛茅：芟除茅草，引申为结庐安居。

〔4〕缨冕：仕宦的代称。

止　园

黄兰岩观察之园，[1]在萧湖。观察名宣泰，顺治己丑进士，官宁夏道。归筑斯园，中有梅花岭。张虞山先生（养重）《秋日杂感》诗注："黄武部兰岩家止园，在郭家池。京师所居梁家园，曰'半房山'，有疑野亭，饶丝竹管弦之盛。”马西樵征君《听山堂诗集》中有《寒夜饮集止园》,黄武部兰岩有“一轮明月到亭空”之句。又有《鞠存、兰岩、季望、翁溪、岵思昆弟、云子、子宪、大宗郎辈,夜集止园,酒行梅室,甚畅,各赋一首别去》诗。案:季望名新栋,岵思名新杼,系鞠存昆弟,翁溪系兰岩昆弟(疑图泰别号)。以下郎辈三人:云子名礽炜,系张氏;子宪名之屏,大宗名之翰,系黄氏。大宗为兰岩仲子。[2]见《山阳志遗》。大宗性豪迈,喜交游,亭馆台榭,据东湖之胜。尝游西陵,为展重阳会,一时名士来集者数百人,当时传为盛事。杜湘草诗余有《重阳日,同金远水登止园梅花岭,哭黄大宗》一阕,[3]调寄《忆旧游》云:“名园当令节,若黄郎在世,兴如何?诗筒兼酒盏,花时竹夕,生怕蹉跎。今朝菊含惨怆,开也不能多。办几点红冰,一瓢清醑,[4]浇洒岩阿。　　回思垆畔饮,虽视此非遥,邈若山河。把从前绮语,尽翻为《薤露》,[5]感慨悲歌。况是夷门知己,[6]生死肯消磨。莫认作羊昙,西州忍恸特来过。”《十八日,追寻重阳梅花岭之哭》又填一阕云:“枫林都是,血渍鹃醒,一一出心窝。风流和伉爽,一朝顿、尽付东波。从兹孔尊郑驿,[7]料理有谁么?望晓岫(原注:阁名)春星(原注:楼名),卧龙何在,空自嵯峨。　　中秋前月闰,犹折柬相招,[8]忽抱沉疴。奈皇天不吊,竟兰摧玉折,断送吟哦。惨得山憔林悴,猿鹤泣烟萝。恨笔绝芙蓉,将他瓣瓣扯来搓。”梅花屋为翁溪之居,并有藕塘,见《茶余客话》,西樵征君所谓梅室者欤?

案:郭家池在今曹家山,夷为平地。陈潜天丈(丙)云,曹家山即黄园故址,山有美人峰,高三丈,曹文正公祖锡侯先生,购归安徽,江行遇风失去。土山今犹在,即梅花岭也。陈为曹甥,故缕析如此。

【注释】

〔1〕观察:古代的一种官名,清代用作对道员的尊称。

〔2〕仲子:对兄弟排行为第二者的尊称,从父辈角度而言,即指次子。

〔3〕阕:歌曲或词一首叫一阕。

〔4〕清醑：清酒。

〔5〕薤露：乐府《相和曲》名，是古代的挽歌。

〔6〕夷门：泛指城门。

〔7〕郑驿：汉人郑当时（字庄）为太子舍人时，每逢洗沐日，常置驿马于长安诸郊，接待宾客。后因以“郑庄驿”为好客主人迎宾待客之所。

〔8〕折柬：指书札或信笺。

曲江楼、依绿园、柳衣园

依绿园，张鞠存吏部、毅文检讨乔梓别业也，〔1〕在萧湖中，今普光庵东，与曹家山斜对。有曲江楼、云起阁诸胜，吏部尝大会海内名宿于此。萧山毛大可预其胜，赋《明河篇》，一夕传钞殆遍。又，程克庵先生（用昌）《亦爱堂诗集》有《依绿园张灯赏荷》诗，又有《七月十六日夜依绿园池上观灯》诗，又《毕大颠诗集》有《游程克庵依绿园》诗。吏部之园，何时为克庵先生所得，不可考矣。（《海州志·侨寓》载：张鸿烈字毅文，山阳人，康熙己未举博学鸿辞，授翰林院检讨。以上疏言事谪官，徙宅于东海郁洲之上。园以是为克庵所得与？）后为程眷谷先生（埈）易名柳衣园。

庚始见时，大门临水，西南正楼三间，仍旧名曰曲江楼。面东楼三间，亦仍旧名曰云起阁。西首面南三间，房一间，曰娱轩。西南船房六间，东曰水西亭，西曰半亩方塘。又北首，有亭翼然，曰万斛香，后门竹扉四扇犹存。当时爽林孝廉（垲）、风衣明经（嗣立），聚大江南北耆宿之士，〔2〕会文其中。以金坛王罕皆、耘渠两先生，长洲沈归愚先生主坛席。吾淮周白民（振采）、刘万资（培元）、万吹（培风）、王素园（家贵）、邱庸谨（谨）、长孺（重慕）、吴慎公（宁谧）、边颐公（寿民）、戴白玉（大纯）及风衣，称“曲江十子”云。《曲江楼稿》风行海内。时寰宇升平，人文蔚起，河下又当南北之冲，坛坫之英，〔3〕风雅之彦，道出清淮，鲜不至柳衣园者。吁！一园而数易其主，而主是园者，皆通儒硕彦，递执骚坛牛耳，且百余年，何其盛与!

相传白云教授史梧冈先生(震林),假馆云起阁,一夕,见对岸火光烛天,中有一龙腾空直上。次日告程氏诸昆季曰:“河下龙气走矣,不久必衰。”时乾隆三十八年也。次年秋,河决老坝口,河下成泽国,元气由此而伤。此陈潜夫丈闻之程资厚学博(绛夫)者。今园址鞠为茂草矣。[4]

按:曲江楼下壁间,嵌数石碑,乃程湘舟茂才(得龄),获张氏先代像三,勒石以志景仰者。其一为汉留侯,司马贞所赞也;[5]其二为宋横渠先生,朱文公所赞也;[6]其三为宋南轩先生,真西山所赞也。[7]又英煦斋相国和所书“柳衣园”额墨迹,今尚存程秀峰(钟)家。秀峰,即克庵先生元孙也。

【注释】

〔1〕乔梓:比喻父子。

〔2〕耆宿:年高有德者之称。

〔3〕坛坫:指文人集会或集会之所。

〔4〕鞠为茂草:谓杂草塞道,形容衰败荒芜的景象。

〔5〕汉留侯:即张良(?—前186),字子房,西汉开国功臣。司马贞(679—732),字子正,著有《史记索隐》三十卷。

〔6〕宋横渠先生:即张载(1020—1077),字子厚,世称横渠先生,尊称张子。朱文公:即朱熹(1130—1200),字元晦,号晦庵,又号紫阳,世称晦庵先生、朱文公。

〔7〕宋南轩先生:即张栻(1133—1180),字敬夫,改字钦夫,号南轩。真西山:即真德秀(1178—1235),本姓慎,避宋孝宗讳,改姓真,字景元、希元,号西山。

菰蒲曲

程水南先生别业,在伏龙洞。先生名嗣立,原名城,廪贡生,[1]乾隆中举鸿博。兄爽林孝廉,即曲江楼主人也。群从如维高増、又庠均、退翁坤、犹子如坡士(銮)、葭应(钟)、秋水(鏊)、镜斋(鉴)辈,[2]高文懿行,四世凡十余人，皆为时所推，先生尤名重海内。吴山夫先生《和稻孙弟过菰蒲曲，吊水南老人》诗注云：“癸亥正月雪后，招集园中，看所演《双簪记》传奇。晚晴月出，张灯树杪，[3]丝竹竞奏，雪月交映，最为胜集。于今越八年，主人已下世七年矣。”

案：园中有来鹤轩、晚翠山房、林艿山馆、籍慎堂诸胜，俱在菰蒲曲。或云：在极乐社读书处，别有稻香楼、二杞堂，在竹巷宅菉竹堂旁，见先生诗集中。常履坦漕督（安）《驻淮集》中，有《游菰蒲曲记》云：“淮城西北五里，为程子风衣之菰蒲曲。予于辛酉暮春往游焉。入门，小桥绿柳，有山林气。坐其室，几案图书，无不入古。堂之右，穿修廊，入方亭后，绿牡丹一本，色如绣球之新萼。一时文士群为诗词，以识其异。迤逦而北，有楼，楼上悬观音大士像，即风衣手绘。色相服章，对之肃然。楼外树数株，中有银杏，高三丈，大可合抱，客冬所移栽者。当移时，双鹊随树飞鸣，甫培土，即营为巢，见者咸以为瑞。”

【注释】

〔1〕廪贡生：指府、州、县的廪生被选拔为贡生，也用来称以廪生的资格而被选拔为贡生的人。

〔2〕犹子：指侄子。此句数人分别指程增，字维高；程均，字又庠；程坤，字退翁；程銮，字坡士；程钟，字葭应；程鏊，字秋水；程鉴，字镜斋。

〔3〕树杪：树梢。

荻　庄

程镜斋先生别业也。先生名鉴，字我观，安东诸生，秋水刑部胞弟也。园在萧湖中，门在莲花街，有亭曰补烟。厅事五楹，面南依水，颜曰“廓其有容之堂”，高凤翰书。迤东接小屋一，背临修篁百竿，[1]曰平安馆舍。东三间曰带湖草堂，堂外有池，回环种荷，王梦楼太守为题额。西房三间曰绿云红雨山居,依山有阁,曰绘声阁。西有船房曰虚游,王虚舟先生篆额。壁嵌“五老宴集处”石碣。园中紫藤一株,夭矫三四丈许。[2] 中有土山,山有峰石。依山数楹,曰华溪渔隐。山后为松下清斋。又屋三楹,题曰小山丛桂留人,铁冶亭漕帅所书也。有岫窗、香草庵、春草闲房八九间诸处。黄叶村先生写《荻庄后图》,并有六咏。邱芙白明经(奂)云:“春草闲房八九间”,犹及见之。此园三面临水,芦荻萧萧,栖霞岭不是过也。晴岚太史告归后,于此宴集江南北名流,拈题刻烛,[3] 一时称盛。袁简斋先生枚题云:“名花美女有来时,明月清风没逃处。”赵瓯北先生翼题云:“是村仍近郭,有水可无山。”又秋水刑部诗集中,《宴白华溪曲》诗有序云:“梁、沆、洵侄设榼于白华溪曲,赋诗甚乐。”又有《重过白华溪曲》诗。史梧冈教授《文集》谓“白华溪曲”为镜斋隐君之园。(按程春塘先生《春草轩诗》:“白华溪曲路,松柏即先茔。”[4] 原注:“荻庄松柏幽翳处,即昔时先大父厝茔。”)道光初,鹾务凋敝,[5] 南河袁司马垌,出五百金,意购为公宴之所,程族阻之,遂中止,旋成废圃矣。

【注释】

〔1〕修篁:修竹,长竹。

〔2〕夭矫:木枝屈曲貌。

〔3〕拈题刻烛:拈题,各人自认或抓阄确定题目,旧时文人集会作诗的一种方式。刻烛,典出《南史·王僧孺传》:“竟陵王子良尝夜集学士,刻烛为诗,四韵者则刻一寸,以此为率。文琰曰:‘顿烧一寸烛,而成四韵诗,何难之有。’”后用以比喻诗才敏捷。

〔4〕先茔(yíng):先人坟茔。

〔5〕鹾(cúo)务:即盐务。

【评析】

李元庚《山阳河下园亭记》初稿大约成于咸丰八年(1858),是书仿《洛阳名园记》体例,追述了明清时期河下的园亭。河下园亭命途多舛,先是乾隆三十九年(1774)水灾和盐法改革,导致园亭或废或弃,不复明末清初的盛时景观,再是咸丰十年(1860)捻军焚掠河下,更使得不少河下园亭夷为废墟。李元庚从杭州回到淮安后,见园林残破,拾掇旧稿,交嘱程袖峰"详考而正订之",我们目前能见到的应该便是李元庚拾掇之后交嘱程袖峰的书稿。李元庚作园亭记不仅记叙园林景观布局,同时也据诗词文章考辨历代园主的交游关系,以及园林的更迭易主、兴盛败废等情况,观李元庚《山阳河下园亭记》一书可知淮安兴衰变迁。诚如程袖峰所言:"昔李文叔自题《洛阳名园记》云:'洛阳之兴衰,候于园囿之兴废而得。'余则谓河下之盛衰,亦观于园亭之兴废而知。"李元庚殁后,其孙李鸿年信而好古,关心乡邦掌故,整理《山阳河下园亭记》并作《续编》,今人汪继先又撰《补编》,补充正编、续编所载之外的园亭故事,这也可以看出淮安前贤追溯乡邦胜迹、整理前人文献的意识。

徐　　州

王禹偁

王禹偁(954—1001),字元之,济州巨野(今属山东)人。北宋诗人、散文家,宋初有名的直臣。王禹偁为北宋诗文革新运动的先驱,文学韩愈、柳宗元,诗崇杜甫、白居易,多反映社会现实,风格清新平易。著有《小畜集》《五代史阙文》等。

厌气台铭(并序)〔1〕

古之王者,筑灵台,〔2〕视云物,察气候之吉凶,知政教之善恶。苟理合天道,垂休降福,〔3〕则必日新其德以奉之;化失民心,为妖作沴,〔4〕则必夕惕其躬以惧之。〔5〕如是,则变祸福而反灾祥不为难矣。乌有筑高台厌王气,行巫觋之事,〔6〕御天地之灾者乎?嬴政之有天下也,始以利嘴长距,鸡斗六国而擅场,〔7〕复以钩爪锯牙,虎噬万方而择肉,终以多藏厚敛,蚕食兆民而富国。然后戍五岭,筑阿房,驱周孔之书,尽付回禄。〔8〕惑神仙之术,但崇方士。收太平之赋,则黔首豆分。〔9〕用三夷之刑,〔10〕则赭衣栉比。〔11〕鲸鲵国政,〔12〕蝼蚁人命。原膏野血,风腥雨膻。六国嗷嗷,上诉求主,天将使民息肩于炎汉,〔13〕故望气者云:东南有天子气。于是祖龙巡狩,筑台以厌之。殊不知民厌秦也,诉之于天;天厌秦也,授之于汉。秦独厌天厌民而自王乎?向使筑是台,告天引咎,〔14〕迁善树德,封六国之嗣,复万民之业,薄赋敛,省徭役,销戈镕兵,勖稼穑,〔15〕除高、斯之暴政,修唐、虞之坠典,下从人望,上答天意,则王气不厌而自消矣,刘、项之族何由而兴哉?某游丰、沛之间,过台之旧址,思古览今,怅然有怀,洒翰濡毫,遂为铭曰:

台之筑兮,救秦之衰。厌之不得,为汉之基。

气之厌兮,虑汉之昌。厌之不得,速秦之亡。

秦之厌汉,其惟一身。汉之厌秦,乃有万民。

高台巍峨,王气氤氲。秦政已矣,汉德惟新。

泱泱前古,茫茫后尘。故国芜没,荒台草蓁。

行人环竦,恻怆斯文。

【注释】

〔1〕选自《〔光绪〕丰县志》卷十二。厌(yā):堵塞,古代方士说能以巫术来制服人或物。

〔2〕灵台:周代台名。是用来游览观赏的,也有说是用来观看天象的。

〔3〕休:荫庇,旧指吉庆,美善,福禄。

〔4〕沴(lì):因气不和而生的灾害。

〔5〕夕惕:形容终日勤勉谨慎,不敢怠慢。

〔6〕巫觋(xí):觋,男巫。《国语·楚语下》:"在男曰觋,在女曰巫"。

〔7〕擅场:压倒全场,胜过众人。张衡《东京赋》:"秦政利嘴长距,终得擅场。"

〔8〕回禄:传说中的火神,后用作火灾的代称。

〔9〕黔首:百姓。

〔10〕三夷之刑:诛灭三族之意。

〔11〕赭衣栉比:古代犯人穿的赤褐色衣服,即罪人的代称。栉比,像梳齿一样密密地排列着。

〔12〕鲸鲵:比喻凶恶的人,也比喻杀戮。

〔13〕息肩:肩头得到休息,比喻卸除责任,也指免除劳役的负担。炎汉:即汉朝。汉人相信金、木、水、火、土五行生克之说,刘邦自称因火德而兴起,故称炎汉。

〔14〕咎:罪责。

〔15〕劭稼穑:鼓励种庄稼。

【评析】

厌气台,又名秦台。《史记》《汉书》并未记载秦始皇到丰筑台。《汉书·

高帝纪第一上》载:“始皇帝尝曰‘东南有天子气’,于是东游以厌当之。”这是厌气台得名的典故出处。宋代文献明确提到了丰县厌气台。《太平寰宇记》载“厌气台,在县城中”。《厌气台铭》一文是王禹偁为丰县厌气台所作,文章引经据典,重点从厌气台作为历史见证者展开,引出作者秦亡汉兴的历史感喟。同类登台感怀类的诗文作品很多,经典的还有李白《登金陵凤凰台》等。

苏　轼

苏轼（1037—1101），字子瞻，又字和仲，号铁冠道人、东坡居士，世称苏东坡、苏仙、坡仙。眉州眉山（今属四川）人，祖籍河北栾城，北宋文学家、书法家、画家。父为苏洵，弟为苏辙，父子三人并称“三苏”。其诗题材广阔，清新豪健，善用夸张比喻，独具风格，与黄庭坚并称“苏黄”；其词开豪放一派，与辛弃疾同是豪放派代表，并称“苏辛”；其文著述宏富，纵横恣肆，豪放自如，与欧阳修并称“欧苏”，与韩愈、柳宗元、欧阳修、苏洵、苏辙、王安石、曾巩合称“唐宋八大家”；善书法，与黄庭坚、米芾、蔡襄合称“宋四家”；擅长文人画，尤擅墨竹、怪石、枯木等。作品有《东坡七集》《东坡易传》《东坡乐府》《寒食帖》《潇湘竹石图》《枯木怪石图》等。

放鹤亭记〔1〕

熙宁十年秋，彭城大水。〔2〕云龙山人张君天骥之草堂，〔3〕水及其半扉。明年春，水落，迁于故居之东，东山之麓。升高而望，得异境焉，作亭于其上。彭城之山，冈岭四合，隐然如大环，独缺其西十二，而山人之亭适当其缺。春夏之交，草木际天。秋冬雪月，千里一色。风雨晦明之间，俯仰百变。山人有二鹤，甚驯而善飞，旦则望西山之缺而放焉，纵其所如，或立于陂田，或翔于云表，暮则傃东山而归。〔4〕故名之曰放鹤亭。

郡守苏轼，时从宾佐僚吏往见山人，饮酒于斯亭而乐之。揖山人而告之曰：“子知隐居之乐乎？虽南面之君，未可与易也。《易》曰：‘鸣鹤在阴，其子和之。’《诗》曰：‘鹤鸣于九皋，声闻于天。’盖其为物，清远闲放，超然于尘垢之外，故《易》《诗》人以比贤人君子。隐德之士，狎而玩之,宜若有益而无损者,然卫懿公好鹤则亡其国。[5]周公作《酒诰》,[6]卫武公作《抑》戒,[7]以为荒惑败乱,无若酒者,而刘伶、阮籍之徒,[8]以此全其真而名后世。嗟夫!南面之君,虽清远闲放如鹤者,犹不得好,好之则亡其国;而山林遁世之士,虽荒惑败乱如酒者,犹不能为害,而况于鹤乎?由此观之,其为乐未可以同日而语也。"山人欣然而笑曰:"有是哉!"乃作放鹤、招鹤之歌曰:

鹤飞去兮,西山之缺。高翔而下览兮,择所适。翻然敛翼,宛将集兮,忽何所见,矫然而复击。独终日于涧谷之间兮,啄苍苔而履白石。鹤归来兮,东山之阴。其下有人兮,黄冠草履,葛衣而鼓琴。躬耕而食兮,其余以汝饱。归来归来兮,西山不可以久留。

元丰元年十一月初八日记。

【注释】

〔1〕选自《唐宋八大家文钞》之《宋苏文忠公》卷二十四。

〔2〕彭城大水:彭城,即今江苏徐州。苏轼在熙宁十年(1077)四月到任徐州太守,七月河决,洪水围徐州,其组织军民筑堤救城,十月河复故道。

〔3〕云龙山人:云龙山在徐州,因山出云气,蜿蜒如龙而得名。宋时张天骥隐居于此,号云龙山人。苏轼徙知徐州时,与其交往甚密。

〔4〕傃(sù):向,向着。

〔5〕卫懿公好鹤:据《左传·闵公二年》载,卫懿公喜欢鹤,让鹤坐大夫的车子。北狄入侵,国人皆曰:"鹤实有禄位,让鹤去打仗吧,我们何必去呢?"懿公战死,卫国遂亡。

〔6〕周公作《酒诰》:殷纣王酗酒,妹邦这个地方受其影响,好酒成为风气。殷亡,武王将此地封给康叔,周公作《酒诰》告诫他。

〔7〕卫武公作《抑》戒:春秋时,卫武公作《抑》以自儆。现存于《诗经·大雅》,其中有两句说:"颠覆厥德,荒湛于酒。"

〔8〕刘伶:字伯伦,曾为建威参军。阮籍:字嗣宗,曾为步兵校尉。他们都是西晋"竹林七贤"中人,因对当时政治不满,又恐遭受迫害,常以纵酒沉醉做掩饰,保

全性命。

【评析】

《放鹤亭记》是苏轼元丰元年(1078)于徐州知州任上所作。时云龙山人张天骥隐居于此,在山上建造“放鹤亭”,日日招鹤、放鹤于其间,苏轼与其交好,并为其写下亭记。全文以叙起首,先述作亭之事,再状亭外山中四时之景,寥寥几笔,放鹤亭傲然出尘之势,便已宛在目前。继而文章着力突出一个“鹤”字,从山人好鹤之乐,引入对隐者与君主好鹤不同结局的思考,最后以山人的招鹤歌作结,宕开一笔,展现了作者在政治失意时的旷达胸襟与对隐逸之乐的向往。文章以亭记为名,却并未拘泥于亭间之事,而是借“放鹤”题作论,既有铺景状物的隽永疏朗,又有主客问答的灵动深邃,由山及亭,由亭及鹤,又由鹤及人,现实空间与历史空间交织相映,摇曳生姿,表现出作者高超的写作技法与才情。

陈师道

陈师道(1053—1102),字履常,一字无己,号后山居士,徐州彭城(今江苏徐州)人,三司盐铁副使陈洎之孙,北宋时期大臣、文学家,“苏门六君子”之一,江西诗派重要作家。著有《后山居士文集》。

黄楼铭(并序)[1]

熙宁十年,京东路安抚使臣某、转运使臣某、判官臣某稽首言:河决澶州,[2]南倾淮泗,彭城当其冲。夹以连山,扼以吕梁,流泄不时,盈溢千里,平地水深丈余。下顾城中,井出脉发,[3]东薄两隅,[4]西入通洫,南坏水垣,土恶不支,百有余日而后已。守臣苏轼深惟流亡为天子忧,夙夜不怠,以劳其人,兴发戍兵,固弊应卒。外为长楗,[5]乘高如虹,以杀其怒;内为大堤,附城如环,以待其溃。筑二防于南门之外,以通南山,以安危疑。发仓庾,[6]明劝禁,以惠困穷,以督盗贼。宣布恩泽,巡行内外,吏民向化,兴于事功。法施四邑,诚格百神,可谓有功矣。宜有褒嘉,以劝郡县。十月二日甲子奏京师,明年元丰正月甲子,制诰谕意。臣轼惟念祇承谟训,人神同力,敢自为功,以速大戾!而明扬褒大,无以报称,乃作黄楼于东门,具刻明诏,以承天休而明德意,使其客陈师道又为之铭。

臣师道伏惟吕尚、南仲内抚百姓,[7]外平诸侯,《诗》美文武;尹甫、召虎南伐淮夷,[8]北伐玁狁,功歌宣王。君能使人以尽其才,臣能有功以报其上,古之义也。臣师道又惟感而通之者道也,行而化之者德也,制法明教者政也,治人成功者事也。昔之诗人,歌其政事,则并其道德而传之,后王有作,可举而行。顾臣之愚,何与于此,诚乐君臣之尽道云,忘其不佞，冒死上《黄楼铭》。其词曰：

皇治惟成，修明法度，协和阴阳。十有一年，天灾时行，河失其防。

齐鲁梁楚，千里四远，溃乱散亡。皇仁隐忧，临遣信臣，以惠东方。

羸老不穷，安慰抚养，发散积仓。流人如归，居人忘危，完聚靡伤。

天叙地平，明圣成能，人神效祥。灵平告成，百谷丰盈，万邦乐康。

郡县祗畏，允迪圣谟，终事无荒。皇功不居，归休臣民，迩昭远扬。

守臣拜手，夸大休嘉，使民不忘。改作黄楼，以临泗上，述修故常。

庶臣无佞，原始念终，铭之石章。以告成功，以扬德声，永永无疆。

【注释】

〔1〕选自《后山居士文集》卷十七。

〔2〕澶州：地名，今河南濮阳。

〔3〕井出脉发：井水从地面喷涌冒出，形容洪水来势汹汹。

〔4〕东薄两隅：向东逼近两城角。薄，迫近。隅，城角。

〔5〕长楗（jiàn）：用以堵塞河堤决口的木棍石料。

〔6〕仓庾（yǔ）：粮仓。

〔7〕吕尚、南仲：吕尚，即姜子牙。南仲，周宣王时名臣，受命讨伐猃狁。

〔8〕尹甫、召虎：二人皆周宣王时名臣，受命讨伐猃狁、淮夷。尹甫，即尹吉甫。召虎，又称召穆公。

【评析】

宋神宗元丰元年(1078),苏轼在徐州任知州,带领民众成功抵御洪水,事后建“黄楼”以作纪念。当时曾广泛征求赋铭,陈师道呈上《黄楼铭》,颇得苏轼欣赏。文章语言凝练,形制整饬,善用典故。《宋史·陈师道传》记载:“尝铭黄楼,曾子固谓如秦石。”曾巩认为陈师道的《黄楼铭》像秦代的石刻一样古奥典雅。林纾评此文:“叙救灾之法,能括其要。文之光色步武,皆凝重幽秀,独孤常州不能及也。”林纾认为,此文简要概括救灾之法,文章凝重幽秀,独孤及也比不上。

董其昌

董其昌(1555—1636),字玄宰,号思白、香光居士,松江华亭(今上海)人。明朝后期大臣、书画家。存世作品有《岩居图》《秋兴八景图》《昼锦堂图》《白居易琵琶行》《草书诗册》《烟江叠嶂图跋》等。画作及画论对明末清初的画坛影响甚大。书法出入晋唐,自成一格。刻有《戏鸿堂帖》。颇能诗文,著有《画禅室随笔》《容台文集》等。

彭城放鹤亭记〔1〕

按《史记》称秦始皇东游厌王气,〔2〕汉祖心自疑,避匿山中。吕后尝得之,曰“季所居有云成五彩”云。而赤帝子斩白帝子,〔3〕盖龙德也。彭城之有云龙山,其得名当以此。山有放鹤亭,隐君子张天锡故居,苏子瞻所为作记者,虽至今不废,然荒圮久矣。高邑潜颖张大夫以分司仓庾至,数登其巅,吊古怀贤,将撤而葺之。念徐方震邻,重以警水,时绌举羸。〔4〕踌躇四顾,乃节缩奉入,度材采石,徒庸工作之由直取之宫中,公帑不烦,〔5〕民和大播。于是飞甍画栋,延敞虚明,缭以垣墉,翼以厨湢,〔6〕屹然壮观矣。落成之后,余以使事还朝。公就山堂而觞之曰:“吾闻传舍阅人,兹山于我何有哉!第登高能赋,〔7〕大夫之事也;周爰咨询,使臣之职也。‘民之失德,干糇以愆’〔8〕‘我有旨酒,嘉宾式燕’,〔9〕地主之礼也。堂成而三善具焉,非直寄情吏隐之间而已。”因授简属余记之。余惟子瞻引卫懿公事,谓国君之宠鹤,不若山人之放鹤得以自全者,此未为笃论也。使卫懿公有太王乃积乃仓之储,曾孙如京如坻之粟,以此众战,孰能胜之?而鹤之乘轩庸何伤?彭城用武之国也,项羽尝自王其地矣。羽起徒步，摧强秦，钜鹿之战，威略岂出淮阴下？而终以不振，盖高有酇侯能挽关中粟，以济军兴之乏，而羽为汉军绝饷道，是以败耳。今天子惩邹滕之役，命征西大将军萧公提重兵镇彭城，而大夫精心计调兵食，一洗脂膏之陋。庶几士饱马腾，以伐萌于不战，是桓、文之烈也。卫懿云乎哉！山三面距水，弥漫无际，一似西湖之孤山。孤山，林君复放鹤处也。子瞻习于西湖者，乃苍莽悲壮之区。恍潋空蒙之致，而觌面若忘，不为拈出者，何耶？岂陵谷之变，昔与今殊；山川之灵，待时而显耶？黄鲁直以飞仙目子瞻，倘其化鹤复还，不独歌城郭之是而已。大夫以为何如？

【注释】

〔1〕选自《容台文集》卷四。

〔2〕王气：旧指象征帝王运数的祥瑞之气。《东观汉记·光武帝纪》："望气者言，舂陵城中有喜气，曰：'美哉王气，郁郁葱葱。'"

〔3〕赤帝子斩白帝子："斩蛇起义"故事中的"赤帝子杀死白帝子"实际上在宣扬汉高祖刘邦将要取代秦朝。

〔4〕时绌举嬴：在困难的时候做奢侈的事情。语出《史记·韩世家》："往年秦拔宜阳，今年旱，昭侯不以此时恤民之急，而顾益奢，此谓时绌举嬴。"

〔5〕公帑不烦：意为不需使用公款。

〔6〕厨湢：厨房和浴室。

〔7〕登高能赋：古代指大夫必备的九种才能之一，指登高望远，能赋诗述其感受。语出《诗经·鄘风·定之方中》："终然允臧。"毛亨传："升高能赋……可以为大夫。"

〔8〕民之失德，干糇以愆：语出《诗经·伐木》，意为：有人早已失美德，一口干粮致埋怨。

〔9〕我有旨酒，嘉宾式燕：语出《诗经·鹿鸣》，意为：我有美酒香而醇，宴请嘉宾嬉娱任逍遥。

【评析】

董其昌“性和易，通禅理，萧闲吐纳，终日无俗语”。《彭城放鹤亭记》一文就是代表，此文可与苏轼《放鹤亭记》对读。文章善用典故，且就此前苏轼宠鹤与放鹤谁更自如的观点进行了论证。“余惟子瞻引卫懿公事，谓国君之宠鹤，不若山人之放鹤得以自全者，此未为笃论也。”亭记一般持论较少，此篇则旁征博引，论证其观点。

镇　江

沈　括

作者简介见扬州卷。

梦溪自记[1]

翁年三十许时，[2]尝梦至一处，登小山，花木如覆锦。[3]山之下有水澄激，极目而乔木翳其上。[4]梦中乐之，将谋居焉。自尔岁一再梦，或三四梦至其处，习之如平生之游。[5]后十余年，翁谪居宣城，[6]有道人无外谓京口山川之胜，[7]邑之人有圃求售者。及翁以钱三十缗得之，[8]然未知圃何在。又后六年，翁坐边议谪废，[9]乃庐于浔阳之熨斗洞，[10]将为庐山之游以终身焉。[11]元祐元年，道京口，登道人所置之圃，恍然乃梦中所游之地。翁叹曰："吾缘在是矣。"于是弃浔阳之居，筑室于京口之陲。[12]巨水蓊然，[13]水出峡中，渟滀杳冥，[14]缭绕地之一偏者，目之曰"梦溪"。

溪之上耸然为丘，千本之花缘焉者，[15]百花堆也。覆堆而庐其间者，翁之栖也。其西荫于花竹之间，翁之所憩榖轩也。[16]轩之瞰有阁俯于阡陌，[17]巨木千寻哄其上者，[18]花堆之阁也。据堆之巅，集茅以舍者，岸老之堂也。背堂而俯于梦溪之颜者，苍峡之亭也。而花堆有竹万个，环以激波者，竹坞也。度竹而南，介途滨河、锐而垣者，[19]杏觜也。竹间之可燕者，[20]萧萧堂也。荫竹之南，轩于水澨者，[21]深斋也。对高而缔，可以眺者，远亭也。居在城邑，而荒芜古木，与鹿豕杂处。客有至者，皆顿遏而去，[22]而翁独乐焉。渔于泉，舫于渊，[23]俯仰于茂水美荫之间。所慕于古人者陶潜、白居易、李约，[24]谓之三悦。与之酬酢于心目之所寓者，琴、棋、禅、墨、丹、茶、吟、谈、酒，谓之九客。四年而翁病，涉岁而益羸，[25]滨枢木矣。[26]岂翁将蜕于此乎？[27]

【注释】

〔1〕选自《〔至顺〕镇江志》卷十二。

〔2〕翁：沈括自称。

〔3〕覆锦：花草遍布，像锦绣覆盖于地。

〔4〕极目而乔木翳（yì）其上：远远望去，高大的树木覆盖于溪流之上。翳，覆盖、遮蔽之意。

〔5〕习之：熟悉该地。

〔6〕翁谪居宣城：熙宁十年（1077），沈括罢三司使，出知宣州（今宣城）。

〔7〕京口：镇江旧称。

〔8〕三十缗：一千文铜钱穿成一串叫一缗，三十缗即三万文铜钱。

〔9〕坐边议谪废：因为在守边防敌问题上提出的意见、谋策出现失误而获罪，遭到贬谪。

〔10〕乃庐于浔阳之熨斗洞：于是在浔阳的熨斗洞安家。浔阳，今江西九江。

〔11〕以终身焉：在这里终老。

〔12〕陲：边界，边缘。

〔13〕巨水蓊（wěng）然：水势浩大的样子。

〔14〕渟滢杳冥：溪流出峡之后，回旋不进，流速缓慢，颜色看起来晦暗不明。

〔15〕缘：攀援，附着。这里指鲜花开满山丘。

〔16〕殻（qiào）轩：沈括之室名，“殻”为“壳”的异体字。

〔17〕瞰：有照应之意。《文心雕龙》：“篇章户牖，左右相瞰。”可理解为旁边。

〔18〕哄（hòng）：草木繁盛的样子。

〔19〕介途滨河、锐而垣者：与竹坞之间以一条道路相隔开，位于河边，轮廓有的地方尖锐，有的地方圆润的凸出部分。介，隔开。涂，道路。

〔20〕燕：同“宴”，宴饮。

〔21〕水澨（shì）：水边，岸边。

〔22〕顿遏而去：很快就没有了兴趣，选择离开。遏，断绝，消失之意。

〔23〕舫(fǎng)于渊：本义为舟船，这里用作动词，行舟于水面。

〔24〕李约：唐人，字在博，一作存博，自号为萧斋。

〔25〕涉岁而益羸：过了一年更加羸弱。

〔26〕滨柩木：接近棺材，意指濒临死亡。滨通“濒”，临近之意。柩木指棺材。

〔27〕蜕：道家认为修道者死后留下形骸，魂魄散去成仙，称为尸解，也叫“蜕”。后因以蜕为死的讳称。

【评析】

沈括之梦溪园位于今江苏镇江。本文记梦溪园的获得、命名以及园内具体的布置。据作者的记述，他早年反复梦及一处风光旖旎的游赏之地，多年后一次偶然的机会，购得了一处京口的园林，发现与之前梦中所见颇为相似。从而解释了梦溪园名字的由来以及自己与梦溪园的神奇缘分。

沈括不惮烦琐，用了较大的篇幅将园内的景物一一道来，充分显示出他对园内景物的喜爱与珍视。作者笔触优美，园中的各处景物像画轴一般在他笔下徐徐展开，呈现出一幅美妙的自然图景。梦溪园僻在一隅，他人皆视如敝履，沈括身处其中却怡然自乐。文中流露出的心态在中国古代颇具典型性，在饱尝宦海沉浮的滋味，迭经坎壈之后，士人普遍选择将目光投注于自然，在山水田园中获得心灵的安憩，实现内心矛盾的消解。从而由积极入世的儒家转变为委运随化的道家。

总体而言，此文写景工致，如在目前，作者的内心情感也在其写景过程中得到了抒发。故而做到了虚实相映，情景交融，堪称一篇优秀的山水散文。

冯多福

冯多福，生卒年不详，字季求，本福州人，寄居无锡，遂为无锡人。绍熙四年(1193)登进士第。嘉定中为庆元府奉化县令，有惠政。九年以朝奉郎知徽州，明年改淮西提举兼提刑。宝庆初直宝谟阁、知镇江府。生平事迹见《淳熙三山志》《金佗续编》《宝庆四明志》等书。

研山园记〔1〕

蔡氏《丛谈》载，〔2〕米南宫以研山于苏学士家易甘露寺地以为宅，〔3〕好事者多传道之。余思欲一至其处，且观所谓海岳庵者。〔4〕米氏已不复存，总领岳公得之，〔5〕为崇台别墅。公好古博雅，晋、宋而下书法名迹，宝珍所藏，而于南宫翰墨尤为爱玩。悉摘南宫诗中语，名其胜概之处。

前直门街，堂曰宜之，便坐曰抱云，以为宾至税驾之地。右登重冈，亭曰陟巘，〔6〕祠像南宫，扁曰英光。〔7〕西曰小万，有复出尘表；〔8〕东曰彤霞谷，亭曰春漪。冠山为堂，逸思杳然，大书其扁曰鹏云万里之楼，尽模所藏真迹，凭高赋咏。楼曰清吟，堂曰二妙，亭以植丛桂，曰洒碧，又以会众芳，曰静香。得南宫之故石一品，迂步山房，室曰暎岚。洒墨临流，池曰涤砚。尽得登览之胜。总名其园曰研山。酣酒适意，抚今怀古，即物寓景，山川草木，皆入题咏。

公文彩振耀一世，篇章脱手争传，施之有政，谈笑辨治。当调度抢攘，〔9〕羽檄旁午，〔10〕应酬刻决，动中机会。以其余才余智，兴旧起废，自我作新。人汲汲，己独裕如。〔11〕兹园之成，足以观政，非徒侈晏游周览之适也。

夫举世所宝，不必私为己有，寓意于物，[12]固以适意为悦。且南宫研山所藏而归之苏氏，奇宝在天地间，固非我之所得私。以一拳石之多，而易数亩之园，其细大若不侔。[13]然己大而物小，泰山之重可使轻于鸿毛，齐万物于一指，[14]则晤言一室之内，仰观宇宙之大，其一致也。[15]此地以晋、唐而宋，皆名流所居，南宫营之，以海岳名庵。复百余年，公始大复其旧。岳为公姓，天设而地藏之以遗，其尔乎！予何幸寓目其间，公俾记其颠末，[16]不敢以固陋辞，[17]于是乎书。

【注释】

〔1〕选自《〔光绪〕丹徒县志》卷七。

〔2〕蔡氏《丛谈》：即蔡絛《铁围山丛谈》。

〔3〕米南宫：即米芾。米芾曾做过礼部员外郎，唐宋时在礼部管文翰的官又称“南宫舍人”，故有此称。研山：砚台名，利用山形之石，中凿为砚，砚附于山，故名。苏学士：姓苏的一位读书人，据《铁围山丛谈》，其名为苏仲恭。甘露寺：在镇江北固山上，三国时始建。此事之记载见《铁围山丛谈》卷五。

〔4〕海岳庵：米芾在镇江的住宅之一，今已不存。

〔5〕总领：宋代官名，即总领财赋或总领某路财赋军马钱粮。

〔6〕陟巘（zhì yǎn）：登上高峻的山峰。米芾有《涟漪瑞墨堂书》一诗，首二字即为“陟巘”，故此亭名乃取自米芾之诗。

〔7〕英光：米芾之堂名。米芾撰有《宝晋英光集》，宝晋是其斋名。

〔8〕敻（xiòng）出尘表：远远超出世俗之外。敻，高超之意。

〔9〕调度抢攘：各种政务纷乱而繁忙。

〔10〕羽檄旁午：和军事相关的文书十分繁杂。

〔11〕人汲汲，己独裕如：他人都表现得非常急切，只有自己从容应对，丝毫不费力。

〔12〕寓意于物：出自苏轼《宝绘堂记》，其文曰：“君子可以寓意于物，而不可以留意于物。”所谓“寓意于物”指欣赏美好的事物，通过事物寄托自己的情趣；“留意于物”则指过分看重外物，耽溺于物而不能自拔。

〔13〕其细大若不侔：两者（小小的砚台与数亩之园）分量之大小似乎不相匹配。

侔，匹配。

〔14〕齐万物于一指：《庄子·齐物论》："天地一指也，万物一马也。"大意为：不同事物有着相通、相同的本质，天地实则相当于一指，万物实则相当于一马，没有绝对意义上的分别。

〔15〕晤言一室之内，仰观宇宙之大，其一致也：以上三句均出自王羲之《兰亭集序》，但位于文中的不同位置。意为与他人在房间里谈话与在户外观察宇宙之大，其本质都是一样的。这里重点在于"一室"与"宇宙"的大小之别，通过强调"一室"与"宇宙"之"一致"，进一步说明"齐万物于一指"的寓意。

〔16〕俾记其颠末：俾，使、让。颠末，始末。

〔17〕固陋：见识浅薄，见闻不广。

【评析】

北宋时，米芾用一砚台从他人手中换得甘露寺附近的一块地，在此地建起了自己的居所，命名为海岳庵。米芾谢世多年之后，这一宅院为总领岳公所得。或因该地曾为米芾用砚台(即研山)所换，故岳公将之易名为研山园，并稍加改葺。竣工之后，岳公请冯多福代为之记，故有是篇。

作者首先介绍了此园与米芾的渊源，之后详细描述了园内的经营布置，不失其记文之本色。此文为受他人之请托而作，故文中对岳公也多有溢美之词。但难能可贵的是，文章并非单纯叙述事件经过与描写园内布置，也未止于一味地揄扬赞颂，而是将自己超卓的识见融入了这篇记文，在文末生发出一段精深的议论。

在作者看来，对外物的玩赏喜爱要以适意为上，如果过分宝重某物，乃至于将其作为一己之私，就必然会生发出诸如担心其失去等种种忧虑，丧失了玩赏的本义。只有消泯分别之心，以超然物外的心态去观照万事万物，才能得享心灵的适意与平静，对待园林亦复如是。这一议论与上文的记叙之间过渡较为自然。细读之下，其中似有微讽，隐含了作者对岳公的提醒与劝诫。

泰　州

欧阳修

作者简介见扬州卷。

海陵许氏南园记[1]

高阳许君子春，[2]治其海陵郊居之南为小园，作某亭某堂于其间。许君为江浙、荆淮制置发运使，其所领六路七十六州之广，凡赋敛之多少，山川之远近，舟楫之往来，均节转徙，视江湖数千里之外如运诸其掌，能使人乐为而事集。[3]当国家用兵之后，修前人久废之职，补京师匮乏之供，为之六年，厥绩大著，自国子博士迁主客员外郎，由判官为副使。

夫理繁而得其要则简，简则易行而不违，惟简与易，然后其力不劳而有余。夫以制置七十六州之有余，治数亩之地为园，诚不足施其智，而于君之事，亦不足书。君之美众矣，予特书其一节可以示海陵之人者。

君本歙人，世有孝德。其先君司封丧其父母，[4]事其兄如父，戒其妻事其嫂如姑。[5]衣虽敝，兄未易衣不敢易；食虽具，[6]兄未食不敢先食。司封之亡，一子当得官，其兄弟相让，久之，诸兄卒以让君，君今遂显于朝，以大其门。[7]君抚兄弟诸子犹己子，岁当上计京师，[8]而弟之子病，君留不忍去，其子亦不忍舍君而留，遂以俱行。君素清贫，罄其家赀，[9]走四方以求医，而药必亲调，食饮必亲视，至其矢溲，[10]亦亲候其时节颜色所下，如可理则喜，或变动逆节，[11]则忧戚之色不自胜。[12]其子卒，君哭泣悲哀，行路之人皆嗟叹。

呜呼！予见许氏孝弟著于三世矣。凡海陵之人过其园者，望其竹树，登其台榭，思其宗族少长相从愉愉而乐于此也。[13]爱其人，化其善，自一家而形一乡，[14]由一乡而推之无远迩。使许氏之子孙世久而愈笃，则不独化及其人，将见其园间之草木，有骈枝而连理也，[15]禽鸟之翔集于其间者，不争巢而栖，不择子而哺也。

呜呼！事患不为与夫怠而止尔，[16]惟力行而不怠以止，[17]然后知予言之可信也。庆历八年十二月二十七日，庐陵欧阳修记。

【注释】

〔1〕选自《欧阳修全集》卷四十。海陵：今江苏泰州。

〔2〕高阳许君子春：高阳，高阳郡，东汉置，在今河北高阳县，为许氏郡望。许君，即许元，字子春，宣州宣城（今属安徽）人。曾知扬州。

〔3〕事集：办事成功。集，成功，成就。《尚书·泰誓上》："肃将天威，大勋未集。"

〔4〕先君司封：许元父许逖，官尚书司封员外郎，赠工部侍郎。

〔5〕姑：婆母，丈夫的母亲。

〔6〕具：准备好了。

〔7〕大其门：光大了许氏家族。

〔8〕上计京师：地方官年终上京师汇报政事。

〔9〕罄：用尽。赀：通"资"，资材。

〔10〕矢溲（sōu）：大小便。矢，屎。溲，小便。

〔11〕变动逆节：下泄不正常。

〔12〕忧戚不自胜：忧愁烦恼自己不能承受。

〔13〕愉愉：和顺貌，和悦貌。

〔14〕自一家而形一乡：意为许氏一家的孝悌成为一乡人追慕的典范。形，典型，模范。

〔15〕骈枝而连理：异根草木，枝杆连生。喻亲密无间。班固《白虎通·封禅》："德至草木，朱草生，木连理。"

〔16〕事患不为与夫怠而止尔：意为办事就害怕不去做或者半途而废。

〔17〕惟力行而不怠以止：尽力去做，而且不懈怠、停止下来。力行，犹言竭力

而行。

【评析】

本文作于庆历八年(1048),时作者知扬州。按理而言,既为和园林相关的记叙文,则应将园林本身作为书写的重点。然而欧阳修的这篇文章却不主故常,文中几无一笔关涉园中之具体景物。文章开头仅用少量的笔墨交代了南园的情况以及许子春处理政务的卓越才能。接着便以“制置七十六州之有余,治数亩之地为园,诚不足施其智,而于君之事,亦不足书”一句收束前文,开启下文的叙事,将关注点置于许子春的孝悌之德。文章在描写徐子春之为人时选取了很多细节,正是这些细节让其孝悌的品德跃然纸上,颇具打动人心的力量。

此文的这一特点也为很多后世的批评家所留意,如孙琮《山晓阁唐宋八大家选·欧阳庐陵》卷三云:“题本记园,今却于前幅说园不足记,于后幅独表其孝弟可传,此是何意?想许氏南园,无山林揽胜之可纪,池亭台榭之足述,故将南园一笔撇开,独将其世德孝弟琐琐称述,文家固有放死着、寻活着之一法,是文得之。”这一评论堪称具眼,但将欧公不施笔墨于园林景物本身归结为南园“无山林揽胜之可纪,池亭台榭之足述”,恐怕未得其实。

欧公缘何如此行文呢?文章结尾已将其创作目的表露无遗,正是希望人们在了解许子春的孝悌品格之后,“凡海陵之人过其园者,望其竹树,登其台榭,思其宗族少长相从愉愉而乐于此也。爱其人,化其善,自一家而形一乡,由一乡而推之无远迩”。拳拳之心,溢于言表。因此,欧公此文显有旌表贤德,进而劝导世风的目的,是其“道胜文至”理论的绝佳体现。实际上,正是欧公强烈的淑世情怀导致了他对园林本身的选择性忽视,并非园林本身不足纪。

吴文锡

吴文锡(1800—1871),字莲芬,仪征(今属江苏)人,湖广总督吴文镕之弟,清道光十一年(1831)举人,选授四川成都府水利同知,升知府,后擢道员,两署四川通省盐茶道。咸丰初,随办江北团练,赏加按察使衔,解官后寄居泰州,购泰州高氏三丰草堂居住,更名曰"蛰园"。工书画,著有《半螺庵诗存》。

蛰园记〔1〕

蛰园者,海陵高氏之三峰园也。〔2〕园起于明太仆陈君应芳。〔3〕康熙初,归田氏。雍正间,即为高氏所有。予于咸丰丁巳自川南旋,扬城老屋已为破毁,勉赁泰属樊汉镇之屋,暂为栖息。湫隘嚣尘,小人近市矣。戊午夏,闻有是园,即买舟往视。虽荒落破败,以犹可拾掇者,因以三千六百缗当之。〔4〕修葺之费,加一千五百缗;阅三月告成,居然楚楚。嘉平朔日,率眷属移家焉。其屋西向者为门,南向者为厅事,比者为住屋,北向者亦住屋。再南则为闲房,为厨,为住屋,比者为套室。由套室折而东向者,亦套室。再折而北向者,亦套室。南向者为闲房。再北,南向、北向胥住房也。由此而东,共闲房二十余楹。由厅事东廊转而东,长廊十余间,此达园之径也。廊外植竹,竹外艺蔬。廊尽处入圭窦,〔5〕北向三楹,东套室一楹,曰蛰斋。斋前后环以竹。由蛰斋而东,南向之楼曰一览忘尘。对墙嵌巨石,"绉""透""瘦"三字悉备。再东则为三峰草堂,堂面山,湖石假山三面拥抱,高者几可接云。山下为池,循西度石桥而上为梅径。缘径而南,为花神阁。阁前古柏一株,瘿疣累累,〔6〕虬枝盘拿,洵前代物也。柏左右三峰并峙，斑驳陆离，不可名状。循阁而东，越廊楼，折而北，为疏影亭，盖亭之四面亦皆梅也。沿亭而下，稍北，则丛桂一方。穿丛桂而西，则牡丹分列。迤北，则黄石假山扑面，山巅之屋曰“退一步想”。屋后桑榆林立，皆非百年以内之物。旁植安石榴、碧桃、棕榈、芭蕉。东高台三层，为玩目之所。此园之大略也。

余少也贱，且不知治生人产。宦游二十年，因病归来，正值东南苦兵，僻居海东，奚敢以泉石为心性之娱焉？爰觅屋年余，久而弗遂，得是荒园，藏身有所。其更名“蛰园”者，盖蛰物身之所依。其地甚小，而外之山环水抱，无美不备；以为蛰者之所有可，以为非蛰者之所有，亦无不可也。是为记。咸丰己未伏日，清远庵僧自识。

【注释】

〔1〕选自《芜城怀旧录》卷二。

〔2〕高氏：即高凤翥，字麓庵，海陵（今泰州）人。

〔3〕陈君应芳：即陈应芳（1534—1601），字元振，明泰州人。万历二年（1574）进士，官至福建布政司参政。致仕旧里后，筑日涉园以居。

〔4〕缗：量词，古代通常以一千文为一缗。

〔5〕圭窦：形状如圭的墙洞。

〔6〕瘿疣（yǐng yóu）：比喻附着之物。

【评析】

咸丰七年（1857），吴文锡自四川返归江北，其原来居住的扬州老屋早已破败不堪，为此他一直在寻找一个合适的住所，次年（1858），他听闻已经荒落破败的海陵高氏三峰园恰在转卖的风声，便斥资将其买下，修葺后便携家人移居其中。这篇《蛰园记》的开端正是吴文锡追述此园的历代主人并自道其得园经历。与其他园林纪略相同，作者也花相当篇幅描绘了自家园林的大致布局，但他购园却不像一般士大夫那样是为了娱乐心性，而只是希望在东南兵祸不断的情况下，能够“藏身有所”，这也是作者将“三峰园”更名为“蛰园”的原因所在,即“蛰物身之所依”。然而世事难料,几年之后,两淮盐运使乔松年从扬州来泰州,将蛰园买下,后因称乔园,“蛰园”这一名字也成了历史。

连云港

程　玓

程玓，生平不详，据《〔道光〕歙县志》，知其为歙县岑山渡人。据《清高宗实录》，乾隆在二十七年（1762）下谕："朕此次南巡，所有两淮商众承办差务，皆能踊跃急公，宜沛特恩，以示奖励……程扬宗、程玓、吴山玉、汪长馨俱着各加一级。"知程玓为乾隆年间在扬州经营盐业有成的徽商。生平事迹散见于《扬州画舫录》与《〔嘉庆〕扬州府志》，曾修葺功德山上之观音寺（一名观音阁），又在功德山西建双峰云栈。

半山园额跋〔1〕

半山园者，明苍梧野史顾子读书处，〔2〕居云台中峰之阳地，名镜子崖，横出山半，下临巨涧。顾子构园其上，园之中有亭，并以"半山"名，旧饶花竹之胜，今成榛莽矣。〔3〕乾隆癸酉冬，予以事至海上，登云台清风顶，俯视山半，见佳石林立，竹木森翳，危亭欹仄，〔4〕几不可复支，〔5〕低徊凭吊者久之，爰购其废址，芟荑补苴，〔6〕复还旧观，增架数椽于侧，仍颜曰"半山"。盖云台胜概无过此园，而地因人重，前辈风流宛然可溯，聊成小筑，以为重来止宿地，所谓寓意于物而不必留意者也。或曰："此顾氏旧名，盍易之？"余曰："不然，斯崖之在山半，不自顾始，自顾亭其上而半山以名，顾何容心哉？〔7〕余即顾氏之旧，复兴之，亦顾氏志也。余但知云台之半山有园，园之中有亭，在彼在我奚暇问？况园林迁变有时，山水峙流常在，后之视今，当亦如余之视顾。乌乎易？"客颔而退，遂书以为跋。

【注释】

〔1〕选自《〔道光〕云台新志》卷七。

〔2〕顾子：即顾乾，自号苍梧野史，晚明海州（今江苏连云港）人。万历十四年（1586）岁贡，著有《云台山志》《东海志》等。

〔3〕榛莽：杂乱丛生的草木，泛指荒原。

〔4〕欹仄：倾斜，歪斜。

〔5〕支：此处指支撑、维持。

〔6〕芟薙：除草，刈除。补苴：补缀，缝补。

〔7〕容心：留心，在意。

【评析】

《〔道光〕云台新志》载："半山园，在虎窝南，镜子崖下有半山亭，竹树森环，林壑幽邃，为明顾乾兄弟读书处，后久废圮。乾隆中，扬州程玓来游云台，置为别业，今归中正方氏。"此与程玓此跋文"购其废址，芟薙补苴，复还旧观"的记载相符。程玓复修顾乾兄弟半山园，却没有更改名字，原因正如其所说"园林迁变有时，山水峙流常在，后之视今，当亦如余之视顾"，此意虽同于《兰亭集序》"后之视今，亦犹今之视昔"，但或有自身感怀在焉。程玓另有《半山亭》一诗，可与此跋互参："云台兀海滨，峨峨切星汉。努力事登顿，亭构山之半。游人憩木杪，俛睇辨丛灌。当户延春螺，披云卷秋幔。蹑迹想冲襟，幽讨得壮观。危亭起颓垣，嘉树耸修干。奇石久榛莽，洗涤一朝判。仍以半山名，旧额无点窜。白云时往来，岩壑续还断。远听寺钟鸣，近爱山鸟唤。夕阳满山凹，相将乘款段。有约定重来，兹游非汗漫。"

陶 澍

陶澍(1779—1839),字子霖,一字子云,号云汀,晚号髯樵、桃花渔者,湖南安化人。嘉庆七年(1802)进士,为安化第一个进士。及第后授翰林院庶吉士,后历任翰林编修、国史馆纂修等官。道光五年(1825),任江苏巡抚,十年(1830)任两江总督,十九年(1839),因病免官,同年在两江节署病逝,谥号"文毅"。著有《陶文毅公全集》。

海曙楼铭〔1〕

中国山川尽于东,而离照即生于东,天地所以成始而成终。故观天地之大于海,观海于日出,观日出于临溟峻极之山。〔2〕所居高,则所见大。大则反其本矣。九能之士,登高能赋,山川能说,可以为大夫。〔3〕而《礼》仲夏之月,君子则以居高明,远眺望,岂非观圣人之道,必去耳目之近,而返从其朔者哉?

云台山,踞东海中,其脉来自岱宗,故与日观峰对峙,又隔海为成山岛。则登莱斗,入大海,秦汉所祀日主处,为古"寅宾出日"之所。相望鼎立,而皆不若云台四面际海,于观日出尤奇。其可无楼?楼其可无铭?铭曰:

日出榑桑,〔4〕圣出东方。万物以昌,维百谷王。

附

云台山顶有海署楼,为望海观日出之所,久圮矣。〔5〕余壬辰登山至此,但见荒涯一片,寸椽尺桷无存者,〔6〕因倡捐选匠修复之,以无忘名迹。道光十四年仲冬落成,因揭还旧额,两江总督使者安化陶澍识并书。

【注释】

〔1〕选自《陶澍文集》。

〔2〕临溟：临海。

〔3〕“九能之士”句：古代指大夫必须具备的九种才能之一。《诗·墉风·定之方中》：“卜云其吉，终然允臧。”毛传：“建国必忙，故建邦能命龟，田能施命，作器能铭，使能造命，升高能赋，师旅能誓，山川能说，丧纪能诔，祭祀能语，君子能此九者，可谓有德音，可以为大夫。”

〔4〕榑（fú）桑：传说日出于扶桑之下，拂其树杪而升。常用指日出处。

〔5〕圮：毁坏，坍塌。

〔6〕桷：方形的椽子。

【评析】

此文收入陶澍《印心石屋文钞》，但实则只有“云台山顶有海曙楼”至“两江总督使者安化陶澍识并书”这一部分是陶澍自己所作，之前“铭”的部分则是魏源所作。魏源与陶澍是湖南同乡，道光五年（1825），魏源受江苏布政使贺长龄之邀入幕，其时陶澍任江苏巡抚，两人往来颇为密切。其后，贺长龄调任山东布政使，魏源便改入陶澍幕下，不仅在政务上为陶澍出谋划策，同时也为其代笔了不少文章。道光十四年（1834），魏源、谢元淮、曹楙坚、吴嘉淦同游云台山，且倡议捐资修复云台山上的海曙楼，最终于本年冬落成，魏源为陶澍代写了此篇铭文。值得一提的是，魏源一直感念陶澍的知遇之恩，不仅在《御书印心石屋诗文录叙》中赞颂陶澍在漕运、盐务、河防三方面的改革政绩，更在陶澍病逝后为其料理后事、整理文集、撰写行状。

盐　城

王之桢

王之桢，字筠长，号青岩，盐城人。明末贡生，博通经史，恢廓有大志，昂然以天下为己任。明末流寇纵横，势将南下，王之桢与同邑宋曹、祁理，侄子王翼武结东西义社保卫乡里。史可法开府扬州后，王之桢军前陈策，被史可法收入幕中掌机宜文字，并与欧阳宪万整理校勘史可法奏议数十卷。南明弘光元年(清顺治二年，1645)，史可法举王之桢充选贡，不久史可法殉节扬州，王之桢便返归乡里，隐居不出，教授生徒为业。康熙十八年(1679)以博学鸿儒召，力辞不赴，晚年德望甚高，公卿多有拜见。著有《楚辞纂注》《太极图论》《史局通论》《朱陆异同辨》等。

俣园招饮记[1]

壬辰秋九月之六日(壬辰，顺治九年)，俣园主人初度，[2]不速之客先后次于园，至则出己图书付主人，向韵筹摘一枚去，[3]或于阁、于亭、于山、于池侧、于竹林蕉绿之下各听之，或律、或绝句、或长短古歌亦听之。时静对石球，若以声响问灵璧一支骨者，孙我锡也。绕屋送目，飞鸟影与树影相乱者，久之乃划字向古槐根，为叶君坦。按蕉叶，竢其风定，草一两语于上，字势随风叶展侧，殆不可识者，为薛梅亭。寂坐当轩，弄枰子，[4]视诸人狂搜散吟，略不涉意，倦则向北窗卧，是巨平大师。步入竹榆邃密处，捉枯桐，踞石磴，遣童子求之，乃露裾影者，[5]宋斌臣也。先以诗筒来，继破苔曳笻，与主人两仲上山下山，以古史送难者，为家伯子石臣。临池亭小窗，窅如无人，[6]披帷乃见者，为家咸文备筠长子。稍后至，至不得席，亦不复攫韵筹自苦，援楮墨立风廊下，[7]观诸客经营，[8]

以拙语纪之，或得其意，或不得其意，在神迹苍茫之间而已。是日也，不修庭实，不立觞政，[9]主人穆穆然，无涤罍击鲜之事繁其声指，[10]随意秃衿小袛，课茶生熟，饲鱼池，点定古今人一两章，竢客诗成，则次第出所受图书，以督其书于丽茧上。[11]

时园中木叶静脱者半，秋英间发，僮鹤琴画，俱澹朴有太古意。[12]客诗成而饮，一日如小年焉。不与会者不书，嗣以诗附者亦不书，纪实也。

【注释】

〔1〕选自《〔光绪〕盐城县志》卷十五。

〔2〕初度：此处指生日。

〔3〕韵筹：筹，记数的用具，此处似指写有诗韵的木牌。

〔4〕枰子：指棋盘、棋局。

〔5〕裾：衣服的前后襟。

〔6〕窅：远望。

〔7〕楮墨：纸与墨。

〔8〕经营：此处指艺术构思。

〔9〕觞政：酒令，也借指宴会。

〔10〕涤罍击鲜：此处应指洗涤酒器、宰杀活的牲畜禽鱼，用以招待宾客。

〔11〕丽茧：似指高丽茧纸。

〔12〕澹朴：恬淡质朴。

【评析】

清代盐城的园林虽然不如扬州、苏州之盛，但也不乏颇有名气者，如高静止的俣园、宋曹的蔬枰园、陶祖谦的陶家花园（后归马玉仁，更名宦园）等。然而遗憾的是，盐城的园林都没有很好地被保存下来，这与多次战乱有关，如宦园即毁于日军侵华时期。本文所叙的俣园，是清初盐城较为有名的园林，至光绪时则已废弃，地址也已不可考，盐城地近扬州、两淮盐商又多聚集于扬州营造园林，是以俣园的营造风格或许与扬州园林风格较为接近。与俣园命运相似，园主高静止的生平同样也已不可考，所幸有《俣园招饮记》

及时人的诗文酬唱传世,方使我们能对其人其园有一些了解。中国古代的人与园林,或人因园显,或园因人显,高静止及其俣园虽然在后世寂寥无名,但在当时,高氏能与亲人友朋欢聚于一方天地,纵情一生,生前身后名又何足道哉!

南　通

陈维崧

陈维崧(1625—1682),字其年,号迦陵,清代江苏宜兴人。为明末四公子之一陈贞慧的长子。少以诸生负盛名。康熙十八年(1679)召试博学鸿词科,由诸生授翰林检讨,与修《明史》,四年后卒于任所。其人清瘦多须,时称“陈髯”。才力富健,工于骈文、诗、词,骈体宗唐,诗风豪放,而词尤凌厉光怪,变化若神,为清初阳羡词派领袖。陈廷焯以为“国初词家,断以迦陵为巨擘”,“迦陵词沉雄俊爽,论其气魄,古今无敌手,若能加以浑厚沉郁,便可突过苏、辛,独步千古”(《白雨斋词话》卷四)。著有《湖海楼全集》。

水绘庵记〔1〕

水绘庵,即向之所谓镇野带垧,〔2〕竹树玲珑,亭台棋置者,〔3〕水绘园是也。其主人辟疆氏,〔4〕既以遭值不偶,〔5〕乃解脱结组,〔6〕将与黄冠、缁侣游,〔7〕约言曰:〔8〕“我来是客,僧为主。”更园为庵,名自此始。

水绘之义:绘者,会也。为其亘涂水脉,〔9〕惟余一面竹杠可通往来。南北东西皆水会其中,林峦葩卉,坱圠掩映,〔10〕若绘画然。古水绘在治城北,〔11〕今稍拓展而南,延袤几十亩。〔12〕西望峥嵘而兀立者,曰碧霞山。由碧霞山东行七十步得小桥,桥趾有亭,以茅为之。逾亭而往,芙蕖夹岸、桃柳交荫而蜿蜒者,曰画堤。堤广五尺,长三十余丈。

堤行已,得水绘庵门,门夹黄石山,如荆浩、关仝画,〔13〕上安小楼阁。墙如埤堄,〔14〕列雉六七。门额“水绘庵”三字,即主人自书也。门以内石衢修然,〔15〕沿流背阁,迳折百余步,曰妙隐香林。

由是以往，有二道：其一左转，由壹墨斋以至枕烟亭；其一径达寒碧堂。堂之前白波浩淼，曰洗钵池，盖自宋尊宿洗钵于此，[16]因以名焉。洗钵池前控逸园，[17]右亘中禅寺。寺有曾文昭“隐玉”遗迹，[18]绿树如环。其东向临流而阁者，曰佘氏壶岭园。由壶岭水行左转，更折而北，曰小浯溪。浯溪出入萑苇，[19]若楚浯溪然。[20]由浯溪再折而西，曰鹤屿，旧时常有鹤巢于此，今构亭曰小三吾，[21]义详别记中。

又有阁曰月鱼基，皆孤峙中流，[22]北城倚焉。南临悬霤峰下，[23]稍折而东，亭曰波烟玉，盖取长吉诗义。[24]由亭而上，曰湘中阁，曰悬霤山房，参差下上，若凹若凸，凌虚厉空，泬漻莫测。[25]西入石洞，甚廓，常有小穴，俯瞰涩浪坡，苔藓石纹如织。前临因树楼，则蟠伏宛在地中。

由石洞右折而上，为悬霤峰，峰顶平若几案，可置酒，可弹棋。[26]四顾烟云翕习，[27]若碧霞，若中禅，若逸园、壶岭，璇题缤纷，[28]朱甍烜赫，[29]盘亘浯溪如线。惟洗钵池则白浪驾空，[30]有长天一色之观。

峰之由南陆而来者，自妙隐香林以至涩浪坡，其间名亭台而胜者以十数，涩浪坡为最。坡广十丈，皆小石离列可坐，[31]当雨晴日出，则飞泉喷沫如珠，下有石渠，可作流觞之戏，[32]有声淙淙然。其树多松，多桧、桂，多玉兰、山茶；鸟则白鹤、黄雀、翡翠、鹭鹚、鸂鶒，[33]时或至焉。悬霤之西有镜阁，兀立如浮屠，下列小屋，间侧不可名状。其北望隆然而高者，有土山。山之后有庐，曰碧落庐。碧落庐者，主人所知戴无忝客居也。[34]其先戴敬夫与主人善，[35]拟构是庐不果，主人因乃为成之，而馆其子无忝于其中。今游黄山不归，更置一僧，昕夕悠然有钟磬声。[36]由庐而西，竹梁可通鹤屿。屿前数武，孤石亭立水中，状若滟滪，[37]时跃白鱼，潀然闻水声。[38]自此以往，旋经小桥，陆行二百步，左转而东，得逸园。逸园，其先祖大夫玄同先生栖隐处，有古树高楼，直通玉带桥下。

【注释】

〔1〕选自〔清〕冒辟疆辑《同人集》卷三。

〔2〕镇野带坰(jiōng)：镇野，犹分野。坰，城外远郊。出自左思《吴都赋》："指衡岳以镇野，目龙川而带坰。"此处指水绘园依山傍水的地势。

〔3〕棋置：犹棋布。

〔4〕辟疆氏：即冒襄(1611—1693)，字辟疆，自号巢民。入清，以友朋文酒为乐，不受博学鸿词荐。所居水绘园，为当时名园。著有《朴巢诗文集》《水绘园诗文集》《影梅庵忆语》等。

〔5〕遭值不偶：命运不好。

〔6〕解脱绂(guà)组：卸去官职。绂组，指古代官吏佩印用的丝带，借指做官。

〔7〕黄冠、缁(zī)侣：黄冠，道士之冠，借指道士。缁侣，僧侣。

〔8〕约言：约定之言。

〔9〕亘涂水脉：言水流环绕。

〔10〕坱圠(yǎng yà)：地势高低不平的样子。

〔11〕治城：县城。

〔12〕延袤：本指长度和广度，引申指面积。

〔13〕荆浩：字浩然，后梁河内沁水(今山西沁水)人，五代著名画家。避乱，隐于太行洪谷，遂自号洪谷子。博雅好古，能诗，工丹青，尤长于山水。关仝：后梁长安人。工画山水，好作秋山寒林。学从荆浩，有出蓝之美，世称荆关。

〔14〕埤堄(pí nì)：城上呈凹凸形而有射孔的矮墙。

〔15〕石衢修然：石头小路长长的样子。石衢，用石头铺成的小路。

〔16〕尊宿：指年老而有名望的高僧。

〔17〕前控：前面控制着。

〔18〕曾文昭：即曾肇(1047—1107)，字子开，宋南丰(今属江西)人。巩幼弟。英宗治平四年(1067)进士。卒谥文昭。著有《曲阜集》等。

〔19〕萑(huán)苇：两种芦类植物，蒹长成后为萑，葭长成后为苇。

〔20〕楚浯溪：位于湖南省祁阳市中北部腹地，以山石景观闻名于世。

〔21〕小三吾：唐诗人元结卜居于湖南浯溪，筑台建亭，台曰峿台，亭曰吾亭，与浯溪并称"三吾"，并撰有《浯溪铭》。此处模仿元结所为，故名"小浯溪""小三吾"。

〔22〕孤屿中流：孤立高耸在水中央。

〔23〕悬霤：瀑布。

〔24〕取长吉诗义：言“波烟玉”出自李贺《月漉漉篇》：“月漉漉，波烟玉。”

〔25〕泬寥：幽深空阔的样子。

〔26〕弹棋：古人称弈棋为弹棋。

〔27〕翕（xī）习：烟云为风吹拂的样子。

〔28〕璇（xuán）题缤纷：玉饰的椽头众多。

〔29〕朱甍（méng）烜赫（xuǎn hè）：朱红色的屋顶光辉闪耀。

〔30〕驾空：凌空。

〔31〕离列：散布排列。

〔32〕流觞之戏：古代习俗，每逢夏历三月上旬的巳日（三国魏以后定为夏历三月初三日），人们于水边相聚宴饮，认为可祓除不祥。后人仿行，于环曲的水流旁宴集，在水的上流放置酒杯，任其顺流而下，杯停在谁的面前，谁就取饮，称为“流觞曲水”。

〔33〕鸂鶒（xī chì）：一种水鸟，形大于鸳鸯，多紫色，俗名紫鸳鸯。

〔34〕戴无忝：即戴移孝，字无忝，江南和州（今安徽和县）人，布衣。

〔35〕戴敬夫：即戴重（1601—1646），字敬夫，江南和州人。性至孝。明崇祯十七年（1644）授湖州推官。后因清军入关，戴重与王元震结太湖义族为一军，三失三复湖州，转战数月后潜居马鞍寺庙内，作绝命词十五首，绝食而死。

〔36〕昕夕：朝暮，谓终日。

〔37〕滟滪：即滟滪堆，长江中瞿塘峡口的礁石，著名的险阻之地。

〔38〕潨（cōng）然：水声。

【评析】

水绘园，明清文人园林的代表，在今江苏省如皋市如城镇东北如皋公园内。始建于明万历间，为当地望族冒一贯别业，明亡后，一贯玄孙冒辟疆隐居于此。“绘”即“会”之意，形容各方水流皆会于园中。园中原有地数十亩，冒辟疆又增筑洗钵池、雨香庵等，园内河道纵横，汇于洗钵池中；又积土为山，傍水建榭，嘉木成荫，林峦葩卉，全盛时占地六万余平方米，为当时苏北名园。冒辟疆曾与董小宛隐于园中读书宴客，为一时佳话。当时著名文士如董其昌、吴伟业、陈继儒、汪琬等多曾寓居园中。明清易代之后，冒辟疆改园为庵。顺治十五年(1658)，冒辟疆邀陈维崧到水绘园居住，前后近十年。冒长陈十四岁，对其多有教诲，陈维崧因此作《水绘园记》。现存建筑大多筑于清末，20 世纪 80 年代初，当地政府请著名园林家陈从周主持，对水绘园进行全面修复整理。